As férias da minha vida

CLARA SAVELLI

AS FÉRIAS DA MINHA VIDA

Publicado mediante acordo com Increasy Consultoria Literária

REVISÃO
Juliana Souza
Luciana Ferreira
Ilana Goldfeld

DIAGRAMAÇÃO
Ilustrarte Design e Produção Editorial

IMAGENS DE MIOLO
Aura Art / Shutterstock

DESIGN DE CAPA
Renata Vidal

IMAGENS DE CAPA
Adaptação da ilustração de Vetreno / Shutterstock (frente)
Miu Miu / Creative Market (orelha)

CIP-BRASIL. CATALOGAÇÃO NA PUBLICAÇÃO
SINDICATO NACIONAL DOS EDITORES DE LIVROS, RJ

S277f
Savelli, Clara, 1991-
As férias da minha vida / Clara Savelli. - 1. ed. - Rio de Janeiro : Intrínseca, 2019.

336 p. ; 23 cm.
ISBN 978-85-510-0517-0

1. Romance brasileiro. I. Título.

19-56774 CDD: 869.3
CDU: 82-31(81)

Vanessa Mafra Xavier Salgado - Bibliotecária - CRB-7/6644

[2019]

EDITORA INTRÍNSECA LTDA.
Rua Marquês de São Vicente, 99, 3º andar
22451-041 – Gávea
Rio de Janeiro – RJ
Tel./Fax: (21) 3206-7400
www.intrinseca.com.br

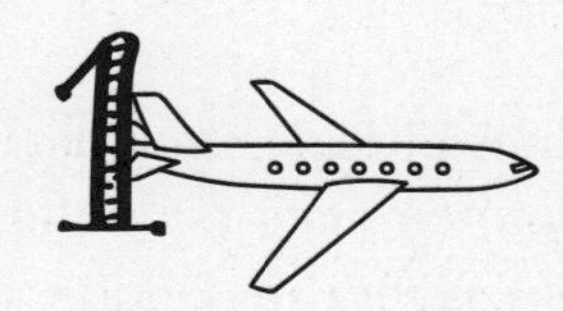

Brenda entrou no avião com sua mochila gigantesca da Barbie esbarrando em todos os passageiros sentados nas poltronas do corredor. Para alguém tão baixinha e graciosa, era estranho que não tivesse controle sobre o próprio corpo. Acho que era o preço que se pagava por ainda usar uma mochila da Barbie aos quinze anos. A mochila cheia demais a deixava instável, o que fazia com que ela batesse de um lado e do outro enquanto andávamos até nossos lugares.

Como estávamos logo no início da fila de embarque, entramos rápido no avião. Ainda estava mais ou menos vazio. Só esse fato impediu Brenda de fazer mais vítimas. Levar uma mochilada talvez não fosse fatal, mas com certeza não seria uma boa forma de começar as férias. As reclamações e os olhares tortos que recebemos no nosso curto trajeto me fizeram crer que as vítimas concordavam comigo.

— Ai, garota, presta atenção — repreendeu Vivi, sua irmã mais velha, logo atrás dela. — Não percebeu que você está esbarrando em todo mundo?

— Ai, meu Deus, desculpa — disse Brenda, puxando a mochila para a frente do corpo.

— Deixa sua irmã em paz — comentou Cecília, a tia mais velha e meio louca das duas, seguindo as sobrinhas pelo corredor estreito. — Ela não fez por mal.

— Chegamos! — falei quase berrando, cheia de alívio, quando vi a fileira 23. — Nossos lugares são aqui.

O avião tinha dois lados, com fileiras de três cadeiras em cada um deles. Vivi, Brenda e eu íamos nos sentar nas cadeiras de um lado e Cecília na ponta do outro. Na atual circunstância, eu estava quase pedindo para trocar de lugar com ela. Ter um corredor de distância das irmãs não me parecia má ideia.

Cecília tentou nos ajudar a guardar as malas de mão e mochilas no bagageiro, mas, como eu era a mais alta das quatro, acabei fazendo tudo. É claro que também acabei ajudando Cecília a colocar a própria mala no bagageiro. Tínhamos bloqueado a passagem das pessoas, que esperavam com impaciência aquela confusão acabar para seguir até seus lugares, que ficavam depois dos nossos. Mas ninguém ousou reclamar. Talvez estivessem com medo da famigerada mochila de Brenda.

Quando achei que finalmente me sentaria e me recuperaria de toda aquela vergonha, Brenda me fez pegar a bendita mochila, que eu já havia guardado no bagageiro em uma verdadeira partida de Tetris. Ela disse que queria pegar "algumas coisinhas". "Algumas coisinhas" eram, na verdade, *um monte de tralhas*: o leitor de e-book, os fones de ouvido, a bolsinha de remédios (porque "vai que alguém precisa"), o celular, a almofadinha de pescoço, uma máscara para cobrir os olhos e tampões de ouvido. Ela sacou a ecobag que tinha trazido dobrada e colocou tudo ali dentro, então eu guardei a mochila de volta quase vazia. Ser a responsável por guardar ou pegar as coisas que ficavam no alto fazia parte das desvantagens de ter quase um metro e oitenta de altura, acho. Mas também tinha suas vantagens. Não que eu conseguisse pensar em qualquer uma delas naquele momento.

Finalmente o tormento acabou e, para alívio de todos os passageiros que ainda estavam assistindo àquele show, Brenda entrou na nossa fileira correndo com sua ecobag lotada e se sentou perto da janela, com o rabo de cavalo balançando. O cabelo dela quase sempre ficava preso em um rabo de cavalo alto e fazia aquelas adoráveis ondas na pontinha.

Cecília viu que a situação já estava mais ou menos sob controle e se sentou no assento do corredor, agarrando seu inseparável celular e o carregador (ficar sem bateria era seu pior pesadelo). Acho que eu nunca tinha visto Cecília sem o aparelho na mão, e, normalmente, a tela exibia algum aplicativo de relacionamentos. Seus *matches* eram constantes, porque não havia um ser nesse mundo que não achasse Cecília deslumbrante. Seus cabelos cacheados já tinham estampado muitos editoriais de moda quando ela trabalhava como modelo. Agora era formada em marketing e fazia trabalhos de marketing digital como freelancer, mas sua atividade favorita era partir corações. Ela era avassaladora e passava feito um furacão na vida dos homens que tinham a sorte (e depois o azar) de cruzar seu caminho.

Vivi estava começando a entrar na fileira para se sentar na cadeira do meio quando eu a segurei pelo ombro.

— Nada disso — falei, me enfiando na frente dela. — Se você sentar do lado da sua irmã eu não vou ter um segundo de paz nessa viagem.

— Que exagerada! — reclamou Vivi.

Mesmo assim, ela me deixou passar. Juro que ouvi um suspiro aliviado dos passageiros em pé atrás de nós quando, por fim, estávamos todas sentadas.

— Quem falou que você ia na janela, hein? — implicou Vivi, tentando chamar a atenção de Brenda. — *Eu* queria ir na janela.

— Vou ver as praias do Caribe antes de você — rebateu a irmã mais nova, mostrando a língua.

Eu não tenho irmãos e sempre me lamentei por isso, mas, se fosse para ter uma irmã e viver brigando que nem a Vivi e a Brenda, eu preferiria continuar sendo filha única, muito obrigada. A maneira como uma tratava a outra explicava o porquê de eu ter que me sentar entre as duas. Elas eram incapazes de ficar cinco minutos sem um arranca-rabo e, por isso, naquele avião — e muitas vezes na vida —, cabia a mim tentar manter a paz.

Eu alimentava grandes expectativas em relação àquela viagem e não ia deixar a implicância dessas duas me atrapalhar. Aquela era minha viagem de quinze anos atrasada. Minha e da Vivi. Na verdade, tínhamos feito quinze anos dois anos antes e, na época, programamos viajar juntas para celebrar essa data única. O problema era que os pais da Vivi tinham uma condição para deixar essa viagem acontecer: teríamos que esperar a Brenda completar quinze anos também. Dois anos se passaram, e finalmente o dia chegou. Duas marmanjas de dezessete (mentira, Vivi ainda não tinha dezessete, mas só faltavam alguns meses para o aniversário dela) viajando para comemorar os quinze anos com a Brenda, que tinha acabado de fazer aniversário.

Ela parecia uma criancinha, de tanto que quicava na poltrona e apertava os botões o tempo todo. Já tinha descido e subido seu assento umas vinte vezes naquele curto intervalo e não parava de falar sobre como tudo aquilo era *muito* legal. Com uma ênfase longa e desnecessária no *u*.

— Isso é *muuuuuuuuito* legal — falou ela mais uma vez, abaixando e levantando a mesinha. — Não é, Ísis?

Eu assenti. Até concordava que era tudo *muuuuuuuuito* legal mesmo, mas não ia passar vergonha dando a entender para os outros passageiros que era minha primeira viagem de avião. Mesmo que fosse. Quer dizer, mais ou menos. No Rio de Janeiro, pegamos o avião para Atlanta, onde fizemos uma conexão, e agora estávamos devidamente acomodadas na outra aeronave que nos levaria ao destino final. Em teoria era minha *segunda* viagem, mas isso não mudava o fato de que eu continuava muito animada. Tudo era incrível, mas tão apertado! Mal tinha espaço para minhas pernas longas. Ainda que tudo fosse novidade, eu estava focada em manter a compostura.

— Sossega, Brenda — brigou Vivi, se pendurando por cima de mim para encarar a irmã. — Daqui a pouco nem a Ísis, que é uma santa, vai te aguentar.

Vivi estava sempre menosprezando a irmã mais nova e a excluindo de nossas conversas e nossos programas. Eu sentia pena e tentava incluí-la, por isso minha amiga me considerava "uma santa". Brenda era praticamente minha irmã emprestada, o que não significava que era fácil conviver com ela.

Brenda deu de ombros, levantou o queixo proeminente com orgulho e pegou seu leitor de e-book dentro da ecobag. Eu sabia que ela estava lendo algum livro novo do mesmo autor da série daquele garoto Percy Jackson. Ou talvez ela estivesse *relendo* Percy Jackson, de tanto que era fã do escritor. Esse cara era um dos seus autores favoritos e, por influência dela, eu também já tinha lido a série. Vivi, por outro lado, se contentou em assistir aos filmes — para total horror da irmã mais nova. Brenda continuou acompanhando todos os lançamentos do cara, mas, em algum momento, eu me perdi. Eram muitos livros mesmo!

Achei que finalmente conseguiria descansar, já que quando Brenda estava lendo costumava ficar mais quieta. O embarque estava quase no final e em breve decolaríamos. Infelizmente, Vivi não tinha os mesmos planos que eu, ou seja, nada de descansar. Aproveitou a distração da irmã para começar a desabafar sobre sua última paixonite que tinha dado errado (como sempre).

— Você acredita que o Renato teve o disparate de me mandar mensagem? — reclamou ela, agitando o celular na minha cara. Ela balançava a cabeça em negação, os cabelos castanhos com mechas loiras esvoaçando. — Não dá para acreditar na cara de pau dele.

Suspirei, me encolhendo na cadeira. Todos os amores de Vivi acabavam em decepção em algum momento, mas, sinceramente, ela era a única que ainda esperava algo diferente. Até Brenda concordava comigo quando eu tentava alertar que eles não valiam nem o ar que respiravam. Cara lixo era cara lixo, mas minha amiga parecia acreditar que tinha uma vocação ambiental: tentava transformar os maiores lixos do mundo em algo que prestasse. Ela não via nada de ruim nos garotos e ainda reclamava comigo toda vez que eu tentava apontar sinais de que havia algo *muito* errado. Dizia que eu estava tentando "boicotar seus relacionamentos", quando, na verdade, só queria o bem dela.

— Sossega, Viviane. — A voz de Brenda interrompeu Vivi bem no instante em que ela ia reclamar de mais alguma coisa. — Assim nem a Ísis, que é uma santa, vai te aguentar.

Eu contive uma risada, olhando de soslaio para Brenda, que nem sequer tinha tirado os olhos do livro em seu leitor. Cecília também olhava na nossa direção com um sorrisinho cúmplice. Ela já estava com o aplicativo de relacionamentos aberto e, de alguma maneira, tentava conseguir seus *matches* mesmo dentro do avião. Coitados daqueles homens. Nem veriam o furacão de cabelos hidratados e cílios longos que os assolaria. Vivi abriu a boca para reclamar, porém mais uma vez foi interrompida, agora pelo comandante. Sorri, satisfeita, quando ele avisou que aquele era o voo 543 com destino à República Dominicana. Avisou também que o embarque estava encerrado e que íamos começar com os procedimentos de decolagem.

— Você acha que eu devo responder? — perguntou Vivi, olhando para o celular e para a mensagem do dito-cujo. — Preciso resolver rápido porque estou ficando sem bateria.

Seus olhos castanhos brilhavam, e eu soube que precisava me manifestar antes que ocorresse um alerta de lágrimas. É claro que podia ser só impressão. Vivi precisava usar óculos, mas, vaidosa como era, não usava e vivia estreitando os olhos para tentar enxergar as coisas.

— Ih, amiga, você não ouviu? — respondi, puxando o celular da mão dela. — Vão começar os procedimentos de decolagem, você tem que desligar o celular.

— Se você não desligar e nosso avião cair, Viviane... — ameaçou Brenda, levantando os olhos do leitor para encarar a irmã de forma ameaçadora.

— Você viu *Lost* demais, Brenda — provocou Vivi, revirando os olhos.

— Em *Lost* o avião não caiu por causa do celular — rebateu Brenda, parecendo entediada. — Você saberia disso se tivesse visto a série, como eu sugeri mil vezes... — Ela suspirou, dramática. — Mas não... você só quer saber de ficar assistindo aos mesmos episódios de *Gossip Girl*.

— De qualquer maneira, não vamos correr riscos — interrompi as duas, esticando as mãos com as palmas viradas para cima. — Podem ir me dando os celulares.

A contragosto, elas me deram os aparelhos e eu desliguei os três — os delas e o meu. Vivi começou a prestar atenção nas instruções de segurança e Brenda também estava atenta, piscando os olhinhos verdes. Só Cecília ignorava, enfiando os fones de ouvido. Pelo jeito não poderíamos contar com a única adulta para nos dar orientações caso sofrêssemos algum acidente. Se tudo desse errado, pelo menos Brenda era especialista em formas de sobrevivência em ilhas desconhecidas, uma extensa formação baseada nas seis temporadas de *Lost*, que ela tinha visto mais de uma vez.

Era surpreendente que meus pais tivessem me deixado viajar tendo *Cecília* como responsável. Ela era a tia mais nova de Brenda e Vivi, e não tinha nem trinta anos. Eles se arrependeriam da decisão naquele segundo, se pudessem vê-la analisando todo o avião em busca de alguma presa, agora que não tinha mais o alento do celular.

Tentei prestar atenção nas instruções de segurança, mas estava com a cabeça nas nuvens. República Dominicana! O paraíso! Eu fechava os olhos e quase conseguia ignorar as três quando pensava nas praias paradisíacas, nos belos drinques e homens mais bonitos ainda. Toda vez que eu questionava minha decisão de encarar essa viagem com três malucas, me lembrava das fotos que tinha visto na internet. Paraíso descrevia bem as imagens. Era uma ótima maneira de começar meu novo ano!

— Sabe o que seria melhor? Estar a caminho da Disney — disse Brenda, desligando o leitor de e-book e fazendo bico.

Esse também era um assunto recorrente. Tão recorrente quanto os amores e as desilusões de Vivi. Suspirei, exausta daquilo. Nós tínhamos pensado em ir para a Disney. Muitas colegas foram para lá quando completaram quinze anos e, na época, ficamos superanimadas também. O problema era que agora, dois anos depois dos nossos quinze anos, Vivi não estava mais interessada em passear na terra do Mickey.

— Disney é coisa de criancinha — argumentou ela, esticando-se por cima de mim, para mostrar a língua para a irmã.

Pelo jeito ir para a Disney era coisa de criancinha, mas mostrar a língua para a irmã mais nova era coisa de gente *madura*.

— Parem com isso vocês duas!

Empurrei Vivi e contive a fúria de Brenda, que já estava se esticando na poltrona para dar um peteleco na irmã. Além da situação com Vivi e seu preconceito com o pobre Mickey, estava mais em conta viajar para Punta Cana do que para Orlando. Os pacotes estavam supercompetitivos e o valor para o nosso período de viagem era imperdível. Pelo menos foi isso que Cecília havia dito quando apresentou a proposta para os meus pais, como nossa "adulta responsável". Olhando agora, Cecília claramente era uma péssima opção para cuidar de três adolescentes durante um mês inteiro no Caribe. Por sorte, naquele dia ela estava perfeitamente apresentável e passou muita credibilidade. Tanta que agora eu estava *dentro do avião decolando* e isso era *incrível*.

Meus pais eram tão paranoicos que nem me deixavam ter um cachorro. A gente tentou adotar um certa vez, mas espirrei tanto depois que saímos do abrigo e levamos o cachorro para casa que tivemos que sair de lá direto para a emergência e pedir para a nossa vizinha adotar o bichinho (pelo menos eu ainda o vejo nos corredores).

Descobri desde cedo que era *atópica*. Ou seja, sofro de uma tendência hereditária a desenvolver manifestações alérgicas. Basicamente, isso significa que não sou alérgica a nada em especial, mas, ao mesmo tempo, posso ser alérgica a tudo. Em bom português: sou *hipersensível*. Isso foi motivo suficiente para os meus pais se tornarem *hiperparanoicos* e um pouquinho (muito!) superprotetores.

Por isso, não dava para acreditar que eles tinham concordado com aquela viagem e que não haviam mudado de ideia em *nenhum momento*. Assinaram todos os documentos necessários, ajudaram a fazer a mala cheia de biquínis e desejaram (inúmeras vezes) que eu me divertisse muito. No entanto, também enfiaram na minha mala um "kit médico de emergência" gigantesco, com tantos remédios que eu poderia virar traficante internacional. A quantidade de filtro solar fator 60 que minha mãe me fez trazer era capaz de despertar suspeita em qualquer agente da alfândega. Minha pele também era hipersensível, e se eu não tomasse muito cuidado, poderia estragar minhas férias inteiras em apenas um dia de sol. Eu nunca ia conseguir um visual de praia. Vivi e Brenda eram bronzeadérrimas e, quando pegavam sol, pareciam até ter um brilho próprio. Já eu parecia só um tomate mesmo.

— Faltam poucas horas para Punta Cana — cantarolou Vivi ao meu lado, agitando maracas imaginárias.

— Que maracas são essas? — Brenda riu do meu lado. — Está achando que Punta Cana é no México?

Vivi repetiu a mímica das maracas.

— Não é não, sua burra! — implicou Brenda.

— Ah, cala a boca! — reclamou Vivi.

Eu me encolhi na poltrona do avião, fechando os olhos e focando nas praias que me aguardavam. Engraçado estar tão ansiosa, visto que nenhuma de nós tinha ficado muito empolgada quando Cecília surgiu com o assunto pela primeira vez, especialmente Brenda, que queria muito ir para a Disney (e ainda não tinha superado o fato de termos desistido). Ela só parou de reclamar quando Cecília mostrou uma foto da República Dominicana no computador da Vivi. Uma foto de Punta Cana, a área turística onde ficavam os resorts e para onde estávamos indo. No final da galeria de fotos, Vivi e eu já tínhamos embarcado totalmente na ideia. Brenda ainda continuava um pouco dividida, mas parecia bem mais animada. Ela só voltou a reclamar quando fomos tirar o visto americano, por conta da nossa escala em Atlanta. Tivemos que ouvir um pouco mais da ladainha da Disney ("Já temos até visto de turista, por que não podemos ir para a Disney?").

Viviane e Brenda continuavam gritando, uma de cada lado do meu assento. Os passageiros ao redor começaram a olhar torto de novo.

— Meu Deus, como eu queria uma cerveja. — Ouvi Cecília reclamar por cima de toda aquela agitação. — Vou tomar umas cinco quando chegarmos ao resort.

O resort era *all inclusive*, ou seja, comida e bebida à vontade! E se tinha alguém que ia se esbaldar no open bar, era Cecília. Até porque nós três não podíamos beber. A parte boa é que, segundo minhas pesquisas, eles faziam drinques não alcóolicos também, o que me deixava mais feliz. Naquele momento eu sonhava com um *mojito* sem álcool. Ou fones de ouvido como os da Cecília. Um livro. Qualquer coisa que me tirasse do meio daquela confusão e me ajudasse a focar no lado bom da viagem. Mas eu tinha deixado tudo na mochila e, até o avião estabilizar, não poderia me levantar.

Respirei fundo, fechando os olhos e tentando não perder o bom humor nem o foco no destino final. *Um mês.* Um mês no paraíso. Não dava para entender como meus pais haviam concordado com aquilo, mas já que tinham aprovado eu iria aproveitar *ao máximo*.

— Vocês não vão tirar minha paz, ouviram? — reclamei, agitando o dedo na cara de uma e depois na da outra. — Tratem de aproveitar a viagem ou vou trocar a senha da Netflix!

Como as duas parasitas usavam minha conta para assistir a séries e filmes, a ameaça fez com que ficassem quietas. Cada uma delas virou para o lado, cruzando os braços. Relaxei os meus, apoiando-os em cima da coxa e dando um suspiro. Essas praias tinham que ser mesmo *incríveis* e esse *mojito muuuuuuuito* bom (como diria a Brenda) para compensar aquilo tudo!

2

Quando pousamos, logo percebi que talvez Vivi e Brenda não fossem as únicas capazes de acabar com a minha paz. Tivemos um pouco de dificuldade para sair do avião, já que, depois que tirei as malas e mochilas de todo mundo do compartimento de bagagem, Vivi *cismou* que precisava pegar o carregador portátil dentro da mala de mão. O celular dela estava descarregado.

— Você nem vai conseguir usar agora, sua maluca — reclamou Brenda, esperando que nós saíssemos das poltronas para que ela também pudesse passar. — A mamãe vai te *matar* quando a conta chegar altíssima por causa do uso de dados no exterior.

Vivi se deu por vencida e Cecília garantiu que podíamos pegar o carregador depois que passássemos pela imigração. Saímos do avião e seguimos para a fila, esperando a nossa vez. Como éramos menores de idade, fomos juntas até o oficial. Ele nem perguntou nada, mas tivemos que preencher um formulário e pagar uma taxa de dez dólares para obter autorização de estadia. Quando tudo já estava resolvido, o homem nos deu um "recibo" que precisaríamos entregar quando deixássemos o país. Cecília confiscou os nossos papéis. Entreguei o meu meio a contragosto, sem ter certeza de que ela era mesmo a pessoa certa para evitar que eu me tornasse uma imigrante ilegal.

Em seguida, fomos esperar as bagagens. Enquanto tirávamos nossas coisas da esteira, Vivi abriu a mala de mão para pegar o bendito carregador e se conectar ao Wi-Fi gratuito do aeroporto. Deu tempo de ela esbravejar bastante sobre o tal Renato, que não tinha mandado mais nada (zero surpresa quanto a isso) desde que ela ignorara a mensagem dele. Ela parou de falar assim que chegou a última mala — rosa, nada discreta, com um enorme rosto da Barbie, que combinava com a mochila da Brenda.

Apesar de todos aqueles pequenos momentos de tensão, parecia que tudo ia dar certo. No entanto, quando chegamos ao saguão de desembarque comecei a entrar em pânico. Caos era pouco para descrever a cena diante de mim.

Para começar, estava tudo lotado. Mesmo paradas num canto, as pessoas batiam na gente como se fôssemos invisíveis. Eram tantas pessoas por metro quadrado que até achei que tínhamos ido parar na China. O aeroporto parecia ser do tamanho de uma caixa de sapatos, apesar do pé-direito alto e das grandes janelas. Minha cabeça começou a rodar e respirei fundo, tentando manter a calma. Sequei as palmas das minhas mãos suadas na calça e tentei pensar em como sairíamos dali. De preferência *rápido*.

A gente precisava de um táxi. Focada em resolver a situação, comecei a ouvir os berros de "*transfer, transfer, transfer*?" de diversos homens que tentavam angariar passageiros. Quase me virei para perguntar que raios aquilo significava, mas Brenda começou a andar na direção de um deles. Cecília a interceptou, agarrando a sobrinha pela mochila.

— Ué, tia. A gente não precisa de um *transfer*?

Todos os homens olharam na nossa direção no momento em que ela terminou de falar a palavra com *t*. Cecília esbugalhou os olhos e começou a nos empurrar, pois os homens passaram a nos seguir avidamente. Tentamos andar rápido, mas com aquela multidão era difícil. Parecia que o mundo inteiro tinha decidido passear em Punta Cana. Pelo jeito, as promoções dos hotéis estavam *mesmo* imperdíveis. Era tanta gente, tantos idiomas, tantos carrinhos de mala e tantas plaquinhas com os nomes de recém-chegados que era praticamente impossível saber para onde ir. As conversas se confundiam, alguma música animada tocava ao fundo e, é claro, por cima de tudo isso havia os berros estridentes das pessoas oferecendo *transfer*.

— *Transfer? Transfer? Transfer?* — gritavam os homens, como uma horda de zumbis.

— Não! — berrou Cecília de volta. — Desapareçam, caramba!

— O que é um *transfer*? — perguntou Vivi, olhando para trás.

Eu também queria saber, mas estava grata por ter sido Vivi a perguntar.

— É tipo um táxi — explicou Brenda, agitando a mão para a irmã ficar quieta. — Mas eu não entendi, tia!

Mesmo sendo um gênio precoce, Brenda se virou na direção de Cecília com uma expressão de curiosidade e pânico. Se *ela* não tinha entendido, eu, que era uma mera mortal, não tinha a *menor* chance.

— A gente não quer um *transfer*? — perguntou ela. — Achei que a gente quisesse.

— A gente quer! — respondeu Cecília, olhando por cima do ombro para ver se tínhamos deixado os zumbis-motoristas para trás. — Mas a gente quer um de companhia, né, Brenda? O mais seguro possível.

— Ahhh, tá! — disse Brenda, assentindo.

— Espera, nosso resort não tem serviço de transporte? — Vivi fez uma careta, meio irritada. — Olhei na internet e todos os blogs de turismo falavam que o transporte do aeroporto para o hotel era padrão...

— Nosso pacote promocional não dá direito a isso! — falou Cecília aos berros, para tentar ser ouvida em meio ao barulho.

— Que horror! — Vivi continuou com cara de desgosto. Em seguida, tampou os ouvidos. — Meu Deus do céu, como eles gritam!

Brenda parou de andar e voltou um pouco, andando na direção dos homens. Cecília esticou a mão para puxá-la pela mochila novamente, mas se deteve quando ela começou a falar. Sabe-se lá o que ela disse, mas os homens assentiram e foram embora.

— Que magia foi essa? — questionou Cecília, exteriorizando a confusão de todas nós.

— Ué, só agradeci e falei que a gente não queria o serviço — respondeu Brenda, dando de ombros e voltando a andar.

Eu a encarei, completamente perdida. Supus que ela havia falado em espanhol, mas a verdade é que eu não tinha entendido uma palavra. Também não conseguia entender *nada* do que era dito naquele saguão. Pelo jeito, espanhol não era bem como eu pensava... Achei que se eu falasse português com um pouquinho de sotaque, adicionando uns *ito* aqui e acolá, eu *hablaria un poquito de español.*

— Você sabe falar espanhol? — Vivi também parecia confusa.

— É claro que sei — falou Brenda, com uma careta, parecendo quase ofendida. — Vocês não sabem?

— Eu só sei pedir cerveja. — Cecília riu. — *¡Una cerveza, por favor!* — Nós três olhamos para ela, balançando a cabeça. — Eu sei pedir cerveja em 47 idiomas. — Ela tentou se justificar, o que só piorou sua situação. — Prioridades, né?

— Será que nossa prioridade não deveria ser encontrar um *transfer*? — questionei, exausta de ficar no meio daquele caos.

Eu não esperava que do aeroporto já desse para ver as lindas praias de areia clarinha, mas também não esperava toda aquela confusão. Antes de Cecília, eu nunca tinha ouvido falar da cidade e não seria capaz de apontar a República Dominicana no mapa nem se estivesse correndo risco de morte e essa fosse minha única chance de sobreviver. Mas até agora o país não tinha *nada a ver* com o que eu vira nas fotos. Propaganda enganosa! Só havia pessoas usando camisa estampada, berrando em uma língua que eu não conseguia entender e dançando de forma estranha uma música ritmada que saía dos alto-falantes do saguão — aliás, a música quase nunca era interrompida por aquelas falas robotizadas típicas de aeroporto. Grande parte daquele caos era causado justamente pelos turistas, que já pareciam estar em uma festa open bar.

— Pikachu, eu escolho você! — Cecília empurrou a sobrinha mais nova. — Desenrola seu espanhol ali naquelas barraquinhas e vê se arruma um *transfer* cooperado pra gente.

Ela apontou para barraquinhas enfileiradas no canto do saguão. Havia funcionários uniformizados e com crachás, que acenavam para quem estivesse passando e perguntavam se o recém-chegado precisava de alguma coisa. Havia também empresas oferecendo passeios para outras cidades, *transfers* e até entradas em festas exclusivas.

— Pikachu nada! — reclamou Brenda, cruzando os braços e fazendo bico. — Se eu fosse um Pokémon eu preferiria ser a Ninetales!

— Ninguém se importa, sabia? — interrompeu Vivi, que não tinha paciência nenhuma para as nerdices da irmã. — Mas sabe o que realmente importa? Como é que você sabe falar espanhol?

Vivi parecia inconformada com o fato de a irmã mais nova saber algo e ela não. Não entendi a surpresa, pois era algo bem comum.

— Aprendi no colégio, ué!

Brenda estudava em um colégio diferente do nosso. Tinha feito curso preparatório durante o último ano do ensino fundamental e havia passado no concurso para fazer o ensino médio em um excelente colégio público federal do Rio de Janeiro. Além disso, também era uma pequena *gênia* e tinha pulado um ano. Ou seja, mal havia completado quinze e já estava quase começando o segundo ano do ensino médio.

— Anda, gente! — chamou Cecília, agitando a mão no ar como se mandasse Brenda agilizar o serviço. — Minha cerveja é para hoje.

— Vamos fazer uma pesquisa de mercado, tá bem? — disse Brenda.

Nós nos entreolhamos, confusas.

Ela não esperou nossa resposta. Debruçou-se no primeiro balcão de companhia de *transfer* com um sorriso falso, entrelaçou as mãos e começou a lançar seu espanhol, do qual eu só entendi *hola*. Nós a seguíamos sem entender quase nada enquanto ela pulava de balcão em balcão. Vira e mexe apontava para algum anterior, berrava e gesticulava. Isso gerava uma comoção de gritos entre os funcionários dos guichês que fazia eu querer me encolher em posição fetal. A paz que me prometeram? O paraíso? Bons *mojitos*? Cadê tudo isso?

— Pronto. — Brenda virou na nossa direção com um sorriso largo. — Consegui um bom desconto.

— Você parece ter começado a Terceira Guerra Mundial, isso, sim — comentou Vivi, olhando para o caos que Brenda havia deixado para trás.

— Ora, eu só negociei o melhor preço. — Brenda deu de ombros. — Lei da oferta e da demanda. Não sabia que isso geraria uma briga. — Ela começou a seguir um motorista cujo uniforme exibia a logo de uma das barraquinhas. Brenda puxava sua mala e jogava o cabelo para o lado. — Um pouco de competição é importante, vocês não acham?

— Sei lá, só quero minha cerveja — respondeu Cecília, revirando os olhos e se apressando para seguir a garota.

Vivi e eu também corremos atrás dela, puxando nossas malas. Eu não sabia o que minha amiga estava pensando, mas tinha certeza de que não queria ficar nem mais um segundo naquele saguão. Ainda dava para ouvir os gritos dos motoristas discutindo depois que nos afastamos, enquanto esperávamos nosso motorista terminar de encaixar as bagagens gigantescas no porta-malas do carro.

— Que sorte que é um carro grande — comentei quando ele encaixou a última mala no pequeno espacinho que sobrava.

— Sorte nada! — exclamou Brenda, com um pé já dentro do carro. — Negociei isso também...

— Meu Deus! — Vivi se assustou atrás de mim. — A pessoa mais safa dessa viagem tem quinze anos?

— Pelo jeito sim, amiga! — Eu ri, já dentro do *transfer* e fazendo um gesto para Brenda deslizar no banco.

Cecília estava sentada na frente e eu me posicionei no meio do banco de trás. Vivi entrou com rapidez e fechou a porta. Pela primeira vez desde que pisamos na República Dominicana, o sossego tomava conta dos meus ouvidos. O único barulho era o do motor do carro e a respiração dos cinco passageiros.

Pena que minha paz durou muito pouco. Antes mesmo de sair com o carro, nosso motorista apertou o botão do potente rádio em seu painel e o veículo foi invadido por uma música hispânica desconhecida, tão chiclete quanto "Despacito" ou qualquer música em espanhol da Shakira. A voz melodiosa e animada do cantor berrava pelas caixas de som atrás de mim e eu me encolhi, sentindo saudades do curto período de silêncio.

— Uhuuuuul! — gritou Cecília, levantando os braços quando o motorista deu partida. — Punta Cana, aqui vamos nós!

— Punta Cana, *eh, eh!*

Isso foi tudo que consegui entender quando o motorista concordou, fazendo uma dancinha que com certeza comprometia sua capacidade de dirigir com cautela.

Cada vez mais eu me encolhia no banco, passando vergonha. O motorista estava rindo de Cecília, que dançava no banco da frente, se balançando e sacudindo os ombros como se tocasse maracas. Em vez de me acompanharem naquela sensação de vergonha alheia, Brenda e Vivi deram um berro e começaram a dançar também.

Um mês com aquelas loucas. Era isso que eu tinha pela frente.

— Ah, Ísis! — Brenda me cutucou. — Cadê sua empolgação?

— Punta Cana, amiga! — disse Vivi, me cutucando do outro lado.

O motorista deu uma gargalhada e pegou a autoestrada a caminho do paraíso. As três dançavam de forma estabanada e divertida. Não contive uma gargalhada. Elas entenderam isso como um incentivo e continuaram a me cutucar e dançar. Só pararam quando a música chegou ao que parecia ser o refrão e eu dei de ombros, entrando na dança.

— Me aguardem, *mojitoooos*! — gritei.

Cecília parou de dançar na hora e se virou no banco para me encarar, com uma expressão ao mesmo tempo de irritação e surpresa.

— *Sem álcool*, é claro! — acrescentei.

— Acho bom! — Ela voltou a olhar para a frente, esticando os braços. — Mas muitos *mojitos com álcool* para mim!

Todos caímos na gargalhada. Depois de um conturbado começo, tudo que mais queríamos era chegar logo ao resort e aproveitar o mês que tinha tudo para ser o melhor da nossa vida.

As fotos paradisíacas voltaram a fazer todo o sentido quando nosso *transfer* entrou no complexo do hotel. Os portões de mármore branco esplendorosos, os *valets* que abriram as portas do nosso carro e as toalhinhas molhadas para "nos refrescarmos", que cada uma de nós recebeu em uma bandejinha especial... Era um sonho!

O saguão do resort era tão incrível que me fez questionar se a gente estava mesmo no lugar certo. Para começar, tinha dois andares e uma decoração impecável. O salão era amplo, e uma escada magnífica com detalhes em dourado e degraus de mármore, que parecia saída diretamente de *A Bela e a Fera*, levava ao andar superior. Havia diversos sofás e mesas espalhados lá em cima, ao longo do mármore claro e escovado. Alguns hóspedes estavam sentados batendo papo; outros, debruçados na grade, olhavam para nós no andar de baixo. Do teto alto, pendia um lustre tão polido que reluzia com intensidade a luz do sol que entrava pelas enormes janelas. O andar em que estávamos parecia mesmo um grande salão de festas, com um bar com piano e uma recepção ampla, além de um balcão de madeira clara que ia de uma ponta à outra da parede.

Brenda foi a responsável por falar com o recepcionista e informar que estávamos ali para fazer o *check-in*. Cecília, é claro, estava na cola dela. Ainda que seu espanhol só fosse suficiente para pedir cerveja, era a adulta responsável e Brenda apenas a intérprete. O recepcionista nos direcionou para uma sala de espera VIP enquanto aguardávamos o responsável pela distribuição das chaves e a finalização do *check-in*. Outros funcionários pegaram nossas malas para levá-las aos quartos. Eu já estava completamente deslumbrada!

Cada uma de nós ganhou um drinque enquanto esperava (claro que os nossos eram sem álcool) e Cecília ganhou uma pulseira que só os maiores de idade usavam. Como o resort era no sistema *all inclusive*, era isso que indicava quais hóspedes podiam pedir bebidas alcoólicas nos bares e restaurantes.

Cecília e Brenda terminaram de resolver tudo e voltaram com quatro cartões, dois para cada quarto duplo. A essa altura, nossas malas já deviam estar nos quartos. Um funcionário nos levou para fazer um pequeno tour pelo resort, junto com outros hóspedes que também tinham acabado de chegar. No caminho, ele foi apontando tudo que havia entre o saguão da recepção e o complexo onde nossos quartos ficavam. Era tudo muito grande e lindo!

O funcionário apontou pelo menos três piscinas diferentes, umas três ou quatro opções de restaurantes e *incontáveis* bares. Tivemos que segurar Cecília pelo braço, pois ela quase ficou para trás em cada um deles. O atendente indicou qual elevador nos levaria para o nosso quarto, entrou conosco e pressionou o botão do andar. Só se despediu quando já tínhamos aberto a porta dos quartos e ele havia se certificado de que estava tudo certo. Cecília deve ter dado alguma gorjeta, mas eu não estava mais prestando atenção. Meu foco era *totalmente* o paraíso que veio à tona no instante em que Vivi girou a maçaneta e abriu a porta.

— Esse é o nosso quarto? — questionou Vivi, parecendo tão chocada quanto eu.

— *Aaaaaaah*, meu Deus! — gritou Brenda.

Ela estava parada na frente de uma porta ao lado do nosso quarto. Devia ser o que ela e Cecília dividiriam. Pelo jeito, era tão maravilhoso quanto o nosso.

Eu nem tinha fôlego para falar, mas cruzei a soleira com uma rapidez impressionante. Vivi me seguiu, batendo a porta ao entrar. Nossas malas já estavam no cantinho do quarto, mas eu nem sabia para onde olhar primeiro! O lugar era gigantesco! Pelo menos cinco vezes maior do que o espaço que eu chamava de quarto no Brasil.

À esquerda ficava uma bancada espaçosa, com pia dupla e um espelho todo trabalhado. No mesmo ambiente havia duas portas, uma dava para um toalete com vaso sanitário e a outra para um chuveiro *tão grande* que cabia o meu banheiro inteiro ali dentro. Como se tudo isso não fosse o bastante, para separar o ambiente e o quarto havia uma banheira de hidromassagem *gigantesca*!

— Vou morar aqui. Avisa aos meus pais! — berrou Vivi, pulando dentro da banheira vazia.

Dei uma gargalhada, correndo na direção dela e fingindo que ia abrir a torneira. Ela berrou, pulando para fora tão rápido quanto entrara. Continuamos andando pelo quarto, sem acreditar que aquilo era mesmo para a gente. Fomos até a sacada, que tinha rede e uma vista *deslumbrante* do mar caribenho.

Eu e Vivi nos debruçamos na sacada, sem palavras.

— Estou apaixonada — comentei, sentindo o vento bagunçar meus cabelos. — Posso passar o mês inteiro só dentro desse quarto.

— Estou apaixonada também. — Vivi deu uma risada, esticando o braço para me puxar pelo ombro. — Para melhorar — ela esticou o outro braço para a frente, apontando lentamente para a paisagem —, esse hotel tem *muito mais* a nos oferecer.

Para entrarmos ainda mais no clima, Vivi colocou sua playlist especial só com músicas latinas, e nós duas começamos a dançar. Perto de mim, Vivi era praticamente uma dançarina profissional. Talvez não porque dançasse tão bem, mas porque, quando a adversária era eu, a vitória era fácil, fácil. Pouco importava! Eu estava tão feliz! Desfizemos as malas ainda rebolando e mexendo o corpo todo. Já era final do dia, mas ainda havia um resquício de luz do sol. Por isso, tratamos de enfiar nossos biquínis para dar o primeiro mergulho de nossa vida no mar do Caribe quanto antes.

Nem tínhamos acabado de nos trocar quando alguém bateu à porta. Fui atender dançando, mas resolvi perguntar quem era antes de abrir.

— Somos nós, né, Ísis? — disse Brenda com uma voz de tédio. — Quem você achou que fosse?

— Um amor caribenho! — gritou Vivi atrás de mim, dando mais risada.

Abri a porta com um sorriso sem graça, pensando que um amor caribenho não seria *nada mau*. Um garoto maravilhoso para compartilhar um mês maravilhoso em um resort maravilhoso? Parecia um plano maravilhoso (perfeito!). Um amor de verão, hã? Quer dizer, de inverno. Apesar do sol quente, era inverno na República Dominicana. Como o país ficava acima da linha do Equador, em janeiro era inverno, diferentemente do Brasil. Pelo menos foi isso que vi no Google. Eu não era muito boa em geografia.

— O quarto de vocês é incrível que nem o nosso? — gesticulei enquanto elas entravam e fechavam a porta.

— Sim! — comemorou Cecília, fazendo uma dancinha para entrar na vibe do quarto. — E tem cerveja no frigobar! — Ela riu. — Que lugar incrível!

— Tem no nosso também? — perguntou Vivi, fechando a mala.

Cecília lançou um daqueles olhares fulminantes para minha melhor amiga. Depois franziu a testa e olhou com desconfiança na direção do nosso frigobar. Seus braços ágeis logo se esticaram para alcançá-lo.

— Brincadeira, tia Ceci, eu hein... — Vivi revirou os olhos. — Cadê o seu senso de humor?

— Acho bom. — Cecília examinou nosso frigobar com a minúcia de quem investiga um crime e, depois de constatar que não tinha nada alcoólico, fechou a porta. — Não tenho senso de humor quando a piada é sobre você encher a cara e seus pais arrancarem meu couro.

Brenda e eu demos uma risadinha baixa e Vivi balançou os cabelos, fazendo careta. Terminamos de nos arrumar, fechamos tudo e caímos fora, para dar pelo menos um mergulho naquele fim de tarde e conhecer mais um pouco do paraíso onde estávamos hospedadas.

— Eu vou ter que admitir — disse Brenda em tom sério quando estávamos no elevador. — Acho que isso aqui pode ser tão bom quanto a Disney!

Nós quatro estávamos gargalhando no instante em que o elevador abriu no térreo e demos de cara com um grupo de homens de roupa de banho, ainda pingando. Paramos de rir na hora, petrificadas por tanta beleza. Eles deram licença para que passássemos e em seguida entraram no elevador, com sorrisinhos. Esperamos as portas se fecharem para bater palmas e dar mais gargalhadas, porque eles estavam mesmo de *parabéns*.

Começamos a andar meio sem rumo, perdidas em meio a tantos prédios e tanta imponência, mas tentando seguir as plaquinhas de orientação em quase toda esquina. Fizemos uma pausa para pedir bebidas no primeiro bar.

— *¡Una cerveza, por favor!* — pediu Cecília, tão empolgada que nos arrancou novas risadas.

Pedi meu *mojito* sem álcool, Brenda um tipo de *frozen* de morango e Vivi um Ginger Ice Tea. Eu não fazia ideia do que era aquilo, mas parecia delicioso.

— Um brinde — propus.

Cecília já estava com a boca quase no copo.

— Meu Deus do céu! — Ela riu. — Precisa de tanta cerimônia para beber nesse lugar?

— Só queremos brindar ao início das nossas férias! — Vivi esticou a mão que segurava o copo e nós imitamos o movimento, encostando um copo no outro.

— Feliz quinze anos, meninas! — Cecília riu, finalmente tomando um gole da bebida.

— Nós temos dezesseis — rebateu Vivi, revirando os olhos.

— Dezessete! — corrigi.

— Dezessete só você, sua velha. — Vivi mostrou a língua. — Ainda sou novinha!

— Rá, rá, rá! Pena que não parece, não é mesmo? — zombou Brenda.

— Daqui a três meses você vai ter dezessete também, sua besta — provoquei, revirando os olhos também.

— Essa viagem é uma comemoração de quinze anos. Então, feliz quinze anos atrasado para todas! — exclamou Cecília.

— Obrigada, tia! — agradeceu Brenda.

— *Shhhhhhh*. — Cecília esticou a outra mão para tampar a boca da sobrinha. — Não vamos usar esse termo aqui, tá bem? Me faz parecer...

— Velha? — arriscou Vivi, estreitando os lábios para conter o sorriso.

— *Exatamente* — respondeu Cecília, dando mais um gole. — Vamos usar Ceci, tá bem? Apenas Ceci.

Nós três rimos dela, mas concordamos. Continuamos nosso passeio pelo hotel, agora munidas de bons drinques e curtindo o clima. Seguíamos as plaquinhas que indicavam o sentido da praia, parando para admirar o que aparecia pelo caminho. Por exemplo, novos restaurantes com pratos de diversos países (tinha até culinária mexicana, o que fez Vivi sacudir de novo suas maracas imaginárias), salas de jogos, salas para assistir a filmes, espaços de massagem e, claro, belos exemplares masculinos.

— Isso tudo é *muuuuuuuito* legal! — exclamou Brenda, dando um saltinho que derramou um pouco do *frozen*.

Tive que me conter para não gritar que era *muuuuuuuito* legal mesmo.

Quando finalmente chegamos à praia, ficamos ainda mais deslumbradas. Para começar, era uma vista de tirar o fôlego. O mar de uma cor indescritível; no horizonte, o céu brincava de se camuflar à água, o sol brilhando, mas a caminho de se pôr. A praia estava cheia de espreguiçadeiras e de redes entre os coqueiros. Também havia quiosques que distribuíam toalhas e alguns bares esparsos, com garçons que passavam de espreguiçadeira em espreguiçadeira para anotar pedidos. Um paraíso de verdade! Eu ainda não conseguia acreditar que era *naquele lugar* que passaria o mês inteirinho.

Arrancamos as roupas que colocamos por cima dos biquínis e empilhamos em cima de duas espreguiçadeiras vizinhas.

— A última a pular na água vai ter que buscar toalhas para todo mundo! — desafiou Ceci, correndo pela areia fofa.

Vivi e eu tratamos de correr atrás dela. A areia fofa e branquinha afundava sob os meus pés, e a visão espetacular do mar que se aproximava era um convite incrível para correr o mais rápido que eu conseguisse. Por sorte, como costumava jogar vôlei, meu preparo físico era bem razoável e me dava vantagem.

— *Eeeeeei* — reclamou Brenda bem atrás de nós, ainda presa em uma perna do short. Eu ri. — Isso não é justo!

Distraída, olhando o infortúnio de Brenda, acabei esbarrando nas costas da Vivi, que estava um pouco à frente e havia parado de modo brusco. Por conta da nossa diferença de altura, minha boca ficava no nível da cabeça dela, e os cabelos de Vivi voaram com tudo no meu rosto. Cuspi os fios de cabelo enquanto a empurrava para longe.

— Ei! — Foi minha vez de reclamar. — Tá maluca, amiga?

— Eu estou é... apaixonada... — confessou Vivi.

Minha paz durou muito pouco. Lá vamos nós de novo...

— Por que todo mundo parou? — indagou Brenda, se aproximando de nós, espalhando areia.

Foi só quando ela perguntou isso que reparei que Cecília *também* tinha parado antes de entrar no mar. Ela e Vivi estavam olhando na mesma direção, então segui o olhar delas.

Entendi na hora. Era um homem saindo da água, e realmente era de parar o trânsito ou, no caso, o tráfego de turistas que queriam aproveitar um pouquinho do mar antes de o sol se pôr. Quer dizer, pelo menos havia conseguido parar nós quatro. Cada centímetro de pele que surgia fora da água causava um novo suspiro de Vivi. Assim como gominho por gominho do abdômen trincado, as coxas dignas de jogador de futebol e aquele cabelo preto molhado, balançando no ritmo de seus passos. De longe, já dava para ver que ele não era alto para os meus padrões, mas mesmo assim era muito bonito.

Ele passou bem na nossa frente, desfilando sua pele morena e sua bermuda preta colada nas coxas. Quando olhou na nossa direção e deu um sorriso, achei que Vivi ia desmaiar e estiquei meus braços para ampará-la, se fosse necessário. Por sorte, ela só soltou mais um suspiro e se abanou sutilmente com a mão.

— Nossa Senhora, hein! — falou Cecília quando o cara já tinha terminado de cruzar a faixa de areia e estava subindo as escadas para a parte interna do resort. — Que lugar abençoado.

— Encontrei o pai dos meus filhos — foi tudo que Vivi conseguiu dizer, virando-se na direção da tia.

Dei uma risada, pensando em como ela era mesmo incontrolável com aquelas paixões em *looping*. Desilusão → nova paixão → desilusão → nova paixão, num ciclo eterno. Parecia que ela só conseguia curar uma desilusão com um novo romance, mais um cara em quem depositar todas as suas energias.

— Você se apaixona o tempo todo! — retrucou a irmã, dando uns passos para a frente.

— Tenho que concordar com a Brenda, Vivi — confessei, dando um sorriso cúmplice para nossa mascote.

— Andem logo, suas molengas — interrompeu Cecília. Já tinha voltado a correr e estava quase chegando no mar. — A aposta das toalhas ainda está valendo.

Nós voltamos a correr, uma empurrando a outra e rindo. No final das contas, acabamos entrando ao mesmo tempo na água gelada, de mãos dadas. Enquanto eu dava meu primeiro mergulho naquele lugar esplêndido, cheguei à conclusão de que não havia *nada* de ruim no Caribe.

Acordamos cedo no dia seguinte. Pulamos da cama, para ser mais exata. Vivi tinha colocado o celular para despertar antes das nove horas, porque não queria perder *nem um segundo* em Punta Cana. Eu ainda estava cansada da viagem, mas concordava com ela. Vestimos os biquínis, colocamos uma roupa qualquer por cima e fomos bater na porta de Brenda e Ceci.

— Vocês não dormem, não? — reclamou Ceci assim que abriu a porta.

— É melhor deixar para dormir no Brasil — rebateu Vivi, já entrando no quarto delas e batendo palmas bem alto. — Vamos aproveitar!

Cecília deu um sorriso e fechou a porta com um estrondo. No momento em que ela se espreguiçou, sabíamos que tínhamos vencido a batalha. Agora só faltava conseguir acordar a Brenda. Ela sempre dormia como uma pedra e dava trabalho todo dia na hora de acordar para ir para o colégio.

— Brenda! — chamei, cutucando o ombro dela.

Não surtiu efeito algum. O máximo que nossa mascote fez foi dar um longo suspiro e um pequeno ronco. Dei uma risada, mas Vivi ficou enfurecida com a reação quase inexistente. Ela não tinha a menor paciência com a irmã, por isso eu sempre acabava como mediadora.

— Brenda! — repetiu ela, puxando a coberta e fazendo a garota rolar na cama.

E foi só isso que aconteceu. Do jeito que caiu depois de rolar, Brenda continuou a dormir feito um anjo.

— Não é possível! — exclamou Vivi, exasperada. — É por isso que a mamãe desiste e borrifa água na cara dela!

— E funciona? — perguntou Cecília, vindo do banheiro já de biquíni.

— Nem sempre — respondeu Vivi, agarrando uma das pernas descobertas da irmã. — Ceci, vem cá — chamou ela com a outra mão. — Pega a outra perna dela.

Cecília deu uma risada, agarrando a perna livre de Brenda, e as duas puxaram. A tia foi mais gentil e puxou lentamente, enquanto a irmã, já sem paciência, usou uma força exagerada.

— *Aaaaaah!* — Brenda se debateu para se soltar dos puxões.

— Finalmente!

Vivi levantou as mãos para o céu enquanto a irmã piscava vagarosamente.

— O que vocês querem, criaturas? — choramingou a Bela Adormecida.

— Aproveitar o dia! — respondi, tentando amenizar o clima. — Mas não sem você, né...

Brenda deu um sorriso e pulou da cama, amando o fato de não ter sido deixada de lado. Viviane tentou retrucar, mas eu a encarei com um olhar gélido. Ela vivia mandando a irmã se afastar de nós duas e procurar "amigos da idade dela", mas eu morria de pena da Brenda e costumava incluí-la em quase todos os nossos programas, o que deixava minha melhor amiga bem irritada. Brenda não fazia amigos com facilidade. Era inteligente demais e acreditava que todo mundo entendia facilmente o que ela dizia, mesmo quando era sobre a crise humanitária no Sudão (outro país que eu também não saberia apontar no mapa). Eu achava que Brenda se sentia excluída, mas ela nunca falou sobre isso. Pelo contrário, a não ser pelos momentos que estava aos tapas com a irmã, vivia sorrindo e saltitando, cheia de animação.

Depois do que pareceu uma eternidade, Brenda ficou pronta e fomos tomar café da manhã juntas. Seguimos para o restaurante central do resort, conversando pelo caminho e tendo uma nova visão do hotel, agora que o sol estava a pino e tudo parecia *ainda mais bonito* do que no fim da tarde anterior, se é que isso era possível. Como nosso primeiro jantar, depois que saímos da praia, havia sido digno de um grande chef, estávamos com altas expectativas para o café.

Ou, pelo menos, *eu* estava. O café da manhã era minha refeição favorita e eu era completamente dependente de uma boa xícara de café pela manhã. Quando vi toda aquela comida disponível no bufê, perdi completamente a linha e fiz um prato maior do que o das três. Juntas.

— Não sei como você aguenta comer isso tudo. — Vivi gesticulou quando eu me sentei com elas. — De manhã eu nem sinto fome.

— Nem eu — falaram Brenda e Ceci ao mesmo tempo.

Eu, hein! E lá precisava ter fome para comer todos aqueles tipos de pãezinhos? Diversas fatias de queijo? E aqueles docinhos, tão pequenininhos que eu conseguia colocar todos na boca de uma vez só? As duas fatias de melancia quase nem contavam como comida, né? Tão levinhas...

— Não sei para onde vai toda essa comida — comentou Ceci, observando com horror. — Espera você fazer 25 anos... — disse ela, enfiando um pãozinho na boca. — Seu metabolismo vai dar uma freada brusca...

— Ela é atleta, né. — Brenda fez uma careta para a tia. — Gasta tudo que come.

Revirei os olhos, sem paciência. Havia uma *grande* diferença entre "ser atleta" e jogar no time de vôlei do colégio, que era o meu caso. Eu nem tinha uma posição fixa no time. Às vezes atuava como central (sob constantes gritos do treinador, que dizia coisas como "É para bloquear todo mundo, Ísis. Não deixa passar nem o vento" ou "Vamos lá, Ísis, você nem precisa pular para bloquear. Usa essa altura que Deus te deu!"), às vezes como ponteira (e aí os gritos eram mais como "É para furar o chão com essa bola, Ísis!" ou "Tá com medo da bola, Ísis? Corta isso!"). Eu tinha graves suspeitas de que só estava no time de vôlei por conta da minha altura e porque não tinha ninguém melhor para me substituir.

O que era uma sorte, na verdade, porque eu amava jogar. Existiam poucas coisas que me deixavam mais feliz no dia a dia. Eu só conseguia suportar *horas e horas* de aulas de história e geografia porque os treinos de vôlei me aguardavam.

— Espetáculo em forma de homem avistado à esquerda — comentou Vivi, indicando com a cabeça. — Na área das tortas.

Como eu estava sentada de costas para o bufê, fiquei constrangida de olhar. Constrangimento que Brenda, sentada ao meu lado, não teve. Ela girou o pescoço e encarou por cima do ombro, fazendo uma expressão de aprovação. Escondi meu rosto na mão, sentindo vergonha. Meu Deus do céu, elas precisavam aprender a ser mais discretas. Por outro lado, eu gostaria de ser mais como a Brenda. Ela não se importava com o que os outros pensavam sobre ela, e por isso vivia de um modo bem mais leve: tudo bem usar um conjunto inteiro de malas da Barbie (mesmo que ela não fosse mais o público-alvo do produto), e tudo bem também encarar um homem gato na maior cara de pau.

— Me deu vontade de pegar uma fatia de torta... — disse Ceci com um sorriso zombeteiro, já se levantando.

— Ah, tá bom! Sei bem que vontade é essa! — zombou Vivi, revirando os olhos. — Sorte sua que eu já estou apaixonada pelo cara de ontem ou você teria que duelar comigo por esse aí.

Ceci nem deu bola. Fez o sinal da paz por cima do ombro e continuou andando de um modo sedutor na direção do bufê.

— Precisamos esperá-la? — ponderou Brenda, apoiando o queixo na mão. — Porque acho que ela não vai voltar tão cedo...

— Claro que não vamos esperá-la — retrucou Vivi. — Tem uma praia à nossa espera! — Ela levantou os braços em celebração. — Quer dizer, à minha espera e à espera da Ísis... — Baixou os braços, olhando atravessado para a irmã. — Você vai procurar uns amigos da sua idade...

— Viviii! — ralhei.

— Obrigada, Ísis — agradeceu Brenda, levantando-se. — Com uma irmã como essa, quem precisa de inimigos, não é mesmo?

— Só estou cumprindo meu papel de irmã mais velha. — Vivi mostrou a língua para a irmã, levantando-se também.

Eu tratei de me levantar quanto antes e as segui, preocupada com a possibilidade de elas começarem a se estapear no meio do restaurante. Contrariando minhas expectativas, as duas caminharam com classe até o lado de fora, distraídas em avaliar os outros hóspedes no caminho.

— Será que nunca mais voltarei a ver meu amor? — perguntou Vivi de forma dramática quando estávamos todas do lado de fora.

Brenda e eu trocamos um olhar cúmplice, como se achássemos graça da situação, mas no fundo estávamos um pouquinho preocupadas. A melhor definição de rindo de nervoso. Andamos juntas em direção à praia. O caminho era cheio de palmeiras, postes de estilo retrô com lamparinas penduradas e um chão de pedrinhas bege perfeitamente encaixadas. Os corredores externos do hotel que conectavam as áreas eram amplos e compridos e, por mais que houvesse muitas pessoas andando por eles, não pareciam cheios.

— Essa tia Ceci, hein, não dá mole — falou Vivi, pensativa.

Eu e Brenda trocamos um novo olhar, contendo a risada. Vivi achava que a tia não dava mole? Ora, ela fazia igual. Quando o assunto era suas constantes paixões, Vivi tinha a quem puxar. A diferença é que Cecília dizia que *nunca* se apaixonava, mas estava sempre com um cara novo a tiracolo, o aplicativo de relacionamentos aberto e tinha uma infinidade de contatinhos.

Já estávamos na praia quando Vivi parou abruptamente, agarrando meu braço (seria um déjà-vu de ontem? Será que eu teria que passar por isso todos os dias da viagem?). Suspirei, crente que ela tinha encontrado mais um grande amor para a vida inteira, mas, na verdade, ela havia encontrado o da tarde anterior. Ele estava parado embaixo de uma gigantesca faixa escrita em espanhol, da qual eu só entendia uma palavra: zumba. Ao seu lado, caixas de som enormes propagavam músicas agitadas e, na frente delas, várias mulheres dançavam na areia. Meu Deus, será que ele era o professor?

— O amor da sua vida é o instrutor de zumba do resort, Viviane — disse Brenda, zombando da cara da irmã e confirmando o que eu tinha pensado. — Aulas todos os dias de 9h30 às 10h30.

— Precisamos ir até lá — respondeu Vivi, me puxando pelo braço.

Finquei meus pés o máximo que pude na areia macia e Brenda cruzou os braços, fazendo uma cara de contrariada. Ela ficava engraçada quando fazia essa carinha emburrada, já que naturalmente tinha o queixo proeminente. Parecia ter saído diretamente de um desenho animado.

— Isso vai te dar rugas, Brenda — provocou Viviane ao ver a expressão da irmã.

— Não quero dançar zumba — rebateu, exteriorizando sua insatisfação.

— Nem eu! — concordei, tentando me desvencilhar daqueles dedinhos apertando meu braço. — Nem sei dançar, muito menos zumba!

Na verdade, eu nem sabia direito o que era zumba. Sabia apenas que era um estilo musical e um tipo de dança que se tornara muito popular nas academias do Brasil. Aquele grupo dançando mais à frente me fazia crer que zumba era sinônimo de humilhação pública. Com certeza arriscar algum passinho acarretaria dor nas pernas e tombos eventuais. Ou seja, não era *exatamente* o que eu tinha em mente para a minha primeira manhã no Caribe. Ficar esticada em uma daquelas redes tomando *mojitos* era um cenário que me agradava mais.

— Por favor, Ísis! — Vivi soltou meu braço e juntou as mãos implorando, fazendo biquinho. — Eu preciso conhecer aquele cara!

Brenda olhou para mim com um ar desiludido. Ela sabia, antes mesmo de eu abrir a boca, que eu diria sim. Era impossível negar qualquer pedido de Vivi. Eu tinha certeza de que, se fosse o contrário, ela se disponibilizaria para ir comigo sem pensar duas vezes. Vivíamos brigando (especialmente quando eu tentava avisar que algum de seus príncipes era, na verdade, um sapo), mas também nos amávamos com a mesma intensidade.

— Só hoje! — concordei.

Vivi bateu palmas, dando um sorriso animado. Brenda suspirou, arrastando-se atrás de nós quando começamos a andar na direção da aula. Ela se jogou em um banco próximo de onde acontecia a zumba e acenou para o garçom. Eu entreguei minha bolsa para Brenda tomar conta.

— Se vou ter que ficar aqui esperando vocês terminarem essa palhaçada, é melhor fazer isso tomando um bom *frozen* — explicou ela, sorrindo.

Invejei. Qualquer coisa era melhor do que dançar zumba, mas os planos de Brenda eram *excepcionalmente* bons. O professor acenou para mim e para Vivi assim que paramos perto das últimas pessoas da turma, gritando alguma palavra em espanhol que parecia minimamente com *bem-vindas*. Vivi acenou de volta e fiquei encarando, sem saber o que fazer. O professor pulou, bateu palmas e começou uma nova música.

— Vamos lá, Ísis! — Vivi balançou a mão, me incentivando a começar a dança. — É só imitar os passos!

Ainda que não fosse a mais perfeita dançarina, Vivi tinha facilidade para entrar no ritmo e imitar os passos dos nossos colegas de zumba. Conseguia fazer até melhor que alguns deles. Em poucos segundos, já estava arrasando, jogando os cabelos e levantando areia.

Eu ainda tentava apenas fazer *qualquer coisa* na areia, visto que até andar eu achava difícil. No dia anterior havia sido tranquilo correr na areia, mas agora eu já considerava aquilo uma missão impossível. O único dom que o universo tinha me dado de presente era o de ter um saque potente, que mesmo assim às vezes ainda ficava na rede. Eu preferiria errar uma sequência de saques do que ter que balançar meu corpo naquele lugar.

Como se alguém estivesse atendendo minhas preces, uma bola de vôlei veio rolando e bateu no meu pé. Fiquei olhando estarrecida. Alguma força superior ouviu meu chamado? Isso foi um sinal? Abaixei para pegá-la, olhando em volta em busca do possível dono. Avistei uma rede de vôlei alguns metros mais à frente, com uma galera olhando na minha direção. Um garoto estava correndo, provavelmente para pegar a bola, mas parou quando viu que eu peguei.

Fiquei um pouco balançada. Será que era assim que Vivi se sentia quando dava de cara com um novo alvo de seu afeto sem limites? Porque eu simplesmente congelei com a bola embaixo do braço quando avistei o menino. Ele tinha a pele morena, o cabelo meio loiro e um pouco comprido, com uma franja que caía nos olhos. O sorriso dele me deixou instável mesmo com tantos metros de distância. E ele era *alto*! Eu estava alucinando ou ele era alto *mesmo*?

O garoto apontou na minha direção e eu esbugalhei os olhos, saindo do transe que ele mesmo provocara. Balancei a cabeça, me dando conta de que deveria estar parecendo uma idiota. Levantei e saquei com pouca força a bola de volta, mirando nele, que a recebeu numa manchete fraca e a agarrou, levantando uma mão para acenar. Estávamos longe, de qualquer maneira eu não teria conseguido ouvir o agradecimento. Sem falar que ele poderia ser de qualquer nacionalidade. Um aceno parecia uma boa escolha, um gesto universal. Acenei de volta, pensando que independentemente de qual fosse o país, era lá que eu queria morar.

Será que se eu saísse de fininho dessa aula Vivi repararia? Agora que tinha percebido a existência de uma quadra de vôlei *bem ali*, seria impossível esquecer. Queria muito ir até lá jogar com eles. Apesar de nunca ter jogado vôlei de praia antes, não devia ser muito diferente do de quadra, né? Os fundamentos, pelo menos, deviam ser parecidos, e...

Vivi interrompeu meus pensamentos quando deu um encontrão no meu ombro, bem no meio da dança.

— Ísis! — gritou.

Como estava prestando atenção no jogo de vôlei e ainda não dominava os movimentos básicos nesse campo de batalha chamado areia fofa, me desequilibrei. Ela também não se aguentou em pé e nós caímos uma por cima da outra, ficando cobertas de areia.

Eu nem precisei olhar para saber que a primeira pessoa a gargalhar tinha sido Brenda. Seu riso era inconfundível e contagiante. Nossa turma de zumba também riu junto e, quando tomei coragem de abrir os olhos, a sensação era de que a praia inteira estava gargalhando da nossa cara. Parecia que pelo menos era um riso abafado... Até que eu percebi que não, era alto mesmo, eu é que estava com o ouvido cheio de areia.

— Pô, Vivi! — reclamei, empurrando-a para longe e rolando para o lado. — Se liga, né!

— Se liga você, Ísis! — retrucou ela, rolando para ficar de barriga para cima. — O que você estava fazendo parada feito uma idiota no meio da aula?

O professor correu na nossa direção com uma expressão preocupada. Que ótimo! Como se a humilhação já não tivesse sido o bastante, a gente ainda receberia ajuda do instrutor gato de zumba, a causa inicial do meu pesadelo. Se não fosse por ele, Vivi não teria ficado com vontade de *dançar*. Ou, pelo menos, não teria me arrastado junto com ela. O cara deu um sorriso esquisito e esticou uma mão para cada uma. Vivi agarrou a mão dele com as *duas mãos* e eu dispensei a ajuda, levantando sozinha.

Ele perguntou alguma coisa que terminava com uma palavra semelhante a *bem*, o que me levou a crer que estava perguntando se estávamos bem. Vivi parecia completamente incapaz de responder à pergunta, ainda agarrada ao pulso do cara e sorrindo de forma afetada.

— Sim — respondi em português mesmo. — Obri... — Já estava no meio da palavra quando me dei conta de que sabia agradecer em espanhol. — *Gracias*.

Minha preocupação em ser educada era muito pequena se comparada ao medo que eu estava de o menino do vôlei ter visto a queda. Me virei na direção da quadra, encolhendo os ombros com medo do que veria.

— Português? — perguntou o professor com sotaque carregado, interrompendo minha missão. — Eu *hablo* um *poquito* de português.

— Ah, *¿sí?* — disse Vivi, dando um sorriso que eu achei tão esquisito quanto o do cara.

— *¡Sí, sí!* — respondeu ele. — *Mi nombre* é Juan, e o de *usted*?

— Vivi — respondeu minha amiga, ainda sorrindo feito uma idiota.

Desviei novamente o olhar, dessa vez determinada a ver se o garoto do vôlei tinha visto minha humilhação ou não. O pessoal continuava jogando, mas ele estava do outro lado da quadra, olhando bem na minha direção.

Ainda bem que com tantos metros de distância ele não conseguiria ver que minha bochecha estava pegando fogo. Que raiva! Eu ia matar a Vivi!

— Ísis! — chamou Vivi do meu lado. Parecia irritada.

Eu virei o rosto, sem entender por que estava levando bronca.

— Ele perguntou seu nome — prosseguiu ela.

— Ah! — Pisquei, voltando a prestar atenção.

Juan me fitava com seus olhos cor de mel. Eram olhos lindos, realmente. Ele esticou a mão para tocar meu ombro, inclinando a cabeça como se quisesse entender por que eu não tinha respondido meu nome. Era bonito mesmo, digno de se tornar crush de qualquer um, mas não precisava ficar me tocando, né?

— Ué, Vivi, mas você já respondeu por mim — falei, me esquivando do toque dele.

— Ah, é. — Vivi deu mais uma risadinha afetada.

Juan checou o relógio, dispensou a turma com promessas de uma aula sensacional no dia seguinte (ou, pelo menos, acho que foi isso) e sorriu para nós duas outra vez. Arranhou alguma frase em seu péssimo portunhol, que eu não entendi, mas Vivi aparentemente sim (ela era fluente em boylixês).

— É claro! — respondeu ela e se virou para mim, explicando: — Ele está perguntando se a gente não quer dar um mergulho.

— Eeeei — disse Brenda, pulando do banco. — Quero ir também!

Mais do que querer, eu *precisava* de um mergulho. Era a única forma de *começar* a tirar toda a areia do meu corpo. Eu estava parecendo um bife à milanesa feito às pressas. Como se não bastasse toda aquela areia colada em mim, já dava para sentir minha pele ficando queimada. Talvez eu devesse parar e passar protetor, mas estava com tanta raiva que simplesmente peguei minha bolsa da mão de Brenda e dei de ombros. Comecei a andar na direção do mar, largando minha bolsa em uma espreguiçadeira vazia. Só queria sair dali o mais rápido possível, pois estava sem coragem de encarar o garoto do vôlei novamente.

Que humilhação, meu Deus! Que humilhação!

5

Eu queria poder ficar enfiada no mar até as pontas dos meus dedos enrugarem, mas minha ultrassensibilidade não permitia. Por isso, depois de uns quinze minutos, tive que me despedir e voltar para a areia. Brenda e Vivi não me ouviram, pois estavam muito ocupadas jogando água uma na cara da outra depois de Brenda fazer alguma piada que Vivi achou sem graça. Continuei nadando no sentido da areia e Juan veio atrás, dizendo que precisava voltar para o trabalho (ou, pelo menos, era isso que eu achava que ele tinha dito).

— Não consigo te entender — tentei explicar mais uma vez, quando nós dois saímos da água.

Ele falou alguma baboseira, do que eu só entendi "bonita". Então esticou a mão na direção da minha cintura. Dei um pulo para trás, esbarrando em uma espreguiçadeira e perdendo o equilíbrio. Juan fez um malabarismo para agarrar meu braço e me ajudou a ficar em pé.

— *Gracias* — respondi, tentando sorrir.

Puxei meu braço discretamente, mas ele não soltou. Era para ele ter entendido que não precisava mais me segurar, mas continuou ali com a mão firme. Ficou claro em duas frases que aquela história de *hablar um poquito* de português era balela. Eu tinha dúvidas se ele sequer *entendia* português, porque ignorava solenemente todas as minhas tentativas de afastá-lo.

— Já pode me soltar — informei.

Ele deslizou as mãos pelos meus braços, seguindo até minha mão e se demorando em soltá-la.

Voltei a andar pela praia, querendo sair de perto dele o mais rápido possível. Porém, toda vez que achava que ele ia embora, o cara continuava tentando falar comigo. Não queria ser mal-educada, mas não sabia como me livrar dele. Continuei andando até uma espreguiçadeira na sombra, embaixo de um grande coqueiro. Ignorando todo o blá-blá-blá dele, me deitei e virei para o lado.

— *Adiós* — me despedi antes de cobrir o rosto com as mãos.

Juan ainda tentou falar alguma coisa, mas, depois de eu ter ficado alguns minutos imóvel, ele deve ter achado que eu estava dormindo. Mesmo assim, antes de finalmente ir embora, mexeu nos meus cabelos, puxando-o para trás e deixando meu ombro livre.

Fiquei tanto tempo parada naquela posição, paralisada em um misto de apreensão e cansaço, pensando se estava imaginando coisas ou se o novo amor da minha melhor amiga estava mesmo sendo um pouco invasivo, que acabei realmente dormindo. Quando acordei, algum tempo depois, percebi que minhas costas ardiam levemente. Precisava reaplicar o protetor solar. Esperava não ter que sacrificar outros dias de sol por causa desse vacilo.

Levantei da espreguiçadeira, ponderando minhas opções. Achar Brenda e Vivi parecia impossível. Eu nem sequer sabia se elas já tinham saído da água e, mesmo que não estivessem mais no mar, poderiam estar em *qualquer lugar*. Era uma missão tão impossível quanto me convencer a pedir para um desconhecido na praia que me ajudasse com o protetor. Suspirei, resignada, e segui para o quarto. Minha melhor opção no momento parecia ser tomar banho e refrescar minhas costas com o ar-condicionado. Isso estava *longe* de ser como eu gostaria de passar parte do meu dia no paraíso, mas era tudo o que tinha me restado. Que dia...

Estava passando perto da beira da piscina, próximo ao prédio onde ficavam nossos quartos, quando alguém gritou meu nome. Olhei em volta, confusa. Ao redor da piscina, havia várias camas com dossel, cujas cortinas de lona e proteção superior protegiam seus usuários do forte sol caribenho. Um rostinho conhecido surgiu de dentro de uma cama, abrindo uma fresta entre as cortinas para me encarar.

— Ísis! — Cecília acenou, ajeitando-se na cama e escancarando as cortinas. — Está perdida aí?

Eu? Ela que havia desaparecido no café da manhã! Andei na direção dela, balançando a cabeça, mas sem conter um sorriso. Quem sabe Cecília não podia me ajudar na questão do protetor solar?

— Menina! — exclamou ela. — Você está toda vermelha!

— Estou? — choraminguei. — Mas passei protetor mil vezes!

— Sobe aqui. — Ceci gesticulou, abrindo espaço na cama. — Fica na sombra um pouco.

Pulei no colchão e foram necessários só cinco segundos para eu me questionar por que não tinha ficado ali o dia todo. A cama era macia, confortável e só deixava passar os raios de sol que o hóspede desejasse. Preocupada com minhas costas, Cecília juntou as cortinas e as prendeu com o velcro, bloqueando a maior parte da luz.

— Foi aqui que você se escondeu o tempo todo? — questionei, me esticando no colchão. — Que belo esconderijo.

— O tempo todo, não. — Ela riu. — Mas grande parte, sim. — Senti os dedinhos finos de Cecília espetando meu ombro. — Levanta daí e me dá o protetor! Estou horrorizada com essas suas costas...

Diante dessa afirmação assustadora, levantei rapidamente e peguei o protetor na minha bolsa. Enquanto eu segurava gemidos de insatisfação com o esfrega-esfrega na minha pele queimada, fiquei pensando em como não conhecia aquele pedacinho de céu em que Cecília estava. Considerei transformar aquela cama em meu segundo quarto!

— Onde estão as meninas? — perguntou Cecília, emplastrando minhas costas com o protetor fator 60.

— Perdi de vista quando saí do mar. Elas continuaram lá — respondi, dando de ombros.

— Ai, menina! — repreendeu Cecília. Achei que o tom fosse por causa da Vivi e da Brenda, mas era só por causa do protetor. — Para de se mexer! Sujei seu biquíni...

— Ops! — Eu me encolhi na hora. Só depois lembrei que não devia me mexer. — Foi mal.

— Por que você não ficou no mar com elas? — perguntou Cecília, voltando à sua tarefa.

— Minha pele, né... — Suspirei, olhando para o sol pela frestinha das cortinas. — Você tá vendo como fica...

— O que estou vendo é que você não parece cuidar muito bem dela, isso, sim — ralhou ela, fechando o protetor. — Talvez seja bom passar na enfermaria só para ver se está tudo bem...

— Eu fiz o que deu, ué. — Abri os braços em resposta, dando de ombros de novo. — Mas está tudo bem, sim.

Cecília estendeu o protetor de volta e eu guardei, mas não me movi um centímetro para fora daquela cama. Ela olhou na minha direção com um breve sorriso e a cabeça voltada para o lado. Achei que tentaria me convencer a passar na enfermaria, mas ela não insistiu.

— Quais são seus planos agora? — perguntou. — Ficar na sombra, espero.

— Sei lá — respondi, porque não sabia mesmo. — Acho que almoçar e descansar um pouco?

— Pode ficar por aqui, se quiser — falou, provavelmente com pena da minha solidão. — Podemos pedir comida...

— Pedir comi... — comecei a repetir, confusa.

Cecília se debruçou na cama, dessa vez colocando a cabeça na fresta da cortina que dava para a piscina.

— Hernandez! — gritou ela. — *El menuzito, ¿sí?*

Fiquei encarando sem entender nada. Entendi menos ainda quando um cara baixinho apareceu e entregou um pedaço de papel plastificado para Cecília, dando um sorriso. Ele usava uma blusa social branca, calças pretas compridas e sapatos sociais. Não parecia ser a vestimenta mais apropriada para a piscina.

— *Gracias, mi chapa* — respondeu Cecília, esticando o pedaço de papel na minha direção.

— Ué?! — foi tudo que consegui dizer, aceitando o papel. — O que está acontecendo?

— Fiz amizade com o moço que trabalha no bar da piscina. — Cecília se jogou de volta na cama, cruzando os braços atrás da cabeça e me encarando por cima dos óculos escuros. — Nossa conexão é tão profunda que a gente até consegue se comunicar com esse meu espanhol inventado.

— Você está dando em cima do garçom da piscina, Ceci? — perguntei, com medo da resposta.

— Talvez — respondeu ela, espiando o rapaz pela fresta da cortina do dossel.

— Não sei nem o que dizer — comentei, incapaz de comentar algo decente.

— Para começar, pode me dizer o que você quer comer, por exemplo — comentou ela, olhando o cardápio.

— E por acaso tem comida no bar da piscina? — perguntei, achando tudo bem bizarro.

— Depende. Se você quiser *almoçar*, vai ter que ir a um dos restaurantes — respondeu ela, esticando a mão para pegar seu celular. — Mas se topar almoçar petiscos, posso chamar o Hernandez e você não precisa sair daqui.

A lista de petiscos começava com *papas fritas*, o que, com base no meu escasso espanhol, só podia significar batatas fritas. Escolhemos outros petiscos, nossas bebidas e pedimos tudo para Hernandez, que nos atendeu com o maior sorrisão. Eu sinceramente não queria outra vida.

— O que você fez a manhã toda? — perguntei, cruzando as pernas em cima da cama.

Cecília virou o celular na minha direção, levantando um pouco para que eu pudesse ver a tela. O aplicativo de relacionamentos estava aberto e exibia um homem chamado Javier, de 27 anos e barriga de tanquinho.

— Quer me ajudar? — Cecília riu e eu estiquei a mão para dar um coração para o tal do Javier.

É assim que a gente descobre que chegou ao fundo do poço. Quando, mesmo estando no Caribe, o ponto alto do dia é ajudar a tia maluca da sua melhor amiga a achar pretendentes num aplicativo, enquanto se enchem de comida dominicana e perdem a conta de quantos *mojitos* sem álcool (eu) e cerveja (ela) tomamos.

— Você está louca? — Confisquei o celular assim que ela deslizou o dedo para tentar dispensar um rapaz visivelmente interessante. — Acho que essa quantidade de álcool está prejudicando sua percepção...

— Você que está maluca! — Ela riu, tentando puxar o celular de volta. — Esse aí é o maior embuste! Meus olhos de águia informam que essa foto está toda editada!

Ignorando a opinião dela, fui lá e dei um coraçãozinho. Na mesma hora, o aplicativo informou que eles haviam dado *match* e eu pulei na cama, animada. Cecília dava *match* com quase todos os caras para quem dava um coraçãozinho, mas poucos puxavam assunto. Esse, em especial, começou a falar no instante seguinte.

— Ai, que saco! — Cecília revirou os olhos. — Vou ter que perder meu tempo falando com esse traste que você resolveu me empurrar.

— Mas como é que você conversa com eles? — questionei, percebendo que a mensagem tinha começado com um *hola*. — Você não fala espanhol.

— Meu filtro para saber se vale a pena investir meu tempo é, justamente, quão interessados eles estão em tentar me entender — respondeu ela, roubando o celular da minha mão. — Veja e aprenda, minha jovem!

Só me dei conta de quanto tempo havia se passado quando percebi que o sol estava se pondo lá fora, por entre as frestas das cortinas. Cecília pareceu tão horrorizada quanto eu.

— Meu Deus! — exclamou ela, sentando-se na cama. — Um dia inteiro no Caribe e eu ainda não arrumei ninguém para dar uns beijos!

— Cecília! — repreendi, contendo uma gargalhada. — Você não deveria estar preocupada com o sumiço da Brenda e da Vivi?

— E ainda por cima perdi minhas sobrinhas! — reclamou ela, dando uma risada e guardando suas coisas na bolsa de praia.

— Tenho certeza de que elas estão ótimas... — tranquilizei, meio rancorosa.

Cecília interrompeu a arrumação e me olhou, sentindo a tristeza no meu tom de voz. Eu desviei os olhos, tentando fingir que não era comigo.

— Aconteceu alguma coisa? — questionou ela.

— Ah, nada de mais — respondi, revirando os olhos. — Só a Vivi e uma de suas paixonites...

— Outra? — Cecília fez uma careta, voltando a empurrar as coisas para a bolsa.

— O mesmo cara que vimos ontem, na praia — comentei, meio enjoada. — Ele é o professor de zumba.

— É lindo de perto também? — Cecília piscou, parecendo considerar participar das aulas de zumba.

— Até é — respondi, dando de ombros. — Mas estou achando o cara o maior idiota. E o pior é que ele não sai do meu pé.

— Iiiih. — Ela suspirou. — Vivi está com ciúmes?

— Ela nem sonha com isso! Mas, na real, acho que ele dá em cima de todas as meninas! Aposto que daqui a pouco aparece no seu aplicativo!

Cecília deu uma gargalhada, pulando para fora da cama. Fechou o aplicativo por alguns segundos para mandar uma mensagem para as sobrinhas, que responderam quase na mesma hora. Pelo jeito, Vivi já estava desesperada com meu sumiço e pronta para pedir ajuda no centro de informações. Imagina se resolvessem me chamar nos alto-falantes? O dia terrível ia terminar com algo mais terrível ainda.

No dia seguinte pela manhã, tentei fingir que ainda estava dormindo quando Vivi acordou. Eu realmente preferia passar a manhã dormindo a ter que frequentar a aula de zumba, depois da vergonha do dia anterior. Vivi, por outro lado, achava normal querer repetir a experiência. Brenda me apoiou, já que também não queria fazer a aula, mas Vivi insistiu.

— Você sumiu o dia inteiro ontem e passei a tarde toda achando que você tinha morrido de insolação! — brigou ela, me empurrando para fora da cama. — O mínimo que pode fazer para compensar é dançar zumba comigo!

Não soube como contra-argumentar. Fui tomar café da manhã muito contrariada, sob risadas de Cecília, sorrisos satisfeitos de Vivi e bicos descomunais até para Brenda. Chegamos à praia bem no início da aula. Brenda se sentou nas mesinhas, cruzando os braços. Vivi já entrou na aula mexendo os quadris. Olhei na direção da quadra de vôlei, temendo ver o garoto do dia anterior. Por sorte, estava vazia. Tentei focar na aula, mas, por mais que tentasse, meu corpo parecia não entender como a zumba funcionava.

Quando a primeira música terminou, olhei em volta, avaliando minhas oportunidades de fugir sem Vivi notar. Dei de cara com o tal garoto e seu time, que chegavam para usar a rede de vôlei, dando risadas. Encarei o grupo, me contorcendo de inveja. A pior parte é que eles ainda estavam com uma pessoa a menos para fazer dois times (eu contei!). Minha vontade de correr até lá foi tanta que afundei os pés na areia, tentando me impedir.

— *¡Vamos, linda!*

— Ahhhh! — berrei de susto quando Juan apareceu na minha frente, rebolando.

— *¡Danza!*

Senhor, alguém precisava ensinar o conceito de *espaço pessoal* para aquele homem. Observei a quadra novamente, e o menino do dia anterior olhava em volta, provavelmente procurando alguém para completar seu time. Ele avistou Brenda, que ainda estava de braços cruzados e com cara de poucos amigos. Mesmo assim, achou que era uma boa ideia andar na direção dela.

Tentei caminhar até eles para acompanhar o desenrolar da situação, mas Juan pegou minha mão e me girou na areia.

— *¡No!* — gritei, horrorizada.

— *¡Suelta esa cintura!* — disse Juan, descendo a mão justamente para essa parte do meu corpo.

Eu me contorci toda por conta do nervoso de tê-lo novamente invadindo meu espaço. Tentava me livrar dele ao mesmo tempo que queria ver por cima do ombro o que estava acontecendo perto da quadra. Aquele cara era insuportável! Podia até ser bonito, mas era tão inconveniente que o pouco atrativo que tinha desaparecia em uns dois minutos de conversa. Ou de tentativa de conversa. Era só ele tocar um centímetro do meu corpo sem autorização para eu começar a achá-lo o cara mais feio do mundo.

O garoto havia se aproximado de Brenda e os dois estavam conversando. Ele era mesmo muito alto, como eu tinha imaginado. Perto dele, Brenda parecia aqueles hobbits de que tanto gostava. Tudo bem que ela não era tão alta, mas mesmo assim. Empurrei Juan, mas ele achou que era parte da dança e me empurrou de volta. Xinguei em português, certa de que ele não ia entender bulhufas. Tentei me desvencilhar, só que, quando finalmente consegui me soltar daquele traste, Brenda já estava caminhando atrás do desconhecido. Como assim?! Ela não podia jogar com gente que nunca viu sem nos avisar! E se eu não tivesse visto? Ela teria sumido do mapa, ou talvez algo muito pior! Minha mãe tinha visto uma reportagem algumas semanas antes da viagem dizendo que muitas mulheres acabavam sequestradas na República Dominicana e eram vítimas de redes de tráfico internacional de pessoas! Foi o único momento em que achei que minha viagem *realmente* estava em perigo, mas ela sossegou depois que eu expliquei que dentro de um resort fechado eu não corria esse risco. Pelo jeito, eu estava errada. Lá estava Brenda seguindo completos desconhecidos!

Tudo bem que a responsável naquela viagem não era eu, mas eu considerava Brenda uma irmã e me sentia responsável por ela. Larguei Juan com muita dificuldade, já que ele havia grudado em mim como um carrapato e, ainda por cima, ficou berrando por mim (ou, pelo menos, eu inferi que os "*hermosa*" eram para mim). Corri na direção de Brenda, gritando seu nome. Ela olhou para trás só depois do terceiro berro, quando eu já estava quase ao seu lado. O garoto, que caminhava um pouco mais à frente, também olhou e parou de andar.

— O que você pensa que está fazendo? — questionei, cruzando os braços. — Não pode seguir desconhecidos, muito menos sem avisar a mim ou a sua irmã...

Brenda franziu a testa e estreitou os olhos, me encarando com ódio. Eu nem sabia que dava para existir tanta raiva em um corpinho tão pequeno, mas pelo jeito era totalmente possível e, naquele momento, toda aquela raiva estava direcionada para mim.

— Vocês estavam na droga da zumba! Inclusive, você parecia muito ocupada dançando com o *professor*...

— Não interessa! — respondi, agitando os braços com irritação.

O garoto deu um passo para a frente, parando ao lado de Brenda. Ele me fitou, tão bonito de perto quanto de longe. Sua pele era realmente muito queimada de sol e o cabelo castanho-claro parecia quase loiro em alguns pontos, provavelmente por causa do sol também. Era um pouco comprido e a franja cobria seus olhos, mas, por causa do vento, os fios se agitavam, expondo seu rosto. Dei um sorriso incerto, incapaz de lidar com a sensação que ele me causava.

A sensação mudou completamente assim que ele abriu a boca.

— Não sei que tipo de trauma você tem, mas só chamei sua amiga para jogar com a gente — disse em tom irônico, para meu total desespero.

Desespero e raiva, na verdade. Ele falava português, mas desperdiçava o fato de falarmos a mesma língua agindo de um modo tão idiota! Quem ele achava que era para entrar na discussão sem ser convidado? Eu, hein!

— Não estou falando com você — respondi, em tom raivoso. — Estou falando com a Brenda.

O garoto deu mais um passo para a frente, olhando para baixo como se achasse que eu fosse inferior. Ele era pelo menos um palmo mais alto que eu, mas não me deixei intimidar. Endireitei o corpo e o encarei de volta com meu olhar mais raivoso.

— E eu não te chamei para jogar vôlei — retrucou ele, no mesmo tom. — Chamei a Brenda.

— Você tem o direito de chamar quem você quiser, garoto — respondi, colocando as mãos na cintura. — Mas ela tem a obrigação de avisar antes.

Ele riu. Uma risada satisfeita, como se fosse hilário eu estar preocupada com o paradeiro da irmã da minha melhor amiga. Seria mais fácil manter a cara de raiva se o sorriso dele não fosse tão bonito. Força, Ísis. Use sua indignação.

— Por que ela precisa te avisar antes? — questionou ele, erguendo o queixo, pronto para o embate. — Você precisa de plateia para dançar? A Brenda não pode procurar uma companhia melhor?

— Essa não é nem a questão, pois é claro que ela prefere a minha companhia — retruquei, ofendida.

Eu não tinha a menor garantia de que essa afirmação fosse verdadeira. Brenda poderia ter ficado encantada com esse cara, da mesma forma que Vivi ficou com Juan. Eu compreenderia melhor o encantamento da Brenda, se fosse mesmo o caso. Apesar de insuportável, o garoto era lindo. Alto, malhado, com olhos que brilhavam e uma pele que se iluminava sob os raios de sol...

Foco, Ísis.

— Nossa, duvido. — Ele riu de novo. — Você parece uma excelente companhia mesmo, deixando a menina ali sentada por uma eternidade. Quem você pensa que é?

— Você acabou de surgir na nossa vida e já se sente no direito de opinar? E você? Quem *você* pensa que é? — alfinetei, fazendo uma careta.

— Claramente, uma pessoa bem melhor que você. Porque não preciso de plateia, prefiro que meus amigos se divirtam, sabe? — respondeu ele, jogando a bola de vôlei na minha direção. — Você está achando que tem pouca gente na plateia? Que pena, porque não vai rolar de eu ficar... Deus me livre passar o dia aplaudindo uma louca como você.

— Deus me livre mesmo! — Joguei a bola em cima dele de volta, com toda força que consegui.

— Ah, me poupem! — interrompeu Brenda, quase dando um berro. — Eu vou embora, sabe. Deus *me livre* de vocês dois! Aff.

Brenda saiu correndo pela praia na direção das redes penduradas nos coqueiros. Logo deitou em uma delas e se fechou lá dentro, feito um casulo. Eu suspirei, me sentindo um pouco mal. Só estava preocupada com ela! Mesmo que ela já tivesse quinze anos, muitas vezes agia como se fosse muito mais nova. Tudo bem que tinha outros milhares de vezes que agia como se fosse a mais madura de nós três. E, ainda que eu não fosse a mãe dela, muitas vezes me sentia responsável pela Brenda. O mesmo não dava para dizer da Vivi, que continuava dançando sem perceber nada de errado...

— Viu o que você fez? — perguntou o garoto, enfiando a bola embaixo do braço.

— O que *você* fez, né? — Eu balancei a cabeça, sem aceitar levar esse desaforo.

— A gente continua com um a menos no time por sua causa. — Ele fez um som que chamou minha atenção para sua boca. — Você não quer compensar seu furo e completar o time?

Eu pisquei, perdida por um segundo em seus lábios. Depois pisquei de novo, sem acreditar na cara de pau dele. Meu furo? O furo era *dele*. Por mais que eu quisesse (e muito) jogar vôlei, a única resposta que eu poderia dar para aquilo era um amplo e sonoro *não*.

— Você só pode estar louco, garoto — respondi, arrogante. — Não jogaria no seu time nem se o Harry Styles fosse seu levantador.

Talvez isso não fosse completamente verdade. Primeiro porque se Harry Styles falasse um "a" perto de mim, talvez eu desmaiasse. E se ele estivesse lá, provavelmente jogar vôlei seria a menor das minhas preocupações. Segundo porque eu gostava tanto de vôlei que talvez fosse até capaz de superar meu ódio. Em algum momento. Não agora. Não queria mais olhar na fuça daquele garoto de jeito nenhum. Virei de costas e caminhei de volta para a zumba, tentando parecer confiante, mas na verdade me sentindo derrotada.

— Graças a Deus, porque aposto que você joga mal pra caramba — ralhou ele, mas eu consegui me conter para não rebater. Mas uma coisa eu sabia: jogar vôlei minimamente bem. — Melhor ficar sem um no time do que ter um peso morto que nem você.

Voltar para a zumba era, realmente, a segunda coisa que eu menos queria fazer. No topo da lista estava ter que ficar perto daquele garoto insuportável. Então respirei fundo, ignorei seus comentários e continuei seguindo na direção da turma. Não queria mesmo dançar. Sentia meus pés cada vez mais lentos e pesados conforme me aproximava. Quis menos ainda quando cheguei à aula e não encontrei Vivi. Olhei em volta, pensando que ela também havia me abandonado, mas a encontrei lá na frente, dançando coladinha com Juan.

Meu Deus do céu. Parecia que eu não podia deixar nenhuma das duas sozinhas.

Olhei para trás, sentindo a dor do arrependimento. O garoto já tinha começado o jogo com os amigos, mesmo com um a menos. Eu ainda podia voltar, entrar no time desfalcado e aproveitar o dia. Mas meu orgulho jamais me permitiria. Quem ele pensava que era? Um jogador da seleção? Era o próprio Murilo, só que não! Mal-humorada, deixei as duas para trás e corri para o bar mais próximo. Já que não tinha ninguém interessado no meu paradeiro, ia sumir de novo. E ia começar meu sumiço afogando as mágoas em um picolé. Será que existia algum de sabor *mojito*?

Na manhã seguinte, pulei sorrateiramente da cama, certa de que minha melhor chance de fugir da zumba e de Vivi, que só sabia falar de Juan, era sumir antes que fosse tarde demais e ela me arrastasse para a aula. Antes das oito horas eu já estava fora do quarto e devidamente longe da zona de perigo. Como eu era uma excelente amiga (apesar da fuga), deixei um bilhete na mesa de cabeceira de Vivi dizendo que eu tinha tido insônia e que resolvi dar uma volta na praia. Para evitar que ela confirmasse a veracidade dessas informações, larguei meu celular no quarto, porque talvez eu não fosse uma amiga *tão* boa assim.

Andei em direção à praia, aproveitando o silêncio do resort, que estava bem mais vazio do que o normal. Como estava cedo, os poucos hóspedes acordados se dirigiam para o café da manhã nos restaurantes, me dando a impressão de que o resto do resort era só meu. Queria que aquele pequeno sentimento de paz durasse para sempre. Foi só quando cheguei à faixa de areia e parei para apreciar a vista que percebi que não era a única hóspede aproveitando a praia de manhã cedinho.

Um grupo da terceira idade se reunia um pouco mais à frente, esticando o corpo de um lado para outro, seguindo as ordens de uma animada professora. Ela me viu e acenou, me convidando a participar. Dei de ombros, pensando que não poderia ser pior que a zumba. Sem falar que meus músculos estavam mesmo um pouco doloridos, e ter *dor nas costas* no Caribe era quase um sacrilégio. Já me bastava a pele ardida.

As caixas de som portáteis da professora não tocavam músicas locais, mas sim versões instrumentais de músicas pop. Murmurei Ed Sheeran enquanto alongava meu braço, fechei os olhos e alonguei minha perna ouvindo um hit do Shawn Mendes e destravei os músculos do meu pescoço girando-o devagar ao som de uma versão lenta e instrumental muito bem-feita de "One Last Time", da Ariana Grande. Aquele dia já tinha começado muito melhor do que o anterior. As perspectivas eram boas e eu esperava que ao menos se mantivesse naquele nível. Um pouco de alongamento e relaxamento era exatamente do que eu precisava para esquecer todo o caos do dia anterior.

Girei o torso seguindo as orientações da professora e acabei dando de cara com a rede de vôlei de praia. Por um segundo, acreditei que a quadra estava vazia, mas no segundo seguinte percebi que havia um garoto jogando sozinho. Na verdade, parecia mais um aquecimento. Ele levantava a bola repetidamente, intercalando curtos e longos toques e recebendo esses últimos de manchete. Não era o garoto insuportável da confusão do dia anterior, mas provavelmente fazia parte do grupo que costumava jogar vôlei ali. Era negro, com o cabelo raspado bem curtinho e, mesmo de tão longe, parecia ser alto. Mas de uma coisa dava para ter *certeza*: era um excelente jogador!

Alonguei o corpo, agora para o outro lado, ponderando se deveria me juntar a ele ou não. Será que os outros estavam chegando? Se sim, eu queria distância. Se não, aquela poderia ser a oportunidade perfeita para enfim jogar por alguns minutinhos... Arrisquei um novo olhar quando terminei de me alongar. O garoto ainda estava lá. Sozinho. Meus pés começaram a se distanciar lentamente da turma de alongamento, como se ainda me dessem uma chance de mudar de ideia, se eu quisesse.

Não quis. Dei força para os meus pezinhos e andei mais rápido na direção do garoto, arriscando um sorriso quando cheguei mais perto. Eu estava com um pouco de medo de parecer meio esquisita, especialmente porque observava-o jogar sozinho havia um tempo e ia me aproximar sorrateiramente. Tentei fazer barulho e espalhar um pouco de areia para ser notada, mas o menino estava bem entretido com seus levantamentos. Quando finalmente se deu conta da minha presença, levou um pequeno susto, mas também sorriu. Apontei para a bola, sem saber se deveria tentar me comunicar em português ou se ele falava outra língua.

Dando de ombros, ele jogou a bola para mim e eu devolvi com uma manchete. Por sorte, a linguagem do vôlei era universal. O toque da bola nos meus dedos me deu uma onda de adrenalina e fiquei tão feliz que queria continuar fazendo aquilo o dia todo. A dinâmica prosseguiu até ele furar a entrada da bola e ela cair. Dei uma risada e ele abaixou-se para pegá-la.

— Er... — pigarreou, levantando-se com ela embaixo do braço. — *¿Hola?*

— Oi? — respondi, fazendo uma careta.

— Ah, graças a Deus! Você também é brasileira? — Assenti, e ele ergueu uma das mãos para o céu. — Que bom, porque não falo nenhuma palavra de espanhol...

— Ah, para! — Ri, acenando para que ele colocasse a bola para jogo. — Você fala até *hola*.

— Ah, é! — Ele riu também, balançando a cabeça. — Mas nenhuma palavra além dessa.

— Eu também não! — respondi, voltando ao jogo.

— Eu me chamo Frederico — disse ele, enfiando a bola embaixo do braço e dando um passo para a frente —, mas prefiro Fred.

— Meu nome é Ísis — respondi, observando uma expressão confusa nele.

— Íris? — perguntou ele, como sempre faziam.

— Não. — Ri outra vez. — Ísis. Eu sei que é um nome incomum.

— Mas é bonito. — Fred foi simpático, se inclinando para me cumprimentar.

Nossas bochechas se tocaram, mas ele se afastou quando eu virei o rosto para dar o segundo beijo. Hesitei por alguns segundos e dei um passo para trás, com uma risadinha tímida.

— Já sei — falei, colocando a mão na cintura. — Paulista, né?

— Desculpe! — Ele deu uma risada, girando a bola nos dedos. — Em Mogi das Cruzes é um beijo só.

— Pois no Rio de Janeiro são dois. — Dei de ombros. — Vamos, paulista, coloca essa bola aí pra jogo.

Ele riu e lançou a bola no ar, desfazendo aquela situação um pouco constrangedora. Toda vez que algo assim acontecia com Cecília, ela reclamava com a pessoa e dava o segundo beijo mesmo assim porque, segundo ela, "beijo nunca é demais". Eu preferia me afastar da pessoa o mais rápido possível e ainda tinha que me esforçar para não ficar vermelha. Isso sempre acontecia quando eu encontrava alguém de algum estado que não era adepto dos dois beijinhos. Dessa vez não foi tão difícil, pois eu estava tão feliz de ter feito uma amizade que nem me importei com o mico de ter beijado o ar.

Em pouco tempo, e incontáveis toques de bola depois (perdemos a conta quando estávamos com mais de 170 passagens de bola), já sabíamos bastante um do outro. Para começar, ele havia acabado de se formar no colégio e em breve se mudaria para a minha cidade. Ia estudar direito na Universidade Estadual do Rio de Janeiro, a UERJ, algo que sempre fora o sonho dele.

— É uma das melhores do Brasil — explicou ele, empolgado. — E foi a primeira universidade do Brasil a adotar políticas de ação afirmativa.

Fred me explicou um pouco sobre essas políticas, ainda que eu já soubesse bastante. Falava com propriedade, o tom de quem sabia e estudava sobre o assunto, e me disse que, quando se formasse, queria ser defensor público. Ele, é claro, estava um pouco nervoso para se mudar para uma cidade onde ninguém usava *mano do céu* em todas as frases de efeito, mas se sentia bem empolgado mesmo assim.

Sua família fora passar férias no resort em comemoração, mas Fred se queixou que os pais sempre estavam no spa ou enfiados em algum dos bares molhados.

— Acho que eles estão se dando férias merecidas, agora que meu irmão e eu saímos de casa — comentou ele, fazendo pouco caso.

— Você tem um irmão? — perguntei. Sempre ficava interessada nos relacionamentos entre irmãos, já que eu não tinha e achava a relação de Brenda e Vivi muito disfuncional. — Ele veio com vocês?

— Não, não. — Fred riu, realmente se divertindo com a pergunta. — Ele é dez anos mais velho que eu, casado e tal. A gente quase nunca se vê.

— Poxa — lamentei. — Que pena.

— Ah, tudo bem. Estou acostumado. — Novamente fez pouco caso da situação. — Foi sorte ter encontrado a galera do vôlei por aqui, ou seriam férias bem chatas...

— Mas vocês já se conhecem há muito tempo? — perguntei, curiosa.

Eles jogavam de forma bastante entrosada, então era uma pergunta pertinente.

— Ah, não... Só há alguns dias — respondeu Fred, recebendo a bola que coloquei de volta em jogo. — Todo dia também aparece alguém novo...

Lembrei de Brenda, que possivelmente seria a nova adição ao time, se eu não tivesse ocasionado uma briga. Será que eu seria um novo membro do time? Meu histórico não era muito bom com o garoto da briga, mas Fred parecia gostar de mim. De repente, poderia ser um aliado...

— E você está gostando? — perguntei, querendo desviar do assunto um pouco. — Do hotel e tudo mais?

— Ah, sim — respondeu, sem desviar os olhos da bola. — Vôlei, praia e umas meninas muito lindas... — Então sorriu. — Férias no Caribe, né? Como não gostar?

Baixei os olhos, meio constrangida. Aquilo não era para mim, era? Quer dizer, eu mal o tinha visto nos dias anteriores e, por mais que a gente tenha se entrosado superbem no vôlei e nas conversas, não era possível que ele estivesse, de fato, me dando uma cantada em menos de uma manhã de convivência. Com certeza não era para mim. Ele provavelmente vira meninas muito mais interessantes por ali. Até mesmo Vivi e Brenda. Ninguém costumava olhar para mim desse jeito. Quer dizer, não que eu soubesse, pelo menos.

— Você já conheceu o pessoal? — indagou, interrompendo meus pensamentos. — A gente está sempre jogando vôlei por aqui.

— Ah... — enrolei, tentando dar um sorriso que fosse simpático e não transparecesse meu completo pânico. — Ainda não conheci ninguém, não.

— Acho que você vai gostar deles — continuou, sem perceber minha inquietude. — Nicolas é o que joga melhor — deu mais um sorriso, fazendo uma covinha aparecer na sua bochecha —, depois de mim, é claro.

— Depois de mim também, aposto — fiz graça, tentando acabar com meu desconforto.

— Até que você não é ruim — respondeu Fred, jogando uma bola difícil para que eu pegasse, e eu a recebi sem problemas —, mas Nicolas é muito massa, acho que você vai gostar dele. — Em seguida ele recebeu minha bola de volta. — Inclusive está me ajudando a me aproximar de uma menina aí em que fiquei interessado...

O alívio. Eu queria abraçá-lo no momento em que ele terminou a frase. Graças a Deus a menina linda não era eu! É claro que não seria, mas de qualquer maneira fiquei aliviada por não precisar lidar com isso. Ele era muito bonito e, em outras circunstâncias, talvez eu ficasse muito interessada. Só que ele tinha um grupo de amigos problemático e, em prol da minha tão sonhada paz, talvez eu tivesse que abrir mão do vôlei e de belos meninos se eles viessem acompanhados do garoto encrenqueiro.

— Já são tipo melhores amigos, então? — zoei, com um pouquinho de medo de esse tal Nicolas ser o garoto-encrenca.

— Tipo isso. — Fred riu.

Mas se Nicolas era tão incrível assim, era difícil que fosse o menino da discussão. Aquele garoto podia ser muitas coisas (principalmente lindo), mas não era incrível. Eu nunca gostaria dele, por mais que fosse um bom jogador de vôlei. Só de pensar em todas aquelas grosserias que ele me falou, eu já estava morrendo de raiva de novo! Não fazia a menor questão de estar no mesmo ambiente que aquele traste. Mas uma parte de mim queria que eu fizesse esse esforço, talvez valesse a pena para jogar vôlei com eles...

— *¡Hermosa!* — chamou uma voz atrás de mim, e eu errei a passagem de bola para Fred, estragando nosso recorde.

Parecia que não seria só o recorde que seria estragado... meu dia também corria sérios riscos...

— *¿Vamos danzar?* — convidou.

Só tinha um ser humano que me deixava mais enfurecida que o barraqueiro do dia anterior. O responsável pelo meu erro era a única pessoa na República Dominicana inteira que ainda tentava conversar comigo *em espanhol*. Juan pareceu não perceber meu ódio e pousou seus olhos cor de mel em mim. Seu olhar tentava ser sedutor e ele também exibia um sorriso de comercial de pasta de dente.

— *¡No!* — berrei, batendo o pé e levantando areia. — Quantas vezes vou ter que falar que não quero dançar, nem hoje nem nun...

— Tá tudo bem aí? — perguntou Fred, interrompendo a nossa discussão e fazendo com que eu olhasse para ele.

— Não — respondi, confusa. — Quer dizer, tá.

O garoto olhou para mim com uma expressão meio perdida, e voltei a encarar Juan, calculando quão errado seria cortar a bola para acertar bem na cara dele. Da próxima vez que tivesse problemas para fazer um corte forte, iria imaginar aquela carinha ordinária na bola. Toda essa dificuldade para conseguir jogar um pouco de vôlei e agora esse insuportável vinha estragar tudo? Ah, não! Eu não ia deixar...

— Olha, a galera está chegando aí — disse Fred, ignorando a presença de Juan e me fazendo olhar para ele de novo.

Meu olhar seguiu para onde seu dedo apontava. Algumas pessoas vinham na nossa direção. A primeira descendo as escadas para a areia era Brenda, sorrindo como não sorria desde que a irmã inventara de fazer zumba. Seu cabelo estava preso no típico rabo de cavalo alto com suas ondinhas perfeitas. Eu franzi a testa, confusa. O que ela estava fazendo ali? Minha confusão durou pouco, pois foi só olhar para o lado para entender o motivo dos sorrisos da nossa mascote. O garoto da briga estava andando só um pouco atrás, sorrindo também e conversando com ela. O desgraçado era tão lindo que a situação só me deixou com ainda mais raiva. Eu precisava sair dali urgentemente.

— Fica aqui, Ísis! — Fred se aproximou, tentando pegar meu pulso. — Vou te apresentar para eles.

Com uma expressão de quem não estava entendendo nada, Juan agarrou meu outro pulso e começou a me puxar para o lado oposto. Fiquei no meio dos dois, sem conseguir decidir qual era o caminho menos pior. Enfrentar o garoto da briga, que pelo jeito estava com a *Brenda*, ou dançar zumba com Juan. A humilhação era iminente em qualquer uma das opções. Passar raiva também estava garantido. Era difícil saber quem eu detestava mais. Talvez fosse Juan, mas a situação do dia anterior estava muito recente para que eu me convencesse a dar uma segunda chance para o garoto. Se eu aceitasse ir com Juan, só teria que lidar com ele. Se resolvesse ficar, teria que lidar com uma possível humilhação pública — inclusive na frente de Fred. Isso para não mencionar Brenda.

— *¡Vamos, hermosa!* — insistiu Juan, tocando minha cintura. Dei um passo para trás, tentando sair de seu alcance. — *¡Danza!*

Um cara idiota acompanhado de um time ou um cara idiota sozinho?

— Não sei o que seu amigo está dizendo, mas pede para ele esperar só um pouco — comentou Fred, olhando para nós sem saber se eu estava em perigo ou ansiosa para ir embora. Nem eu sabia. Talvez os dois? — Só para eu te apresentar mesmo. Depois você vai com ele...

— Ele não é meu amigo. — Balancei a cabeça, me apressando em corrigir. — E eu não quero ir a lugar algum com ele.

— *¡Amigo, sí!* — Juan se sentiu ofendido, estreitando os belos olhos para mim.

— Ei, Nicolas! — Fred acenou na direção do garoto ao lado de Brenda, me fazendo encolher de constrangimento. — Quero te apresentar a Ísis! — Fred olhou na minha direção com um pouco de receio. — E esse cara que parece amigo dela, mas pelo jeito não é...

— *¡Amigo, sí!* — repetiu Juan, como se aquela frase fosse capaz de constatar nossa amizade.

— Não somos amigos, Juan! Para de insistir! — retruquei.

Ele fez um muxoxo, tirou a mão da minha cintura e passou para o meu cabelo, afastando as madeixas dos meus ombros mais uma vez. Estava tudo errado naquela situação: o garoto da briga estava cada vez mais perto, Fred me encarava como se eu fosse esquisita, Juan estava invadindo novamente meu espaço pessoal, e o simples fato de meus ombros ficarem descobertos me fez lembrar de que eu precisava retocar o protetor solar, tamanha sensação de ardência. Eu queria abrir um buraco na areia e sumir lá dentro. Ou ser transportada magicamente para aquela tenda maravilhosa da Ceci.

— Aquele que tá vindo ali é o Nicolas. — Fred apontou, alheio à discussão que acontecia entre mim e Juan. — E aquela do lado dele é a Brenda, que se juntou à gente ontem.

— Ísis?! — berrou Brenda, parando nos últimos degraus da escada.

— Ué! — Fred olhou para ela e depois me encarou. — Vocês se conhecem?

O garoto (aparentemente era o tal do Nicolas) também interrompeu sua descida e olhou na minha direção, de cara feia. Revirei os olhos. Se ao menos ele tentasse ser um *pouquinho simpático*, juro que eu também me esforçaria para ser. Pelo menos um pouco. Se não tivesse outro jeito. Do que a gente não é capaz para fugir do instrutor de zumba e jogar um pouco de vôlei, não é mesmo?

Infelizmente, Nicolas não parecia disposto a me dar uma segunda chance, e, para ser bem sincera, eu não estava com estômago para lidar com Brenda naquela situação. Era muita coisa para absorver. Será que ela estava de rolo com esse menino? Ele não era velho demais para ela? *Quantos anos ele tinha?* A minha idade, no mínimo. Talvez mais... Tudo bem que a Brenda era um prodígio, que idade é só um número, mas ela era muito ingênua! E se ele fosse maior de idade? Será que ele se interessava por garotas que viajavam com malas da Barbie? Eu precisava avisar Vivi. Ou Ceci. Ai, meu Deus, a quem eu estava enganando? Nenhuma das duas daria a mínima! E se dessem uma olhada em Nicolas, ainda falariam que Brenda estava de parabéns!

Isso sem falar que Vivi também estava interessada em um cara *muito* mais velho. Juan com certeza não tinha menos de vinte anos. Tia Rebeca faria um escândalo se soubesse que a filha estava atrás de um cara tão mais velho, mesmo que a idade fosse o elemento menos preocupante quando o assunto era Juan. E também não era o único, nem o principal, problema de Nicolas. Ele poderia ser lindo quanto quisesse, porque o que me importava era o interior, e eu tinha visto que por dentro ele era *podre*. Um típico caso de "Deus me livre, mas quem me dera". Talvez eu devesse falar com Brenda sobre esse assunto, mas o pânico que tomava conta de mim me dizia que aquele não era o melhor momento.

Ninguém se moveu por alguns segundos, nem mesmo Juan, que ficou observando a cena com um sorrisinho no rosto. Se ele de fato entendia o que estava acontecendo, não sei, mas, sabe-se lá por quê, parecia achar graça. Que bom que pelo menos uma pessoa estava se divertindo, porque eu só conseguia sentir constrangimento. E irritação. E incômodo. Enfim, nenhum sentimento bom.

— Sim, nos conhecemos — respondi ao Fred, quando percebi que ninguém ia dizer nada. — Brenda é minha amiga — completei, mas incomodada com a situação. Como estava um pouco rancorosa, resolvi reforçar a idade dela. — É a *irmã mais nova* da minha melhor amiga...

Encarei o menino insuportável enquanto dizia cada palavra. Quem sabe ele não entendia logo o recado de que ela não era para o bico dele. Sua expressão não se alterou. Continuou me encarando com impaciência. Claramente eu estava longe de ser bem-vinda no mundinho dele, e eu podia apostar que jamais seria chamada para esses jogos de vôlei se dependesse do tal Nicolas.

Juan aproveitou o silêncio para me puxar pelo braço de novo. Sentindo que não havia mais o que fazer ali além de passar vergonha, resolvi começar uma retirada estratégica.

— Prazer em conhecer todos vocês — falei, acenando e tentando desviar de Juan a todo custo, mas não queria que percebessem meu completo asco. — Tenho zumba agora, então a gente se vê depois.

Por *depois* eu queria dizer *nunca mais*.

— *¡Zumba!* — comemorou Juan, tirando a mão do meu braço e me puxando pela cintura para perto dele. — *¡Vamos, vamos!*

— Então, tá... — Fred fez uma careta, mas acenou de volta. — Até a próxima, Ísis. Foi ótimo te conhecer...

— Igualmente — consegui responder, antes de Juan me afastar ainda mais, agarrado em mim.

Esperei estarmos já bem perto do espaço de zumba para dar um berro e me soltar do professor. Ele era *asqueroso*, para dizer o mínimo. Nem adiantava começar com o discurso sobre como ia dar um soco na cara dele se me tocasse de novo, porque aparentemente Juan não entendia quase nada do que eu dizia. Distanciei-me, mas ele veio correndo atrás de mim, tentando agarrar qualquer parte do meu corpo que conseguisse. Eu comecei a correr, espalhando areia para todos os lados e desejando internamente que acertasse a cara dele.

Vivi estava parada junto à turma de zumba e ficou me olhando de forma inquisitiva quando cheguei com Juan a tiracolo. Nos últimos passos, ele tinha conseguido agarrar meu braço e agora eu estava entrando na aula agitando o corpo todo, como se fosse um cachorro tentando se livrar das pulgas. Vivi fechou a cara e eu me sacudi com ainda mais força, até ele me soltar.

Juan foi para a frente da turma e eu cruzei os braços, cheia de raiva. Ah, sim, claro! O problema era que eu estava desfilando *contra a minha vontade* com o professor para cima e para baixo na areia! O fato de a irmã dela estar se envolvendo com aquele garoto lindo porém *insuportável* não tinha problema algum!

Antes que eu conseguisse reclamar de Brenda ou que Vivi conseguisse questionar o que raios eu estava fazendo com Juan, o próprio professor quase estourou meus tímpanos ao colocar a primeira música da aula na maior altura. Pela primeira vez naquelas férias, dançar zumba parecia o melhor cenário diante das minhas outras opções, que eram: a) ter uma DR com minha melhor amiga ou b) tentar fazer com que Nicolas me aceitasse no time de vôlei. Então, dancei. Ou pelo menos fiz o possível para dançar sem acabar feito um frango à milanesa de novo.

Foi a hora mais torturante da minha existência. Não só pela dança, mas porque me esforcei ao máximo para *não olhar* na direção da rede de vôlei. Só caí em tentação *duas* vezes, logo no início da aula. Na primeira vi Fred e Nicolas discutindo, apontando na direção da aula. Correção: apontando na *minha* direção. Na segunda, Nicolas e Brenda estavam dando *gargalhadas* enquanto ele tentava ajudá-la a sacar por cima da rede. Depois disso, passei a me policiar mais para não olhar e não morrer de ódio.

Quando a aula finalmente acabou, fui logo virando de costas e tratando de fugir da praia, mas não fui rápida o suficiente para escapar nem de Vivi, nem de Juan. Os dois me cercaram, dando risadas e impedindo que eu continuasse a andar na direção da escada que separava a praia da área interna do resort.

— Ísis! — chamou Vivi quando enfim parei de tentar contorná-los. — Juan disse que hoje tem uma festa, sabia?

— *La fiesta* — corrigiu Juan, erguendo o comprido dedo indicador para interromper minha amiga como se esses malditos *la* e *i* fizessem toda a diferença.

O ranço que eu vinha acumulando desse cara ia acabar me fazendo perder a paciência em breve. E não seria uma cena nada bonita, porque Vivi ficaria irritada e iria querer tirar satisfações. Eu juro que seria mais paciente se ele me desse *algum* motivo para acreditar que não era o mais completo traste.

— Ele disse que todo final de semana tem uma festa no resort e que essa é especial, por ser a primeira do ano — continuou Vivi em tom animado, sem se dar conta da minha apatia.

— *¡Bailar!* — exclamou Juan, insistente.

O vocabulário dele, pelo menos comigo e com Vivi, não era muito vasto. Ignorando minha expressão de desprezo, ele pegou minha mão.

— *Vamos bailar juntos, ¿sí?* — insinuou ele, me deixando mais irritada ao pegar minha mão.

— O que ele disse? — perguntou Vivi, olhando com horror para nossas mãos unidas.

— Não faço a menor ideia — menti.

Eu tinha certeza de que ele tinha me convidado para dançar com ele na festa. E podia esperar bem sentadinho, porque eu preferia ter que dançar zumba no meio da quadra de vôlei, na frente de todas aquelas pessoas, inclusive do Nicolas, a dançar com ele uma música que fosse. Puxei a mão com rapidez, dando um sorriso nada cordial.

— *¡Adiós!* — me despedi.

Queria que ele entendesse que era um *adiós* da minha vida e não só daquele momento, mas ele não entendeu. Pelo contrário, aproveitou que estava com as mãos livres para pegar as de Vivi e tascar um beijo nelas. Revirei os olhos, enojada. Vivi deu uma risada afetada e prometeu que iríamos à festa.

Para um dia que começara tão promissor, com alongamento junto da terceira idade e vôlei com um garoto lindo na praia, aquele havia perdido o rumo hora a hora. Se continuasse a degringolar daquela forma, eu não queria nem ver o que poderia acontecer naquela festa...

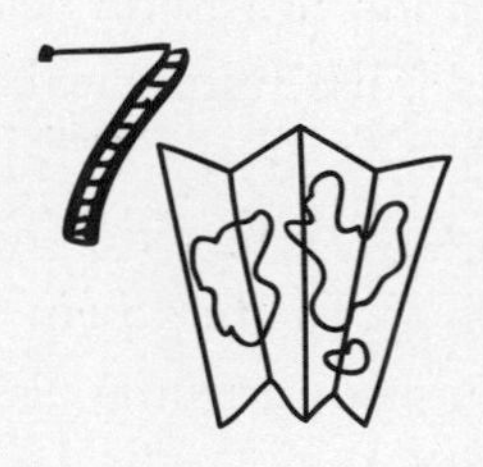

A sensação que eu tinha era de que aquele resort nunca pararia de me surpreender. Mais tarde naquele mesmo dia, Vivi e eu estávamos esticadas na cama de barriga para baixo, balançando os pés e debruçadas no mapa, tentando descobrir onde ficava a boate da festa. Eu tinha me jogado na cama, mas Vivi deitara delicadamente para não amassar o lindo vestido vermelho que escolheu a dedo para o grande evento. O tal mapa do resort era pouco intuitivo — ou talvez fosse só minha falta de intimidade com mapas mesmo.

Desisti de procurar o lugar. Adornados por um delicado rímel preto, os olhos de Vivi expressavam a desilusão por não encontrar o local. Eram de um castanho lindo, mas minha amiga tinha uma mania injustificada de escondê-los com lentes de contato coloridas toda vez que tínhamos alguma festa ou um evento social. Naquela noite, seus olhos estavam verdes, como os da irmã mais nova. A diferença era que os de Brenda eram naturalmente dessa cor. É claro que as lentes combinavam com o restante da produção meticulosamente pensada, mas eu gostaria que Vivi enfim acreditasse quando eu dizia que a cor de seus olhos era linda e que ela continuaria maravilhosa se não usasse as lentes.

Mas era a Vivi. Não tinha jeito. Essas coisas eram muito importantes para ela. Vivi tentou inscrever a própria irmã no *Esquadrão da Moda*, e só não levou a ideia até o fim porque descobriu que a indicada precisava ser maior de idade. Tia Rebeca ia dar um chilique se soubesse que ela queria expor Brenda desse jeito, e, sendo bem sincera, eu nem achava que Brenda se vestia mal. Ela tinha escolhas peculiares às vezes, mas de alguma forma tudo parecia se encaixar com sua personalidade. Naquela noite, por exemplo, ela estava usando um lindo vestidinho quadriculado... Que era acompanhado por uma bolsa transversal do Horloge (o relógio de *A Bela e a Fera*).

— Achei! — gritou Vivi, interrompendo meus pensamentos e fazendo Cecília se aproximar do mapa aberto em cima da cama.

Nós quatro estávamos nos arrumando no mesmo quarto, já que íamos juntas para a festa. Assim poderíamos dar palpites sobre a roupa das outras e cantar em coro as músicas que tocavam na playlist criada por Vivi.

Brenda ainda estava murmurando uma das músicas quando se jogou do outro lado da cama, fazendo com que pulássemos levemente sem querer e Vivi gritasse "Ei! Meu vestido!", mesmo que ela estivesse do outro lado e muito longe do vestido. Brenda também se debruçou sobre o mapa, a fim de observar o local que a irmã indicava.

Estreitei os olhos, tentando entender. Minha dificuldade de apontar lugares no mapa, ao que tudo indicava, não se limitava a países. Até porque, na minha péssima percepção, aquele ponto indicado por Vivi poderia muito bem ser em outro país. Qual era o país que fazia fronteira com a República Dominicana? Eu não fazia ideia.

— Sei onde é — informou Cecília, a única ainda de pé.

Ela esticou o braço entre Vivi e eu, batendo a unha comprida e perfeitamente pintada no local indicado pela sobrinha.

Foi a nossa sorte, na verdade. Eu não queria contar com Brenda e Vivi para me guiarem até o lugar, por mais que elas pudessem entender de mapas melhor do que eu. Tudo bem que Cecília nunca parecia ser a melhor opção, mas resolvi lhe dar um voto de confiança. Terminamos de nos arrumar e saímos do quarto. Cecília desfilou na nossa frente com seu vestido tubinho preto curtíssimo e saltos agulha muito altos, indicando o caminho mais rápido.

— Por aqui é melhor — explicou ela, indicando um possível atalho. — A gente já vai dar direto ao lado da quadra de tênis...

Tentei disfarçar minha expressão de surpresa ao ouvir que havia uma quadra de tênis naquele resort. Por sorte, já estava bem escuro e meus olhos também estavam ofuscados pela maquiagem que Vivi me ajudara a fazer, permitindo que minhas expressões fossem facilmente camufladas. Minha maquiagem era uma versão muito pesada da que eu costumava usar (que era, em outras palavras, praticamente *nenhuma*).

— Que bom! — comentou Brenda, seguindo a tia com certa dificuldade. — Deus me livre de fazer um caminho maior do que o necessário com esse salto!

Vivi deu uma risada da cara da irmã, desfilando com perfeição nos maiores saltos de todo o quarteto. Meus saltos eram os menores, mas mesmo assim eu ficava maior que todas elas. Na verdade, eu só estava de salto porque Cecília tinha me emprestado um dos dela. O mais baixo que havia levado, para ser mais exata. Apesar de ser baixa, calçava *quase* o mesmo que eu. Sua baixa estatura e seus pés grandes eram sempre uma questão na carreira nas passarelas, mas ela arrasava nos trabalhos como modelo fotográfica. Seus pés eram tão grandes que, apesar da nossa diferença de quase 20 centímetros de altura, ela acabava calçando só um número menor do que eu. Meus dedinhos não tinham gostado muito daquilo, mas eu estava ignorando suas reclamações.

Depois do convite de Juan, Brenda foi investigar e descobriu que nós só poderíamos ir à festa se estivéssemos acompanhadas de uma maior de idade que fosse nossa responsável. Cecília tinha os termos assinados pelos nossos pais dizendo que era nossa responsável legal durante a viagem, que foram inclusive traduzidos de forma juramentada para o espanhol. Vivi ficou achando que a tia não toparia a empreitada, mas eu disse que ela não precisava se preocupar nem um pouco... Em que mundo Cecília ia dizer não para uma balada?

— É aqui! — Cecília apontou para uma ruela. — Viu? Não disse que era logo ao lado do restaurante vegetariano?

Tratei de andar com rapidez atrás delas. Perdê-las de vista significava que eu estaria fadada a vagar perdida pelo resort para sempre, pois nunca seria capaz de encontrar o caminho de volta para o quarto.

Aquele resort era gigantesco e, para piorar, ainda estava escuro! Não que eu achasse que seria capaz de encontrar o caminho de volta se fosse meio-dia, com o sol a pino. A ruela que Cecília apontou era feita de paralelepípedos, o que dificultava o processo de caminhar nela de salto, mas me esforcei. Só sabia que existia uma chance de a gente estar no lugar certo por conta da música latina alta que ressoava. Foi só quando viramos a esquina no final da ruela que percebi que *com certeza* estávamos no lugar certo.

Havia uma multidão aglomerada na frente de uma porta estreita. Em cima, entalhado na madeira, se lia o nome da boate que Juan mencionara quando Vivi foi pedir mais informações. A música ficou mais alta e Cecília entrou na fila já dançando. Conforme seus cachinhos se agitavam, eu calculava quantos homens da fila acabariam apaixonados. Minha conta estava em três só naqueles dois minutos. Nós nos juntamos àquele monte de gente e esperamos pacientemente para entrar.

— Ai, que saco! — reclamou Brenda, colocando a mão na cintura. — Isso aqui vai demorar *muuuuuuuuuuito*!

— Não vai, não. — Vivi tentou se manter positiva. — Tenho certeza de que vamos entrar rapidinho...

Brenda não era muito fã de festas. Já Vivi, não perdia uma. Brenda, pelo que eu sabia, nunca havia colocado uma gota de álcool na boca, já Vivi ficava bêbada a ponto de eu carregar comigo um prendedor de cabelo para não precisar segurar os cabelos dela quando ela fosse vomitar. Eu nunca tinha visto Cecília em um evento que não fosse de família, mas podia *apostar* que era a rainha da pista de dança. Eu até ia a algumas festas, sempre acompanhando Vivi, mas, na maioria das vezes, preferia ficar em casa assistindo às minhas séries na Netflix. Era o caso de hoje. Definitivamente preferia ter ficado no quarto. Meus pés doíam e eu só queria estar na minha caminha confortável vendo alguma reprise de *The O.C.*

Demoramos pelo menos uns vinte minutos para finalmente passar pela porta estreita. Vivi deu um pulinho ao meu lado, animada porque a festa enfim ia começar pra gente. Sua animação só durou dois passos. Fomos encaminhadas para *outra fila*, onde os menores de idade precisavam ser registrados e seus responsáveis legais, devidamente verificados. Era a festa das filas!

— Viu o que eu tenho que passar por vocês? — Cecília revirou os olhos, mas estava dando um pequeno sorriso.

— Que saco! — Brenda jogou os braços para cima, impaciente. — Da próxima vez que vocês me chamarem eu vou dizer *não*!

Vivi batia o pé, impaciente, ao meu lado. Coitada. A nova fila conseguiu demorar ainda mais do que a primeira, já que o processo de verificação de documentos era muito lento. Para piorar, cada menor de dezoito anos ainda ganhava uma pulseira néon com seu nome e o telefone do responsável. Supercharmoso. Só que não.

— Ai, meu Deus! — Vivi agarrou meu pulso, olhando na direção da porta que, de fato, levava para a pista de dança. — Acho que Juan *acabou de chegar*.

— Ah, lá vem você! Que insuportável! — Brenda revirou os olhos, dando mais um passo para a frente.

Faltava pouco para sermos atendidas, mas Vivi achou que era tempo suficiente para um TED Talk sobre Juan. Orei para que a fila andasse mais rápido, mas o atendente pareceu querer dar uma oportunidade para Vivi expor seu conhecimento e ficou mais lento. Ou talvez tenha sido só impressão minha, é que para mim já estávamos na fila havia seis horas.

— Ele é *tão bonito*… — comentou ela. Parecia derreter a cada palavra, inclinando a cabeça para o lado com uma expressão sonhadora. — E aquele sotaque é tão lindo…

— Você sempre achou espanhol brega! — rebateu Brenda, arfando sem paciência.

— *Mudei de ideia!* — Vivi balançava o corpo de um lado para outro, agitando o dedo diante do corpo. — Não posso ter mudado de ideia?

— Nossa Senhora do Caribe — reclamou Cecília, batendo o salto com impaciência. — Quanto tempo vou ter que esperar para conseguir uma cerveja? — Ela olhou para a sobrinha mais velha, sem saco. — Estou sóbria demais para aguentar essa lenga-lenga, Viviane.

Minha vontade era responder *eu também*, mas eu não queria correr o risco de levar uma bolsada na cara.

— Bem, Ceci — disse Brenda, cruzando as mãozinhas atrás das costas, como uma pequena sábia. — Como você sabe, tempo e espaço são relativos e dependem do ponto de vista do observador... — Ela encarou a tia.

— Vou te contar, hein... — respondeu Cecília, dando uma piscadela. Em seguida, abriu a bolsa para pegar o batom. — Não sei quem é mais maluca, você ou sua irmã.

— Bem, o que eu sei é que *essa observadora* está exausta de esperar — comentei, querendo ignorar Vivi. — Pode avisar ao teórico que falou isso aí — completei.

— Pode deixar que vou mandar esse memorando para o Einstein. — Brenda riu da minha cara. — No além.

— Se continuar enchendo o saco vou te fazer entregar o memorando *pessoalmente* — ameaçou Cecília, com o batom vermelho retocado e um sorrisinho zombeteiro.

— Eu que estou enchendo o saco? — reclamou Brenda, seguindo a fila que havia andado mais um pouquinho. — A Vivi que resolveu fazer uma dissertação sobre um amor impossível e *eu* que estou enchendo o saco?

— Nós temos conversado muito, tá bem? — retrucou Vivi, piscando dissimuladamente. — E estamos nos dando *superbem*.

O problema era que Vivi não sabia que provavelmente Juan também estava se dando *superbem* com outras meninas. Aposto que ele achava que estava se dando superbem até comigo, quando na verdade eu queria que ele sumisse do mapa.

— Então já podemos abrir as apostas de quando essa história vai acabar em lágrimas de novo, irmãzinha? — Brenda balançou a cabeça, desviando os olhos.

Aquela iminente ameaça de fatalidade também me deixava apavorada! Eu precisava ter uma conversinha com a Vivi sobre a possibilidade de seu novo príncipe encantado ser outro sapo. Um sapo bem feio, pegajoso, com verrugas, veneno e tudo mais.

— A gente precisa conversar sobre esse cara, Vivi — comecei a dizer, sabendo que talvez aquele não fosse o lugar ideal. Mas a vontade de berrar que o queridinho dela não valia nem o chão que pisava coçava na minha garganta. — Quer dizer, ele é um...

— É a nossa vez! — Cecília me impediu de continuar a frase. Ela estava com todos os documentos para comprovar que era responsável pela gente e sorria de forma afetada. — Sejam simpáticas e sorriam.

— Ou o quê? — Vivi franziu a testa, debochando da tia. — Vão achar que você está nos sequestrando?

— Fica quieta, menina, ou você também vai ver o Einstein — respondeu Cecília para a sobrinha mais velha. Depois pegou no ombro de Brenda, puxando-a para mais perto. — Venha aqui, minha tradutora.

Não havia motivo para tanto nervosismo. Os caras atrás do balcão provavelmente já estavam de saco cheio de checar todos aqueles papéis, pois não olharam por mais de cinco segundos para os nossos. Inclusive, já saíram enfiando uma pulseira no braço da Brenda quando ela abriu a boca para desejar boa-noite.

Cecília deu de ombros e preencheu nossos dados nas pulseiras, depois de colocar todos os documentos de volta na sua bolsinha (todos couberam perfeitamente, o que me fez pensar que a bolsa era encantada. Pensando bem, faria todo o sentido Ceci ser uma bruxa. Sua principal magia seria encantar homens desavisados. Talvez ela fosse uma sereia. Quem sabe?).

— *¡Gracias!* — disse Cecília, sorrindo para os atendentes.

Ao ouvir sua voz, fui resgatada do meu devaneio sobre ela ser um ser mítico. Ela nos empurrou, e, depois de devidamente identificadas, seguimos para a festa. Não tínhamos dado nem dois passos na boate quando Ceci se virou na nossa direção e acenou.

— Agora, tchau! — despediu-se, sorrindo. — Sejam livres, andorinhas. Voem alto, aproveitem com juízo, não passem vergonha e todas aquelas coisas que adultos responsáveis deveriam dizer. Se vocês aprontarem, Einstein estará esperando por vocês.

E, com isso, Cecília saiu andando.

— Ah, vou aproveitar, sim — respondeu Vivi, olhando para todo lado e tentando decidir qual direção seguir. — Tchau pra vocês também!

Ela sumiu no meio da pista de dança, sem deixar qualquer vestígio do seu esvoaçante vestido vermelho. Cecília cruzou uma porta que dizia ÁREA RESTRITA PARA MAIORES DE 18 ANOS. Brenda e eu ficamos paradas na entrada do salão, observando Cecília ir para um lado e Vivi para outro.

Minha amiga me encarou com apreensão, e eu assenti em silêncio. Eram tantas expectativas naquela troca de olhares: que a sorte estivesse a nosso favor, que Cecília não molhasse aqueles papéis, que Vivi não conseguisse álcool na ilegalidade... Várias súplicas compartilhadas em um segundo. A única forma de conseguir passar por aquela festa com o mínimo de dignidade era conseguindo um *mojito* no bar, mas, como eu tinha aquela pulseira laranja berrando MENOR DE IDADE. NÃO DEIXE UMA GOTA DE ÁLCOOL CHEGAR PERTO DESSA GAROTA, não parecia um plano com muitas chances de dar certo.

— Vou dar uma volta por aí — disse Brenda, fazendo um gesto. — Quer vir?

— Eu vou passar no bar primeiro, mas encontro você daqui a pouco — respondi. Mesmo que não pudesse contar com o álcool, ocupar minhas mãos com um copo faria com que eu me sentisse menos mal. — Quer alguma coisa?

— Não, valeu! — Ela sorriu, dando um passo para o lado. — A gente se vê, então.

— Isso! — Assenti, seguindo na direção do bar. — Até mais.

— Até! — respondeu Brenda, virando de costas e se afastando.

Tentei monitorá-la por algum tempo, mas acabei perdendo-a no meio das pessoas na pista de dança. Será que ela ia encontrar com seus novos melhores amigos do vôlei? Ou pior, com aquele garoto insuportável?

Apesar de ser grande, a boate estava bastante cheia. Caminhei até o bar e me apossei do último banquinho vazio junto ao balcão. A maior parte das pessoas naquela área era menor de idade e também ostentava pulseiras como a minha, mas a mulher sentada do meu lado estava de bate-papo com o barman e tinha uma pulseira de adulta, igual à que Cecília recebeu quando fizemos *check-in*. Suspirei, invejando de leve.

— *Hola*. — Tentei chamar a atenção do rapaz, cujo olhar estava baixo demais para uma conversa olhos nos olhos com a mulher. — *Un mojito, por favor.*

Ele não ouviu. Nem da segunda vez, muito menos da terceira. Todo o tempo que passei procurando e treinando essa frase no aplicativo de tradução fora perdido. Assim como o tempo que eu ficava sentada ali, tentando ser notada. Os minutos foram se passando e eu perdi a paciência com aquele flerte descabido. Os barmen responsáveis pelos outros lados do balcão estavam em plena atividade, mas o meu continuava perdido nos pei... *olhos* da jovem ao meu lado. Bufei, tentando conter a raiva, apoiando meu rosto nas mãos e os cotovelos no balcão. Quando é que aquele dia ia começar a melhorar?

— Ei! — gritou alguém do meu lado, tentando chamar o barman com um gesto. — *¡Una bebida para la chica, por favor!*

Girei no banquinho, confusa. A *chica* era eu? Quem estava se metendo no meu problema para tentar me ajudar a pegar minha bebida? Quem era esse príncipe que tinha vindo garantir que minha sede fosse aplacada? Quando terminei o giro, dei de cara com Fred debruçado no balcão no espaço entre os bancos e sorrindo para mim.

— Oi, é você! — cumprimentou, mantendo o sorriso firme e forte.

Talvez aquele fosse o melhor atributo dele. Um sorriso tão largo e contagiante que a única reação possível era sorrir de volta. Foi isso que eu fiz, pelo menos. E olha que nem precisei de um *mojito* de verdade para isso.

— Oi, Fred! — respondi. — Achei que você não soubesse falar espanhol.

— Faço bom uso do tradutor do celular — respondeu, se debruçando mais ainda para me cumprimentar.

Ele usava o aplicativo muito melhor do que eu, com certeza.

— Dois beijos, lembra? — falei, quando nossas bochechas se encontraram.

— Preciso treinar para quando for morar na sua cidade ano que vem — comentou ele, virando o rosto para dar um beijo na outra bochecha.

— Muito bem! — elogiei, me afastando, mas deixando a mão em seu ombro. — O que a gente precisa fazer para conseguir uma bebida aqui?

Fred deu um tapa no balcão do bar, o que me fez tirar a mão de seu ombro com rapidez. Algumas pessoas em volta nos encararam, inclusive a mulher envolvida no flerte e o próprio barman.

— *¡Hola! Un mojito, ¿sí?* — falei tudo de uma vez, para não correr o risco de o barman virar o rosto e se distrair novamente.

Eu me voltei na direção de Fred e gesticulei, incentivando-o a fazer seu pedido. Dei uma discreta encarada em seu pulso, mas ele também estava com uma pulseira de menor de idade. Que engraçado! Se já estava indo para a faculdade, ele era um ano mais velho que eu. Ou estava adiantado, como Brenda. Talvez fosse fazer dezoito esse mês ou antes de as aulas da faculdade começarem. Será que Nicolas também tinha a mesma idade? Será que também estava indo para a faculdade? Não que isso me interessasse. Quer dizer, talvez estivesse interessada apenas pelo bem da Brenda. Se ele tivesse uma pulseira de menor de idade, eu saberia que a situação entre os dois não era tão periclitante quanto eu imaginava.

Depois que Fred pediu um refrigerante, nosso barman se afastou para preparar nossas bebidas.

— Obrigada — agradeci, com sinceridade.

Ele deu de ombros, como se não fosse nada. Continuava apoiado no balcão, com as mãos entrelaçadas e um sorriso no rosto. Sua camisa azul-clara contrastava com a pele, e as mangas dobradas realçavam os braços típicos de quem jogava muito vôlei.

— Você veio sozinha? — Ele franziu a testa. — Ou está perdida?

— Estou perdida — respondi, dando um sorrisinho sem graça. — Minhas amigas se perderam por aí.

— Brenda? — Ele ergueu uma das sobrancelhas, dando um sorriso arteiro.

— Brenda também. — Dei de ombros, me lembrando do constrangimento da manhã, quando Brenda chegou com o grupo de amigos dele. — Não fazia ideia de que ela já tinha conhecido vocês... — menti.

Não queria dizer para ele que sabia que Brenda havia se aproximado de Nicolas, porque isso me faria ter que explicar sobre a briga na praia, sendo que meu interesse era continuar ignorando totalmente aquele acontecimento e a existência daquele garoto. Se é que ele já não havia comentado com Fred sobre os últimos acontecimentos...

— Ela é massa! — Fred desviou o olhar, encarando o barman que terminava de preparar meu *mojito* sem álcool.

Fiz o possível para não rir da gíria. Eu definitivamente precisava ensinar um pouco de carioquês para ele.

— Mas não joga vôlei muito bem, né? — comentou ele.

— Não — concordei, com uma risada. — Mas ela tem outras qualidades...

O barman reapareceu, deslizando as bebidas na nossa direção. Agarrei meu copo como se aquele *mojito* fosse o elixir da minha existência. Talvez nem tudo estivesse tão ruim assim. A presença de Fred naquela boate podia ser um indício de que minha sorte ia melhorar e que aquela festa seria legal.

— Tem? — questionou Fred, tomando um gole do refrigerante.

— Ela é uma supergênia — respondi, bebericando meu *mojito* e fechando os olhos de tamanha felicidade. — Até pulou um ano no colégio quando era criança... — expliquei, contendo um suspiro de êxtase com a bebida. — Por isso que está no segundo ano, mas só tem quinze anos.

— Entendi... — respondeu Fred, piscando lentamente e dando mais um gole no refri.

— Mas, apesar de ser superinteligente, às vezes fico muito preocupada com ela — desabafei, olhando pela multidão em busca de Brenda. — Também é muito inocente, sabe? Uma ótima pessoa, mas acredita muito nos outros e não tem bom senso crítico. — Suspirei. — Muito nova...

— Falando desse jeito, parece até que você é muito mais velha que ela... — brincou Fred. — Uma verdadeira idosa.

— Sou uma alma milenar — brinquei de volta. — Pena que a idade interior não conta na hora de pedir bebida alcoólica.

— Pelo menos você não está perdendo um drinque de verdade por pouco mais de um mês. — Ele riu. — Meu aniversário de dezoito anos é mês que vem e eu tenho que beber refrigerante.

Nós nos divertimos com a situação e brindamos de um modo meio desajeitado.

— E você? Veio sozinho? — perguntei, querendo mudar de assunto.

O aniversário de dezoito anos me fazia lembrar de Nicolas, que também poderia estar perto dos dezoito e envolvido com Brenda, que havia acabado de fazer quinze. Mas obviamente não era nisso que eu queria ficar pensando enquanto estava falando com um cara bonito em uma festa.

— Não! — respondeu ele, tirando os braços do balcão. — Larguei o pessoal para vir buscar o refri... — Ele esticou o copo na minha direção e eu estiquei o meu de volta, para mais um brinde meio estranho. — E agora continuo deixando o pessoal de lado só para ficar conversando com você...

— Oi? Quê? — Fiz uma careta, voltando a dar um gole na minha bebida.

— Vem ficar com a gente — sugeriu ele, esticando uma mão na frente do corpo. — Pelo menos até você encontrar suas amigas...

Ponderei minhas opções. Provavelmente eu acabaria dando de cara com Nicolas se aceitasse encontrar o grupo de amigos de Fred, mas por outro lado aquela era a oportunidade perfeita para me apresentar, fazer todos gostarem de mim e me convidarem para a próxima partida de vôlei. Minhas amigas estavam sabe-se lá onde e, mesmo que eu tivesse ideia do paradeiro delas, não estava com a menor paciência para correr atrás de Vivi, que só tinha interesse em Juan. Minha outra opção era uma noite bastante solitária naquele bar, sendo que o barman já tinha voltado suas atenções para a mulher ao meu lado e nunca mais me atenderia.

— Obrigada, Fred — respondi, usando a mão dele de apoio para pular da banqueta. — Eu vou, sim.

Ele sorriu e começou a andar na minha frente, abrindo caminho pelas pessoas perdidas entre a pista de dança e a área do bar. Foi só andando atrás dele que me dei conta de que conseguia ver todo o topo de sua cabeça e seu cabelo batido. Meus saltos não eram tão altos, mas eu estava *bem* mais alta que ele. Como eu não tinha percebido aquilo na praia? Ele até era alto, mas *eu era imbatível*. Essa era uma das desvantagens de ter boa altura para bloqueio: eu raramente era mais baixa do que algum garoto.

Fred cruzou a pista de dança e se dirigiu para uns pufes próximos da parede do lado esquerdo. Demorei um pouco para reconhecer alguns dos rostos que vi jogando na praia, mas reconheci a risada escandalosa de Brenda na mesma hora. Ela estava lá, é claro. Sentada em um dos pufes com um copo de bebida na mão, rindo de alguma baboseira que o garoto sentado ao lado dela havia dito.

Nicolas me viu no mesmo instante que meus olhos pousaram nele. Seu cabelo estava jogado para trás, muito arrumadinho e sem sinal de sua franja comprida. Só podia ser fruto de uma meticulosa aplicação de gel. Aquela franja nunca ficaria comportada daquele jeito sem que ele estivesse usando algum artifício — não era possível. O sorriso largo que ele destinava à Brenda murchou e nenhum de nós desviou o olhar.

— Ísis! — exclamou Brenda, dando um sorriso e acenando com entusiasmo. — Você me achou!

— Ah... — hesitei, olhando para Fred pelo canto do olho.

Ele estava distraído, cumprimentando um casal.

— Pois é, achei! — respondi.

Permaneci sem saber o que fazer. Não havia nenhum pufe livre e, além de Brenda e Fred (e Nicolas, mas eu estava fazendo a conta de quantos seres humanos estavam lá, não de monstros inoportunos sugadores de felicidade), não conhecia mais ninguém.

Minha timidez não me permitia entrar nos grupinhos e me apresentar, então bebi mais do meu *mojito* e olhei em volta, tentando ficar tranquila. Querer socializar e não conseguir era um padrão na minha vida. Minha mãe dizia que eu precisava "ser mais simpática e sorrir mais, como a Brenda", mas quanto mais eu tentava, mais entrava em pânico. Minha única chance de ser bem-sucedida nesse tipo de empreitada era enfrentá-la sem prestar muita atenção, acabar me envolvendo em um diálogo sem muito esforço. Mas era só *pensar* em socializar que eu já começava a suar frio.

— Que bom que você chegou — disse Brenda, chamando minha atenção novamente. Ela balançou o copo com uma expressão chateada. — Meu *frozen* acabou!

— Quer que busque outro para você? — ofereci.

Eu faria *qualquer coisa* para fugir dali, mesmo que qualquer coisa fosse ter que encarar o barman que não queria saber de trabalhar, só de paquerar.

Pelo menos eu já tinha aprendido com Fred que dar um tapão no balcão era uma estratégia que funcionava.

— Não precisa! — Brenda se levantou. — Eu vou lá buscar! — Deu dois passos na minha direção. — Será que você pode fazer companhia para o Nicolas enquanto isso?

Esbugalhei os olhos, desejando que ela entendesse o recado de que eu *não podia*, não. Na verdade, eu poderia fazer muitas coisas, menos essa. Em vez de compreender meu pedido, ela pareceu achar graça e continuou andando. Passou por mim direto, jogando os cabelos.

— Eu apresentaria vocês — ela se virou antes de seguir seu caminho —, mas vocês já se conhecem, né?

Com essa bomba, ela deu sua deixa e nós ficamos sozinhos. Quer dizer, não *sozinhos*. Era uma festa. Lotada. Com música alta. O grupo de amigos de Nicolas estava ali em volta. Inclusive Fred, que talvez eu já pudesse considerar meu amigo também. Mas, de alguma maneira, a sensação causada por aquele encontro equivalia a ela ter nos deixado trancados em um quarto vazio. Em um elevador claustrofóbico. No mesmo esconderijo em uma brincadeira de pique-esconde. Ou qualquer lugar pequeno demais para nós dois.

— Quer sentar? — Nicolas interrompeu o silêncio, apontando para o pufe vago ao seu lado.

Eu gostaria de responder "não", mas, apesar de preferir sentar em pregos do que ao lado dele, não consegui ser mal-educada a esse ponto. Sem falar que sentar faria bem para meus dedinhos esmagados. Então agarrei meu copo de *mojito* como se, naquele momento, ele pudesse ser meu elixir (não alcoólico) de coragem e caminhei até o pufe. Sobre o que falaríamos? E se ele voltasse ao assunto da briga? Ai, meu Deus, seria horrível. Quanto tempo será que Brenda ia demorar? Se dependesse daquele barman, eu apostaria em seu retorno muitos anos mais tarde, quando todos estivéssemos comemorando nossa aposentadoria, nos hospedando novamente nesse hotel e relembrando como sentíamos falta de Brenda, que era uma pessoa maravilhosa — ainda que louca.

— E aí? — falei, tentando dar um pequeno sorriso enquanto me sentava.

Nicolas balançou a cabeça em um cumprimento meio sem jeito. Seu cabelo deslizou para a frente e depois voltou para o lugar. A franja fez o mesmo movimento. Comecei a questionar minha teoria do gel, pois achava que se ele estivesse mesmo usando, seu cabelo não se mexeria daquela forma. Mas por que eu estava analisando o cabelo dele? Curiosidade científica, obviamente. Queria entender como aquela dinâmica funcionava. Mas não importava. Sem gel, com gel, que seja! Meu interesse era zero!

Ele ergueu o olhar lentamente na minha direção e eu o encarei de volta, tentando decidir qual era a cor daqueles fios. Estava escuro, então era difícil definir. Ele era muito bonito de perto também, e essa percepção gerou um incômodo no meu estômago. Desviei o olhar e dei mais um gole no meu *mojito*, tentando me convencer de que aquela sensação devia ser uma indigestão. Talvez eu também tivesse algum tipo de sensibilidade a limões e não soubesse. Não seria novidade na minha vida, no entanto seria uma pena, pois eu amava meus *mojitos*. Eles me mantinham sã naquele hospício paradisíaco...

Nicolas começou a bater um pé no chão, mexendo a perna com impaciência. Seus sapatos eram escuros e se camuflavam no jeans. Usava uma camisa quadriculada azul mais clara que a calça, com os botões abertos e uma blusa branca por baixo, que abraçava seu corpo de tal forma que me trazia lembranças de sua versão sem camisa nos jogos de vôlei. Olhei para o outro lado, tentando me controlar. Meus olhos não estavam agindo de acordo com o meu cérebro, que dizia que eu *odiava* esse garoto. Na verdade, pareciam achá-lo uma ótima distração.

— Ísis, né? — disse ele, fazendo eu voltar a olhá-lo. — Sabia que é o mesmo nome de uma deusa egípcia? — Inclinei a cabeça, confusa. O que raios ele estava dizendo? — Ísis era casada com Osíris e ajudava os mortos nos primeiros passos pós-vida. Além de ser deusa de várias outras coisas também, você sabe...

— O... — Eu não sabia expressar nem a minha confusão com aquele recital de página da Wikipédia ao som de Shakira tocando ao fundo. — O quê?

Nicolas se inclinou na minha direção, aproximando-se do meu ouvido. Gelei. Provavelmente achou que eu não tinha ouvido seu monólogo por causa da música, quando na verdade eu só não tinha entendido se era realmente aquilo que eu havia entendido. Pelo jeito eu não era a única pessoa com problemas de socialização. Pelo menos eu não saía por aí falando sobre a origem dos nomes de pessoas que eu mal conhecia.

— Seu nome é o mesmo de uma deusa egípcia — repetiu Nicolas, mais perto, e eu não tive coragem de olhar para ele, tão próximo a mim.

— É? — perguntei, porque não queria ser grossa e dizer que havia entendido da primeira vez. — Se um dia eu soube disso, não me lembro. — Dei de ombros, um pouco surpresa. — De uns tempos para cá, só tenho ouvido que é a sigla da maior organização terrorista da atualidade...

O garoto deu um sorriso gradativo, que começou em um cantinho da boca e terminou no outro, afastando-se um pouco de mim. Suas pernas não estavam mais se movendo sem parar e ele parecia achar nossa conversa divertida. Pelo jeito, eu era o tipo de pessoa que falava sobre organizações terroristas para socializar. O olhar que ele me lançou parecia ter um pouco de *pena*, e eu franzi a testa, sem saber se me sentia ofendida ou grata.

— É um pouco irônico, na verdade, porque Ísis era tipo uma deusa do amor — continuou ele, lançando um novo olhar na minha direção.

Pisquei, sem acreditar que estava mesmo discutindo sobre mitologia egípcia no meio de uma festa na República Dominicana.

— E da maternidade, da fertilidade, da magia, da natureza… — completou ele.

— Uma deusa multifuncional essa tal de Ísis — falei, admirada. — Queria ser assim também.

Com certeza havia aprendido sobre aquilo quando estudei mitologia egípcia no colégio, mas fazia milênios que não lia nada a respeito. Se a Ísis de doze anos aprendeu alguma vez sobre a deusa com seu nome, não achou uma informação relevante o bastante para manter na mente até os dezessete. O que sobrara da minha percepção sobre meu nome era que eu queria que ele fosse mais comum.

— Meu nome é Nicolas — contou ele, me olhando pelo canto do olho como se tivesse medo da minha reação. — Ah, é... Você já sabe.

— E por acaso é o nome de alguma divindade de outra cultura? — Fiz uma piada, cruzando as pernas e apoiando meu cotovelo na coxa. — Hindu, talvez?

— Grega — respondeu ele, dando um sorriso satisfeito. — Mas é uma variação muito distante, não é tão *boni*... — interrompeu-se, tossindo um pouco. — Direto como o seu.

Pelo jeito nada com aquele menino era uma piada. Agora fazia todo sentido do mundo Brenda e ele ficarem grudados daquela forma. Por aquela conversa, ele também parecia ser um completo nerd. Aposto que sabia apontar a República Dominicana no mapa de olhos fechados. E o Sudão também. Será que os dois competiam para ver quem sabia mais capitais do mundo? Eu apostaria em Brenda. Ela era implacável nessa categoria toda vez que a gente jogava adedanha. Aliás, ela era implacável em *qualquer* categoria. Será que os dois jogavam adedanha juntos? Eu preferia pensar que era *assim* que eles passavam o tempo juntos, e não de *outras formas* que minha mente queria me obrigar a imaginar. Falando em Brenda, onde será que ela estava? Faria bem para meu estômago me afastar logo desse garoto...

— Uma variação? — falei, orando pelo retorno de Brenda.

— A origem do nome é a deusa Nike — explicou ele, voltando o corpo na minha direção. Ao que parecia, a origem de nomes e mitologia era um de seus assuntos favoritos. — Ela era a deusa da vitória.

— Nossa! — exclamei. Era difícil admitir, mas eu estava realmente achando aquela história interessante. — Eu queria ter o nome inspirado na deusa da vitória!

— A sua é tipo a deusa do amor... — Ele franziu a testa, parecendo confuso. — É quase como se você se chamasse Afrodite... Só que a Afrodite egípcia.

— Ter o nome da deusa do amor não está me ajudando em nada nesse sentido. — Revirei os olhos, me arrependendo do comentário no segundo em que terminei de falar.

Se sóbria eu já estava falando todas essas besteiras, imagina se meu *mojito* tivesse álcool? A mesma escuridão que não me deixava decidir a cor dos olhos dele foi minha aliada na hora de esconder minhas bochechas coradas pela vergonha.

Nicolas esticou o braço por cima dos nossos pufes, me fazendo chegar um pouquinho para a frente de modo a desviar de seu toque.

— E ter o nome da deusa da vitória talvez me ajudasse nos jogos... — falei, tentando mudar de assunto.

— Jogos? — Ele ergueu as sobrancelhas, cruzando uma perna por cima da outra.

Fiz uma careta. Não estava dando uma dentro. Tentei corrigir um erro e cometi outro. Falar sobre jogos significava que eu realmente jogava vôlei. Tipo, *de verdade*. Em um time. Ainda que fosse um time do colégio e nada profissional. E ele inferiria que eu tinha sido cabeça-dura o suficiente a ponto de não aceitar jogar com eles apenas por *orgulho*, depois da nossa discussão.

— Deixa eu adivinhar... — falou Nicolas quando permaneci em silêncio. — Vôlei?

Estiquei meu copo para tomar mais um gole do *mojito*, sem coragem de assentir. Quando não veio nada pelo canudo, percebi que a bebida já tinha acabado. Consternada, me estiquei e deixei o copo vazio em uma espécie de mesinha que ficava na frente dos pufes. Os colegas de Nicolas tinham se dispersado. Alguns continuavam por ali, como o casal com que Fred estava conversando antes, mas outros haviam sumido. Inclusive o próprio Fred, que eu não vira sair, mas não estava mais em canto algum. Quanto tempo tinha se passado desde que eu havia engatado nessa conversa esquisita com Nicolas? Tínhamos ultrapassado todas as minhas expectativas de boas maneiras, já que eu imaginava que acabaríamos nos digladiando.

Nicolas deu uma risada quando eu finalmente me convenci e concordei com a cabeça, confirmando suas suspeitas de que meus jogos eram mesmo de vôlei. Ele chegou a abrir a boca para fazer alguma nova colocação, mas foi silenciado pelos berros estridentes da boate inteira, comemorando as notas iniciais de uma música famosa.

"Dale a tu cuerpo alegria Macarena..."

As poucas pessoas que ainda nos cercavam saíram correndo em debandada para a pista de dança, com os braços para cima e o péssimo espanhol na ponta da língua. Não existia isso de não saber espanhol quando o assunto era "Macarena". Dei uma risada, imaginando que provavelmente Vivi estava dançando zumba no meio da pista de dança. Sozinha ou, pelo menos, não com Juan. Parecia que a boate inteira fazia aulas de zumba pela manhã, pois todos estavam dançando com afinco, reproduzindo aquela coreografia capaz de unir nações.

— Ísis! — chamou Nicolas, fazendo eu me virar na sua direção novamente.

Não esperava que estivesse tão perto e quase dei de cara com ele. Segurei-me em seus ombros para evitar o contato de nosso rosto. Ele continuou a tentar falar, mas foi bem no instante em que a música chegou ao refrão e todo mundo berrou "*¡Heeey, Macarena!*". Encarei-o, meio confusa. Será que ele havia me chamado para dançar? Pois foi isso que eu tinha ouvido, mas não fazia o menor sentido.

— O quê? — questionei, me inclinando um pouco para a frente.

Só me dei conta de que ainda estava segurando os ombros dele quando Nicolas também se inclinou, diminuindo (e muito) o espaço entre nós. Eu o soltei muito rápido, um pouco horrorizada com meu comportamento. Foi a vez dele de apoiar a mão no meu ombro, me puxando para perto a fim de refazer a pergunta pertinho do meu ouvido.

— Perguntei se você quer *jogar* — disse ele, soltando uma risada que fez cócegas no meu pescoço. — Quero dizer, amanhã ou qualquer dia desses... — Desviou a cabeça do meu ouvido para me encarar. — Sei que já te convidei antes, mas foi em um momento meio esquisito...

— Quero — concordei, tentando focar em seus olhos e não desviar para seus lábios, tão próximos e interessantes, especialmente ao som de uma música tão animada. — Sim, quero jogar com você. Quero dizer, com vocês.

Ele abriu um leve sorriso. Agradeci ao pufe no qual eu estava sentada, porque talvez meus joelhos não me sustentassem se eu estivesse de pé. Meu estômago não estava me ajudando em nada...

— Ísis! — berrou uma voz conhecida, tão alto que fui capaz de ouvi-la mesmo em meio à cantoria das pessoas dançando.

Nicolas soltou meu ombro no segundo em que me virei. Vivi apareceu no meu campo de visão, desfilando com seus saltos gigantescos. Com um movimento dramático, jogou-se no pufe ao meu lado, que ficara vago com a debandada para a pista de dança. Ela olhava para mim como se fosse *o fim dos tempos*.

— Perdi Juan de vista! — choramingou ela. — E agora está tocando *a nossa música*...

Eu tive que me segurar para não dar uma gargalhada na cara da Viviane. Meu Deus! A situação estava pior do que eu pensava. Desde quando ela e Juan tinham uma música? E pior, a música-tema desse amor caribenho era "Macarena"?

— Vivi, esse é o Nicolas — apresentei, tentando ser educada e fazê-la esquecer Juan por um segundo. — Nicolas, essa é a Vivi, minha melhor amiga.

— Prazer — disse ele, esticando-se até Vivi para cumprimentá-la.

Eu me encostei na parede, observando. Ele se afastou antes do segundo beijo, deixando minha amiga em uma situação embaraçosa. Eu contive minha risada, escondendo a boca com a mão.

— Ai, você é de São Paulo? — Vivi revirou os olhos. — Que mania de deixar a gente sem o segundo beijo...

— Desculpe! — Nicolas riu, se aproximando para terminar o cumprimento na versão carioca. — Na verdade eu sou gaúcho, mas moro em São Paulo desde novo.

— A Vivi é irmã mais velha da Brenda — expliquei, me dando conta de que ela ainda não tinha voltado.

— Ela que dança zumba com você, né? — perguntou Nicolas, dando um sorriso que só podia ser descrito como irônico. — Inclusive, dançam muito bem...

— Obrigada! — respondeu Vivi, abrindo um enorme sorriso.

Olhei para o Nicolas de soslaio, com uma vontade de gargalhar crescendo dentro do peito. Já estava sendo difícil digerir a informação de que "Macarena" era a balada romântica de Vivi e Juan, aí Nicolas ainda vinha com essa? Ele estreitou os lábios, provavelmente segurando uma gargalhada também. Dei uma leve cutucada nele com o cotovelo. É claro que ele estava zoando da nossa cara, mas Vivi não tinha sacado. Pelo amor de Deus, o garoto tinha visto nós duas caindo e rolando na areia, como é que dançaríamos lindamente?

— A música está acabando — disse Vivi, voltando a se lamentar. Depois olhou na minha direção, com aqueles olhos de cachorro que caiu do caminhão da mudança que eu conhecia tão bem. — Vem dançar comigo, Ísis?

— Ai, amiga, com esse salto... — Tentei arranjar uma desculpa.

A verdade é que depois da vergonha que eu havia passado nas últimas vezes, nas aulas de zumba, eu preferia fritar no sol todos os dias sem um pingo de filtro solar a dançar na frente do Nicolas. Vivi piscou de um jeito meigo e fez biquinho. Suspirei, vendo que não teria como escapar. Nicolas se movimentou ao meu lado e virei o rosto para observá-lo se levantar.

De pé, ele parecia um gigante. Talvez fosse só uma questão de perspectiva, por eu estar sentada. Mas então me lembrei da nossa discussão na praia e de como tive que levantar a cabeça para olhar nos olhos dele. Mesmo com o salto, ele provavelmente era muito mais alto que eu. Minha melhor amiga interpretou o movimento como um sinal de que pelo menos o garoto dançaria com ela, então se levantou também, animada.

— Vamos, Ísis? — pediu ela, juntando as mãozinhas como quem faz uma prece.

Inclinei a cabeça, apoiando o rosto no meu ombro direito. A vontade de dançar beirava o negativo, mas tinha pouca coisa que Vivi pedia que eu não acabava fazendo. Ela não era o Harry Styles, mas era minha melhor amiga e eu a amava.

— Vamos, Ísis! — exclamou Nicolas, esticando a mão na minha direção.

O frio na barriga chegou a níveis nunca antes alcançados quando estiquei a mão para aceitar sua ajuda e me levantei, então caminhei na direção da pista de dança com os dois.

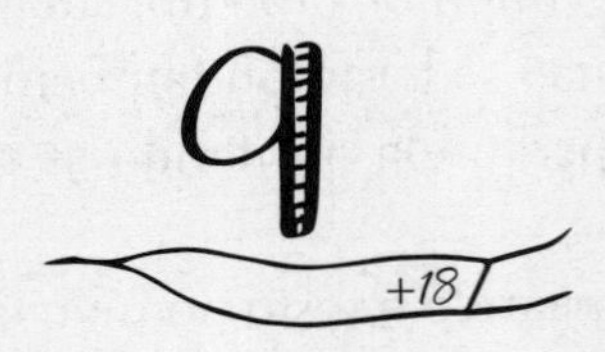

Nem mesmo Vivi conseguiu acordar cedo no dia seguinte. Quando abri os olhos, ela continuava babando o travesseiro na cama ao lado. Fiz o mínimo de barulho possível e peguei meu celular para checar a hora. Eu tinha colocado o aparelho para carregar na noite anterior. Já passava de dez horas, mas ignorei esse fato e me enrolei de novo na cama, incapaz de me mover. Meus pés estavam doendo tanto que antes de cair no sono outra vez tive certeza de duas coisas: 1) salto alto não era para mim e 2) muito menos se eu fosse passar grande parte da noite dançando.

Estava imersa nos meus sonhos quando, algum tempo depois, alguém bateu na porta. *Esmurrou* é uma palavra mais precisa. Só me dei conta do que estava acontecendo quando a pessoa do lado de fora já estava praticamente derrubando a porta e Vivi jogou um travesseiro na minha cara.

— Para de roncar, Ísis! — reclamou ela, com uma voz grogue e enrolando as palavras.

— Mas eu não estou roncando, criatura! — retruquei, fazendo esforço para me levantar. — É a porta!

— Então atende de uma vez — resmungou ela, usando o travesseiro que ficara na cama para tampar os ouvidos.

— Folgada! — reclamei, arrastando meus pés doloridos até a porta.

Definitivamente meus pés não gostaram nem um pouco do contato com o chão, mas fechei os olhos e esbocei uma corridinha, na tentativa de fazer o martírio ser mais rápido. Nem sequer perguntei quem era porque, na minha cabeça, só tinha uma opção: Brenda. Quero dizer, podia ser o serviço de quarto, mas a gente tinha pendurado a placa de "não perturbe" na maçaneta, então não devia ser.

— Finalmente! — reclamou Brenda, entrando no nosso quarto sem pedir licença.

— O que aconteceu? — Esfreguei os olhos, batendo a porta com a outra mão. — Espero que seja uma emergência para você nos acordar a *essa hora*...

— Já é meio-dia, Ísis. — Brenda me olhou em choque.

Ops. O tempo voa quando estamos destruídas e só queremos dormir mais cinco minutinhos, né? Manquei até o frigobar e peguei uma água, desejando, na verdade, um café bem quentinho. Enquanto isso, Brenda se sentou na beirada da cama da irmã e começou a cutucá-la.

Vivi usou o travesseiro remanescente para bater com força na cara da irmã, fazendo-a cair sentada no chão do nosso quarto. Comecei a rir e engasguei no meio do meu gole de água, sentindo minha garganta arder.

Terminei de acordar Vivi com meu altíssimo acesso de tosse misturado à gargalhada que queria soltar, mas não conseguia. O desespero me fez colocar a mão na barriga, tentando melhorar minha situação, ainda querendo cuspir meu pulmão fora.

Brenda se levantou do chão, revidando com o travesseiro na cara da irmã. Minhas tentativas de voltar a respirar normalmente falharam e meu estômago voltou a doer quando quis dar outra risada, mas continuava engasgada. Virei de costas para não ver aquela palhaçada e tomei mais um gole de água bem devagar. Respirei fundo, voltando ao normal.

— Sua bruta! — xingou a nossa mascote. — Eu só vim até aqui porque estava *preocupada*.

— Preocupada com a gente? — perguntei, virando na direção das duas novamente. — Estamos bem, como você pode ver...

— Com vocês, não! — A garota revirou os olhos, empurrando a irmã para se sentar novamente na beirada da cama. — Com a tia Ceci!

Caminhei para mais perto delas com dificuldade, então sentei na minha imensa cama e olhei para Brenda. Até Vivi se virou e abriu os olhos para nos encarar, parecendo preocupada também. Brenda ficou nos encarando, sem dizer nada.

— Preocupada por quê, Brenda? — quis saber Vivi, com a voz abafada pelo edredom enrolado feito um travesseiro, ao qual estava agarrada, já que tinha arremessado seus travesseiros em nós. — Tá dormindo em pé aí? Anda, desembucha.

— Desculpa! — Brenda balançou a cabeça, voltando a nos olhar. — Dormi muito mal, estou exausta...

— Dormiu mal? Por quê? — questionei, inclinando o corpo e me apoiando nas minhas pernas. — Devia estar dormindo e nos deixando dormir também...

— Acordei de madrugada e percebi que tia Ceci não estava no quarto. — Brenda mordiscou o cantinho do polegar. — Aí não consegui mais dormir direito porque estava com *me*... — hesitou, dando um pulinho. — *Preocupada* — corrigiu-se. — Porque eu estava preocupada.

— Você ficou com medo de dormir sozinha? — Viviane começou a rir, mexendo-se na cama e deixando uma gargalhada consumi-la. — Own, que bebê!

Brenda e Vivi tinham dividido quarto por muito tempo, até se mudarem havia uns cinco anos. Eu não podia comprovar, mas Vivi *jurava* que, no primeiro mês na casa nova, a irmã aparecia chorando em seu quarto quase todo dia, com alguma justificativa descabida para dormir com ela. Não parecia condizente que a mesma pessoa que sabia citar de cor o artigo da Constituição Federal que falava sobre sua escola (Colégio Pedro II, artigo 242, parágrafo 2) também tivesse medo de dormir sozinha, mas era o que Vivi dizia. Ainda afirmava que Brenda só tinha começado a dormir em paz no quarto novo porque os pais instalaram uma luminária que ficava ligada a noite toda, afastando o que quer que amedrontasse a caçula. Brenda, é claro, sempre negava essa história veementemente.

— Claro que não! — defendeu-se Brenda, levantando-se da cama furiosa. — Fiquei *preocupada* com a tia Ceci... — Ela tentou voltar ao assunto original, mas eu também estava rindo. — Ela ainda não voltou para o quarto...

— Será que ela bebeu demais e passou mal? — perguntei o óbvio.

— A ponto de precisar ser socorrida? Tia Ceci *nunca precisa* ser socorrida — disse Vivi, negando com a cabeça. — Ela sabe quando parar.

— Então será que caiu ou se machucou de alguma forma? — Agora era eu quem estava mordendo o cantinho do dedo, imaginando Cecília toda machucada em uma maca na enfermaria. — Precisamos ir ao posto médico ver se alguém sabe dela...

— Gente — interrompeu Vivi, franzindo o nariz e fechando os olhos como se estivesse muito impaciente —, é claro que Cecília está bem. — Ela se endireitou na cama, pronta para cair de novo no sono. — Ela só deve ter dormido com algum cara...

Eu me encolhi na cama, constrangida pela situação. Ai, senhor! Aquele era um dos últimos temas que eu queria estar discutindo, muito menos àquela hora da manhã. Estávamos falando da vida sexual da tia maluca da minha melhor amiga e não tínhamos nem tomado café! Não parecia uma boa ideia, e Brenda claramente concordava comigo.

— Para! — exclamou a caçula, dando um empurrão na irmã.

— Desculpa, sua santa, mas acho que a mamãe já teve essa conversa com você — respondeu Vivi, puxando o cobertor para cobrir o rosto e voltar a dormir. Lá de baixo, continuou: — Quando um homem e uma mulher gostam muito um do outro, pelo menos fisicamente, eles podem se unir em uma tórrida noite de...

— Não! — Brenda esticou a mão, tampando a boca da irmã por cima do edredom. — Cala a boca!

— Não sabia que você era tão conservadora, Brenda... — provocou Vivi, mas, como a mão da mais nova cobria sua boca e o som ainda estava abafado pela coberta, saiu algo como *nau favia qui vofe efa tau conferfafora, Blenfa.*

Fiquei olhando para as duas, sem entender nada. Era cedo demais para elas já estarem agindo como duas loucas. Ninguém nem sequer havia me oferecido um café para conseguir aturar aquela maluquice. Brenda virou a cabeça na direção da porta, fazendo uma expressão alarmada.

— Eu não sou conservadora, só estou ouvindo um barulho estranho! — disse, irritada, soltando a irmã. — Vocês não estão?

Voltamos a ficar em silêncio, focadas em entender o que Brenda ia dizer. A princípio, não ouvi nada. Ponderei se aquela história era só um subterfúgio para ela ignorar o discurso sobre como os bebês são feitos e, sinceramente, achei que tinha sido uma ótima ideia. Segundos depois, porém, eu *de fato* comecei a ouvir um barulho esquisito.

— Tem alguém tentando abrir a nossa porta! — berrou Vivi, pulando da cama.

Brenda deu um berro e agarrei o abajur da mesa de cabeceira, em uma péssima tentativa de defesa. Ele estava preso na tomada e nem se mexeu.

Vivi correu até a porta e gesticulou para que ficássemos em silêncio, provavelmente para que ela pudesse ouvir o que se passava do lado de fora. Brenda e eu nos esticamos, projetando o corpo para tentar ouvir também.

Vivi fez uma careta e fiquei ainda mais apreensiva, roendo os cantinhos dos dedos como se quem estivesse do outro lado da porta pudesse ser o próprio palhaço do filme *IT* ou Chuck, o boneco assassino. Passaram-se alguns segundos antes de Viviane revirar os olhos e meter a mão na maçaneta. Gelei.

— Não! — berrei, pulando da cama. — Tá louca?

Mas quando a porta se abriu, meu coração desacelerou e dei um suspiro resignado. Apesar da maquiagem borrada e da expressão assustadora, aquela era uma assombração que conhecíamos. O vestido estava meio torto, com o fecho ligeiramente aberto, e a bolsa estava pendurada no braço.

— Tia Ceci! — gritou Brenda, correndo na direção da porta.

Pelo movimento do rosto, Cecília com certeza ouviu a sobrinha. No entanto, não parecia bem o bastante para respondê-la. Seus olhinhos mal abriam. Bêbada era pouco para começar a definir.

— Oi, *beninês*! — acenou ela, tombando ligeiramente para o lado.

Vivi a escorou e eu corri para ajudar, mesmo com os pés doloridos. Teria sido melhor se ela tivesse mesmo ido parar no pronto-socorro, porque assim eles nos ajudariam a carregá-la até o quarto. Pelo visto, infelizmente o trabalho seria só nosso mesmo.

— Brenda! — chamei quando passei por ela. — Você tá com o cartão do seu quarto aí, né?

— Aham — respondeu ela, puxando-o do bolso do short.

— Vamos colocar a Ceci na cama, então! — concluí, me apressando para abrir a porta e prendê-la no gancho para que não batesse. — Corre lá e abre a sua porta — indiquei para Brenda. — Mas antes pega o cartão do nosso quarto ali no criado-mudo.

Ela passou varada por mim e por Vivi, fez um malabarismo para passar por baixo do meu braço esticado, que tentava dividir o peso de Cecília com Vivi, e fez exatamente o que pedi. Vivi mal conseguia falar e esporadicamente dava um ou outro gemido.

— Cruzes! — exclamou ela depois que consegui ajudar, jogando um braço de Cecília por cima do meu ombro. — Que bom que elas estão no quarto ao lado. Não sei quanto tempo minha coluna aguenta isso.

Nós duas nos esforçamos para conduzir uma Cecília quase desacordada para a porta ao lado. Cruzamos com Brenda no caminho, que fechou a porta do nosso quarto. Praticamente jogamos Ceci na cama, onde ela caiu sem nenhuma delicadeza, com os saltos voando para os lados. Depois se ajeitou na cama, deu um suspiro e um sorriso grato. Tenho certeza de que a palavra ininteligível que proferiu foi *obrigada*.

— Eita! — Vivi se sentou na cama de Brenda, nervosa.

Eu me sentei na outra beirada, esticando o braço para alongá-lo. Brenda fechou a porta do quarto e se acomodou ao meu lado, soltando um suspiro.

— É, pelo menos ela está bem — disse a menina, olhando na direção da tia.

Cecília escolheu logo esse momento para começar a roncar.

— Quero dizer, *bem* na medida do possível... — acrescentou Brenda.

— *Ugh*... — Vivi se jogou drasticamente na cama. — Não era bem assim que eu estava esperando passar minha manhã...

— Achei bem melhor do que dançar zumba — brinquei.

Internamente, não tinha certeza se era brincadeira.

— Ontem você parecia muito feliz dançando zumba com o *Nicolas* — brincou Vivi, mostrando a língua para mim.

— Muito *horrorizada*, você quer dizer, né? — Fiz careta, olhando de esguelha para Brenda. — Brenda sumiu e me deixou de babá do garoto a noite inteira!

— Foi difícil conseguir meu *frozen* — justificou Brenda, dando de ombros.

Eu só tinha encontrado com ela muito tempo depois de ela sumir para buscar a bebida. Vivi e eu já estávamos dançando com Nicolas e um grupo de amigos dele havia eras quando Brenda apareceu, um pouco depois de Fred surgir também. Cada um deles veio de um canto da pista de dança, carregando um copo e reclamando sobre como estava *impossível* conseguir uma bebida.

Vivi ficou ali dançando com a gente, mas sempre com os olhos em busca de Juan. Às vezes ela sumia porque achava que o tinha visto, mas voltava logo depois porque sempre era um "alarme falso".

Os colegas do Nicolas estavam distraídos, dançando meio que na deles, e em muitos momentos tão distraídos que acabavam fechando a rodinha...

Isso fazia com que muitas vezes eu acabasse tendo que dançar *sozinha com Nicolas*. Não que fosse música lenta ou algo tão terrível assim. Mas dançar qualquer coisa sozinha ao lado de alguém com quem se tem pouca intimidade, quero dizer, apenas certa cota de *inimizade*, era ainda pior. Em especial se a pessoa em questão fosse excepcionalmente bonita e ainda dançasse bem. Às vezes o mundo simplesmente não é justo.

— Enfim — interrompi a conversa, sem querer lembrar a noite anterior mais do que a dor nos meus pés me obrigava. — O que vocês querem fazer?

— Dormir — choramingou Vivi, aconchegando-se na cama da irmã.

— A gente pode roubar a pulseira de adulta da tia Ceci e sair para beber — sugeriu Brenda, dando uma risada.

Também fiquei rindo, compreendendo perfeitamente que era uma brincadeira. O fato de ter sido *Brenda* a falar isso só fazia a piada ser ainda mais engraçada. Vivi, por outro lado, deu um pulinho na cama, lançando um olhar de cobiça para o pulso da tia. Estiquei meu próprio braço, interceptando sua movimentação e frustrando suas intenções de se esticar para furtar aquela pulseira.

— Viviane! — gritou Brenda quando percebeu as intenções da irmã. — Era uma piada!

— Uma boa piada, e uma ótima ideia — ponderou Vivi, olhando para mim e em seguida para Brenda. — A gente amarra a pulseira no pulso da Ísis, que tem cara de mais velha, e...

— Ei! — Usei meu braço estendido para dar um soquinho na barriga dela.

— Desculpa, amiga — disse Vivi, dando um saltinho para trás ainda sentada na cama e desviando do meu soco em potencial (teria sido um excelente soco...). — Mas você é a mais alta...

E daí? Inclusive minha altura era grande causa de confusão, já que eu tinha cara de criança, mas uma altura que não condizia com o rostinho. Pelo menos ser alta me permitia realizar belas cortadas na quadra de vôlei.

— Nem acredito que estamos discutindo isso — interrompeu Brenda, esticando a mão na frente do corpo. — Prefiro passar o dia todo vendo vocês dançando zumba.

— Não! — retrucou a irmã, desviando do meu braço e levantando da cama. — Vamos seguir com o plano...

— Que plano, Vivi? — Revirei os olhos. — Não tem plano nenhum!

— Vamos pegar a pulseira só por algumas horas e devolver antes mesmo de ela acordar — sugeriu Vivi enquanto se abaixava ao lado da cama da tia, que dormia com o braço da pulseira pendurado para fora da cama.

— Não, nada disso! — ralhou Brenda, lançando-se para tentar impedi-la de tirar os nós da pulseira da tia.

— Espera! — bradou Vivi, empurrando a irmã para trás. — Vamos fazer uma votação!

As duas se viraram para mim, os olhares carregados de raiva e convencimento. Encolhi os ombros, sabendo que — é claro — sobraria para mim. Dava para ver qual era a opinião de cada uma delas e caberia *a mim* dar o voto de Minerva. Mas eu não queria carregar essa responsabilidade nas costas.

— Lavo minhas mãos — respondi, batendo uma mão na outra. — Vocês que se decidam aí.

— Bem, considerando que temos um empate, eu ganho — sentenciou Vivi, voltando a tirar a pulseira da tia.

— Ei! Como assim? — Brenda se esticou para interceptar o movimento. — Foi empate!

— Mas eu sou mais velha! — respondeu minha amiga, empurrando a irmã para longe novamente. — Logo, eu decido!

— Ísis! — Brenda olhou na minha direção, parecendo horrorizada. — Você vai deixar?

Não respondi nada. Vivi enfim conseguiu terminar de tirar a pulseira de Cecília, que nem se moveu. Depois, levantou-se e saiu andando na direção da porta do quarto, parando apenas quando alcançou a maçaneta. Olhou na nossa direção com um pouco de impaciência.

— Vocês não vêm? — questionou, colocando na cintura a mão que segurava a pulseira.

— Não! — respondeu Brenda, levantando-se e cruzando os braços.

— Vamos, Brenda! — Vivi sorriu. — Só um drinque para cada uma...

— Só um drinque para cada uma e a gente devolve, Vivi — negociei, querendo dar fim àquela situação.

— Combinado! — Vivi balançou a cabeça, girando a maçaneta. — Um drinque para cada uma... O que de tão ruim pode acontecer?

Mal sabia eu que a resposta para aquela pergunta era *tudo*. Tudo de ruim pode acontecer quando adolescentes roubam a pulseira de maior de idade da tia maluca. Pelo menos foi essa minha conclusão quando, horas mais tarde, Vivi e eu estávamos tentando achar o prédio onde ficava nosso quarto, tropeçando nas próprias pernas.

A história de *um drinque para cada uma* caiu por terra no segundo em que acabei meu primeiro *mojito* de verdade e Vivi terminou sua cuba-libre. As coisas foram ladeira abaixo quando tivemos a ideia genial de pedir só mais uma bebida diferente, para *provar*. Afinal, quando teríamos outra oportunidade como aquela? Minha amiga pediu um Cosmopolitan e eu, um *frozen* de morango tão carregado de álcool que, antes da metade, eu já estava vendo tudo embaçado.

Minha mãe estava certa: Brenda era a filha perfeita. Nunca toparia uma situação como essa. Aliás, ela tentou nos impedir. E nós devíamos tê-la ouvido. Desde o início, mas *especialmente* quando ela tentou nos impedir de fazer esse segundo pedido.

— Vocês falaram um drinque para cada uma! — berrou, se colocando no caminho de Vivi para o bar.

É claro que, no final das contas, Vivi havia ficado com a pulseira. Ela era mais cara de pau e não tremia feito vara verde quando estava fazendo algo errado. A expressão *culpada* ficava estampada no meu rosto toda vez que eu fazia algo fora dos padrões. Vivi parecia não sentir remorso de nada...

— Você não bebeu o seu, então temos direito a mais um — explicou, já embolando as palavras. — Agora, sai da frente!

Brenda ainda tentou explicar, coitada, que misturar duas bebidas diferentes era uma péssima ideia. Com meu estômago embrulhado, procurando meu quarto no hotel quase doze horas depois do furto da pulseira, eu estava achando Brenda uma sábia digna de um prêmio Nobel.

Havia sido uma ideia *bem* idiota. Pelo menos era isso que eu achava, sentindo a vista pesada e o estômago revirado, como se eu tivesse dado de cara com Nicolas. É claro que a gente não tinha parado de beber no segundo drinque, especialmente porque, depois que Vivi fez o pedido, Brenda desistiu e foi embora.

— Isso, corre para os seus amiguinhos novos. — Vivi revirou os olhos antes de tomar um gole do seu drinque.

— Vou mesmo! — respondeu a garota, sumindo atrás do quiosque do bar. — Estou exausta de ser sempre excluída por vocês e não vou compactuar com essa ideia idiota!

Como não éramos burras (quero dizer, considerando nosso estado atual, talvez fôssemos um pouco), fomos para o bar mais distante do resort, que era em uma parte pouco acessada da praia e longe de toda aquela confusão de vôlei, zumba e qualquer outro tipo de atividade. Vivi tinha visto esse lugar no mapa do hotel antes de sairmos do nosso quarto (quando se empenhava, ela conseguia ser tão brilhante quanto a irmã. Pena que seus talentos eram voltados para a ilegalidade). Como o único acesso a esse bar era pela areia, as pessoas ficavam com preguiça de andar até lá, o que fazia dele o nosso esconderijo perfeito.

Eu me entoquei embaixo de um guarda-sol e Vivi foi a responsável pelos suprimentos de álcool e (esporádica) comida para nós duas. Não arredamos pé daquele guarda-sol até o próprio astro-rei sumir. Olhando o pôr do sol, me dei conta de que estava tudo muito borrado e concluí que, talvez, aquele fosse o momento ideal para irmos embora. Afinal, se *eu* estava com a sensação de estar bêbada, provavelmente estava com muita *cara* de bêbada. E sendo menor de idade, aquilo era um problema caso nos descobrissem.

Vivi, por outro lado, parecia achar que não havia nada de errado com a nossa situação e só concordou em ir embora depois que concedi a ela duas "saideiras". Não bebi, mas ela terminou os copos de um líquido misterioso com uma rapidez surpreendente. Minha adrenalina até subiu quando me dei conta de nossa situação, e foi aí que a batalha contra minha embriaguez ficou mais difícil.

Isso explicava porque, mesmo com minha pouca capacidade cognitiva naquele momento, eu tinha certeza de que Vivi estava ainda mais bêbada que eu. A diferença é que o pânico que havia se instaurado em mim não tinha feito nem cosquinha nela. Vivi saltitava pelas ruas de paralelepípedo do nosso resort, cantando músicas em um espanhol bem errado (acho que era até ofensivo, mas naquela situação não conseguia ter certeza) e gritando esporádicos "Juaaaaaaaaaaaaaaaaaaaaaaaaaaaaaan, cadê você?".

Eu tentava impedir os berros, mas sentia como se tivessem prendido blocos de concreto nas minhas pernas, então eu só conseguia me arrastar. Totalmente perdida, comecei a tatear as paredes e os corredores, rezando para que a gente conseguisse achar o caminho para o quarto antes que fôssemos pegas por alguém.

— Juaaaaaaan — começou Vivi, e me lancei contra ela, fazendo com que nós duas perdêssemos o equilíbrio e saíssemos da área dos quartos, retornando para a área comum do resort.

Tínhamos que achar o caminho antes que encontrássemos Juan. A última coisa de que precisávamos era Vivi topar com ele naquele estado, porque ia querer se lançar nos braços do cara. Do jeito que eu estava "animada", provavelmente acabaria falando um monte de besteiras para ele. Sobre como era um cachorro, babaca, um desperdício de oxigênio e, principalmente, um ser humano podre que não servia para falar comigo nem com minha anja. Não sei... Mais ou menos por aí. Não tinha pensado com muito afinco nos xingamentos.

— Olha, Ísis. — Vivi apontou para o lado e tentei olhar para onde ela apontava, franzindo os olhos e andando até ela. — A piscina!

Eu não conseguia ver a piscina no meio da escuridão, mas Vivi começou a me puxar na direção apontada.

— Vamos lá! — insistiu.

Minhas pernas pareciam pesar duas toneladas, e minha cabeça pelo menos vinte vezes mais. Acompanhei os passos dela, tentando não deixar aquele peso todo da minha cabeça me derrubar. Avaliei que era melhor segui-la, já que era impossível controlá-la. Pisquei lentamente quando chegamos à beira da bendita piscina, ainda sem saber como tinha ido parar ali.

Vivi começou a arrancar o short e a camiseta e me abaixei para pegá-los, murmurando que ela não podia fazer isso. Mas antes que eu conseguisse levantar de novo, minha amiga já estava dentro d'água. Joguei as roupas no chão de volta, enfurecida.

— Está tarde! — argumentei. Uma lógica impecável com frases elaboradas. — Não pode. Vão brigar!

Em algum lugar, bem no fundo da minha mente, surgira a informação de que a piscina não podia ser usada depois das nove da noite. Eu não fazia ideia de que horas eram, mas, se a piscina estava vazia no calorzão que fazia, só podia ser porque já estava fechada.

Desesperada por ter certeza de que seríamos pegas no flagra, dei um passo para a frente, tentando convencer Vivi a sair da água. O feitiço virou contra a feiticeira e a mão molhada de Vivi agarrou meu tornozelo enquanto ela dava um sorriso maléfico.

— Viviane — murmurei, querendo na verdade gritar com ela. Tentei me soltar, mas o efeito foi quicar no lugar, totalmente sem estabilidade, quase caindo. — Me solta!

Viviane riu de novo, com os cabelos caídos no rosto. Sem a menor intenção de atender meus pedidos, deu mais um puxão na minha perna, fazendo com que eu escorregasse na pedra. Vi a piscina se aproximar. Um borrão azul-escuro, quase preto. Fechei os olhos, certa de que muito em breve eu sentiria o impacto da água me envolvendo. Ou a borda da piscina quebrando meus ossinhos.

Contudo, o que senti de verdade no momento seguinte foram mãos ágeis me puxando pela cintura e me içando do chão. Minhas costas foram de encontro ao corpo de quem me socorria, e girei a cabeça para tentar enxergar quem era o salvador da pátria.

— Ísis! — gritou Brenda, aparecendo do outro lado e me fazendo virar com o susto, antes que eu tivesse a capacidade de entender quem estava me segurando. — O que você está fazendo?

Fred apareceu logo atrás, com uma expressão que traduzia bem a pergunta de Brenda. Balancei a cabeça, perdida, enquanto era finalmente colocada em segurança no chão. Minha mente confusa começou a processar os fatos com certa lentidão. Se Brenda estava ali, e junto de Fred, será que isso significava que a pessoa responsável por me salvar da queda livre era... Era...

— Você está bem?

Nicolas me girou pelo ombro, fazendo com que eu ficasse de frente para ele.

Droga.

Assenti, incapaz de dizer alguma coisa. A vontade de berrar de raiva se misturava com a de me enrolar em posição fetal, tamanha humilhação. Quantas vezes será que eu ia precisar passar vergonha na frente de Nicolas antes de o universo achar que era o suficiente?

— Viviane! — gritou Brenda, se agachando ao lado da piscina. — Sai daí agora!

— Não chega muito perto! — tentei prevenir, antes que ela fosse parar dentro d'água.

— O que você falou? — Brenda fez uma careta, olhando para mim por cima do ombro. — Não deu pra entender nada.

— Tá com cera no ouvido? — reclamei.

Os meninos começaram a rir e dei um passo em direção a eles, irritada. Como assim o que eu tinha falado? Eu, hein. Não sabia como podia ser mais clara. Meu pé escorregou novamente no chão molhado da beira da piscina e perdi o equilíbrio.

— Ísis. — Fred segurou meu braço antes que eu caísse de cara nos azulejos, dando uma risadinha baixa. — Você está falando tudo enrolado.

— Eita — disse Nicolas, me puxando pelo ombro. — Pelo jeito alguém exagerou na bebida hoje, né?

— Escuta só, queridinho... — Girei na direção dele.

O mundo girou comigo. Ou pelo menos foi essa a sensação. O rosto de Nicolas estava borrado, aquilo tudo parecia um sonho esquisito. Talvez isso explicasse por que toda vez que ele tocava em mim eu ficava ligeiramente molenga.

— Eu só entendo metade do que você está dizendo. — Nicolas riu, me puxando mais um passo na direção dele. Meu estômago revirou também, mas em uma rotação mais rápida que a da minha cabeça e do mundo.

Pisquei, e posso até ter feito um bico, tamanha irritação. Puxei meu braço para soltá-lo de sua mão. Eu já vinha tendo problemas suficientes para manter todos aqueles tipos de álcool no meu estômago, não precisava que ele piorasse tudo.

— Você também só entende metade do que eu estou dizendo? — perguntou a figura nebulosa na minha frente, inclinando a cabeça como se eu tivesse dificuldade de compreensão.

— Não — retruquei, tentando ser o mais clara que eu podia na minha dicção. — Infelizmente estou entendendo tudo.

Nicolas deu uma risada, e contive minha vontade de dar um soco naqueles dentes tão perfeitamente alinhados. Tirando sarro de uma bêbada. Não importava quão lindo e inteligente ele fosse discutindo mitologia egípcia em uma festa, continuava sendo um idiota. Nem importava que tivesse me salvado de uma queda feia na água. Naquele momento, eu preferia estar dentro da piscina com Vivi do que tendo que compartilhar minutos daquela noite com ele.

— Fred! — gritou Brenda, me fazendo virar para ver o que estava acontecendo. — Meu Deus, o que você está fazendo?

Eu me virei rápido demais e usei todas as minhas forças para não escorregar e precisar da ajuda de Nicolas de novo. Dei meu melhor para não mostrar que o mundo à minha volta girava novamente. Tudo certo. Mesmo assim, Nicolas também deu um passo para a frente e ficou parado ao meu lado. Tentei focar a vista para entender o que estava acontecendo e tive que piscar de novo para interiorizar que era aquilo mesmo, não era uma criação da minha visão entorpecida.

Fred estava dentro da piscina, empurrando Vivi na direção das escadas. Ela se agitava, rindo da cara dele, mas ia nadando para onde ele direcionava. Foram necessários alguns minutos de negociação para que ela aceitasse subir os degraus, mas Brenda foi até lá e agarrou os braços da irmã, quase arrancando Vivi por conta própria de dentro da piscina. Fred saiu logo atrás, todo encharcado.

Brenda interceptou Vivi antes que ela pulasse de novo na água, segurando a irmã com raiva e tirando a canga que ostentava na cintura para cobri-la. Eu procurei uma canga enrolada em mim mesma, porque naquela altura do campeonato não me lembrava do que estava vestindo, mas estava de biquíni e short. Eu vi as roupas de Vivi no chão e tentei abaixar para pegar, mas me desequilibrei e não consegui.

— Desculpa por isso, Fred — disse Brenda, se abaixando para pegar as roupas em questão. — Vou enfiá-la nas roupas e te dou a canga para se enxugar.

— Tá tranquilo — respondeu Fred, inabalável e lindo.

Achei que tudo finalmente estava sob controle e que eu poderia ir para o quarto. Estava redondamente enganada. Vivi aproveitou esse pequeno momento de distração de Brenda para se livrar dos braços da irmã e correr na minha direção, com os bracinhos malignos esticados. Seu objetivo era, claramente, me jogar dentro d'água.

— Ísis, você tá muito seca! — gritou ela, para desespero geral.

Tudo aconteceu ao mesmo tempo. Vivi deu o último passo na minha direção. Eu dei um passo para trás, tentando escapar do meu destino fatal. Nicolas se meteu na minha frente, ocupando o exato lugar em que eu estava segundos antes. Vivi acertou os ombros dele e perdeu o equilíbrio, tombando para a frente. Eu fechei os olhos, ouvindo o *splash* da água.

— Viviane! — gritou Brenda.

Ouvi a gargalhada da minha melhor amiga muito perto e abri os olhos, sem entender como ela estava do lado de fora da piscina. Fred a segurava pelo braço e Vivi ria da cara de Nicolas, que emergia da água com sua franja caída na frente do rosto. Eu fiz uma careta de tensão enquanto o observava nadar até a escada e subir, pingando. Sua blusa inteira colada no corpo... Eu baixei os olhos, não só porque me sentia culpada por ele ter caído na água no meu lugar, mas porque não confiava na minha animação de bêbada com aquele corpo à mostra.

— Que desgraça — disse Brenda, arrancando a canga de cima da irmã e estendendo para Nicolas. — Desculpa por isso também.

— Não precisa. Tudo bem — respondeu Nicolas, devolvendo a canga. — Eu tiro a camisa, fica muito pesada com a água, mas a bermuda tá tranquilo.

— Boa ideia — elogiou Fred, entregando Vivi nas mãos de Brenda. — Segura ela só um segundo, por favor?

Brenda se agarrou a Vivi como se fosse uma lutadora profissional de MMA e eu desviei os olhos, sem acreditar que *os dois* tinham resolvido tirar a camisa. Pelo menos o efeito surpresa fizera Viviane calar a boca. Eu entendi perfeitamente, porque minha vontade era de permanecer muda pelo resto da noite, tamanho impacto. Quieta e assistindo. Voltei a mim quando ouvi barulhos estranhos de água. Vi os dois desnudos, torcendo as camisas molhadas e espalhando água para todo lado.

— Nossa Senhora, hein! — comentou Vivi quando Fred se esticou para segurar o braço dela outra vez. — Obrigada pelo show!

— Viviane! — vociferou Brenda, em um misto de pavor e raiva. — Desculpa de novo.

Fred deu um sorrisinho simpático e Nicolas fez uma careta como quem diz "não foi nada". Brenda agarrou o braço esquerdo da irmã e Fred segurou o outro. Antes de começarem a andar, Brenda se aproximou de Fred por trás da irmã e disse tão baixinho que parecia estar confessando um segredo:

— Obrigada por ter pulado atrás dela, mas não precisava — agradeceu, dando um sorriso. — Você pulou de roupa e tudo!

— Não tem problema — respondeu Fred, passando o braço que não estava segurando Vivi por cima do ombro dela e puxando-a para um abraço meio sem jeito.

Brenda apoiou a cabeça no ombro do menino por meio segundo, antes de se afastar rapidamente por causa dos berros da irmã.

— O que vocês tão falando aí? — Viviane se debateu, querendo saber a fofoca.

— Nada — respondeu Fred. — Você vai querer colocar as roupas nela?

— Não — disse Brenda, irritada. — Vai fazer o desfile da vergonha pelo hotel só de biquíni mesmo.

Fiz que sim com a cabeça, pois de fato era o que Vivi merecia, mas eu ainda estava muito confusa com todos aqueles acontecimentos. Tinha dúvidas se eu não ia acordar e perceber que o dia inteiro havia sido um sonho. Essa explicação fazia mais sentido, porém, infelizmente, não parecia ser a realidade.

Meu corpo inteiro estremeceu quando Nicolas se aproximou de novo, com aquela mecha de cabelo mais comprida caindo no rosto, e então esticou uma das mãos para tocar minhas costas. Provavelmente era só porque a mão dele estava molhada, mas foi uma sensação bem esquisita.

— Vamos? — perguntou ele, que segurava a roupa de Vivi na outra mão.

Olhei para trás e vi Brenda e Fred ocupados em empurrar Vivi, que ainda estava rindo da situação e querendo saber o que eles estavam falando, mas parecia mais controlada. Talvez a água gelada tivesse ajudado a deixá-la mais sóbria e agora ela estivesse se dando conta da situação constrangedora na qual tinha *nos* envolvido.

Eu me esquivei do toque de Nicolas e comecei a andar, tomando cuidado para não escorregar. Ele continuou colado em mim, como se fosse a porcaria da minha sombra — uma sombra linda e irritante, preciso confessar.

— Sou perfeitamente capaz de andar sozinha, Nicolas — reclamei, quando nós entramos novamente no hall dos prédios.

— Ah, é? — Ele riu, sem parar de andar. — Então qual é o caminho para o seu quarto?

Parei no meio do hall, olhando para todos os lados. *Droga*. Todos aqueles prédios eram idênticos. Eu não fazia a menor ideia de para onde deveria seguir. Sem querer dar o braço a torcer, fiz uma cara feia e cruzei os braços.

— É só seguir a Brenda — respondi, me sentindo a pessoa mais inteligente do mundo.

— A Brenda está meio ocupada para ser sua guia turística no momento — retrucou ele, me puxando para voltar a andar e olhando por cima do ombro a situação que se desenrolava atrás de nós. — E você está bêbada.

Vivi era uma bêbada muito chata, que dava um trabalho tão grande que minha nova meta pessoal era *nunca mais* deixá-la encostar em uma gota de álcool *na vida*. Ou pelo menos durante aquela viagem. Isso é, se eu me lembrasse dessa promessa no dia seguinte. Talvez eu devesse escrever em algum lugar. Será que eu deveria pedir papel na recepção? Para que lado era a recepção mesmo?

— Eu não estou bêbada — respondi, ainda que isso não fosse verdade. É que, de alguma forma, Nicolas falar isso parecia uma ofensa. — Você é muito inconveniente.

— Inconveniente? — Foi ele quem pareceu ofendido dessa vez. Ou pelo menos foi isso que interpretei de seu borrão, que ficava cada vez mais nítido. — Eu te salvei de cair naquela piscina... — Ponderou por um segundo antes de continuar. — Aliás, duas vezes.

— Talvez eu quisesse dar um mergulho noturno — comentei, passando direto por ele.

— Não parecia, pela sua cara de desespero — respondeu, dando dois passos ágeis para ficar ao meu lado novamente.

— O que vocês foram fazer lá, para início de conversa? — Tentei revirar os olhos, mas minha cabeça doeu tanto que eu não consegui. Desviei o olhar para a fonte no meio dos prédios. — Ninguém chamou vocês...

— A Brenda chamou, na verdade — respondeu Nicolas, fazendo meu estômago revirar de novo. — Ela disse que estava *muito preocupada* com vocês.

Cerrei os dentes, tentando conter minha vontade de dar uns berros. Que disparate! Uma noite terminando daquela forma horrorosa e eu ainda tinha que ouvir do meu arqui-inimigo (um lindo, inconveniente e heroico arqui-inimigo) que o motivo de ele ter vindo ao meu resgate era apenas o crush que nutria pela *irmã mais nova da minha melhor amiga*! Estava tudo errado naquela história. A começar pela minha péssima decisão de ter deixado Vivi seguir com essa ideia de roubar a pulseira, e terminando comigo sendo completamente *incapaz* de agradecer por Nicolas ter impedido que eu fosse parar *duas vezes* dentro da piscina. É, estava tudo errado mesmo.

Nicolas chamou o elevador e tentei dispensá-lo, pois dali já sabia como chegar ao quarto. Ele me ignorou e mandou que eu pegasse o cartão da porta. Enfiei as mãos nos bolsos e fiquei um pouco desesperada quando não achei de primeira. Enfiei de novo, com mais calma, e achei. Era muito difícil essa vida de ficar bêbada. Eu não estava gostando muito da experiência.

Nós subimos em silêncio no elevador. Menos Vivi, que agora já atingira uma nova fase na bebedeira e estava com os olhos cheios d'água, dizendo que ninguém confiava nela, que ninguém nem contava para ela sobre o que estavam falando, e começou a pedir desculpas para a irmã mais nova.

Fred estava rindo da situação, mas Brenda encarava minha amiga como se ela fosse feita de gás tóxico. Talvez ela até soubesse dizer qual dos gases tóxicos da tabela periódica era mais parecido com a irmã.

Nicolas arrancou o cartão da minha mão quando eu não consegui abrir a porta na primeira tentativa, e então Fred, Brenda e Vivi praticamente tropeçaram para dentro do quarto. Arranquei o cartão da mão daquele metido e tentei fechar a porta na fuça dele, mas ele foi mais rápido e entrou antes disso. Ficamos parados no pequeno corredor enquanto Fred e Brenda jogavam Vivi na cama. Contrariando minhas expectativas, ela não tentou se levantar nenhuma vez.

— Vamos sair para vocês trocarem a roupa dela — disse Fred, andando na direção de Nicolas. — Não dá para dormir de biquíni molhado, né?

— Obrigada, Fred — agradeceu Brenda, em um tom manso. — E Nicolas também.

— Disponha! — respondeu Fred, dando um de seus sorrisos certeiros.

Nicolas bateu continência de brincadeira, mas não se moveu quando Fred passou por ele e saiu do quarto. Eu o encarei, desejando ser capaz de empurrá-lo para fora com a frieza do meu olhar.

— Será que é tão difícil para você dizer "obrigada"? — Ele ergueu a sobrancelha, duvidando da minha gratidão.

— E você sofre de algum complexo de herói, Nicolas? — Enrolei a língua só um pouquinho, e até para o meu ouvido o nome dele acabou saindo como *Nico*. Apoiei-me na parede, tonta e tomada pela raiva (uma raiva bêbada, ligeiramente confusa, mas muito digna). — Você é muito bonito, ok, mas também é bastante esquisito, e eu tenho certeza de que consigo chutar sua bunda no vôlei com um pé ou uma mão nas costas, ou até os dois! Você escolhe. Eu te venço.

Fiquei alguns segundos em silêncio, ouvindo minha voz ressoar na cabeça. Espera aí, eu realmente tinha dito que ele era muito bonito? O constrangimento me deixou ainda mais tonta, especialmente quando ele sorriu. Será que tinha ouvido? Será que tinha *entendido* essa parte da conversa? Fred deu uma risada já fora do quarto e eu olhei, horrorizada. Ele também tinha ouvido? Foi tudo na minha cabeça. Por favor, que o motivo da piada tenha sido minha fala embolada, e que a frase completa tenha rolado de maneira eloquente apenas na minha cabeça.

— Ísis! — berrou Brenda ainda dentro do quarto. — Deixa o Nicolas ir embora, pelo amor de Deus!

— Estou tentando! — choraminguei, esticando meus braços para tentar empurrá-lo para fora.

Nicolas enfim se moveu e passou pela porta, olhando na minha direção uma última vez antes de eu fechá-la na cara dele. Andei o mais rápido que pude na direção da cama, arrancando minha roupa para ficar só de biquíni. Não tinha disposição para trocar de roupa nem uma irmã prestativa para me ajudar. Então simplesmente desabei no colchão, torcendo para que tudo tivesse sido só um pesadelo.

— Ísis — chamou Brenda, me fazendo abrir os olhos por um segundo. Ela parecia estar rindo, o que não fazia sentido nenhum. — Você se declarou e ameaçou o Nicolas ao mesmo tempo ou foi impressão minha?

Ignorei e fechei os olhos, caindo no sono. Por favor, que tudo tenha sido um sonho!

Era perto de oito da manhã quando me movi na cama e meu corpo fez sua primeira reclamação. Eu me encolhi, sem acreditar que estava de olhos abertos. Minha boca seca fazia com que eu me sentisse no deserto do Saara e minha cabeça latejava tanto que eu só conseguia pensar em como precisava de uma xícara gigantesca de café e um caminhão de aspirinas.

Sentia dores em partes do corpo que eu nem sabia que tinha, moída por uma noite mal dormida e pelas péssimas escolhas do dia anterior. Levantei a contragosto, sentindo os escassos raios de sol que passavam pela cortina castigarem meus olhos. Virei de costas para me proteger e revirei minhas malas, em busca dos óculos escuros.

Depois de devidamente protegida da claridade, fui assaltar o frigobar. Bebi dois copinhos de água. Só não bebi mais porque pensei em Vivi, que provavelmente acordaria ainda mais sedenta do que eu. Andei devagar até minhas malas de novo, cada passo parecendo uma caminhada na lama. Achei o analgésico e tomei, torcendo pelo efeito imediato. Comecei a procurar por um dos meus vários biquínis e a separar algumas roupas para ir até o restaurante, tomando cuidado para não mexer muito a cabeça. Cada movimento brusco trazia uma nova ânsia de vômito. Vi meu estado de relance no espelho e cheguei à conclusão de que eu precisaria adiar meu café por mais alguns minutos, porque precisava muito de um banho.

Só quando já estava me despindo percebi que ainda usava o biquíni do dia anterior. Não entendi nada, mas minhas confusões e meus arrependimentos foram piorando. A água quente bateu com força em meus ombros e eu dei um pulo, me segurando nas paredes do box e contendo a vontade de colocar as bebidas do dia anterior para fora.

Ajustei a temperatura da água, pois meus ombros queimados não aguentariam aquele calor. O constrangimento foi reaparecendo à medida que a água me envolvia. E, com ele, vieram as lembranças. Era um sonho ou Vivi tinha, de fato, entrado na piscina de noite? Por que meu cérebro estava me presenteando com imagens de Fred molhado e sem camisa? Meu estômago me mostrou que ainda não estava muito bem e revirou com tudo quando fui invadida por lembranças de Nicolas também sem camisa. Ele esteve mesmo no meu quarto? Balancei a cabeça, para desespero do meu cérebro, que chacoalhou dentro da minha caixa craniana.

Café. Depois dele tudo com certeza voltaria a fazer sentido.

Terminei o banho me esforçando para não me lembrar dos acontecimentos do dia anterior. Só dava para ter uma certeza: todos aqueles drinques haviam sido uma ótima ideia ontem, mas agora se mostravam a pior ideia da história do universo. Minhas costas estavam começando a descascar do sol (e ardendo, como comprovado pela dor que dominou meu corpo quando a água quente começou a cair), meus pés ainda não tinham se recuperado da festa e, como cereja do bolo, meu cérebro parecia ter passado por um liquidificador. Era a pior ressaca que já tivera na vida. Todas as anteriores eu tinha conseguido esconder da minha mãe com um pouco de maquiagem, analgésico e fingindo estar indisposta. Não achava que seria capaz de esconder *essa*. Que bom que ela estava a muitos quilômetros de distância...

Depois de muito gel pós-sol, consegui me vestir apropriadamente para o café e deixei um kit ressaca na mesa de cabeceira da Vivi, com analgésico, óculos escuros e um copo d'água. Ainda usei o bloco de notas do hotel para deixar um recadinho dizendo que tinha ido buscar café e já voltava. Se minhas lembranças da noite anterior estivessem minimamente corretas, Vivi acordaria ainda mais destruída que eu. Minha intenção era só tomar café e voltar para o quarto, para acordá-la e conversarmos. (Não que eu achasse que ela se recordaria de muita coisa da noite anterior, mas eu podia tentar.)

Antes de sair do quarto, coloquei meus óculos escuros novamente e me escondi debaixo de um largo chapéu. Além de proteger meus olhos do sol, também me ajudaria a me esconder de qualquer pessoa com quem pudesse encontrar pelo caminho. Estava cedo, então havia uma alta chance de meus conhecidos estarem dormindo, mas me esconder com o chapéu e os óculos diminuía os riscos de humilhação. A última coisa de que eu precisava era encontrar os meninos depois da confusão da noite anterior.

Cheguei ao restaurante parecendo uma famosa recém-saída da reabilitação e quase corri na direção das enormes garrafas de café, desesperada. Enchi a xícara, respirando fundo a fim de ser embalada por aquele delicioso aroma. Nem misturei com leite, muito menos coloquei açúcar. Na minha situação, quanto mais puro, melhor.

Agarrei a xícara quentinha com as duas mãos, soltando um suspiro. Se aquele café não fosse capaz de melhorar minha ressaca, nada seria. Andei para uma mesa distante, ao lado de um espelho e próxima das amplas janelas, mas de costas para a luz que entrava por ali. Sentei sozinha, aproveitando minha paz, e beberiquei meu café. Ah, aquilo sim era *o elixir da vida.*

Quando era mais nova e via minha mãe viciada em café, eu pensava que aquilo não fazia o menor sentido. Café nem parecia gostoso. Parecia água suja, isso, sim. Todavia, quando entrei no ensino médio e fui forçada a acordar em horários desumanos, percebi que antes não sabia nada da vida: café era uma dádiva divina. Estranhei o gosto nas primeiras vezes que experimentei, mas agora eu achava o melhor gosto do universo. Meu gosto favorito. Melhor que qualquer *mojito*.

Fechei os olhos para tomar um delicioso gole. Quando abri, percebi que tinha algo errado. Havia uma movimentação estranha no canto direito do meu campo de visão, lá perto da mesa onde ficavam os pãezinhos e frios. Era difícil estreitar os olhos com minha cabeça doendo daquela forma, mas fiz o possível para tentar enxergar o que estava acontecendo. Teria sido melhor se eu tivesse contido minha curiosidade... O responsável pela comoção era *Juan*. Ele estava olhando na minha direção e não parava de acenar. Distraído, prendia toda fila atrás dele, um monte de pessoas que queriam continuar a andar pelo restante do bufê. Gelei. Não era possível que ele tivesse me reconhecido mesmo de óculos e chapéu! Provavelmente estava dando tchau para outra pessoa.

Olhei em volta, mortificada. Não podia ser comigo! Por outro lado, *ninguém* se mexia a minha volta, o que só aumentou meu pânico. Levantei os olhos e me virei para a fila, mas ele havia sumido. Apavorada para cair fora dali, dei um gole apressado, quase queimando a língua. Eu não queria largar meu café, mas não dava para beber tudo aquilo rápido e eu também não podia furtar a louça do restaurante. Poderia tentar trocar de lugar e sumir da vista dele, mas não havia mesas vagas perto o bastante para que eu chegasse rápido nelas.

Inerte, avistei Juan sorridente vindo na minha direção. Dava para reconhecê-lo mesmo se estivesse de noite, só pela forma como ele se movia: parecia que estava dançando zumba o tempo todo. Dei um suspiro derrotado, observando-o se aproximar com um copo de suco e um prato de comida. Como confiar em alguém que não tomava café? Eu não confiava.

— *Hola, hermosa* — disse ele, simplesmente puxando uma cadeira da minha mesa e se sentando.

Contive minha vontade de xingá-lo mantendo minha boca ocupada com mais uma bebericada da caneca. Meus óculos de sol o impediram de ver meus olhos revirando, impacientes, o que fez minha cabeça doer mais ainda. Tive que respirar fundo e pensar em Vivi, que insistia que eu tinha que dar mais uma chance para o cara. Só assim para conseguir sorrir e pousar a xícara na mesa (e não na cara dele).

Juan espetou com o garfo uma uva cortada ao meio e começou seu monólogo em espanhol. Eu pisquei, incapaz de compreender uma só palavra. Morta de medo de assentir para algo com que não tinha a menor intenção de concordar, arrisquei começar uma nova forma de comunicação. A mesma forma de comunicação que eu usarei com os extraterrestres, se um dia eles tentarem contato com a Terra.

— Eu — comecei, apontando para mim — não — gesticulei, balançando o dedo em negativa — te — apontei para ele — entendo! — Fiquei sem saber como fazer uma mímica para entendo, então não fiz nada.

O rapaz riu, colocando mais um pedaço de fruta na boca. Minha mímica pareceu ser o divertimento da manhã dele. Sobre uma coisa Vivi estava certa: ele era mesmo bonito, com um bronzeado impecável e um sorriso até que cativante se não parecesse um predador. Quando ele ria, quase dava para esquecer o traste que era. Mas era só me encarar que eu lembrava rapidinho. Eu simplesmente sabia que ele não prestava. Seus olhos, longe de serem de cigano oblíquo e dissimulado, eram muito *opacos*, sem qualquer brilho. Se aquele ditado popular de que "os olhos são as janelas da alma" for verdadeiro, a alma dele está bem morta.

— *Yo* — Juan resolveu imitar minha tática, esforçando-se para falar as palavras com o mínimo de sotaque que conseguia — *sentí* — colocou as mãos no peito — *su* — apontou para mim — *falta* — voltou a colocar as mãos no peito — *ayer* — agitou o indicador para trás, por cima do ombro.

Pisquei, tentando entender. Tinha quase certeza de que ele havia dito que sentira minha falta ontem, mas eu não sabia do que ele estava falando. Será que Vivi tinha marcado alguma coisa com ele e faltamos? Ela não tinha me avisado nada. Mesmo bêbada, ela não se esqueceria de um compromisso com o novo futuro pai de seus filhos.

— *Danza* — esclareceu Juan, movendo o garfo vazio no ar. — Zumba.

— Ah, *¡sí!* — exclamei, simplesmente pela alegria de ter entendido. — Eu estava ocupada.

— *La classe* — falou lentamente e eu assenti, como quem diz que está entendendo. Ele tinha começado a falar sobre a aula — *es más fea* — continuou ele, e eu inclinei a cabeça, refletindo se ele estava mesmo dizendo que a aula era feia — *sin ti*.

Revirei os olhos de novo quando enfim entendi. Se havia alguém capaz de piorar minha ressaca, com certeza era Juan. Ele estava dizendo, segundo minha escassa compreensão de espanhol, que a aula de zumba ficava mais feia sem mim. Ora, ele não sabia que minha *melhor amiga* estava interessada nele? Mesmo que eu não o achasse um completo traste, jamais me envolveria com ele. Afinal, Vivi vinha em primeiro lugar! Querendo fugir daquele assunto, me fiz de desentendida.

— Sou péssima dançarina. — Gesticulei, tentando fazê-lo entender.

— *¡No, no!* — Juan balançou a cabeça. — *Eres increible.*

Ri, puxando a xícara de café para mais um gole, porque era o melhor que eu conseguia fazer naquela situação absurda. Onde que eu era incrível? Pelo amor de Deus. Tudo doía, especialmente minha cabeça. Aquela mentira era *tão ridícula* que ele não podia estar acreditando que eu ia cair naquele papinho, né? Um monte de homem já tinha mentido para mim antes, mas Juan estava ganhando o prêmio da vergonha alheia.

— *Usted* — Juan apontou para mim, estreitando os olhos e adocicando sua voz — *tiene una hermosa cintura.*

Quase engasguei com meu café, querendo rir da cara dele de novo. Juan estava virado na minha direção, mas seus olhos não paravam por muito tempo em meu rosto. Quando não passeavam pelo meu corpo, estavam distraídos e sorrateiros, observando alguém passar por nós. Discretamente, segui seus olhares fugitivos. Todos foram dirigidos a mulheres que passavam por perto, inclusive àquelas que apareciam refletidas no espelho ao nosso lado. Seus olhos desciam pelo corpo das moças, escorregando devagar, antes de ele voltar a me encarar e dizer mais uma gracinha.

— *¿Biquini brasileño, hum?* — disse ele, desenhando uma cintura fina com suas mãos. — *Muy bello.*

O que eu teria que fazer para tomar meu café em paz? Era só isso que eu desejava. Mas não, agora já estava até frio! Queria não precisar lidar com esse tipo de idiota *nunca*, mas, se fosse obrigada, com certeza não seria esse o momento que escolheria. Aturar uma baboseira dessas tão cedo e ainda estando de ressaca! Meus problemas com Juan não eram nada infundados. Ele era mesmo o *maior babaca* e Vivi tinha um péssimo gosto.

Observei como ele de fato desviava os olhos para outras mulheres e depois voltava a falar alguma besteira para mim mais umas duas ou três vezes, para me assegurar de que eu não estava sendo implicante. Toda vez que queria gritar de ódio, eu me lembrava de Viviane me acusando de não "dar uma chance" para o cara. Até que, depois da quinta ou sexta vez, não aguentei mais.

— Juan — chamei, me debruçando sobre a mesa. — Me diz uma coisa...

— *Sí, hermosa* — respondeu ele, se esticando na minha direção também.

Seus olhos, é claro, não estavam no meu rosto, mas sim no decote da minha roupa, que ficou meio acentuado quando eu me debrucei, revelando um pouco mais do meu corpo. Cruzei os braços para tentar me cobrir e fazê-lo me encarar novamente. A vontade era de virar aquela mesa inteira em cima dele, mas, pelo menos até eu terminar de falar, precisava que Juan estivesse vivo e prestando atenção, e não soterrado por louças e restos de comida.

— Por acaso você está olhando todas as outras mulheres passarem — gesticulei e articulei minhas palavras quanto pude, para que ele pudesse entender — e dando em cima de mim *ao mesmo tempo*?

Juan se encostou de volta na cadeira, me olhando como se estivesse profundamente chocado com meu questionamento. Ou será que era com minha esperteza? Não que precisasse ser um gênio para perceber o que ele estava fazendo. Ora, ele ainda não tinha visto nada. Quando eu conseguisse provar para Vivi que ele era um lixo, Juan ficaria completamente assustado com minha perspicácia. E eu mal podia esperar.

— *¡No!* — defendeu-se ele, agitando os braços na frente do corpo. — *¡Jamás!* — Balançou a cabeça, como se nem considerasse a hipótese. — *Sólo tengo ojos para usted.*

Só tinha olhos para mim? Rá, rá, rá! Contive mais uma vez minha vontade de socar a cara dele. Parecia tão ridículo que, a princípio, dava vontade de rir. A graça passou no segundo seguinte, quando eu o flagrei tentando encarar meu decote mais uma vez, e deu lugar a uma nova vontade: enfiar o garfo em seus olhos mortos. Queria ser capaz de gravar aquela vergonha alheia e passar para Vivi em alta resolução. Ela precisava enxergá-lo como era de verdade.

— Só para mim? — Fiz charme, enrolando a ponta do meu cabelo com o dedo, feito uma idiota. De repente, se eu desse corda, ele se enforcaria sozinho. — E a Vivi?

Juan se debruçou na mesa de novo, dando um sorriso que me lembrou daqueles animais do National Geographic. Pareciam inofensivos até que davam o bote em pobres presas inocentes. Sorri de volta, sem querer deixá-lo saber que, naquele jogo, a presa seria ele.

— *¿Quién es Vivi?* — sussurrou na maior cara de pau.

Dei um sorriso que deveria parecer pleno e apaixonado, mas escondia muito rancor. Era difícil disfarçar todo ódio que estava chacoalhando meu corpo naquele momento, não só porque eu estava mesmo possessa, mas porque tudo doía por conta da ressaca. Enquanto ele ainda estava distraído com meu suposto charme, agarrei a alça da caneca e joguei o resto do meu café na cara dele. Pena que já estava frio! Finalmente me permiti dar uma bela gargalhada quando vi a bebida escorrer por seu rosto, sujando a camisa branca e justa, e fazendo-o olhar para mim com uma expressão confusa. O café pingava até de seus cílios.

— *¡Hermosa!*

Levantei da mesa e nem sequer olhei para trás, andando de forma decidida para fora do restaurante. Eram essas situações que justificavam encher a cara de *mojito*, mas eu tinha perdido tanto a linha no dia anterior que só de *pensar* em um *mojito* já ficava enjoada. Não conseguiria aproveitar uma bebida reconfortante nem mesmo se ainda pudesse me utilizar da pulseira...

12

Vivi não se moveu nas primeiras vezes que tentei acordá-la. Seu kit ressaca ainda estava intocado na mesa de cabeceira e ela dormia na mesma posição de quando eu saíra do quarto. Fiquei com pena de acordá-la, mas eu precisava falar de Juan. Com urgência. Aquela situação estava se arrastando e os riscos de minha melhor amiga ter o coração partido novamente aumentavam dia após dia. Isso para dizer o *mínimo*. Sequestradores de Punta Cana eram um perigo real (segundo minha mãe), e Juan poderia muito bem fazer parte de um grupo desses...

— Vivi, precisamos conversar — chamei, tentando acordá-la. — Acorda logo!

Vivi nem me deu bola e continuou estirada na cama, sem o menor indício de que ia se levantar pelas próximas horas. Sentei na minha cama, suspirando. O plano de conversarmos sobre a noite anterior e sobre Juan não ia rolar, mas eu não queria ficar naquele quarto. Precisava me distrair um pouco ou, sem dúvida, me martirizaria pelos acontecimentos do dia anterior. Ou pior, ficaria me esforçando para me lembrar de tudo. Eu vinha tentando bloquear todas as lembranças da mesma forma que bloqueava as bolas de vôlei. Por incrível que pareça, as bolas eram mais fáceis.

Resolvi que a melhor forma de passar o restante da manhã era me escondendo de todos em alguma rede ou espreguiçadeira. Não queria que ninguém me encontrasse. Assim, não corria o risco de passar vergonha por causa do dia anterior. No entanto, eu estava preocupada com Vivi, então resolvi contar para ela. Joguei o bilhete antigo fora e fiz um novo, que deixei ao lado do intocado kit ressaca:

Vivi,

Tentei te acordar, mas você nem se mexeu, rs! Fui para a praia, naquele nosso cantinho de sempre, perto da rede. Quando acordar, se estiver se sentindo melhor, pode me encontrar lá!

Beijos,

Ísis

Troquei de roupa novamente. Coloquei outro biquíni novinho, decidida a passar o dia inteiro à toa. Com certeza debaixo de um enorme guarda-sol, de preferência com bastante protetor solar e meus óculos escuros, é claro. Meus olhos não aguentariam a luminosidade se eu fizesse diferente. Para ser sincera, nem a minha pele.

Terminei de me vestir e passar protetor, pelo menos o máximo que eu conseguia espalhar sozinha. Antes de sair do quarto, coloquei novamente o chapéu, puxando-o bastante para a frente do rosto. Não queria correr o risco de ser reconhecida por Juan mais uma vez, ainda mais se ele resolvesse tirar satisfação por conta do banho de café. Era só o que me faltava.

Aquele resort ainda me surpreendia a cada curva, com palmeiras gigantescas, músicas animadas para todo lado e uma enorme quantidade de hóspedes se divertindo em cada metro quadrado. Fiz um caminho interno, meio incerta de que ia dar mesmo no mar, mas acabou dando. A sensação que eu tinha era de que se você andasse para o lado certo, a praia acabava surgindo, independentemente do caminho escolhido.

Avistei Juan na frente da aula de zumba, que começara havia pouco tempo. Dei a volta por trás da quadra de vôlei, tentando ficar o mais longe possível do campo de visão dele. A galera de Fred e Nicolas ainda não tinha aparecido, então tratei de andar o mais rápido que pude para me esconder em uma das espreguiçadeiras.

O sol estava forte demais, então puxei para perto uma das mesas que tinha guarda-sol. Meu objetivo era usá-la para fazer sombra e proteger um pouquinho mais minha pele. As cadeiras que faziam conjunto com a mesa ficaram um pouco deslocadas, mas minha ideia era que ninguém se sentasse ali mesmo. Meu corpo implorava para que eu parasse de me movimentar e, com tudo pronto, me estiquei preguiçosamente.

Meu plano era ficar só existindo ali até dar fome ou Vivi aparecer, tanto faz, o que acontecesse primeiro. Com tanta ressaca, não sei se sequer ia sentir fome. Tudo doía. Parecia que eu tinha corrido uma maratona de salto alto. Músculos que eu nem sabia que existiam estavam sendo responsáveis por dores indescritíveis. O analgésico havia ajudado, mas deitar naquela espreguiçadeira ajudava mais ainda.

Depois de alguns minutos, concluí que deveria ter trazido um livro ou meu celular para ouvir música. A inércia e o tédio eram aliados muito complicados. Pareciam querer me levar para um caminho de memórias do dia anterior que eu não estava muito interessada em seguir. Fechei os olhos, tentando me forçar a tirar um cochilo. Minhas têmporas latejavam, e meu cérebro, mesmo castigado, insistia em ficar em atividade, me trazendo fragmentos de lembranças. Abri os olhos, apavorada. Movi a cabeça de um lado para outro, sentindo a nuca dolorida. Era como se minha cabeça estivesse sendo comprimida pelas mãos de um gigante. Gostaria de não ter desperdiçado o restante do meu café na cara de Juan. Mas tudo bem, até que valeu a pena.

Quando fechei os olhos mais uma vez, a imagem de Nicolas no meu quarto e *sem camisa* surgiu na minha mente. Abri de novo, sem coragem de balançar a cabeça para afastar o pensamento. Tudo doía demais. Tá bem, Nicolas tinha estado no meu quarto. Sem camisa. E o que mais? Como fora parar lá? Alguma parte de mim dizia que tinha a ver com o mergulho noturno de Vivi. Afinal, também havia escassas lembranças de Fred com as roupas molhadas. Será que Vivi tinha se afogado? Será que era melhor eu acordá-la e levá-la para o posto médico? Nada em minhas memórias era completamente claro, nem fazia sentido, mesmo depois do café.

Minha garganta queimou e percebi que meus lábios estavam secos. Na ânsia por café e sossego, esqueci que precisava de mais água do que já tinha bebido no quarto. Levantei um pouco o tronco, procurando por algum garçom que pudesse me trazer uma. Água. Era apenas isso que eu ia beber o dia inteiro. Fora café, é claro. Olhei a faixa de areia, mas não vi ninguém servindo. Droga. Engoli em seco, tentando pensar em outra coisa. As gaivotas andando em bando, os banhistas mergulhando nas ondas e a música de zumba tocando ao longe. Respirei fundo, tentando aproveitar a paz e esquecer a sede. A paz com que eu sonhava desde que pisara na República Dominicana, mas que ainda não tinha conseguido experimentar.

E, pelo jeito, não conseguiria tão cedo.

Perdida na minha observação do mar e das gaivotas, não pude me defender do perigo. Algo acertou minha cabeça por trás, trazendo de volta toda dor que eu e meu analgésico vínhamos combatendo. Olhei por cima do ombro, tentando entender o que tinha me atingido. Dei de cara com Fred, que vinha com a mão esticada na minha direção e uma expressão de desconforto.

— *Me desculpa* — disse ele, tentando fazer seu pedido soar o mais perto possível do espanhol. Quando me virei totalmente na direção dele e abaixei os óculos, sua expressão se suavizou. — Ah, Ísis, é você?

— O que não muda o fato de que eu mereço um pedido de desculpas — reclamei, sentando na espreguiçadeira e levando a mão à cabeça.

— Você está bem? — perguntou ele, se agachando para pegar a bola de vôlei.

— Devo estar com um galo — respondi, encarando a bola com raiva. Então era ela o projétil responsável por acertar minha cabeça. — Mas o que é um galo perto de tudo que já dói?

— Qual ressaca que está doendo mais? — A vozinha estridente da Brenda interrompeu nosso diálogo. — A moral ou a física?

Olhei por cima do ombro de Fred, ajustando meu chapéu para bloquear o sol e conseguir olhar para ela. Brenda se aproximou, saltitando pela areia com o rabo de cavalo alto balançando. Parecia fácil viver no maravilhoso mundo de Brenda, onde a autoestima dela permitia que usasse uma blusa estampada com o casal de *Crepúsculo* sem se importar nem um pouco com o que o mundo ia achar. Ela chegou mais perto e se juntou à conversa, tão graciosa que me encolhi, me sentindo o extremo oposto.

— Cadê minha irmã? — perguntou, cruzando os braços e tapando os rostos apaixonados e aflitos de Edward e Bella.

— Ficou dormindo — respondi.

— *Ah.* — Fred deu uma risada, assentindo com a cabeça. — Do jeito que ela estava ontem, só deve acordar no final do dia...

Era o momento de tentar entender o que havia acontecido. Ou, pelo menos, *parte* do que havia acontecido. Precisava trazer o mínimo de lógica para minhas lembranças, porque até agora elas estavam caóticas. Mas será que eu queria mesmo lembrar e saber a verdade?

— Por acaso você pulou na piscina de roupa ontem? — perguntei.

Brenda bufou. Pareceu ainda mais irritada quando Fred deu uma risada. Ele vivia rindo. Talvez não economizasse por saber que o sorriso era mesmo seu melhor atributo. Diferente de quando Juan ria, os olhos de Fred se iluminavam junto com o sorriso.

— Pulei — confirmou Fred.

Quando ele abriu a boca para continuar a me explicar a história, eu me inclinei para a frente, ansiosa para entender minhas lembranças com um pouco mais de clareza, mas apavorada de descobrir que eu tinha dado uma de Cecília e corrido sem camisa pela praia. Não que isso tenha acontecido com Cecília. Não mais de uma vez, pelo menos. E não foi na frente de 3 milhões de pessoas no réveillon de Copacabana... Imagina.

— Ei! — gritou alguém atrás de nós, interrompendo o que Fred estava prestes a dizer. — Por que estão demorando tanto?

Puxei meu chapéu para baixo, aterrorizada. Nicolas veio correndo na nossa direção, parecendo irritado. Vê-lo ali sem camisa trouxe lembranças dele parado daquele mesmo jeito no meio do corredor do meu quarto.

— Que demora só para pegar uma bola! — Foi se aproximando cada vez mais, sem olhar para mim.

Eu me encolhi na espreguiçadeira, dando graças a Deus. Se eu ficasse bem quietinha de repente ele não me veria e cairia fora com os dois o mais rápido possível. Talvez eu não estivesse mesmo pronta para ouvir o que tinha aprontado com Vivi na noite anterior. Se eu começasse a fingir que estava dormindo, será que colava?

— Você cortou a bola na Ísis. — Fred apontou para mim, fazendo meus planos caírem por terra. — Ela estava perguntando de ontem.

Nicolas parou de andar quando ouviu meu nome. Eu o vi olhar confuso para Fred e depois na minha direção. Comecei a deslizar na espreguiçadeira para dar início ao meu plano de fingir que estava dormindo. Ele piscou algumas vezes antes de diminuir o espaço entre nós com três passos ágeis. Para meu total espanto, esticou a mão e arrancou o chapéu da minha cabeça.

— Ei! — reclamei, tentando puxá-lo de volta.

— *Ah.* — Nicolas sorriu, dando um passo para trás. — Oi.

— Oi — respondi, notando meu rosto queimar. Entendia perfeitamente como os vampiros se sentiam ao sol. Eu mesma poderia estar estampada na blusa de Brenda. Com o Nicolas. Sem camisa. No que eu estava pensando mesmo? Ah, é, queimando viva. — Será que você pode devolver meu chapéu?

— Depende... — Seu sorriso se tornou travesso quando ele escondeu o chapéu atrás do corpo. — Você vai jogar com a gente?

— Claro que não! — Levantei da espreguiçadeira, sem estrutura para viver um segundo a mais sem meu chapéu. — Devolve!

— Por que não? — Nicolas trocou o chapéu de mão quando me estiquei para pegar. — Se lembro bem, ontem você disse que era capaz de chutar minha bunda no vôlei com um pé ou uma mão nas costas... Ou os dois.

Paralisei, inundada pelas memórias. Nicolas sem camisa parado no corredor do meu quarto, com um sorriso zombeteiro. Bem parecido com o que exibia agora, como se soubesse um segredo sobre mim. Minha visão turva veio à mente e minha voz embriagada ressoava na minha cabeça: *Você é muito bonito, ok, mas também é bastante esquisito, e eu tenho certeza de que consigo chutar sua bunda no vôlei com um pé ou uma mão nas costas, ou até os dois! Você escolhe. Eu te venço.*

Droga.

— Ora... — Levantei a cabeça para encará-lo, tentando me manter firme e resoluta. Estiquei-me novamente para pegar o chapéu, mas ele o levantou acima da cabeça. — Com um pé nas costas não é a mesma coisa do que com ressaca.

Nicolas riu, agitando o chapéu lá em cima, com o braço esticado. Tão lá em cima que nem pulando eu conseguiria alcançar. Pular estava fora de cogitação. Parecia que meu cérebro ia sair pelo ouvido com qualquer movimento brusco. Era raro que eu me sentisse baixinha, mas aquele era um desses momentos. E eu não estava gostando muito. Preferia me sentir alta demais, porque pelo menos isso me dava algum tipo de domínio na maioria das situações.

— Deixa a garota, *Nico* — disse Fred, enfatizando o apelido esquisito.

Os três começaram a rir e parei de tentar pegar o chapéu, sem entender nada. Nicolas enfiou o chapéu de volta na minha cabeça, me olhando ainda sorridente.

— Agora você tem um apelido? — perguntei, tentando arrumar meus cabelos.

— Tenho — respondeu ele, me ajudando com um punhado de fios que tinham ficado bem no meio do meu rosto. — Você que me deu, inclusive.

— Eu? — questionei, entendendo menos ainda.

— Enrolou tanto a língua ontem que comeu o resto do nome dele — explicou Brenda, entre uma risada e outra.

— Nada do que eu disse ontem pode ser levado em consideração — respondi, evitando olhar de volta para Nicolas.

Se eu tivesse mesmo dito que ele era *bonito*, queria que ele esquecesse ou, no mínimo, desconsiderasse completamente. Eu estava fora de mim, pelo jeito. Os três continuaram rindo da minha cara, até que Brenda bateu palmas para interrompê-los. Eu me encolhi, por causa do barulho estridente.

— Anda, vamos! — disse ela, sem parar de bater palmas. Cruzes! — Tá todo mundo esperando a gente voltar há um tempão...

— Até mais, Ísis! — disse Fred, acenando com a bola debaixo do braço. — Espero que amanhã você jogue com a gente.

— Claro! — Acenei de volta, capaz de concordar com *tudo* se isso fosse o necessário para me livrar deles. — Com certeza.

Brenda e Fred voltaram para a quadra, rindo e jogando a bola um para o outro. Nicolas, por outro lado, continuava parado na minha frente.

— Ei, Nico! — berrou Brenda, gerando uma nova gargalhada de Fred e um sorrisinho de Nicolas. — Você não vem?

— Acho que vou fazer companhia para a Ísis — respondeu ele, puxando uma das cadeiras que ficaram fora do lugar, como se tivesse intenção de se sentar.

— Não vai, não — respondi com tanta rapidez e tanto desespero que nem impedi minha falta de educação. Ao menos, tinha respondido baixo. Tentei de novo, lembrando que minha mãe havia me ensinado o mínimo de boas maneiras. — Quero dizer, não *precisa*, não...

— Não sei, estou achando esse ambiente muito agradável. — Ele ignorou minha falta de educação, puxando a cadeira para o lado da minha espreguiçadeira. Acenou para Fred e Brenda, incentivando-os a irem embora. — O mar, as gaivotas... Dá uma paz, né?

Encarei-o, sem acreditar no que ouvia. Paz? Como aquele ambiente podia me dar paz se ele tirava toda a minha tranquilidade? O ambiente ficava carregado daquela energia que parecia emanar dele. Nicolas percebeu que eu o fitava e se virou na minha direção. Seu corpo estava metade na sombra e metade no sol. Seu cabelo brilhava, a pele se destacava e seu olho direito estava só um pouco fechado, se defendendo dos raios solares. Parecia que piscava. É... aquela até poderia ser considerada uma imagem de tranquilidade, se ele ficasse calado.

— Então, Ísis — recomeçou Nicolas, virando a cadeira para sentar de frente para mim. Ainda mais perto.

A ponta do braço da cadeira bateu no ferro da minha espreguiçadeira. Pelo jeito, ele não ia ficar calado. Droga.

— Como você veio parar aqui? — quis saber ele.

— Peguei um avião — respondi, sem conter a piada.

— Muito engraçada! — Ele fingiu rir.

— É meu presente de aniversário atrasado — expliquei, dando um sorrisinho e me endireitando na espreguiçadeira, para que eu também ficasse sentada de frente.

— Ah, é? — Nicolas apoiou os braços na cadeira, parecendo interessado. — Quando foi o seu aniversário?

— Foi em setembro. — Dei de ombros. — Mas eu quis dizer atrasado *de verdade* — enfatizei, olhando para ele. — *Dois anos* atrasado.

— Como assim? — Ele franziu a testa, dando um sorriso surpreso.

— Vivi é dois anos mais velha que Brenda — expliquei, virando o rosto na direção dele, mas me protegendo do sol. — Os pais dela disseram que ela só podia viajar para comemorar os quinze anos se esperasse a irmã mais nova.

— Putz, que saco! — Nicolas fez uma careta, franzindo os lábios. — Ninguém merece esperar tanto tempo.

— Eu e Vivi somos melhores amigas há anos e eu queria comemorar meu aniversário com ela. — Sorri, lembrando de quanto tínhamos esperado por essa viagem. — Mesmo que fosse dois anos depois.

— Que legal da sua parte! — Ele também sorriu. — Você poderia ter viajado sem ela...

— Não teria a mesma graça! Brenda fez aniversário no final de dezembro — resolvi reforçar. — *Quinze* anos.

Olhei para ele, mas Nicolas não esboçou nenhuma reação.

— Então, aqui estamos nós.

— Mas vocês vieram sozinhas? — Nicolas inclinou a cabeça, sem entender. — Como, se as três são menores de idade? Ou não são?

— Não. Quero dizer, somos — respondi. — A gente está com a tia da Vivi e da Brenda, a Cecília. Ela é uma figura! — Dei uma risada, lembrando da cena dela no nosso quarto, completamente doida. Será que eu estava assim ontem? A dor na minha cabeça era um indicativo de que *talvez*. — Nem acredito que meus pais aceitaram que *ela* fosse responsável por mim nessa viagem...

Nicolas me olhava sem dizer nada. Seu queixo estava apoiado nas mãos e ele mantinha um sorriso discreto no rosto. Seu olhar era convidativo e causava um frio estranho na minha barriga. Constrangida, baixei os olhos. Será que eu tinha deixado ele entediado?

— Desculpa — falei, sem levantar os olhos. — Te aluguei aqui com um monte de informações desnecessárias...

— Não, estou realmente interessado. — Nicolas riu outra vez. — Mas Punta Cana é um destino pouco convencional para viagens de quinze anos, né?

— Então, foi Cecília que sugeriu — contei, e ele concordou com a cabeça, como se tudo fizesse sentido agora. — Nosso plano original era a Disney, mas...

Eu estava prestes a falar que desistimos porque Vivi achava a Disney coisa de *criancinha*. Por sorte, não falei. O próprio Nicolas me interrompeu, soando empolgado, quando disse:

— É onde minha irmã vai passar a lua de mel!

Encarei, contemplativa. Era muita informação em uma frase só: ele tinha uma irmã. Que ia casar. E ia viajar na lua de mel para a Disney? Eu me senti ligeiramente idiota. Que bom que eu não tinha falado sobre o que Vivi achava da Disney. Seria a maior vergonha e a minha cota de situações vergonhosas na frente dele já havia estourado. *E muito!*

— Você tem uma irmã? — perguntei, dando um sorriso.

— Sim, ela está aqui, inclusive — explicou Nicolas, imitando meu sorriso. — Vai se casar no resort.

— Jura? — Inclinei-me na espreguiçadeira, encantada com a história. Olhei por cima do ombro para a quadra de vôlei. — A sua irmã está jogando?

— Ah, não, ela não joga com a gente. É mais velha que eu e, como todo o resto da família, está completamente neurótica arrumando tudo para o casamento.

— Entendi — respondi, me sentindo ainda mais boba. É claro que a noiva não teria tempo para jogar vôlei com o irmão mais novo e seus novos amigos. — Parece incrível!

Uau! Casar em Punta Cana seria o casamento dos sonhos! Imagina a quantidade de fotos maravilhosas que não daria para tirar com aquelas praias de fundo! Os coqueiros tão altos, o mar tão azul, a areia tão clarinha... Nossa, realmente, *incrível demais!*

— É, mais ou menos. — Nicolas interrompeu meu surto, me trazendo de volta à realidade. — A gente está aqui em uma reunião familiar que vai emendar no casamento, no último sábado do mês — explicou, gesticulando. — Agora, imagina só, veio gente de todo canto *do mundo*...

— E não é incrível? — questionei, confusa.

Eu gostaria de ter parentes morando em *todo canto do mundo*, porque isso significava que eu teria casas em todo canto do mundo e poderia aparecer na porta dos meus parentes de mala e cuia dizendo "oi, tudo bom, sou sua prima de décimo quinto grau e vou passar as férias aqui". Apesar de não saber nada de geografia, aprenderia bastante visitando todos os países que eu pudesse.

— A gente é de Taquara, conhece? — perguntou Nicolas.

Quando fiz que não com a cabeça, ele continuou:

— É uma cidade pequena perto de Porto Alegre.

Quando ele tinha dito Taquara, achei que era o bairro do Rio de Janeiro. Então assenti, para mostrar que conhecia Porto Alegre de nome, ainda que provavelmente não fosse capaz de identificar no mapa. Eu sabia que Porto Alegre era a capital do Rio Grande do Sul, mas não saberia apontar exatamente onde a cidade ficava. Se essa viagem tinha me ensinado algo, é que eu não saberia apontar *muitos* lugares no mapa. Talvez eu devesse me empenhar mais em geografia... Minha mãe com certeza ficaria muito preocupada com meu desempenho no vestibular se soubesse dessa minha limitação em relação à geografia.

— Mas as pessoas se espalharam por aí. — Ele esticou os dedos para contar. — Alemanha, Rio de Janeiro, Estados Unidos, Espanha... — Parou um segundo, ponderando. — Eu mesmo moro em São Paulo, né?! Já te contei isso.

— Nossa! Que família enorme! — exclamei, realmente surpresa.

— Sua família não é grande? — Ele inclinou a cabeça, dando uma risada.

— Não! Eu nem tenho irmãos — expliquei, rindo. — Quero dizer, considero a Brenda minha irmã mais nova honorária.

A menção à Brenda não mudou nada no semblante dele. Falar dela vinha sendo meu teste para entender se havia algo rolando ali, mas pelo jeito os dois tinham combinado de ser *superdiscretos*. Nicolas continuou sorridente, debruçado na minha direção e com uma expressão de incredulidade. Pelo jeito, ter uma família pequena era algo que ele nem considerava possível em sua realidade, e, como ter uma família grande não fazia parte da minha, eu estava adorando conhecer aquela outra perspectiva.

— Vish, minha família é muito grande e meus pais estão *organizando* esse encontro de família... — explicou Nicolas, me encarando com horror. — Eu mal consigo vê-los, porque estão sempre recebendo alguém, ajeitando alguma coisa ou resolvendo algum perrengue.

— Nossa! — Pisquei, atônita. Pelo jeito toda história tinha mesmo dois lados. — Que chato.

— Pois é! — concordou Nicolas. — Eu estava morrendo de tédio até fazer amizade com a galera.

— Mas tem um monte de coisas para fazer aqui. — Apontei em volta, indicando o resort.

— É, eu sei — disse ele, baixando a cabeça. — Mas eu não gosto muito de fazer coisas sozinho, sabe? — Deu de ombros, abrindo um sorriso. — Deve ser porque eu tenho uma família muito grande e vivo acompanhado.

— Por isso que ficou com pena de mim sozinha aqui? — Sorri.

— Talvez... — Ele sorriu de volta. — Pareceu trágico deixar uma garota de ressaca tão solitária na praia. — Debruçou-se para chegar mais perto. — Mais do que trágico, meio perigoso. Vai que você resolve fazer de novo?

— Não, Deus me livre! — Balancei a cabeça, estendendo minha mão. — Eu nem tenho mais a pulseira.

— Sei lá... — Ele esticou a dele para segurar o braço da minha espreguiçadeira. — Você podia ser uma pessoa inventiva e usar outros meios...

Encarei a mão dele, a centímetros do meu joelho. Eu tinha sentado na espreguiçadeira para conversar com ele quase numa posição de ioga. Minhas pernas eram compridas e, daquele jeito, quase batiam no ferro da espreguiçadeira. *Bem perto mesmo* de onde a mão dele repousava agora. Se qualquer um de nós se mexesse alguns centímetros...

— Que meios, tá louco? — reagi, abraçando minhas pernas junto ao peito.

— Sei lá — repetiu ele, sem olhar na minha direção. — Seduzir o barman?

Dei uma gargalhada, jogando a cabeça para trás. Meu chapéu começou a escorregar, mas Nicolas me ajudou a mantê-lo no lugar, segurando-o no último segundo. Eu me arrependi de ter mexido a cabeça assim que ela voltou a doer. Puxei o chapéu de volta e sorri, agradecendo, mas ele não parecia se solidarizar. Era mesmo um garoto esquisito. Fazia a piada e depois não ria.

— Se eu fosse depender do meu potencial de sedução nunca mais tocaria em uma gota de álcool — afirmei, ainda rindo.

— O professor de zumba discorda disso... — comentou ele, prologando-se e desviando o olhar de mim novamente.

— Nicolas... — chamei, quase cantando. — Se você colocar uma saia e passar perto do Juan, vai ter o mesmo poder de sedução...

Nicolas se inclinou ainda mais na minha direção, esticando a mão para virar meu rosto. O toque fez com que uma onda de calor tomasse meu corpo, me fazendo questionar se ainda havia resquícios de álcool em mim. Olhei, sem entender nada. Era um sentimento muito presente, esse de não entender nada, quando ele estava por perto. O que foi que eu tinha dito? Seus olhos pareciam calmos, mas sua expressão era divertida. Estava claro que achava graça na minha confusão.

— Me diz uma coisa, Ísis — começou ele, a centímetros do meu rosto.

Entreabri os lábios, incapaz de desviar o olhar.

— Você está tirando sarro do meu potencial de sedução? — perguntou.

Balbuciei, incapaz de formar frase alguma. Balancei a cabeça, encarando-o com hesitação. Era difícil pensar direito com ele invadindo tanto meu espaço (e me deixando tão feliz com essa invasão, o que também gerava imenso pânico) e causando tantas reviravoltas no meu estômago. Minha vontade era arrumar aquela franja rebelde, que sempre caía na frente do seu rosto e agora estava tão perto. Seus olhos eram alegres e convidativos. Muito cheios de vida. Fiquei pensando que aquele devia ser o reflexo de uma alma boa.

— Finalmente te achei! — gritou alguém atrás de nós e pulei para trás, batendo com as costas no encosto da espreguiçadeira.

A espreguiçadeira balançou, ameaçando virar. Eu me estiquei para tentar me segurar em alguma coisa e manter o equilíbrio, mas tudo que consegui achar foi a cadeira de Nicolas. Na pressa de me agarrar de qualquer jeito, acabei fazendo com que ele se desequilibrasse. Pronto, por causa de um grito desconhecido, o caos estava instaurado.

Na ânsia para não me esborrachar na frente dele, fiz com que a cadeira do próprio Nicolas tombasse. E de nada adiantou, porque minha espreguiçadeira também tombou para trás, me jogando com tudo na areia. Nicolas só não caiu porque pulou da cadeira com muita agilidade. Como se não fosse o bastante, todos os móveis em queda acertaram a mesa, que chacoalhou e fez com que o guarda-sol escorregasse e se inclinasse...

Bem em cima de um garçom.

As bebidas que ele carregava voaram pelos ares e eu rolei na areia, desviando no último segundo de receber o que parecia ser uma chuva de *frozen* de morango.

Aff, quando eu queria um garçom não tinha um bonito por perto! Mas claro que ia aparecer um para piorar meu show de trapalhadas. Que caos!

O garçom começou a xingar em espanhol e eu me encolhi, sentindo o olhar julgador de todos a minha volta. Catei meus óculos escuros e meu chapéu, que tinham voado no capotamento. Estava toda cheia de areia e ainda mais dolorida do que antes.

— Está tudo bem? — Nicolas apareceu na minha frente, esticando a mão.

Aceitei sua ajuda para me levantar, sentindo minha lombar dolorida e, com a mão livre, tentei me livrar um pouco da areia.

— Desculpa — disse para ele em especial, mas também para todo mundo que acabou envolvido na confusão.

— Ísis! — chamou alguém, interrompendo a cena ridícula e me dando a sensação de que o caos ainda não havia acabado.

Virei e avistei Vivi vindo, caminhando com dificuldade na areia com seus óculos de sol e boné. Achei estranho, porque a primeira voz que ouvi e que gerou todo o caos não parecia com a dela, mas, ao mesmo tempo, era muito familiar.

Tudo ficou claro no momento seguinte, quando Cecília apareceu no meu campo de visão, correndo atrás da sobrinha. Ela carregava os chinelos na mão e parecia *furiosa*. Seus cabelos cacheados estavam presos em um coque alto e de longe já dava para ver toda a raiva de uma mulher de escorpião. Vivi se escondeu embaixo do guarda-sol de uma mesa próxima, se encolhendo e tentando passar despercebida pela tia.

— Ah, você *também* está aí! — bradou Cecília quando me viu.

— Desculpa, Ísis — disse Vivi, esticando a cabeça para me ver. — Tentei fugir dela, mas ela me seguiu.

— E vocês acharam que eu não ia descobrir? — gritou Cecília, sacudindo os chinelos no ar.

A única coisa boa dessa aparição foi que os curiosos que apareceram para xeretar o acidente trataram de ir embora bem rapidinho, apavorados com o aparecimento de uma mulher raivosa armada com chinelos. Até o garçom, que ainda estava irritado, tratou de catar os copos de plástico vazios do chão, sua bandeja, e sair de fininho.

— Eu não aguentava mais ouvir o sermão sozinha — choramingou Vivi.

— Sua fuga poupou meu tempo, porque vou dar sermão nas duas juntas. — Cecília olhou para mim, transtornada.

Virei na direção de Nicolas. Meu olhar desesperado dizia para ele *cair fora* enquanto ainda podia. Se ele entendeu, ignorou completamente. Sua expressão era de curiosidade. Sentou-se em uma das cadeiras da mesa na qual Vivi tinha se escondido, olhando para mim, em seguida para Vivi e depois para Ceci, que esbravejava. Pelo jeito, faltava só uma pipoca para o show ficar completo.

— Quem foi que contou? — perguntou Vivi, se escondendo sob a sombra do guarda-sol. — Aposto que foi a Brenda, aquela linguaruda!

— Eu o quê, hein? — A própria Brenda apareceu, trazendo Fred a tiracolo.

Agora sim a plateia estava completa. Andei na direção da mesa que ainda estava inteira. Sentei numa cadeira que sobrara, atrás da do Nicolas, me encolhendo em uma bolinha de humilhação.

— Foi você que contou para tia Ceci que a gente roubou a pulseira dela ontem! — Vivi saiu acusando e fui me encolhendo na cadeira.

Plateia, gente! Tínhamos plateia! Será que ninguém nunca havia dito para essas três que roupa suja se lava em casa? Ou, no nosso caso, no quarto do resort?

— Não fui eu nada! — reclamou Brenda, cruzando os braços.

— Não foi a Brenda, eu tenho outras fontes *internas* — gesticulou Ceci, enfurecida.

Meu cérebro letárgico processou a informação, me fazendo acreditar que ela estava falando de Hernandez, seu amigo que trabalhava no bar da piscina. Talvez a fofoca tivesse corrido entre os funcionários dos bares e chegado em Cecília por Hernandez.

— Mas não *interessa* quem me contou, o que interessa é que estou muito decepcionada! — gritou ela, jogando os chinelos na areia. — E com muita raiva!

Cecília não nos deixou falar pelos próximos dez minutos. Saiu falando sobre como aquele era um comportamento irresponsável, de quem não dava valor ao dinheiro que os pais haviam gastado para proporcionar aquelas férias, que ela não esperava aquilo de nós, que sempre fomos tão bem-comportadas, que tinha se sentido traída.

— Eu confio em vocês para quê? — reclamou ela, fazendo bico. — Para vocês agirem dessa maneira! — Parecia exasperada. — Roubando minha pulseira e enchendo a cara! Fazendo vergonha!

Baixei os olhos, sentindo a culpa me tomar. Quando ela falava assim parecia que éramos mesmo *terríveis*. Eu não tinha certeza de quando as coisas começaram a desandar no dia anterior. Achava que havia sido quando a gente não tinha seguido o combinado de só um drinque para cada uma, mas a verdade é que deve ter sido quando deixei Vivi pegar aquela pulseira e não ouvi Brenda. Era irritante admitir, mas às vezes aquele projeto de gênio era muito sábio.

— Vocês vão ter *anos* pela frente para beber — ralhou Cecília, abaixando o tom. — Ficar sem tomar uma gota de álcool até os dezoito é um pedido bastante *razoável* do universo.

Eu nem tinha coragem de olhar na direção de Nicolas ou de Fred. O constrangimento parecia me corroer por dentro, fazendo companhia para meu corpo dolorido e minha cabeça que pesava duzentas toneladas. Não estava sendo fácil. Será que se eu voltasse para o quarto e declarasse o dia acabado as coisas melhorariam? Naquele momento, tudo parecia difícil e pesado demais. Por que a gente tinha inventado aquela história? Ai, se eu pudesse voltar no tempo. Queria sumir!

— Imagina se seus pais descobrem, Ísis — falou Cecília, me fazendo dar um pulo na cadeira e olhar para ela em desespero. — Já pensou nisso?

O desespero virou pânico em segundos. Escondi minha cabeça entre as pernas, apavorada com a perspectiva de meus pais sequer *sonharem* com o que havia acontecido. Era capaz de minha mãe pegar um avião só para me levar de volta pelas orelhas. Desnecessário dizer que eu não veria a luz do dia até completar dezoito anos. Ou pior, até ir morar em outro lugar. Talvez ela me mantivesse em cárcere privado enquanto eu não tivesse condições de me sustentar. E com certeza voltaria a essa situação toda vez que eu pedisse alguma coisa, especialmente se fosse algo que precisasse de um tiquinho de confiança em mim. Já era. Minha mente foi me levando por possibilidades e cenários terríveis.

— Vocês podem até achar que não têm mais pais porque estão viajando com a tia jovem, maravilhosa e descolada, mas vocês *têm, sim*! — vociferou Cecília, me lançando um olhar raivoso. — E eles falam comigo *todos os dias*, porque as desnaturadas acham que estão de férias da família...

A onda de culpa me tomou, dando-me ainda mais vontade de abrir um buraco naquela areia. Era verdade que eu não tinha conversado com meus pais desde que havia chegado, mas uma vez ou outra mandava algumas fotos. Normalmente isso acontecia depois de a minha mãe mandar aproximadamente cinquenta e duas mensagens perguntando se eu estava bem, como estava tudo, se eu estava passando protetor e se estava me divertindo.

— Você não vai contar para eles, vai, tia? — Vivi piscou os gigantescos olhos, fazendo bico. — A gente está se sentindo péssima.

— Desculpa — foi tudo que eu consegui dizer, depois de todos aqueles minutos de sermão.

— Depois de muita reflexão... — Ela levantou o dedo indicador, como se quisesse demonstrar que era uma mulher muito sábia. — Resolvi que vou dar outra chance a vocês duas.

Vivi e eu saímos atropelando tudo para abraçá-la. No caminho, dei um chute acidental na canela de Nicolas, mas ele pareceu não se importar. Estava com uma expressão um pouco constrangida, mas também parecia achar graça, escondendo a boca com as mãos para que ninguém o pegasse rindo. Ou talvez estivesse contendo o urro de dor por eu ter chutado sua canela. Vai saber.

— Mas se eu souber de qualquer outra coisa do gênero, vou enfiar as duas no próximo avião para casa *pessoalmente*. E vocês vão sozinhas, porque vou aproveitar o restante das minhas férias com a única adolescente de bom senso aqui. — Cecília terminou a ameaça, olhando para nós três. — Estamos entendidas?

Vivi, Brenda e eu balançamos a cabeça veementemente, querendo expressar o tanto que estávamos de acordo. A gratidão me invadiu, pois só de pensar na reação dos meus pais eu tinha ficado com taquicardia.

— E vamos instaurar a regra de ligar pelo menos *de dois em dois dias* para seus pais. Ainda estamos no início da viagem, de repente nas próximas semanas vocês se comportam melhor — sentenciou Cecília. — Quem sabe falando sempre com os pais vocês pensem duas vezes antes de saírem por aí fazendo besteira?

— Tudo bem — respondi, apenas desejando que aquela conversa acabasse.

— Vamos ligar, com certeza — reforçou Vivi, parecendo ter o mesmo desejo que eu.

— E é para ligar *logo* — disse Cecília, em tom de ultimato. — Agora tchau, porque estou muito irritada para ver a cara de vocês por mais tempo! — Ela revirou os olhos, pegando os chinelos de volta na areia. — A gente se reencontra no jantar! — Mandou um olhar macabro para nós três, por detrás dos óculos. — Ouviram?

— Sim — concordamos.

— Sim, senhora — disse Brenda, fazendo todo mundo rir.

Ceci foi embora, parecendo menos chateada. Eu só tive coragem de desviar os olhos dela quando a perdi de vista. Passei todo tempo com medo de ela mudar de ideia e ligar para os meus pais ou me fazer voltar para o Brasil. Eu queria aproveitar o resort, de verdade. Mesmo que fosse sem álcool. Um *mojito* sem álcool era melhor que *mojito* nenhum.

— Eita! — Nicolas foi o primeiro a se pronunciar. — Isso porque você falou que ela era uma *figura*...

— E normalmente é! — Tentei defender meu argumento, voltando a me sentar na cadeirinha da vergonha atrás dele.

— Foi tenso! — Fred fez uma careta, olhando para Brenda.

— Elas mereceram! — Brenda cruzou os braços. — Você precisou entrar na piscina para salvá-las de um possível afogamento! — Ela olhou para Nicolas. — E você também!

— Ei! — reclamei. — A culpa foi da Vivi!

— Eu não faço ideia do que vocês estão falando — disse Vivi, entrando na conversa, parecendo exausta. — O que aconteceu ontem, afinal de contas?

— *Ihhhhhh* — brincou Brenda, dando uma risada. — Tá com tempo? Porque senta que lá vem história.

Vivi não sossegaria até tirar informações de Brenda e Fred, que discutiam entre eles sobre por onde começar, deixando minha amiga ainda mais ansiosa. Nicolas olhou para trás e me encontrou novamente encolhida na cadeira. Dei um sorrisinho sem graça, olhando de volta para ele por cima dos óculos escuros.

— Sua vida não tem um minuto de tédio, né? — brincou ele.

— Se eu fosse mesmo uma deusa, teria que ser a deusa do caos — respondi.

— Existe um deus egípcio assim — comentou ele, dando risada. — Seth.

— Aposto que sou capaz de roubar o cargo dele — retruquei.

— Ei, vocês — chamou Brenda, ainda entretida na conversa com os outros dois. — Vamos almoçar?

— Espera — respondi, me levantando da cadeira. — Preciso só dar um mergulho antes, estou cheia de areia.

— Eu vou com você — completou Nicolas.

— Tá bem — concordou Fred, sem me dar tempo para pensar no motivo de Nicolas querer ir comigo. — Vamos antes para pegar a mesa, Brenda?

— Vamos, sim — concordou ela, virando-se na direção do resort.

— Vou também, mas no caminho vocês têm que me contar o que aconteceu! — insistiu Vivi, virando-se para acompanhá-los.

— Já falei, Viviane — respondeu Brenda, impaciente, acelerando o passo para se distanciar da irmã. — Você encheu a cara, vomitou em cima do Juan e fez um cover de "Macarena" em cima do palco principal do resort. É só procurar na internet. Está em todos os lugares.

Eu segurei a gargalhada. Minhas lembranças eram vagas, mas não vagas o suficiente para acreditar que *isso* tinha acontecido. Pelo jeito, as de Vivi eram inexistentes, pois ela parecia mesmo preocupada.

— Mas espera… — começou Vivi, parecendo estar em dúvida sobre os acontecimentos. — Você estava brincando, né? — Ela agilizou os passos quando Brenda e Fred começaram a correr. — Espera! Eu não fiz isso de verdade, fiz?!

Nicolas e eu observamos os três se distanciarem, enquanto ríamos.

— Quem chegar primeiro na água pode escolher o time primeiro no vôlei! — desafiou Nicolas, me deixando para trás em segundos.

— Ei! — gritei, tentando correr atrás dele. — Essa não é uma aposta justa quando sua competidora está de ressaca!

— Só estou ouvindo desculpas! — gritou Nicolas, muito na minha frente.

Eu ri, tentando ao máximo me aproximar dele em nossa pequena corrida até o mar.

13

Os dias foram se passando sem que eu sequer me desse conta. Queria aproveitar o resort ao máximo, só que também queria parar o tempo. Aqueles dias passavam tão rápido... Depois da bronca de Cecília, a viagem finalmente tomou seu rumo, e começamos a aproveitar tudo, mas da maneira correta.

Tive que conter Vivi algumas vezes quando ela surgia com algum plano mirabolante, sempre na tentativa de arranjar uma bebida alcoólica. Com tudo o que tinha acontecido, eu não queria correr o risco de Cecília descobrir que Vivi ainda estava nessa e nos colocar em um voo de volta. Então, arrumamos novas distrações. Ou, pelo menos, eu arrumei. Ela continuava querendo correr atrás de Juan, como se essa fosse a única coisa que importasse. Depois de ter superado meu orgulho e Nicolas ter presenciado aquela cena ridícula com Cecília, resolvi que não havia mais motivo para não jogar com eles. Como era possível se manter orgulhosa depois de tantas cenas constrangedoras em tão pouco tempo de convivência?

Então, no dia depois da bronca, quando Nicolas me chamou para jogar com eles de novo e eu já estava me sentindo recuperada da estupidez que fora encher a cara ilegalmente, eu disse sim.

— Sério? — Ele sorriu, sem acreditar.

— Não me dê motivos para mudar de ideia — respondi, oferecendo um sorriso de volta.

Nicolas me apresentou por alto ao resto das pessoas que jogavam com eles. Explicou também que os únicos fixos no time eram ele e Fred, que estavam sempre juntos. Os outros variavam, alguns com mais frequência, outros com menos. Não prestei muita atenção, pois estava um pouco nervosa com nosso jogo. Naquele dia éramos poucos: nós dois, Fred, Brenda e mais um casal, que também era brasileiro. Acenei para eles, feliz por ter outras pessoas com quem conversar em uma língua que eu dominava.

Fiquei me sentindo um pouco pressionada para me sair bem. Afinal de contas, meu eu bêbado achou que era uma ótima ideia desafiar Nicolas no vôlei e eu precisava honrar esse desafio. Seria mais fácil se meu estômago não estivesse reagindo de modo estranho (mais uma vez) à presença dele. Era quase uma reação alérgica, mas com certeza não passaria com nenhum dos meus remédios. Talvez meu corpo sentisse alguma vibração que eu não percebia e aquela fosse a forma de demonstrar que eu não deveria ficar tão perto. Era difícil, especialmente quando ele sorria.

— Eu sei que ganhei o desafio da corrida ontem — comentou ele, me zoando —, mas, como você é a novata, vou deixar você escolher primeiro.

— Como não sou boba nem nada, vou aceitar — respondi, observando os jogadores.

Por sermos tão poucos naquele dia, cada time ficou só com três pessoas. Eu não confiava em Brenda para jogar vôlei. Na minha concepção, devia ser uma das poucas coisas que ela não sabia fazer. Não seria justo se soubesse apontar todos os países no mapa *e* ainda fosse atleta. Eu tinha acabado de ser apresentada ao casal, mas já não lembrava mais o nome deles.

— Fred! — Sorri, gesticulando na direção dele. — Bem-vindo ao time campeão.

— Ei! — reclamou Brenda, colocando a mão na cintura. — Eu sou sua *amiga*! Como é que você não me chamou primeiro? — Eu fiz uma careta, me sentindo um pouquinho culpada. — Isso é *muuuuuuuuuuito* absurdo!

— Vem para o meu time, Brenda! — Nicolas gesticulou, esticando o braço para recebê-la em um abraço sem jeito. — É a gente que vai ganhar.

Brenda deu um sorriso debochado. Revirei os olhos e escolhi a menina do casal, o que deixou Nicolas com o menino. Os times se reuniram de cada lado da rede e Fred traçou nossa estratégia. Tive *bastante* dificuldade em focar, já que olhava por cima do ombro e só via um Nicolas muito empolgado do outro lado da quadra.

Droga.

Como eu tinha começado escolhendo o time, Nicolas começou com a bola. Ele sacou em cima de Fred, que a recebeu sem a menor dificuldade. A menina do casal fez um levantamento meio desajeitado, mas suficientemente bom para que eu conseguisse cortar a bola. Ela desviou do bloqueio de Nicolas e caiu, espalhando areia para todo lado.

Nicolas virou a cabeça para observar o ponto e depois voltou a me encarar, pelos furinhos da rede. Dei um sorriso vitorioso, e ele fez uma careta, bem competitivo.

— Tá pronto pra receber um chute na bunda? — impliquei.

Nicolas riu, andando de costas para esperar o saque do meu time. Minha vantagem era que eu mergulhava de cabeça nas partidas, deixando minha veia competitiva me dominar por completo. Todo medo que eu tinha de não conseguir dar conta ou de estranhar a areia foi diminuindo ponto após ponto convertido. Meu estômago, por outro lado, não voltou ao normal em momento algum.

Ganhei a partida, mas devo dizer que Nicolas foi um competidor à altura. Apesar de ter ficado um pouco irritado com a derrota, sorriu e estendeu a mão para me parabenizar. Conclusão? Terminamos o dia lanchando na beira da praia e combinando o jogo do dia seguinte.

Nos primeiros dias de convivência, os sorrisos trocados foram um pouco mais escassos, especialmente quando ele cismava em querer me convencer de que jogar vôlei de quadra e vôlei de areia era *muito parecido* quando, na verdade, eu aprendia uma regra nova a cada dia. Brigávamos constantemente sobre o assunto.

— Já foram três toques! — Nicolas quase invadia meu lado da quadra, com o rosto todo vermelho.

— Foram o caramba! — eu respondia, batendo pé na areia para ir encará-lo junto da rede. — O toque de bloqueio não conta no limite de três toques!

— É claro que conta! — retrucava Nicolas, com os olhos exaltados, mas com um sorrisinho. — Quem bloqueia pode até tocar na sequência, mas conta como *segundo* toque da equipe.

— Você está inventando essas regras, Nicolas! — eu reclamava, erguendo os braços.

— Não está, não — palpitava Brenda, que muitas vezes ficava de fora na partida, conversando com Fred ou com algum outro amigo dos meninos, balançando o celular na nossa direção. — Olhei aqui no Google.

Que droga de jogo, não podia ter regras óbvias? A gente já estava ignorando uma regra principal, que era sobre o limite de jogadores. Costumávamos jogar com mais de dois em cada time, dependendo das pessoas que apareciam interessadas em jogar. E se tinha uma coisa que eu sabia sobre vôlei de praia era que o máximo de jogadores por time era *dois*.

Mesmo com essas regras malucas que eu não sabia se Nicolas estava inventando ou se eram reais, minha maior dificuldade no jogo era outra: a areia. Ela deixava os movimentos mais lentos e mais difíceis.

Mas não me impedia de chutar a bunda dele nas partidas.

Quero dizer, ele foi um adversário mais difícil do que eu pensava. Quando nós dois estávamos na rede ao mesmo tempo, era um jogo bem equilibrado. Um duelo de gigantes em todas as tentativas de bloqueio, mas eu era muito boa nesse fundamento e acabei descobrindo seus furos. Nicolas ficava irritado, a gente gritava um com o outro, mas, no final das contas, acabávamos rindo.

O que acontecia era que, quando calhava de cairmos no mesmo time, saíamos destruindo tudo. Se nós caíamos com Fred, então, não tinha para ninguém. Ele era maravilhoso com os levantamentos e Nicolas e eu costumávamos nos revezar no ataque. Exceto em um jogo específico, quando o resort fez um campeonato amador de vôlei e acabamos jogando contra um time que tinha Vivi e Juan.

Minha amiga não sabia jogar vôlei, para início de conversa. Ela foi praticamente uma figurante em quadra, fugindo das bolas enquanto seu querido professor pulava na frente de quase todas, parecendo bastante ansioso para cortar as bolas em Nicolas. Deve ter sido muito frustrante para ele perceber que Nicolas era um excelente defensor. Ele recebia todas as bolas, Fred levantava com rapidez e maestria e eu saltava com toda a minha fúria para cortar a bola em Juan (se acertasse a cabeça dele, não era ponto extra na partida, mas era no meu coração). Éramos o que meu técnico chamava de um encaixe perfeito, e eu quase conseguia ouvi-lo gritar de alegria. O que eu ouvia, de verdade, era Juan, que berrava a cada bola que eu cortava nele.

— *¡Hermosa!* — gritava ele, quando a bola batia nas suas costas, na sua cabeça, na sua perna, no seu braço ou em qualquer outra parte do seu corpo e ia rolando para fora.

Eu nem ligava. Virava de costas para comemorar o ponto com o restante do time e sorria, satisfeita por essa doce oportunidade do universo. Se o café frio na cara não havia sido o suficiente para ele evoluir como ser humano, talvez algumas bolas bem lançadas fossem.

Vivi berrava pedindo tempo constantemente, preocupada com a integridade do amado. Aproveitávamos para beber água e nos alongar um pouco, enquanto batíamos papo e discutíamos estratégias. Era o momento em que eu pedia a ajuda de Brenda, que normalmente ficava sentada em uma mesinha próxima analisando o jogo (e, mais especialmente, os *jogadores*), para retocar meu protetor solar.

— Eu que não queria ser aquele cara — comentou o menino do casal, que estava no nosso time durante o campeonato, em um desses intervalos. — Ter que receber bolas suas não é nada fácil.

— Amor, que indelicado... — comentou a namorada, dando uma cotovelada nele.

— Só estou dizendo que a Ísis é uma ótima atacante... — explicou ele, dando um sorriso.

O outro time avisou que já estava pronto, e voltamos para a quadra lentamente.

— E que eu não queria ser aquele garoto — completou ele.

Eu ri, caminhando na direção do saque. Era minha vez, segundo o rodízio. Nicolas estava com a bola embaixo do braço, olhando na minha direção com um sorriso certeiro, daqueles que acertavam em cheio o meu estômago e faziam o já conhecido incômodo surgir.

— Ela nem é tão ótima assim, Leonardo! — O menino riu, jogando a bola na minha direção.

— Ótima o suficiente para ganhar de você com um pé nas costas. — Ri de volta, agarrando a bola no ar.

— Cadê o foco, vocês dois? — reclamou Fred, posicionado perto da rede. — Saca logo que eu quero ganhar esse campeonato!

É claro que fomos campeões. Derrotamos time após time, nos divertindo e mal sentindo cansaço. Fomos todos comemorar no final do dia, inclusive aquelas pessoas que jogaram contra a gente mas faziam parte de nossos jogos às vezes, como a própria Vivi (ainda que, no caso dela, fosse *muito* às vezes mesmo). Teria vetado a participação de Juan, mas ele nem sequer tentou participar. Acho que tinha ido direto para o quarto entrar em uma piscina de gelo depois do tanto que sofreu com minhas cortadas.

Foi o dia que mais tive oportunidade de conversar com o resto das pessoas que costumava jogar comigo. Leonardo e Karine, por exemplo. Eles eram o casal que tinha jogado comigo e com Nicolas na nossa primeira partida e que estava no nosso time no campeonato. Só tive oportunidade de bater papo com eles porque a hora de sentar à mesa de jantar acabou sendo totalmente desorganizada e fiquei na ponta.

Karine e Leonardo se sentaram na minha frente e Brenda do meu lado, mas ela logo se envolveu em uma longa conversa com Vivi (na sua diagonal) e Fred (ao seu lado), então ficou meio que de costas para mim, entretida no papo. Nicolas se sentou na outra ponta da mesa, na diagonal oposta, e parecia tão excluído da conversa quanto eu. Pelo menos eu achava que era por isso que ele lançava olhares na minha direção, enquanto eu conversava com o casal.

Karine e Leonardo também eram do estado do Rio de Janeiro, mas moravam na cidade de Teresópolis. Eu já tinha ido passear por lá algumas vezes, porque minha mãe adorava a feirinha de roupas que ficava em uma das praças principais. Fora essa feira e a Serra dos Órgãos, eu não fazia ideia do que havia lá. Quando comentei sobre isso, Leonardo deu uma risada.

— Não tem muita coisa mesmo. — Ele deu de ombros.

— É claro que tem! — interrompeu a namorada, balançando a cabeça como se não acreditasse no que o namorado dizia.

— Só se for o acampamento — respondeu Leonardo, dando um sorriso.

— Que acampamento? — Franzi a testa, perdida na conversa.

Os dois me explicaram sobre um acampamento de férias para músicos que costumavam frequentar no inverno. Iam como monitores de crianças e adolescentes, mas acabavam participando um pouco também. Os dois tocavam flauta, mas Karine também tocava piano e Leonardo, violão. Achei incrível, ainda que não tivesse o menor talento musical. Se existisse um acampamento de esportes, eu seria a primeira a me inscrever.

No final do jantar da vitória, enquanto voltávamos para o quarto, eu estava convencida de que precisava conversar com Vivi de novo. Quer dizer, *tentar* conversar. Eu já havia começado a falar com ela sobre Juan pelo menos umas trinta vezes, mas Vivi sempre dava um jeito de me interromper ou acabávamos sendo interrompidas por fatores externos, como Fred, Nicolas ou Brenda. Naquela hora, os três andavam um pouco na nossa frente, conversando.

Brenda e Fred estavam absortos em mais alguma discussão, e Nicolas palpitava esporadicamente. Ele também olhava por cima do ombro às vezes, como se quisesse ter certeza de que estávamos ali. Acenei, e ele deu um sorriso, voltando a prestar atenção na conversa dos dois amigos.

— Você precisava ter sido tão rude com Juan hoje, Ísis? — Foi a própria Vivi que puxou o assunto. — Não quero que ele pense que minha melhor amiga não gosta dele.

Eu a encarei, perplexa, sem acreditar no que eu estava ouvindo. Já não aguentava mais essa história de Juan, e, sinceramente, se eu nunca mais visse a fuça dele não me importaria nem um pouquinho. Só que para isso acontecer era preciso ir embora de Punta Cana, e eu não tinha a menor pressa agora que havia começado a amar meus dias no resort.

— Mas eu não gosto dele! — Dei uma risada. — Não seria um pensamento tão equivocado...

— Ah, eu *sei* que você não gosta dele. — Ela levantou a cabeça para me encarar. — Na verdade, ficou *bem claro* quando você cortou todas as bolas que pôde em cima dele.

Dei de ombros, sem conseguir esconder o sorriso. Não ia pedir desculpas. Não achava que estava errada.

— Não sei por que todo esse preconceito, sério — reclamou Vivi, cruzando os braços. — Ele é ótimo! Tão engraçado e bonito...

— Vivi — chamei de novo, exausta. A vontade que eu tinha era de colocar um em cada ponta do resort e nunca mais deixar os dois se encontrarem. — Ele pode até ser bonito — fiz uma pausa, ponderando — e engraçado, se você curte esse tipo de humor machista e sem graça — fiz uma careta, sem saber como era possível alguém achar graça naquele cara —, mas ele não é flor que se cheire...

— Você nem o conhece! — protestou Vivi, fazendo bico.

— E você conhece? — perguntei, quase me detendo.

— É claro que sim! — respondeu ela, passando direto por mim. — Passamos um tempão juntos.

Eu sentia como se minhas mãos estivessem atadas. Se ela não queria ver, como fazê-la entender? Será que existia uma chance de eu estar errada e de Juan, de fato, estar interessado na minha amiga? Quero dizer, mais interessado do que ele está em todas as outras garotas do resort?

— Só toma cuidado — pedi, baixando a cabeça. — Não quero que você acabe de coração partido de novo.

— Você é tão exagerada, Ísis. Vou tomar cuidado, claro. — Ela revirou os olhos.

Ela sempre dizia que ia tomar cuidado, mas todas as histórias acabavam da mesma forma. Vivi ignorou completamente essa conversa e meus pedidos e, conforme os dias foram passando, nós a víamos cada vez menos. Nas poucas vezes que ela se dignava a aparecer, era para me avisar que Juan havia descolado alguma bebida para ela e perguntar se eu queria também. Apesar da tentação, eu não queria *nada* que tivesse a ver com Juan e, além disso, também fazia o possível para arrancar a bebida da mão dela.

Eu tentava discretamente dar um jeito de sumir com aquilo, apavorada com a possibilidade de a bebida estar batizada com alguma droga e Vivi acabar sem órgãos dentro de uma banheira de hidromassagem em um dos quartos. Pelo menos era isso que minha mãe dizia que acontecia quando aplicavam o golpe do "Boa noite, Cinderela" em jovens desavisadas em festas. Eu tinha que ouvir esse discurso toda vez que ia para alguma social ou comemoração de aniversário. Precisava defender minha amiga do tráfico internacional de órgãos e também de homens que poderiam até não estar associados ao tráfico internacional de órgãos, mas que eram perigosos mesmo assim.

O problema era que Vivi dificultava tudo. A sensação era de que estava sempre correndo atrás de Juan. Parecia uma pequena e bela sombra. E eu ficava cada vez mais preocupada. Sem saber o que fazer, tentei conversar com ela mais algumas vezes e fui ignorada em todas elas. Vivi fazia aquele bico característico, colocava a mão na cintura e dizia que eu devia dar uma chance para ele.

Uma chance! Eu queria mesmo era jogar café na cara dele de novo. Fervendo dessa vez.

Relevando a situação com Vivi, meus dias eram incríveis. Terminávamos quase sempre fazendo bagunça na sala de cinema do resort até Brenda nos convencer a ficar quietos ou até sermos expulsos. Também passamos muitas noites assistindo a algum show que o resort patrocinava, com artistas locais fabulosos, no palco em que Brenda inventou que Vivi também tinha feito um lindo show naquela noite em que enchemos a cara. Depois desmenti essa história — e todas as outras que ela inventou — e contei tudo de que me lembrava daquele dia que eu não queria reviver nem em memórias.

Cecília apareceu em um desses shows noturnos e praticamente nos carregou para fora. Só me dei conta de sua presença quando alguém bloqueou minha visão da apresentação de trapézio e eu olhei para cima, pronta para brigar com o folgado. Engoli em seco e saí atrás dela, lançando um olhar de pânico para Vivi, que, por um acaso do destino, estava conosco naquela noite. Um acaso do destino chamado Juan devia estar ocupado com outra coisa. Ou outra *garota*.

— Vocês ainda não ligaram para seus pais por quê? — Cecília quase gritou conosco quando chegamos à área externa do resort.

Droga.

— Liguei ontem para minha mãe — respondeu Brenda. — Mas ela não atendeu...

Eu tinha esquecido. Tão entretida com os dias divertidos que vinha tendo, esqueci completamente que tinha prometido para Cecília que ia dar mais notícias para os meus pais. De dois em dois dias, para ser mais exata. Notícias que não fossem comentários esporádicos nem fotos mal tiradas. Depois da bronca havíamos ligado uma ou duas vezes, mas com certeza já fazia mais de uma semana que não falávamos com eles.

— Vamos ligar agora, *agorinha* — prometeu Vivi, puxando o celular do bolso.

Olhei para as duas, completamente apavorada. Meu celular não estava comigo. Devia estar perdido no caos que nosso quarto vinha se tornando com o passar do tempo. Vivi ligou para o celular da mãe. O Wi-Fi das áreas comuns costumava funcionar bem e isso nos impedia de gastar rios de dinheiro com ligações internacionais, assim como também acabava com nossas desculpas de que tínhamos que esperar voltar para o quarto para ligar. Demorou um tempão para ela perceber meu olhar de pânico.

— Você pode usar meu celular depois, Ísis — disse ela, dando um sorriso e olhando de soslaio para Cecília.

Vivi fez uma chamada de vídeo com a mãe, e Brenda e ela se espremeram para aparecerem na telinha e conversarem com tia Rebeca ao mesmo tempo. Se é que dava para classificar aquilo como conversa. Tia Rebeca sempre falava para caramba e não estava sendo diferente naquele momento. As falas de Vivi e Brenda se alternavam entre "aham", "sim", "não", "tudo", "legal" quando sobrava espaço entre uma respiração e outra da mãe, e Brenda foi particularmente corajosa e rápida e conseguiu uma brecha excepcional para perguntar: "Como está o papai?" Tia Rebeca também perguntou como eu estava, então apareci para dar um tchauzinho rápido.

Vivi suspirou aliviada quando desligou, esticando o celular na minha direção. Brenda riu, fazendo piada com a matraquice da mãe. Ora, será que ela se achava muito diferente? Eu sabia *exatamente* de onde ela tinha puxado o amor pelas palavras. Porque quando ela desandava a falar era igualzinha à mãe. Especialmente quando começava a falar de um tema que gostava muito, como suas bandas favoritas de K-Pop. Peguei o aparelho das mãos de Vivi, torcendo para que elas e Cecília me dessem um pouco de privacidade. Não aconteceu. As três continuaram paradas lá, me esperando. Procurei por "Dalila" no telefone da minha amiga e só selecionei o "ligar" quando as três começaram a conversar e se distraíram um pouco.

Eu bem que tentei ter uma conversa rápida e só por voz, mas sabia que a chance de isso colar era muito pequena. Tanto que a primeira coisa que minha mãe falou depois do "oi" foi "coloca o vídeo". Fiz o que ela pediu e a observei surgir na tela, com um sorrisinho e acenando.

— Oi, mãe — cumprimentei, pronta para a bronca que eu sabia que viria.

Passei pelo menos um minuto inteiro ouvindo sobre como ela estava feliz por ter notícias minhas e que estava com muita saudade. Estranhei. Achei que ela ia brigar comigo por ter ficado tanto tempo sem telefonar, mas ela na verdade estava apenas aliviada por ouvir minha voz.

Conversamos por algum tempo. Contei para ela sobre o vôlei, sobre os filmes, shows e sobre a praia, mas omiti a bebedeira e, por algum motivo, também omiti que tínhamos arranjado amigos: Nicolas e Fred. Compartilhar aquilo talvez gerasse muitas perguntas que eu não estava interessada em responder, ou das quais nem saberia as respostas.

— Que bom, filha! — disse minha mãe, no final de meu relato. — Estamos felizes por você! — Ouvi um murmúrio do meu pai ao fundo. — Seu pai está mandando um beijo.

— Manda outro para ele — respondi, soltando o ar.

A câmera se mexeu um pouco e eu vi meu pai sentado no sofá, atrás dela. Eu acenei, mas ele estava distraído vendo alguma coisa na televisão.

— Vitor! — Minha mãe chamou a atenção dele. — Olha para cá.

— Ah! — Meu pai me viu na tela. — Beijo, filha. Se cuida aí, hein?

— Pode deixar — respondi.

A ligação estava acabando. Eu sobreviveria. Vivi, Brenda e Cecília continuavam conversando, mas olharam para mim quando virei para elas e me deram um sorrisinho. Encolhi os ombros, louca para desligar de uma vez por todas. Era sempre muito difícil falar com minha mãe e lidar com as pressões que ela fazia. A conversa fora surpreendentemente positiva até o momento e, por mim, poderia acabar assim.

— Aproveita bastante — disse minha mãe, dando uma risada. — Quando voltar vai ter que focar no vestibular.

Sua risada ecoou no telefone, fazendo meu estômago doer, de uma forma bem diferente do incômodo que eu sentia quando estava perto de Nicolas. Eu sabia que em algum momento íamos chegar àquele assunto. Era o assunto favorito da minha mãe desde o final do meu segundo ano. O vestibular se juntou à grande lista de assuntos que ela sempre puxava para me encher o saco. No ano-novo, ela foi a primeira pessoa que abracei. No lugar de me desejar “feliz ano novo”, ela me desejou “feliz ano de vestibular, filha” e riu.

— Focar bem, sabe? — continuou ela, e me encolhi, sabendo que a comparação viria em breve. Eu me distanciei alguns passos, com medo de alguém ouvir a conversa. — Que nem a Brenda...

Olhei para ela, que não tinha a menor ideia de que estava sendo, mais uma vez, parâmetro para a filha perfeita. Ela me viu olhando e deu um sorriso sincero à distância. Me senti culpada pela dor que tomava conta do meu coração naquele momento. Eu amava Brenda como se fosse minha irmã, mas eu me corroía toda vez que era comparada a ela. E essa comparação ocorria pelo menos uma vez a cada conversa com minha mãe. A culpa não era de Brenda, mas também não era minha.

— Pode deixar, mãe — respondi, sem aguentar mais. — Preciso ir agora — menti. Quero dizer, não era totalmente mentira. Eu precisava mesmo ir, pois não aguentava ter que ouvir aquilo. — Ligo de novo depois, tá?

— Tá bem, Ísis — respondeu ela. — Beijos para todas.

Desliguei o celular, me sentindo enjoada. Minha mãe sempre falava de Brenda quando o assunto era vestibular, estudo ou inteligência. "A Brenda é muito inteligente", "a Brenda está um ano adiantada", "a Brenda com certeza vai passar de primeira no vestibular", "a Brenda é tão bem-resolvida", "você podia ser mais como a Brenda, não é, Ísis?".

Eu nem era irmã da Brenda de verdade, mas sentia aquele peso nas minhas costas. Vivi, que era *realmente* irmã dela, não sentia nada. Seus pais eram maravilhosos e compreensivos e entendiam perfeitamente que as filhas tinham perfis diferentes. Jamais jogavam uma contra a outra, mesmo que fossem praticamente opostas no que dizia respeito ao comportamento. Se fosse para comparar, eu queria que minha mãe parecesse mais a tia Rebeca. Mesmo que como consequência disso ela se tornasse uma matraca.

— Está tudo bem, Ísis? — perguntou Vivi, me encarando com preocupação.

— Sim — menti, forçando um sorriso. — Tudo bem, sim.

Não estava, mas voltaria a estar assim que eu pudesse assistir às apresentações circenses da noite e distrair minha cabeça.

Os dias continuaram a passar sem a presença de Vivi na maior parte do tempo. Toda vez que a gente se encontrava, agíamos como se estivesse tudo bem. Mas era só alguém falar de Juan, ou o próprio aparecer, que o clima azedava. Eu não sabia o que fazer, mas não queria conversar sobre isso com Brenda ou com os meninos. Ainda tinha muito medo de estar errada. E se eu não tivesse mesmo dando uma chance para o cara? É que ele havia estragado todas que eu tinha tentado dar... Joguei esse pensamento para escanteio e tentei focar nas coisas boas dos meus dias no resort.

Vivi estava perdendo dias incríveis. Por exemplo, o dia em que Nicolas e eu inscrevemos Brenda e Fred em um campeonato de gato e gata da camiseta molhada. Estávamos sentados na praia, aguardando nossa vez de jogar. Naquele dia, outras pessoas tinham aparecido e se juntado a nossas equipes, o que acabou gerando três times. Nem lembro sobre o que estávamos conversando quando a competição foi anunciada no alto-falante do resort. Os olhos de Nicolas ganharam um brilho especial e ele se inclinou na minha direção, apoiando a mão no meu ombro.

— Você está pensando no que eu estou pensando? — sussurrou.

Pisquei, atônita com a proximidade. Nós passávamos muito tempo juntos, mas isso não significava que eu tinha me acostumado.

— Eu não vou me inscrever no concurso de gata da camiseta molhada — avisei calmamente, apavorada que ele estivesse pensando nisso.

Nicolas deu uma risada, jogando a cabeça para a frente. Seu cabelo fez cócegas no meu braço, e me encolhi, quase petrificada. Ele pareceu não perceber nada, pois no segundo seguinte levantou a cabeça de novo.

— Não era nisso que eu estava pensando — disse ele, ainda rindo. — Mesmo que você tenha *todo o meu apoio e minha torcida* para se inscrever.

Eu queria ter coragem de dar um tapa no ombro dele, mas não tinha nenhuma capacidade de me mexer. A mão dele continuava segurando meu ombro, os dedos escorregando sutilmente para cima e para baixo e provocando um arrepio.

— No que você estava pensando, então? — perguntei, abraçando minhas pernas e fazendo-o tirar a mão do meu ombro.

Ele lançou um olhar demorado para a quadra, focando no local onde Fred e Brenda estavam. Depois olhou para mim de novo, com o sorriso zombeteiro crescendo no rosto. Eu inclinei a cabeça, sacando seu plano. Nós dois nos levantamos correndo e, às gargalhadas, fomos inscrever os dois no concurso.

A tarde transcorreu com a calma de sempre, mas Nicolas e eu fizemos questão de não sair da área do concurso, inventando todo tipo de desculpa. Tive até que retocar meu protetor solar mais vezes do que o normal, de tanto que fiquei exposta ao sol. Foi Brenda quem me ajudou todas as vezes, porque ficar de biquíni na frente dos garotos já me deixava com vergonha suficiente, e não conseguia nem pensar em pedir algo assim para eles. O concurso aconteceria em um dos corredores externos do hotel e já tinham até improvisado um palco, com uma faixa e tudo mais. Quando o apresentador subiu nele, Nicolas e eu trocamos um olhar cúmplice.

— Ah, meu Deus! — Brenda riu, quando percebeu o concurso. — Que vergonha alheia que vai ser isso! — disse ela, dando um puxão no meu braço. — Vamos lá ver!

— Vamos, sim — concordei, olhando para Nicolas por cima do ombro e quase sem conseguir controlar minhas risadas.

Nós quatro nos empoleiramos na parte de baixo do palco, mas não muito perto. Várias pessoas foram se agregando, formando uma plateia de curiosos vestindo bermudas, biquínis, maiôs e outros estilos de roupa de praia. Começamos a rir dos competidores à medida que eles eram chamados e subiam no palquinho improvisado. Brenda e Fred davam altas gargalhadas, e Nicolas e eu, gargalhadas mais altas ainda, aguardando ansiosamente o momento que chamariam nossos amigos. Primeiro estavam chamando todos os homens. Uma figura melhor do que a outra. Se a competição fosse só entre aquelas pessoas, Fred tinha grandes chances de ser coroado o campeão.

— Frederico Martins — chamou o rapaz apresentador, olhando em volta.

Fred nem se moveu. Provavelmente achava que era outro Frederico Martins. Mas quais eram as chances? Nicolas e eu, no entanto, tiramos suas dúvidas e começamos a empurrá-lo para a frente do palco, na direção das escadas.

— O que vocês estão fazendo, seus malucos? — hesitou ele, quase tropeçando na tentativa de se livrar.

Brenda, achando graça e sem saber o que a esperava, ajudou a empurrar o menino escada acima. O garoto ainda tentou resistir, mas se viu sem saída quando uma assistente de palco esticou a mão e o convidou a subir. Ao mesmo tempo, o apresentador, vendo a cena, disse:

— *¡Puedes subir!* — Acenou na direção do nosso amigo. — *¡No hay que tener vergüenza!*

— Na verdade, é para ter vergonha, sim! E muita! — Brenda riu.

Fred chegou lá em cima completamente confuso e a mesma assistente de palco lhe ofereceu uma camiseta branca. Ele a enfiou por cima da cabeça, de modo automático. Tudo ficou muito melhor quando ele virou na nossa direção e percebemos que a camiseta era pelo menos três números menores que o dele.

As gargalhadas eram generalizadas na plateia, mas, quando eles ligaram a mangueira para jogar água em cima dos competidores, foram substituídas por gritos de incentivo. Eu não sabia se estava rindo mais de Fred em cima do palco, completamente petrificado enquanto o jato d'água colava o tecido branco a seu corpo, ou de Brenda, que gritava animada, sem ter a menor noção de que seria a próxima vítima.

Os competidores foram chamados um a um para fazer um curto desfile pelo palco antes de prosseguirem para votação popular. Fred andou de um lado para outro nos fuzilando com o olhar, enquanto berrávamos seu nome. Brenda *tirou fotos*. Fred teria que ser nosso amigo para sempre, pelo jeito.

Ele ficou em segundo lugar na votação popular. Perdeu apenas para um competidor muito animado que desfilou pelo palco dançando, sensualizando e arrancando muitas gargalhadas. Quando tudo acabou e Fred desceu a escada, ainda pingando, ele também já estava rindo.

— Vocês vão ver! — ralhou ele. — Não pensem que não vai ter volta!

Nicolas e eu tivemos que nos apoiar um no outro, de tanto que ríamos. Fred mandou um olhar mortal na direção de Brenda, mas foi traído pelo sorriso que também surgia no cantinho dos lábios dela.

— Vai ter volta especialmente para você, Brenda! — disse ele, esticando o dedo para cutucar as costelas dela. — Acha que não vi você tirando fotos?

— *Ah* — falei, buscando ar para continuar. — A volta dela está chegando já, já!

Fred olhou para mim, depois para Nicolas e, por último, para o palco. O sorriso dele se espalhou pelo rosto, enquanto olhava de novo na direção da menina. Brenda sacou no mesmo instante que ela era a próxima competidora.

— Socorro! — gritou, antes de começar a tentar escapar.

Os dedos ágeis de Fred se fecharam em volta do pulso dela antes que Brenda conseguisse dar um passo.

— Nada disso — disse ele, posicionando-se atrás dela e passando um braço pela sua cintura, prendendo-a. — Vai subir lá, sim!

Minha barriga doía de tanto rir, e eu nem sabia como ainda estava me aguentando em pé. Curvei o corpo, apoiando as mãos nos joelhos, e respirei fundo, tentando apaziguar a dor. Afinal de contas, tudo indicava que uma nova rodada de gargalhadas surgiria assim que Brenda subisse no palco.

A cabeça de Nicolas apareceu na minha visão periférica e não tinha mais nenhum vestígio de sorriso em seu rosto. Virei, confusa. Ele também estava curvado para ficar da minha altura, mas em vez de apoiar os braços em seus joelhos, passou um deles por cima do meu ombro e me puxou para perto. Minha barriga parou de doer e deu lugar à típica sensação estranha no meu estômago.

— Você está bem? — perguntou ele, deslizando os olhos pelo meu rosto.

— Sim — respondi, buscando ar de novo. — Só estava com dor de tanto rir.

— *Ah!* — Ele inclinou o rosto. — Achei que estava passando mal de verdade.

— Não — respondi, me levantando. Ele seguiu o movimento, sem tirar o braço de cima do meu ombro. — Estou bem.

— Que bom — falou ele, com o rosto virado na minha direção e sorrindo.

Seu braço não havia se movido. Sua mão ocasionalmente resvalava no meu ombro e perdi completamente o foco no concurso. O braço dele continuou lá, mesmo quando chamaram o nome de Brenda. Fred começou a empurrá-la para cima do palco. Ela se contorceu, tentando resistir, mas acabou subindo as escadas da mesma forma. Fred voltou para perto de nós, entretido com seu celular.

— Ela vai ver só — desafiou ele, rindo, ao se posicionar ao nosso lado. — Vou fazer pior que tirar fotos. — Riu, sem nem olhar para nós. — Eu vou filmar!

Nicolas riu também e tentei dar um sorriso, mas provavelmente saiu uma careta. Brenda vestiu a camiseta branca, levou o jato d'água, desfilou e participou da votação popular sem que eu conseguisse me concentrar em nenhuma das etapas. Eu estava me sentindo bem na hora que Nicolas perguntou, mas agora a sensação era esquisita. Devia ser alguma doença. Estava ciente demais da presença de Nicolas ao meu lado. Minha pele ardia nos lugares em que o braço dele estava apoiado. Cada toque acidental de seus dedos repercutia no corpo inteiro, me dando vontade de me encolher até os dedos dos pés. E a maneira como ele gargalhava ecoava nos meus ouvidos e me dava vontade de gargalhar também.

Com certeza era alguma doença.

Brenda voltou toda molhada. A camiseta estava grudada no corpo, mostrando o biquíni vermelho por baixo. Seu cabelo também estava colado no rosto, a camiseta mostrava suas curvas e achei que ela estava apta a participar de um clipe da Jennifer Lopez. Se fosse maior de idade, claro. Olhei para Nicolas, querendo saber se ele também estava focado em Brenda, mas ele olhava para mim. Virei para a frente de novo, sentindo todos os músculos do meu corpo se enrijecerem de nervoso.

Brenda quase voou em Fred, e os dois começaram a se engalfinhar, um tentando arrancar o celular da mão do outro. Nicolas me soltou e interveio, para meu alívio. Não que eu me importasse com os dois se engalfinhando, mas não estava lidando muito bem com o fato de ele se apoiar em mim.

— Espera — pediu Brenda quando parou de brigar com Fred. — A gente não devia estar brigando um com o outro. — Ela voltou o rosto na minha direção e Fred encarou Nicolas. — A gente devia estar brigando *com eles*.

Olhei para Nicolas, aterrorizada. Ele deu uma risada, esticando a mão na minha direção. Um flashback da primeira festa surgiu, quando ele me chamou para dançar. Quer dizer, chamou mais ou menos. Eu o fitei, incerta. Brenda e Fred deram um passo adiante.

— Anda logo, Ísis! A gente tem que correr! — gritou Nicolas, pegando minha mão antes que eu tomasse uma decisão.

Como se flutuasse fora do meu corpo, corri ao seu lado, ouvindo os gritos e passos de Brenda e Fred logo atrás de nós. Corri tanto que achei que não ia aguentar mais. Não pela dificuldade de correr, porque estava acostumada a dar voltas na quadra antes dos treinos de vôlei, mas porque a proximidade de Nicolas era problemática para meu estômago. A perseguição só acabou quando Nicolas e eu nos escondemos dentro da sala de cinema e eles nos perderam de vista.

Eu me apoiei na porta, exausta e suada. Nicolas esticou um braço e apoiou a mão ao meu lado, respirando pesado, mas ainda rindo. Olhei para ele, dando um sorriso. Meu corpo inteiro queimava por conta da corrida, mas minha mão, que ele tinha segurado esse tempo todo, parecia queimar mais. Aquela mecha rebelde do cabelo dele caiu na testa e contive meu milésimo impulso de arrumá-la.

Desviei o olhar, querendo acalmar meus batimentos cardíacos. A sala estava cheia de crianças acompanhadas de seus responsáveis, assistindo a *Procurando Nemo* em espanhol. Achei a dublagem muito esquisita, mas não queria atrapalhar a sessão. Nicolas se inclinou em minha direção e voltei a olhar para ele. Me apertei junto à porta, querendo evitar os sentimentos que surgiam conforme ele se aproximava.

— Por que toda vez que eu chego perto você se encolhe dessa maneira? — Nicolas deu um leve sorriso. A voz soava tão baixa que *eu* que tive de me inclinar na direção dele para ouvir. — Eu só não quero falar alto e atrapalhar o filme.

Por sorte estava escuro, ou ele teria visto minhas bochechas pegarem fogo. A sala de cinema se encontrava à meia-luz e os expectadores estavam concentrados na missão de Marlin e Dory. Eu não sabia nem como começar a explicar por que me encolhia quando ele se aproximava, até porque não sabia explicar nem para mim mesma. Tudo que eu sabia era que minha pele queimava, meus músculos respondiam de forma estranha e meu estômago revirava.

— Desculpa — respondi, porque era só o que eu tinha para responder.

Nicolas não disse nada. Ficou simplesmente me olhando por longos segundos. Eu queria desviar o olhar, mas não conseguia. Não queria que ele achasse que eu tinha medo dele ou qualquer sentimento absurdo desse. Ou qualquer tipo de sentimento, na verdade. É claro que não tinha. O problema era que com ele assim tão perto, com aquela mecha rebelde e seus lábios se movendo em um sorriso, era difícil controlar minhas mãos, que queriam colocar o cabelo dele no lugar, e meus olhos, que pareciam achar os lábios dele *muito interessantes* tão de perto.

— Acho que estamos atrapalhando a sessão — falei, apontando para os espectadores.

Não era verdade, eu só queria sair dali. Aquela escuridão e aquela proximidade não estavam fazendo bem para minha cabeça. Nicolas assentiu e abriu a porta, espiando lá fora antes de esticar a mão e me puxar para sairmos juntos. Ficamos parados na porta alguns segundos, com as mãos ainda unidas. Dei um sorrisinho e puxei o braço, incapaz de suportar, mantendo qualquer resquício de sanidade, aquele contato por mais um segundo que fosse. Começamos a andar juntos na direção dos quartos. Tentei focar em olhar em volta, procurando algum sinal de Brenda e Fred.

— Você vai hoje? — perguntou ele, quando viramos no hall de prédios onde meu quarto ficava.

— Aonde? — Tentei não gaguejar.

— Para a festa — respondeu ele, sem dar muita bola.

— Tem festa hoje? — perguntei, genuinamente confusa.

— Tem festa todo domingo. — Ele riu quando paramos na frente do elevador do meu bloco.

— Devo ir, então! — Dei de ombros, sem entender para onde aquela conversa estava indo. — Provavelmente Vivi vai querer ir e...

— Posso te buscar para irmos juntos? — interrompeu ele, debruçando-se por cima de mim para apertar o botão do elevador.

Eu me esquivei, mas sua mão resvalou na minha cintura de qualquer maneira. Eu não fazia a menor ideia do que estava acontecendo comigo, com ele ou com meu corpo, mas aquela situação estava insustentável. Ele estava falando que queria *me levar* para a festa ou para irmos *todos juntos*, inclusive Brenda, Vivi e Fred? Sem saber o que entender, fiz que sim com a cabeça.

— Tudo bem — falei, virando de costas para ele e puxando a porta do elevador, que tinha chegado. — Vou fazer o possível para as meninas estarem prontas na hora certa.

Nicolas abaixou a cabeça, me olhando do lado de fora do elevador. A porta bateu e a interna começou a se fechar. Já estava quase o perdendo de vista quando ele levantou a cabeça e acenou.

— Até mais, Ísis.

Não é preciso dizer que a festa foi apenas mais um show de contorcionismo do meu estômago, que se revirava toda vez que Nicolas sorria, se inclinava para falar comigo ou dançava mais perto. Eu estava fazendo o possível para não me encolher depois da nossa conversa no cinema, mas às vezes era traída pelo meu corpo, que tremia quase que involuntariamente quando ele se aproximava de surpresa.

Seria uma noite bem difícil se tivéssemos ficado muito tempo sozinhos, mas, por sorte, Vivi perdera Juan de vista por tempo indefinido e passou grande parte da festa dançando e conversando com a gente. Não era só por isso que era uma *sorte*. Quanto mais tempo ela passasse longe daquele ser humano, melhor, enquanto eu ainda não sabia o que fazer.

Brenda e Fred também apareciam às vezes para falar com a gente ou com Vivi (mais com Vivi), mas os dois estavam passando mais tempo com Leonardo, Karine e alguns outros conhecidos do vôlei. Senti-me um pouco culpada, achando que eles estavam chateados com o fato de termos inscrito os dois no concurso mais cedo.

— Você acha que a gente devia tentar pedir desculpas de novo? — Eu me inclinei na direção de Nicolas para perguntar.

— Não acho que eles estão chateados de verdade — ponderou ele, jogando a mecha rebelde para trás. — E não acho que você deveria se preocupar com isso no meio de uma *festa*! — Ele fez um gesto para o ambiente ao nosso redor. — Cadê a dançarina de zumba que mora dentro de você, Ísis?

— *Iiiiih!* — Dei uma risada, observando-o estender a mão para mim. — Ela nunca existiu!

Mesmo assim, aceitei a mão dele mais uma vez.

15

No dia seguinte, levei um susto quando Cecília disse, no café, que já estávamos no meio da viagem. Foi só então que me dei conta de que mais uma semana se passara. Fiquei tão assustada que até derramei um pouco do meu café quando bati a xícara na mesa. Por pouco não caiu em cima do chapéu, que estava apoiado nela.

— Você está bem, Ísis? — perguntou Brenda do outro lado da mesa.

Assenti, mas talvez não estivesse. Agora que eu tinha começado a realmente curtir a viagem, ela estava cada vez mais perto do final? Brenda desviou o olhar para algo atrás de mim, encarando esse algo por cima do meu ombro. Depois acenou e sorriu. Nem precisei me virar para saber que só podia ser Nicolas, Fred e talvez mais algum agregado do time de vôlei.

— Bom dia — disseram os meninos quase em uníssono, sentando-se à mesa vaga ao lado da nossa.

— Puxa a mesa aí! — gesticulou Vivi, convidando-os a juntar a mesa deles à nossa.

Os dois levantaram, colocaram a comida deles na nossa mesa e empurraram o móvel na nossa direção. Quando posicionaram no lugar, encostaram com um pouco de força demais na nossa mesa, fazendo tudo tremer. Meu café espirrou *mais um pouco* e olhei na direção deles, meio irritada.

— Encho de novo, quer? — perguntou Fred, observando meu olhar fulminante.

— Não precisa. — Examinei a xícara e concluí que ainda havia o suficiente. — Tudo bem.

— Foi mal. — Nicolas deu um sorrisinho enquanto puxava a cadeira ao meu lado para se sentar novamente.

Dei de ombros, me forçando a tomar mais um gole. Meu humor nunca era muito bom de manhã e não era justo descontar neles. Os dois se inclinaram para pegar de volta o que haviam apoiado na nossa mesa. Nicolas sorriu e pegou sua xícara. Tomei mais um gole da minha, sem deixar passar despercebido o fato de que ele também amava café. Ele continuou inclinado com a xícara na mão e olhou meu prato, curioso.

— O que é isso que você está comendo? — perguntou, colocando a xícara na mesa dele.

Então, inclinou-se na direção do meu prato e me espremi junto à cadeira. Era involuntário, eu acho. Meu pânico também não passou desapercebido por ele, que me olhou de soslaio.

— Uns docinhos — respondi, empurrando o prato na direção dele. Quem sabe assim ele saía de cima de mim. — Não sei te dizer o que é cada um, mas todos são ótimos! — Dei mais uma empurradinha, porque ele parecia não ter entendido o recado e permanecia imóvel. — Pode pegar.

Nicolas riu, escolhendo um docinho que eu tinha quase certeza de que era de avelã. Colocou de uma vez só na boca, virando o rosto para me olhar com expressão de surpresa quando deu uma mordida. Ele piscou duas vezes, bem lentamente, mastigando com interesse. Seus olhos brilharam com encantamento. Dei um sorriso, me sentindo encantada também. O problema era que o encantamento não era com os doces, por melhor que eles fossem.

— Muito gostoso — elogiou, esticando-se para pegar mais um.

Assenti, porque era mesmo. E, novamente, não era só o docinho.

Terminamos o café da manhã conversando sobre amenidades e me levantei para buscar mais docinhos, já que Nicolas tinha roubado quase todos os meus. Quando voltei, só tinha Vivi na mesa. Levantei o braço que não estava segurando o prato, indagando onde todos tinham ido.

— Os meninos e Brenda foram montar a rede — explicou ela, dando de ombros. — Cecília provavelmente foi atrás de um remédio para ressaca. — Ela riu, já que a tia fora para uma festa de adultos na noite anterior. — E eu fiquei aqui te esperando.

Franzi a testa, achando que havia algo de errado. Antes de me sentar, dei uma olhadinha em volta e vi Juan conversando com uma menina na fila da comida. Os olhos de Vivi estavam vidrados na conversa e dei um sorriso, enquanto me sentava na mesa, pensando que finalmente a máscara daquele desgraçado ia cair. Comi meus docinhos tranquila e satisfeita.

Quase vomitei todos quando, alguns minutos depois, Juan se sentou à nossa mesa. Vivi deu um sorriso largo e ele se debruçou para beijar a mão dela. Empurrei meu pratinho com os poucos doces que sobraram, totalmente sem apetite, e levantei.

— Te vejo mais tarde, Vivi — falei, lançando um olhar mortal na direção de Juan e pegando meu chapéu de cima da mesa. — Se cuida.

— *¡Adiós, hermosa!* — respondeu Juan, torcendo a boca no que era para ser um sorriso.

Enfiei o chapéu na cabeça para conter minha vontade de voltar lá e fazê-lo engolir cada palavra. Não via a hora de Vivi ficar livre do encanto por aquele traste, mas talvez isso só acontecesse quando a viagem acabasse. E eu não queria que ela acabasse. Na verdade, estava desesperada para que não acabasse, porque isso significaria o começo do ano *de verdade*. Um ano que seria definitivo na minha vida e, para piorar, eu não tinha a menor ideia do que fazer. Lembrei da minha mãe dizendo que quando eu voltasse teria que entrar nos eixos para o vestibular e focar em ser uma excelente aluna, que nem a Brenda.

Um vento fresco bateu em meu rosto quando saí do restaurante e dei um sorriso, apesar dos pensamentos terríveis. Aquele lugar era mesmo o paraíso. Olhei em volta, caminhando sem pressa na direção da quadra de vôlei. Será que, se eu implorasse de joelhos, conseguiria um emprego no resort que me permitisse continuar aqui pelo resto da vida?

Avistei Brenda, Fred e Nicolas na quadra. Ela estava se preparando para sacar e Nicolas, ao seu lado, fazia o gesto do que seria um saque correto. A menina observava, interessada. Fred estava do outro lado da rede, olhando para o mar.

Eu queria mesmo ser que nem a Brenda. Não porque ela era uma aluna excepcional, muito inteligente ou porque sabia apontar lugares no mapa. O que eu desejava era o tempo que ela ainda tinha para decidir o que queria da vida. Ainda ia cursar o segundo ano do ensino médio e não tinha o monstro do vestibular a perseguindo tão de perto.

Brenda acertou o saque, mesmo que seu tapa na bola tenha sido um pouco destrambelhado. A bola caiu do outro lado do campo, chamando a atenção de Fred, que deu um pulo em comemoração. Nicolas abriu os braços, abraçando a menina, e ela o abraçou de volta. Parei no caminho, observando-o girá-la no ar. Meu estômago revirou de novo, mesmo que Nicolas não estivesse tão perto.

Só podia ser um mau sinal. Um sinal de que, talvez, não fosse *só* pelo tempo que Brenda ainda tinha disponível no colégio que eu gostaria de trocar de lugar com ela. E muito menos por ela ter mais chances de ser aprovada em uma faculdade do que eu.

Não tive coragem de continuar andando para a quadra e virei de costas, afastando-me cada vez mais de lá. Como nenhum deles tinha me visto, eu estava a salvo de questionamentos. Exceto dos meus próprios, é claro. Comecei a andar sem rumo, com o coração acelerado e as dúvidas cercando minha cabeça. Será que aquilo que eu estava sentindo era... Não podia ser... Ciúmes? Por que eu me sentiria assim?

Quando é que isso tinha acontecido? Eu não deveria ter recebido alguma notificação do meu subconsciente de que estava seguindo rumo a esse caminho sem volta? Meu estômago revirou em resposta e me dei conta de que tinha, sim, recebido sinais. Esse era um deles.

Mas como é que eu tinha colocado Brenda no meio disso? Ciúmes de *Nicolas?* Era óbvio que eles tinham algum tipo de interesse um no outro. Viviam juntos, sempre cheios de risadinhas e piadas internas, que normalmente envolviam tirar sarro da minha cara. E, claro, Brenda era muito bobinha e talvez ele fosse *velho* para ela, mas quem eu achava que era para mandar na garota? Não era nem irmã dela! Só porque a considero uma irmã, não quer dizer que eu tenha algum direito de opinar. Talvez se eu conversasse com ela... Só para entender o que está acontecendo... Quem sabe?

Balancei a cabeça, sem acreditar que aquilo estava mesmo acontecendo. Perdida em meus pensamentos e caminhando sem rumo, gelei quando ouvi um grito conhecido atrás de mim. Continuei andando, em *negação* que ainda teria que lidar com ele, bem agora que eu estava no meio de todo esse caos.

— *¡Hermosa!* — repetiu Juan, mas segui sem nem olhar para trás.

Sem perceber que eu não tinha nenhuma intenção de conversar com ele, Juan continuou correndo atrás de mim e me chamando de *hermosa*.

Talvez ele nem soubesse meu nome de verdade, era o que parecia. Que saco! Que homem chato e ridículo! Será que ele realmente não tinha a *menor noção* da vida ou será que ele era inconveniente de propósito?

Ele se aproximou e comecei a andar mais rápido. Pelo jeito, não rápido o suficiente. Juan agarrou meu braço, me fazendo parar. Puxei, mas ele agarrou de novo. Puxei mais uma vez, olhando para a fuça dele como se ele fosse o próprio demônio encarnado.

— *¡Hola!* — disse ele, dando um sorriso que Vivi consideraria lindo e eu achava ameaçador.

Queria dar um chute na cara dele. Será que ele não percebia que eu estava no meio de uma crise? A última coisa que eu precisava era dele atrapalhando minha paz. Ou minha falta de paz, no caso.

— O que mais eu preciso fazer para ficar bem claro que prefiro comer areia do que ter você por perto? — perguntei, exausta, passando a mão no rosto. — Achei que jogar café na sua cara tinha sido o suficiente. Ou as cortadas!

Juan deu uma risada e um passo na minha direção. Que bosta! Para piorar minha situação ele não devia entender nada do que eu dizia. Ele também era maior que eu, mas não tão alto quanto Nicolas. Coloquei as mãos na cintura e tentei transparecer minha raiva nas expressões, já que ele era incapaz de entender minhas palavras.

— Some, Juan! — vociferei. — Tchau!

— *¡Te echo de menos, hermosa!* — Ele sorriu, dando mais um passo até mim. Recuei, começando a ficar desesperada. — *Las clases son sin gracia sin ti.*

Estávamos em uma sacada não muito alta que dava para uma das piscinas. A sacada tinha algumas espreguiçadeiras e mesas, além de um bar. Normalmente as pessoas a usavam apenas para cortar caminho e eu nem tinha me dado conta de que tinha ido para lá. Fora uma péssima ideia. Não havia uma viva alma naquele lugar; até o bar estava fechado e, se eu gritasse, no máximo as pessoas que estavam na piscina abaixo de nós iriam ouvir.

— Cadê a Vivi? — indaguei, já que da última vez que o tinha visto ele estava com minha amiga.

Juan não respondeu nada, mas deu um sorriso que me fez crer que ele tinha entendido perfeitamente a minha pergunta. Se ele respondesse que não sabia quem era Vivi, juro por Deus que ia juntar todas as minhas forças para empurrá-lo da sacada. E ia mirar bem longe da piscina. Eu já tinha entrado naquela piscina e sabia que ela era superfunda. Uma queda daquela altura não machucaria Juan se ele caísse na água. Uma pena.

— Fique longe dela, você me ouviu? — Dei um empurrão nele, mas ele nem sequer se moveu. Talvez nem com todas as forças do meu corpo eu conseguisse jogá-lo. — Ela merece muito mais do que um embuste como você.

Algo sombrio surgiu nos olhos de Juan e fiquei realmente com medo. Nossa barreira linguística era uma bosta, mas pela forma como ele se aproximou eu tive a sensação de que ele tinha entendido *tudo errado*.

— *¿Tiene celos, hermosa?* — perguntou, avançando na minha direção.

Dei um passo para trás e esbarrei na grade da sacada. Gelei. Sacudi a cabeça de um lado para outro. Não fazia ideia do que ele estava perguntando, mas, a não ser que fosse "quer que eu me jogue dessa sacada?", a resposta era não. Olhei por cima do ombro, com uma expressão que só poderia ser classificada como *apavorada*, mas ninguém da piscina estava prestando o *mínimo* de atenção em nós dois. A distância entre nós e a piscina era de pelo menos uns cinco metros. Não tinha tanta gente por lá, mas se eu conseguisse fazer *qualquer um* prestar atenção...

— A *mi me gusta* más *de ti* — completou Juan, esticando os braços para me encurralar na grade. Seus dedos roçaram na minha cintura.

Empurrei-o, mas ele não se moveu de novo. Muito pelo contrário, diminuiu o espaço entre nós dois e me imprensou. Sorrindo, esfregou seu corpo no meu, sem que eu pudesse me defender. Enojada, tentei empurrá-lo mais uma vez e ele deu mais um sorriso nojento. Meu grito ficou preso na garganta. Meu coração começou a bater em um ritmo desesperado, enquanto eu tentava pensar em como me livrar daquela situação.

— *No tiene para donde ir* — disse Juan, inclinando-se ainda mais. — *¿Un beso, sí?*

Não parecia ser exatamente uma pergunta, pela forma como ele se aproximava. Uma de suas mãos escorregou da grade para a minha cintura. Ele estava disposto a me beijar à força, parecia que não havia outra opção. Desesperada, estiquei minhas mãos para seu ombro novamente, tentando movê-lo a todo custo. Empurrei com os cotovelos, tentei estapeá-lo, me agitei contra seu corpo e tentei gritar, mas ele usou a outra mão livre para tampar minha boca.

— *Tranquila* — disse, me puxando para mais perto. Meus braços ficaram presos entre nós dois e, por mais que eu me sacudisse, não conseguia me soltar. — *Sólo un beso, hermosa*.

Tentei morder sua mão, mas ele riu, se inclinando ainda mais. Eu joguei minha cabeça para trás, tentando desviar. Senti meu chapéu escorregar pela minha cabeça e, tomada por um senso de emergência, sacudi bastante a cabeça até que o chapéu caísse. Não dava para saber se ele ia *mesmo* cair lá embaixo, na piscina e perto de alguém, mas eu estava torcendo muito para que sim.

Seus lábios se aproximaram de mim formando um bico ridículo enquanto ele lentamente tirava a mão de cima dos meus lábios para substituí-la pela sua boca. Eu me joguei ainda mais para trás, quase pendurada por cima da grade, gemendo de desespero com a aproximação. Seu corpo estava inteiro colado no meu, impedindo meus movimentos e cerceando minha capacidade de defesa. O chapéu. Eu precisava contar com esse milagre.

— Ei! — gritou alguém quando Juan estava a milímetros de distância dos meus lábios. — Ei!

O maldito se assustou com a intromissão e deu um passo para trás. Meu coração bateu aliviado, mas a tensão ainda não tinha se dissipado. Eu aproveitei a situação para me desvencilhar dele, o mais rápido que pude. Notei quando ele olhou lá para baixo e viu um funcionário do hotel balançando meu chapéu molhado. Ele deu um passo para trás, se escondendo da vista do rapaz. Eu nem esperei ele olhar de novo na minha direção antes de sair correndo em disparada.

Juan não tentou me seguir. Quando eu já estava longe o bastante, olhei para trás. Ele continuava parado no mesmo lugar, me encarando irritado e medonho. Respirei fundo, juntando todo resquício de coragem que eu ainda tinha no corpo para levantar meu dedo do meio para ele, tremendo inteira. Tomara que ele tenha visto de longe ou a mensagem ia perder o significado. Ele se virou de costas e foi embora, xingando alto em espanhol e me dando arrepios. Eu voltei a correr e só parei quando cheguei às escadas que davam acesso à piscina lá embaixo.

16

Mesmo tremendo, fui atrás do meu chapéu. Era o único que eu tinha levado para a viagem e sabia que meus dias seriam muito difíceis sem ele. Desci as escadas até a piscina com muita dificuldade, de tanto que minhas pernas tremiam. O funcionário do resort que tinha feito Juan fugir percebeu minha dificuldade e se apressou para me ajudar. Ele usava uniforme e tinha uma plaquinha com seu nome, mas, quando esticou a mão para me oferecer auxílio, congelei onde estava, apavorada com a perspectiva de que ele ia me tocar.

Ele parou de subir as escadas quando percebeu que eu não ia mais descer. Ficou me encarando por alguns segundos, com cara de quem não estava entendendo nada. Tentei dar um passo adiante, mas minhas pernas trêmulas não responderam ao meu estímulo. Eu me segurei no corrimão da escada, instável e apavorada. Sabia que todo mundo estava me olhando como se eu fosse louca, mas eu não conseguia me convencer de que podia descer.

— *Su sombrero* — disse ele, entregando meu chapéu molhado. — *¿Estás bien, señorita?*

Pelo meu escasso espanhol e sua linguagem corporal, entendi que ele tinha perguntado se eu estava bem. Assenti, movendo a cabeça bem mais vezes do que o necessário. O funcionário se esticou um pouco mais, até o chapéu ficar praticamente na minha frente. Consegui mover minha mão e pegá-lo pela aba. Talvez tenha sido até capaz de dar um pequeno sorriso que era para ser um agradecimento, mas não tenho certeza.

— *¿Qué sucedió?* — perguntou o rapaz, descendo um degrau. — *¿Puedo hacer algo para ayudarte?*

Ele parecia preocupado e interessado em me ajudar, mas eu neguei dando um passo para trás e subindo um degrau. Segurei meu chapéu encharcado, me sentindo ainda mais nervosa. Ele era a prova de que tudo aquilo tinha mesmo acontecido e chacoalhava na minha mão trêmula, provando que eu estava tremendo inteira.

— *Gracias* — consegui dizer, antes de virar as costas e subir as escadas correndo de novo.

A adrenalina tinha baixado e eu voltava a raciocinar. Juan tinha tentado me beijar. À força. Tinha apertado meu corpo contra a grade. Tinha esfregado o corpo no meu, me encurralado e me feito sentir indefesa. Eu tinha pensado em pular, em me pendurar naquela grade e pular! Tudo porque me machucar me dava menos medo do que o fato de ele se aproveitar de mim. Meu corpo ardia, sentia um nó na minha garganta e estava exausta.

Praticamente me arrastei para o prédio onde ficava nosso quarto, me sentindo péssima. Havia uma preocupação latente tirando ainda mais minha paz e minha capacidade de entender o que tinha acontecido *comigo*. Eu estava muito preocupada com Vivi. O que eu teria que fazer para evitar que ela fosse a próxima? Parecia que ela estava sob algum encantamento, pois não queria me ouvir. Tudo bem, ela sempre se apaixonava por pessoas erradas e eu também ficava preocupada. Minha preocupação sempre fora o coração dela. Com Juan, havia outras preocupações além de uma simples fossa.

Juan era *perigoso*. Ele era nocivo. Não aceitava "não" como resposta. Tinha sido violento comigo e fez com que eu me sentisse fraca, incapaz de lutar contra ele. Pior, parecia ter se divertido com o meu medo. Apertei o botão do elevador, um pouco aérea. Meu coração batia disparado e meus pensamentos estavam meio confusos. Será que eu era culpada? Em algum momento dei sinal de que tinha, de fato, interesse em ficar com ele? Será que isso justificava a forma como ele tinha agido comigo? Apertando o corpo contra o meu, como se eu fosse obrigada a aceitá-lo?

Entrei no elevador e me apoiei na parede do fundo, respirando pesado. Não. A culpa não era minha. Eu não tinha feito nada que desse a entender que eu tinha interesse em beijá-lo. Tinha até jogado café nele! E, mesmo se tivesse demonstrado interesse, nada justificava aquele comportamento.

Ninguém tinha o direito de fazer as coisas que ele fez sem meu consentimento. Ele havia me encurralado, forçado o corpo contra mim, me obrigado a sentir seus toques por toda parte e se inclinado para me beijar contra a minha vontade! Sabe lá Deus do que mais ele seria capaz se eu não tivesse conseguido chamar a atenção daquele funcionário com meu chapéu.

Com a mão ainda tremendo, abri a porta do quarto e entrei. Fechei-a com força, como se ela fosse capaz de impedir de entrar os sentimentos ruins que me dominavam. Girei a tranca o máximo de vezes possível. Será que ele sabia qual era meu quarto? O olhar de ódio que me lançou quando percebeu que eu tinha escapado fizera com que a adrenalina da fuga voltasse a dar lugar ao medo. Ele estava manipulando Vivi de tal forma que fazia ela acreditar em tudo que ele dissesse. Minha melhor amiga estava tão enfeitiçada que vivia insistindo para que eu desse *uma chance* para Juan. Mas a verdade é que eu estava certa desde o início.

Eu precisava conversar com ela. De verdade. De forma definitiva. Ela tinha que se afastar de Juan. Eu tinha que fazê-la *entender*. Será que ele havia feito isso com outras meninas também? O pensamento me apavorou ainda mais. E se alguma delas não conseguiu escapar? E se com alguma delas não foi só um beijo? Sentindo-me imunda, abri a torneira da banheira e arranquei minha roupa, enquanto esperava que enchesse. Eu não queria usar aquele short de novo, ou aquele biquíni ou aquele chinelo. Joguei tudo em um montinho no chão.

Entrei na água quente e imergi, querendo expurgar aquela sensação de mim. Todo o meu corpo queimou, mas era isso que eu queria: arrancar tudo que tinha a marca dele. Voltei à superfície, me encostando na beirada da banheira e sentindo a água pingar do meu rosto. Ela se misturou com minhas lágrimas, que caíam livres e desatavam o nó que vinha pressionando minha garganta. Não me contive. Chorei tudo que tinha para chorar, soluçando e dando tempo para mim mesma.

Quando saí da banheira, já estava me sentindo melhor. Mais forte. Me vesti e procurei meu celular pelo quarto, até encontrá-lo embaixo da bolsa que eu tinha usado na última festa. Enchi o celular de Vivi de mensagens, mas ela não as leu. Passei o resto do dia no quarto, sem saber o que fazer. Pedi para entregarem comida na hora do almoço, mas não consegui comer nada. No restante do tempo, mal levantei da cama.

Será que Vivi acreditaria em mim? O que tinha acontecido com ela? Onde estaria? Por que não estava olhando o celular? Será que eu deveria ir atrás dela? E se ele tivesse falado com ela? Inventado alguma história? Me transformado na vilã? Depois de um tempo cheio de questionamentos e paranoias, me toquei de que o celular podia não estar com ela... Comecei uma busca e o encontrei embaixo do travesseiro dela.

Droga.

Eu não fazia ideia de onde poderia encontrá-la, já que raramente estava com Brenda, Fred e Nicolas. Ela poderia estar em *qualquer lugar*, e o mais provável era que estivesse do lado daquele homem. Será que eu deveria chegar criando um barraco? Gritando na frente de todo mundo que ele era um nojento abusador? E se eu o denunciasse para a administração do resort? As possibilidades surgiam na minha cabeça a mil por hora, mas, no final das contas, me paralisavam. Eu não conseguia decidir o que fazer. Eu não tinha provas. E se duvidassem de mim? E se me fizessem pensar que era tudo um mal-entendido? E se me acusassem de querer prejudicá-lo?

As horas se arrastaram e tentei distrair minha cabeça com qualquer programa ruim que estivesse passando na televisão do quarto. Eu não entendia quase nada, mas estava fazendo um esforço. Espanhol era muito mais difícil do que eu esperava, e agora minha mente fazia uma conexão direta entre a língua e o Juan. Ou seja, nunca mais aprenderia espanhol *na vida*.

A televisão me indicava que já era perto de seis horas da noite quando ouvi um barulho do lado de fora do quarto. Me ajeitei na cama, esticando-me para olhar na direção da porta, apreensiva. Não tinha nada em volta que eu pudesse usar para me defender, mas agarrei meu celular. Poderia tentar ligar ou mandar uma mensagem para alguém. Soltei um suspiro de alívio quando Vivi entrou no quarto, distraída e sem olhar na minha direção. Ela estava molhada e suja de areia, então inferi que tivesse dado um mergulho no mar. Eu me ajoelhei na cama, jogando as cobertas para o lado. Quando ela finalmente virou na minha direção, levou um susto.

— Ah, Ísis! Você está aí! — disse ela levando a mão ao peito.

— Vivi! — chamei, desesperada. — Precisamos conversar sobre o Juan!

Pulei para fora da cama, indo até ela.

— Ah, não. — Ela arrancou a canga que envolvia seu corpo, jogando-a na mesma pilha de roupas que eu tinha feito no chão. — Não aguento mais essa história!

— Vivi! — chamei, aproximando-me dela. — Ele tentou me beijar! À força!

A declaração não teve o impacto que eu esperava. Esperava que no mínimo a expressão dela se transmutasse em *horror*, mas ela mal piscou. Simplesmente virou o rosto na minha direção e deu um sorriso consternado.

— Ele me disse que você ia inventar histórias para tentar separar a gente — respondeu ela, amargurada. — Eu não acreditei, mas pelo jeito ele estava certo.

Dei um passo para trás, nocauteada por suas palavras. Do que ela estava falando? Juan estava manipulando Vivi de novo! Jogando minha melhor amiga contra mim como se fôssemos peças de um jogo. E pior: ela estava deixando isso acontecer! Confiando mais em um caso de verão qualquer do que na pessoa que esteve do seu lado durante grande parte da vida.

— Ele disse que hoje você partiu para cima dele, berrando na frente de todo mundo para ele ficar longe de mim. — Os olhos de Vivi se encheram de lágrimas e ela fez bico, magoada. — Ele perguntou para mim por que você detesta tanto ele, Ísis.

— Vivi, como você pode acreditar nele e não em mim? — Juntei minhas forças para falar segurando o choro. — *Eu* sou sua melhor amiga!

— Será que é? — gritou ela. — Porque você certamente não tem agido como uma!

— Vivi, como não? — choraminguei. — Só quero seu bem.

— O que você quer é ser a dona da verdade, como sempre — retrucou ela, cruzando os braços.

— Não quero — respondi no automático, sem entender nada do que estava acontecendo.

Vivi deu um sorrisinho sarcástico, baixando os olhos e tirando os chinelos. Pelo jeito nossa conversa não era tão relevante para ela quanto era para mim. Respirei fundo e permaneci firme. Precisava convencê-la de que aquele cara era um manipulador perigoso. Tinha de afastá-la dele antes que algo de ruim acontecesse.

— Você não consegue nem cuidar de você mesma, mas não perde uma oportunidade de dar palpite na minha vida! — acusou Vivi, interrompendo meus pensamentos. — Adivinha, Ísis? Não pedi a sua opinião.

Abri a boca para responder, mas nada saiu. Olhei para minha melhor amiga. Os mesmos cabelos compridos com mechas loiras. As mesmas bochechinhas rosadas de sol na pele morena. Os mesmos olhos castanhos, agora tão frios e desconhecidos. Vivi continuava parecendo Vivi, mas o que ela falava a fazia se afastar muito do que eu esperaria da minha melhor amiga. Doía ser tratada daquela forma.

— Não vai falar nada? — instigou ela. — Tão cheia das respostas prontas e dos julgamentos, mas não consegue encarar umas verdades? Bem típico se fingir de morta quando se trata da sua vida.

O tremor do meu corpo voltou, mas dessa vez não era medo de Juan, era raiva. Pura fúria causada pela injustiça. Não eram verdades que ela falava, era veneno. Eu não ficava dando palpite na vida de Vivi! Eram conselhos quando ela não estava tomando boas decisões. Em especial quando ela *precisava* de um direcionamento, ainda que não tenha pedido por ele. Por exemplo, "largue o Juan porque ele não vale nem o ar que respira" era um conselho não requerido, mas necessário. Vivi precisava muito de conselhos não requeridos, mas necessários.

— Eu não precisaria ficar dando "palpite na sua vida" se você tomasse boas decisões! — retruquei, frisando as aspas para expressar meu descontentamento. — Quantas vezes te falei para não fazer algo, você fez mesmo assim e quebrou a cara?

— A vida é minha, Ísis! — gritou ela. — Você não tem nada a ver com isso. Se eu tiver que escolher errado e quebrar a cara, vou escolher errado e quebrar a cara independentemente das suas supostas pílulas de sabedoria.

— Pois então me desculpe por querer ser uma *boa amiga* — respondi, irritada.

— Uma boa amiga? — Viviane riu, com tom de escárnio. — Essa é só a sua justificativa para constantemente me encher o saco e não dar atenção para a sua vida sem graça!

— Como você pode dizer isso? — A tristeza e a raiva pareciam me afogar, dificultando minha articulação.

— Você é uma mosca-morta com *qualquer* pessoa, menos comigo — pontuou Viviane, me jogando em um novo gatilho mental. — Normalmente tão insegura que mal consegue dizer um "não", mas comigo... Ah, você quer mandar na minha vida inteira!

Será que minha incapacidade de dizer "não" tinha permitido que Juan achasse que estava tudo bem se comportar daquela maneira comigo? Mas eu tenho quase certeza de que disse não para ele. De verdade.

— Ah, meu Deus, Ísis — reclamou Vivi, totalmente sem paciência. — Por que você sempre precisa usar essa máscara de perfeição? Ninguém te aguenta!

É claro que eu não era perfeita, nem tinha pretensão de tentar ser. Mas será que a segunda parte também era verdade? Eu não sabia o que era fato e o que era apenas uma forma de tentar me magoar, mas independentemente das pretensões de Viviane, ela tinha conseguido me deixar mais triste do que eu já estava. Segui mascarando minha tristeza com a raiva, que também me consumia.

Aquela conversa estava indo para um rumo inesperado e bem ruim. Achei que, acima de tudo, Viviane ainda tinha o mínimo de consideração por mim. Pelo jeito sua nova paixão era mais importante que anos de amizade. Se bem que talvez ela nem valorizasse tanto nossa amizade quanto eu, já que estava me acusando de todas essas atrocidades. Mas será que, de certa forma, eu não fazia o mesmo?

— Vivi, por favor... — apelei. — Acredita em mim! Juan é...

— Cala a boca! — berrou ela, dando um passo na minha direção e estendendo um dedo em riste diante do rosto. — Não aguento mais!

— Ele é um mentiroso! — gritei de volta, sentindo nó na garganta. — Manipulador e abusador!

— Mentirosa é você, Ísis! — Sua testa se franziu e suas palavras seguiram me ferindo. — Fica inventando história sobre Juan só para que eu me afaste dele. Você é incapaz de gostar de alguém, mas eu não. Você acha que eu só escolho errado, mas a vida é minha e vou escolher quem eu quiser.

A vontade de chorar era real, mas minha cota de lágrimas já tinha sido gasta. Solucei mesmo assim, chocada e entristecida. Como é que Vivi poderia preferir acreditar em Juan e não em mim? Em um dia como esse, eu precisava de apoio e carinho e não de acusações infundadas, que me empurravam ainda mais para o fundo do poço.

— Você achou o quê? Que ia agir pelas minhas costas, ameaçar Juan e que eu não ia saber? — Ela colocou a mão na cintura, soando ameaçadora. — Ele gosta de mim *de verdade*.

— Ele não gosta! — Solucei de novo, sem que uma lágrima sequer se formasse. — Ele está fazendo sua cabeça e te deixando cega! Pensa um pouco!

A dor no meu peito dificultava minha capacidade de articulação. O choque me impedia de falar tudo que eu queria, ou da forma que eu queria. E será que eu tinha falado um monte de besteira? Acho que sim! Estava muito nervosa. Nunca esperei que nossa conversa tomasse *aquele* rumo. Esperava um pouco de resistência, mas aquilo estava ridículo!

— Eu não sei por que você odeia o garoto. Só pode ser ciúmes. Ou inveja. — Vivi levantou os olhos para mim, trocando a tristeza por raiva. — Mas, seja lá o que for, você vai ter que superar.

Dei um passo para trás, buscando me distanciar daquela estranha com quem eu estava dividindo o quarto e a vida.

— Pelo menos eu não fico mendigando afeto! — ataquei de volta. — Alguém que prefere ficar por aí rastejando e sendo iludida o tempo todo para ganhar migalhas do afeto do mesmo tipo de homem lixo.

— Você só não mendiga afeto porque vive preocupada com a opinião das pessoas! Você pensa que é tão insignificante que nem se acha digna de afeto! — rebateu Viviane, apoiando-se na pia. — Quando você se permitiu gostar de alguém, Ísis? De verdade, mostrando tudo, sendo completamente honesta e se permitindo ser vulnerável?

Eu me sentei na cama, ainda incapaz de assimilar que aquilo estava mesmo acontecendo. Eu já tinha beijado alguns meninos desde que começara a me interessar por eles. Nunca tinha namorado nenhum, mas não era *insegurança* que não me deixava sentir afeto... O verdadeiro motivo era... Sei lá qual era, talvez eu só não tivesse achado a pessoa certa.

— Você afasta todo mundo e ninguém nunca sabe o que se passa pela sua cabeça. Eu mesma quase não sei nada sobre você, e você diz que sou sua melhor amiga! Você só faz o que é certo, o que esperam de você... Até nessa viagem! Você não sabe nem metade do que tem no hotel porque é mais cômodo usar os mesmos caminhos de sempre. Se você é incapaz de explorar o hotel em que pagou para estar, que dirá explorar coisas diferentes, não é mesmo? — Aquele ser que tinha a voz da Viviane, que parecia ela, mas certamente não era, continuou a falar. — Pelo menos eu me arrisco, Ísis. Eu me permito sentir, eu me permito amar.

— Você precisa ser mais criteriosa com quem recebe seu amor, Viviane — comentei, sem forças.

— E você precisa parar de achar que é melhor do que eu e tomar vergonha na cara para entender que você precisa crescer — retrucou. — E não me chama de Viviane, você sabe que eu odeio.

Antes que eu pudesse responder, ela se virou e entrou no banheiro, batendo a porta com força. Ouvi a torneira ser aberta um tempo depois. Pelo jeito, entrar no banho de biquíni e sem toalha para se secar (a camareira tinha deixado em cima das nossas camas) era mais acolhedor do que tentar ouvir o que a melhor amiga tinha a dizer sobre o babaca em quem ela estava cegamente interessada.

Sem pensar muito para onde ir, saí do quarto. Não dava para ficar lá por nem mais um segundo. O céu já estava escuro e eu me aproveitei das sombras para me esconder. Não queria ser vista por ninguém, porque não queria ter que explicar nada. Comecei a ficar com medo de Juan me ver e tentar uma retaliação. Ou tentar fazer tudo de novo. Praticamente corri na escuridão em direção à praia, ainda sem saber para onde eu iria.

Achei uma rede vazia e me enfurnei lá dentro, fechando-me quase que em um casulo. Respirei fundo, sem acreditar em como tudo estava desandando. Balancei muito sutilmente a rede de um lado para outro. Eu conseguia ouvir as conversas do lado de fora, em outras redes ou em algum lugar da praia. Pelas risadinhas afetadas e pelos barulhos *suspeitos*, dava para saber que eu estava cercada de casais. Ótimo. Afundei mais ainda na rede, completamente perdida.

Eu não podia ficar sem fazer nada, mas, ao mesmo tempo, não sabia como agir. Minha melhor opção talvez fosse contar para Cecília, mas e se Vivi já tivesse falado com ela? Eu não estava com a menor estrutura para ouvir uma bronca dela, dizendo que eu não deveria interferir no relacionamento da minha amiga por ciúmes, inveja ou seja lá em qual maluquice Juan tinha feito Vivi acreditar. Talvez o próprio Juan tenha tratado de espalhar essa fofoca pelo resort e agora eu já estava mal falada em todo canto. Seria um caso perdido, se isso houvesse acontecido. Todo mundo com quem eu tentasse falar acabaria se voltando contra mim. Eu não tinha a menor chance. Se nem minha melhor amiga acreditava no que eu tinha para dizer, como eu queria que o resto do mundo acreditasse?

E tudo que ela tinha me dito? Que minha insegurança me impossibilitava de gostar de alguém e que por isso eu achava que ela também não deveria! Não era essa a razão pela qual eu precisava que ela ficasse longe de Juan, assim como eu também não tinha inveja de ela ser sempre tão transparente e ousada. Ela era minha melhor amiga, eu a amava e me doía muito vê-la sofrer toda hora. Mas tudo que eu falei para ela? Eu não só não tinha conseguido impedir seu sofrimento, como também tinha provocado uma parte dele.

Suspirei, sentindo o nó na minha garganta se formar novamente. Que dia horrível! Eu achava que meu problema tinha sido a crise de ciúmes por causa de *Nicolas* e Brenda, mas agora esse parecia um problema menor. Eu seguia tentando ignorar esse sentimento esquisito, que quebrava o argumento de Viviane de que eu era incapaz de sentir algo. O problema era justamente sentir, nesse caso! Ciúmes! Antes eu conseguisse ser apática, como ela me acusou.

E o que tinha acontecido comigo e Juan? Eu nem conseguia processar e colocar em palavras. Eu não queria pensar. E Vivi, como fazê-la ouvir? O que estava acontecendo com o mundo? E comigo? Parecia que as coisas tinham saído dos eixos nessa segunda metade da viagem! E era só o primeiro dia dessa parte!

Virei para o lado, entristecida. A rede balançou um pouquinho e eu fechei os olhos, desejando que tudo aquilo fosse só um pesadelo.

Acordei com alguém gritando. Quando me mexi e minha cama balançou, abri os olhos muito confusa. O casulo laranja em que eu estava envolvida foi aberto de fora para dentro, fazendo meus olhos arderem com a claridade. Uma pessoa surgiu no meu campo de visão, ainda berrando. Coloquei a mão no rosto e me esforcei para me sentar na rede, sem entender nada e com o coração acelerado.

— *¡Usted no podría haber dormido aquí!* — gritou o homem, sacudindo meu casulo. — *¡Está prohibido!*

Pulei da rede antes que ele me jogasse para fora à força. Se ele me tocasse, eu surtaria. Eu não entendia muito bem o que ele estava dizendo, só as palavras que eram um pouco parecidas com o português. O que dava para saber é que o homem estava *muito irritado* e eu sabia que tinha feito alguma coisa *proibida*.

— Desculpa — falei bem devagar para ver se o moço raivoso entendia.

— *¡Va, va, va!* — reclamou, agitando a mão como se dissesse que queria que eu sumisse da frente dele.

Não esperei ele repetir. Saí correndo de lá o quanto antes, desnorteada. O que estava acontecendo? O sol no céu me confundia. Por que eu estava com uma sensação tão ruim? Como se algo terrível tivesse acontecido. Chutei areia pela praia, destrambelhada. Passei bem embaixo da faixa que anunciava as aulas de zumba e parei, sendo inundada pelas lembranças do dia anterior. Droga. Eu tinha saído do quarto porque não queria ficar perto de Vivi e acabei dormindo na rede. A noite inteira, pelo visto. Acho que exaustão era um dos efeitos colaterais de se debulhar em lágrimas o dia inteiro e do desespero emocional que era ser... ser... Eu não conseguia. Comecei a tremer de novo, só de lembrar.

Olhei na direção do complexo de prédios onde ficava meu quarto, ponderando se deveria voltar. Será que Vivi tinha ficado preocupada com minha ausência? Àquela altura, era difícil saber. Talvez ela não tivesse nem mesmo passado a noite no quarto. Ela vinha se comportando de forma tão escusa e diferente que eu não colocaria minha mão no fogo.

Mesmo que não me sentisse pronta para encarar Vivi novamente, eu não tinha mais para onde ir. Comecei a caminhar na direção do quarto, tateando meus bolsos em busca do cartão. Depois de localizá-lo, passei as mãos pelo cabelo, que estava completamente desgrenhado. Com certeza meu rosto estava com as marcas das tranças da rede. Meu pescoço doía e implorava por uma pomada anti-inflamatória. Não tinha nenhuma marca ou sensação de picadas de mosquito, mas eu precisava ficar atenta para evitar crises alérgicas.

Abri a porta do quarto, receosa. O quarto vazio me recebeu e meu coração pesou no peito. Entrei, me sentindo péssima. Será que ela não tinha mesmo dormido no quarto? O pânico de imaginar que ela poderia ter passado a noite com Juan me fez reviver as lembranças do dia anterior. Fechei a porta, chutando minhas sapatilhas para o lado e decidindo que eu precisava tomar banho. Não existiria uma quantidade suficiente de banhos que me fizesse sentir limpa. Andei na direção da minha cama para separar uma nova roupa e vi a cama de Vivi bagunçada. Respirei um pouco mais aliviada. Talvez ela só tivesse acordado cedo ou tivesse tido insônia.

Tomei banho, esfregando mais uma vez cada pedacinho do meu corpo. Coloquei uma roupa limpa, separei algumas coisas em uma bolsa de praia, passei uma pomada no meu pescoço e saí em busca da minha dose diária de cafeína. Era o único conforto que eu poderia buscar no momento. O restaurante já estava cheio quando cheguei, o que me fez considerar que talvez fosse tarde. Eles devem ter demorado muito tempo para me ver fechada dentro da rede. Entrei na fila para encher minha xícara e vi, com minha visão periférica, Cecília acenando. Ela estava sentada em uma mesa próxima, junto com Brenda e Vivi. A mais nova acenou também, mas a mais velha estava de costas e nem se virou.

Peguei meu café e alguns docinhos, sem saber o que fazer. É claro que eu precisava me sentar na mesa delas, mas será que não ficaria um clima terrível? Até onde eu sabia, Vivi não estava disposta a falar comigo e, verdade seja dita, eu mal conseguia olhar para Brenda, mesmo àquela distância. A cena dela rodopiando nos braços de Nicolas se repetia na minha cabeça e me deixava enjoada. Junto dela vinham as acusações de Viviane de que eu não era capaz de gostar de ninguém, que eu afastava todo mundo e que não me arriscava. Era uma carga grande demais para uma mesa só. Cecília acenou de novo quando me viu parada lá, em dúvida sobre o que fazer, e forcei um sorriso, começando a andar na direção da mesa. Não tinha jeito. Eu tinha que encarar. Talvez não fosse tão ruim assim. Talvez Viviane tivesse pensado melhor e quisesse me ouvir...

Ela se levantou antes mesmo de eu terminar de apoiar minha xícara na mesa. Virou de costas e foi embora, sem me dar nem mesmo um bom-dia contrariado. Tentei me manter calma, mas meu coração doeu. Talvez Vivi tenha visto meu coração estirado ali no chão, aos pedaços. Na verdade, espero que não tenha visto. Era provável que ela o chutasse para longe. Ou sapateasse em cima dele, mesmo sem saber sapatear. Terminei de colocar minhas coisas na mesa e puxei a cadeira, sob o olhar atento das duas que sobraram como companhia para meu café da manhã.

— Eita! O que aconteceu? — perguntou Brenda quando me sentei.

Dei de ombros, sem saber o que responder. Será que Vivi não tinha falado nada para a irmã sobre eu estar tentando separá-la de Juan? Para evitar ser obrigada a falar algo, enfiei logo uns três docinhos na boca. Brenda ficou me encarando, mas não retribuí o olhar. O que Brenda faria a respeito da situação de Vivi? Ela era esperta, a filha perfeita e tinha sempre um comentário inteligente sobre tudo. Independentemente do que Viviane dizia, eu estava longe de ser perfeita — mas Brenda estava bem perto. Eu gostaria de pedir ajuda, mas não conseguia. Era difícil demais naquele momento. A cena do rodopio se repetia, se repetia... E as frases de Viviane se misturavam com as de minha mãe, que dizia que eu deveria ser mais como a Brenda.

Tomei um gole do meu café, sem saber como ia dar um jeito no caos que tinha se instaurado não só na minha vida, mas no meu coração. Brenda não tinha culpa se eu estava corroída por uma crise de ciúmes que até ontem eu nem sabia que era capaz de sentir. De Nicolas! Parecia piada! Eu não detestava aquele garoto? A gente vivia quebrando o pau sobre assuntos que não tinham nada a ver, tipo as regras do vôlei de praia! Aliás, a gente tinha se *conhecido* no meio de uma discussão. Inclusive, por causa de *Brenda*.

Era irônico que Vivi achasse que eu estava com ciúmes da idiotice que ela tinha com *Juan* quando quem tinha o direito de achar isso era Brenda... E o que Brenda e Nicolas tinham não devia ser uma idiotice. Eu não tinha nem o direito de gostar dele. Claramente os dois tinham muito em comum e eu precisava ficar *fora daquilo*. Ele talvez fosse velho demais para ela e cheio de opiniões sobre tudo, mas as opiniões dele combinavam com as dela e, no fim das contas, ele era uma boa pessoa. O que não dava para dizer de Juan, por exemplo.

Brenda bateu com o copo de suco vazio na mesa, chamando minha atenção. Eu olhei na direção dela, com a xícara parada no ar sem encostar na minha boca. Será que eu tinha feito alguma coisa? Do jeito que minha vida estava uma sequência de tragédias shakespearianas... ok, exagero meu, mas tudo estava dando tão errado que eu não duvidava nada que tinha dado pinta do meu ciúme terrível ou da minha incapacidade de processar e colocar em palavras o que havia acontecido comigo no dia anterior.

— Bem, já que ninguém vai dizer nada nessa mesa, eu vou buscar mais comida — disse ela, em um tom irritado.

Respirei aliviada quando ela se levantou. Pelo menos eu não teria mais uma notícia ruim. Era só minha mudez que incomodava. Mas como eu falaria se as duas coisas que estavam me afligindo eram assuntos que eu não sabia como abordar? Eu não conseguia racionalizar. Eu não *entendia*.

— Está tudo bem, Ísis? — perguntou Cecília, ajeitando os óculos de sol no topo da cabeça.

Assenti, sem coragem de abrir a boca para confirmar. Não confiava no meu corpo. Na atual conjuntura, era bem provável que eu tentasse falar "sim" e acabasse saindo um choro amargurado. Eu podia tentar pedir ajuda para Ceci, mas não queria preocupá-la. E não queria que ela falasse com meus pais. Eu só poderia *pensar* em comentar algo com ela quando já tivesse certeza do que eu faria com meus problemas. Não poderia correr o risco de ela comentar sobre Juan com minha mãe. Eu me encolhi na cadeira, imaginando a bronca que eu tomaria. De alguma forma, ficaria convencida de que a culpa tinha sido minha – e de que *Brenda* nunca se colocaria nessa situação.

— Ísis? — chamou Cecília novamente, me encarando preocupada.

Talvez eu precisasse de mais um tempo sozinha. Colocar a cabeça em ordem. Como o silêncio estava pesando na mesa e Cecília parecia começar a ficar desconfiada, dei um sorrisinho e resolvi começar uma conversa simples.

— É só uma bobagem — respondi, engolindo em seco. Respirei fundo, dando mais um gole no meu café. — Mas e você, Ceci? O que anda fazendo de bom? Quero dizer, a gente quase não tem se encontrado por aí.

Cecília engasgou com um pedaço do seu *donut* e começou a ficar vermelha. Empurrei um copo d'água na direção dela. Ceci o pegou, ainda tossindo. Tomou alguns goles antes de sua garganta se acalmar e eu a encarei, sem entender nada. Ela deu um sorriso torto, pousando o copo de volta na mesa.

— Ah, nada — respondeu, desviando o olhar. — Passo a maior parte do tempo descansando por aí...

— Naquelas caminhas de dossel? — perguntei, me lembrando do dia que ficamos a tarde inteira escolhendo pretendentes para ela. O que eu não daria para voltar para aquela tarde e começar de novo? — Encontrou algum pretendente bom?

Cecília deu uma olhada rápida na minha direção, mas depois baixou os olhos novamente, empurrando o prato com o resto do *donut* para o lado. Estiquei a mão para pegar mais um dos meus docinhos, intrigada. Por que ela estava agindo daquela forma tão distante e esquisita? Não combinava com ela.

— Não, não — respondeu ela, olhando para o outro lado do restaurante. — Nada de muito bom. Eu nem estou usando muito o aplicativo...

— É mesmo? — perguntei, surpresa. — Desistiu?

— É... — ponderou ela, desviando o olhar de novo. — Pode-se dizer que sim.

O silêncio voltou a pesar na mesa e fiz uma careta, com os pensamentos desordenados. Meu Deus, será que o mundo inteiro tinha saído de órbita ontem? Isso explicava muita coisa, mas eu só queria saber quando ele ia voltar para os eixos.

— Vou dar uma passeada, Ísis. Quando a Brenda voltar, fala que mandei um beijo — pediu Cecília por fim.

Ela não me deu tempo de responder. Simplesmente levantou da mesa e deixou o resto do *donut* para trás. Observei-a sair do restaurante enquanto tomava o resto do meu café. Quando ela sumiu do meu campo de visão, olhei para o outro lado e vi Brenda, que ainda estava na fila para pegar suco. Enrolei os três docinhos que faltavam em um guardanapo e me levantei, indo embora de fininho. Cecília teria que me perdoar, mas eu não esperaria Brenda voltar. Eu não estava em condições de conversar com ela, não naquele momento.

Quando pisei fora do restaurante, dei de cara com Nicolas. Quero dizer, mais ou menos. Ele não me viu, pois estava escondido atrás de um gigantesco vaso vazio que carregava nos braços. Na verdade, ele parecia ser o líder de uma caravana de homens com vasos nos braços, todos berrando em português. Parei, um pouco confusa.

— Que ideia dessa sua filha! — reclamou um homem que parecia estar tendo muita dificuldade de carregar seu vaso, olhando por cima do ombro para outro, que vinha atrás dele. — Casar na República Dominicana! Olha que trabalho que está dando.

— Deixa a menina em paz, Rogério. Ela está feliz, isso que importa — respondeu o outro homem, com o vaso apoiado na barriga proeminente. Ele acelerou o passo. — Agora anda, vamos agilizar esse serviço aí. Ainda precisamos ligar para o responsável pelas flores e...

As vozes foram sumindo à medida que eles saíam do meu campo de visão. É claro. Ele estava ajudando com as coisas do casamento da irmã. Eu não tinha estrutura para passar o dia perto dele e de Brenda e no momento duvidava até da minha capacidade de *falar* com ele. Mesmo que eu conseguisse, não teria como. Ele estava ocupado.

E a culpa não era dele, nem da irmã dele, nem daquela tarefa em específico, mas às vezes eu sentia que todo mundo estava sempre muito ocupado para mim.

18

Cabisbaixa, voltei a andar sem rumo. Se estava todo mundo ocupado ou com raiva de mim, aquele era mais um dia para passar sozinha, de preferência à beira do mar. Diferente do que Vivi achava sobre eu não querer explorar o resort, o que me levava a fazer sempre o mesmo era minha vontade de ficar na praia. Eu não tinha muitas oportunidades de fazer isso no Rio de Janeiro. Não só por conta da minha rotina confusa, mas especialmente pelas preocupações da minha mãe. Ela jamais me deixava ir para a praia, com medo de eu ter alguma reação bizarra ao sol. Eu sabia que tinha uma pele sensível e que precisava tomar cuidado com tudo, mas sentia falta dos raios UV. Eles me proporcionavam o que eu conhecia de mais próximo da sensação de paz — e eu precisava muito tentar preencher meu vazio. Quem sabe um pouco de vitamina D não me ajudava a colocar a cabeça em ordem?

As espreguiçadeiras estavam todas ocupadas, mas achei uma mesa vazia bem distante da quadra de vôlei e mais longe ainda da área da zumba. Apesar de o sol não estar tão forte quanto nos outros dias, tirei meu chapéu e meu protetor solar da bolsa. Passei o protetor até onde consegui alcançar, torcendo para que não acabasse queimada de novo. Coloquei o chapéu sem olhar duas vezes para ele, bloqueando a lembrança dele encharcado e sendo entregue pelo rapaz que tinha, sem saber, me salvado de Juan.

Sentei na cadeira, já me sentindo exausta. Dormir na rede tinha me deixado quebrada, mas esse não era o motivo da minha exaustão. Era, sim, toda aquela turbulência interna. A paz daquele local não combinava com a desordem dos meus sentimentos. Meus pensamentos estavam todos atrapalhados, interrompendo uns aos outros e fazendo um total de zero coerência. Tentei pensar em tudo por etapas. Focar em um problema de cada vez e deixar os outros de lado enquanto eu não terminasse de resolver o que estava em pauta.

Tudo bem, por onde começar? Pela situação do Juan? Eu nem conseguia *pensar* nisso. Como ia conseguir fazer alguma coisa? E se conseguisse, o que seria? Deveria denunciá-lo para o resort? Tentar conversar com Vivi novamente? Confrontá-lo em público? Com certeza, Brenda teria uma ideia boa e talvez ela até acreditasse em mim. Mas Brenda? Eu não conseguia falar com Brenda. E se ela pedisse ajuda para Nicolas? Não queria vê-lo nem pintado de ouro, enquanto não entendesse o que eu estava sentindo. No momento, era só um incômodo muito grande. Parecia que meu coração estava bem achatado no peito, sem conseguir espaço nem para bombear meu sangue direito.

Suspirei, sem conseguir solucionar nada. Uma lufada de vento quente veio contra mim, levando meu chapéu. Estiquei as mãos para segurá-lo, mas ele fugiu dos meus dedos. Eu me virei, tentando localizá-lo e pronta para correr atrás dele, mas dei de cara com uma barriga tanquinho. Olhei para cima e vi Nicolas, dando um sorriso e com o meu chapéu.

— Quase, hein? — disse ele, puxando uma cadeira da minha mesa e se sentando ao meu lado. Quando já estava devidamente instalado, esticou-se e colocou o chapéu de novo na minha cabeça. Apontou para ele, com um novo sorriso. — Só te reconheci por causa dele.

Olhei para trás, ajustando o chapéu na cabeça. Nem sinal de Brenda, Fred ou de qualquer outra pessoa. Voltei a encarar o garoto, sentindo meu estômago embrulhar mais do que o normal. O que ele estava fazendo ali? Não deveria estar ajudando a família com os preparativos do casamento da irmã? Ele devia estar ocupado e eu estava atrapalhando. Quero dizer, com certeza ele tinha coisas mais importantes para fazer, mesmo que não fosse ajudar a família. Talvez jogar vôlei com Brenda ou conversar sobre os países que os dois sabiam apontar no mapa. Provavelmente ele só estava passando por ali, viu meu chapéu e resolveu dar oi. Ou algo assim. Mas para quem estava só de passagem ele parecia bem instalado na cadeira que roubara da minha mesa.

Estar perto dele não ajudava a manter minha mente tranquila. Na verdade, fazia tudo sair ainda mais de controle. Mas era uma linda visão. Se me perguntasse o que eu gostava mais, não saberia dizer. Talvez fossem seus olhos que ficavam pequeninos por causa do sol, mas que continuavam brilhando tanto. Talvez fosse a pele que ia ficando, dia após dia, mais bronzeada, a ponto de me dar inveja por eu não conseguir ficar nada além de rosada (ou vermelha-desesperadora-acho-melhor-ir-para-o-hospital — esse também era um tom comum para a minha pele). Talvez fosse aquela mecha peculiar do cabelo dele que balançava suavemente com o vento, que já tinha voltado a ser uma leve brisa. Ou talvez fosse tudo.

— Você está bem? — perguntou ele, inclinando a cabeça. — Parece um pouco vermelha.

— Ah, estou. — Pisquei. Eu estava encarando o garoto? Ai, meu Deus, eu estava encarando o garoto. — Deve ser o sol.

— Passou protetor? — Ele se inclinou, apoiando-se em um dos braços da cadeira plástica. — Quer ajuda?

— Nã-não — gaguejei, sentindo meu estômago dar piruetas só de *pensar* na possibilidade de Nicolas me ajudar.

Como é que eu não tinha me dado conta de que meu estômago estava me dando uma dica o tempo todo?

— Tem certeza? — questionou Nicolas.

— Já passei protetor, sim — falei.

Nicolas piscou, ainda apoiado no braço da cadeira. Seus olhos esquadrinharam meu rosto, como se quisessem ler minhas emoções. Engoli em seco, aterrorizada com essa possibilidade, mas, ao mesmo tempo, torcendo para que ele conseguisse. Eu queria conseguir falar. Queria pedir ajuda. Queria pedir socorro. Tentei fazer a expressão mais apática possível, mas eu aceitaria qualquer uma que não denunciasse minha vontade de brincar com o cabelo dele ou meu desejo de afogar Juan no meio do oceano.

— Mas obrigada — continuei, temendo ter parecido rude.

— Passei no seu quarto ontem à noite, mas Viviane disse que você não estava — comentou, dando um sorriso desgostoso.

Aquilo me desarmou. Tanto que meu cotovelo, que também estava apoiado no braço da cadeira, escorregou. Eu me recuperei com rapidez, ajustando minha postura e juntando as mãos no colo. Senhor. Será que um dia vou conseguir parar de passar vergonha na frente dele? Pelo jeito, esse dia não seria hoje.

— Não te vi mais depois do café da manhã — continuou ele, sem se abalar nem um pouco com minha posição na cadeira. — Fiquei preocupado.

Era difícil. Ouvir aquilo e controlar minhas reações. A vontade que eu tinha era de abraçá-lo, para dizer o mínimo. Meus olhos se encheram de lágrimas e pisquei, querendo dissipá-las. Como é que eu ia explicar para ele se abrisse o berreiro? E como é que eu ia conseguir abrir a boca sem cair no choro? "Obrigada, Nicolas, por se preocupar comigo quando nem minhas amigas se preocuparam". Brenda tinha sorte, era só isso que eu conseguia pensar. Eu era a iludida que tinha se metido nessa situação.

— Ontem foi um dia... — ponderei, controlando minhas lágrimas e sem saber que palavra usar. — Conturbado.

— Entendi — falou, os lábios formando uma linha fina. Tentei não ficar encarando, mas não fui muito bem-sucedida. — Seduziu o barman, no final das contas?

— É claro que não, Nicolas! — Revirei os olhos, dando um sorriso triste.

— Não sei, ué. Da última vez que eu não te vi o dia inteiro acabei tendo que te resgatar. — Ele levantou as mãos em defensiva, se afastando da beira da cadeira, e deu um sorrisinho. — E ainda não ouvi um "obrigado" por isso...

Minhas bochechas queimaram, um misto de vergonha e de raiva. Tudo bem, eu até era grata por ele ter me ajudado no dia da bebedeira, especialmente porque sozinha eu não teria conseguido dar conta de Vivi. Com certeza teria ido parar dentro da piscina com ela e sei lá o quê mais teria acontecido. Mas, ao mesmo tempo, eu não tinha pedido ajuda. Tinha sido *Brenda*. Ele fora lá por ela. Precisava ficar me relembrando dessa história e jogando minha falta de gratidão na minha cara?

— Obrigada, Nicolas — respondi, entre os dentes. — Está feliz agora?

— Na verdade, não — ponderou ele, apoiando-se nas costas da cadeira e encostando o pé no meu. — Não conta se não for de coração.

Eu queria empurrar aquela cadeira para trás e fazê-lo cair. Qual era o parâmetro dele para avaliar se o que eu fazia era ou não de coração? Nenhum, pelo jeito. Mas ele também não sabia de muitas coisas: como quanto o sorriso dele atrapalhava o funcionamento do meu cérebro, que toda vez que ele tocava qualquer parte do meu corpo todas as outras reagiam em desespero. E meu estômago? Nossa, Nicolas não fazia ideia de que não sobraria nada dele depois dessa viagem.

Sem saber o que responder, nem como sustentar seu olhar, juntei minhas coisas e me levantei. Nicolas me chamou algumas vezes, mas comecei a andar para longe. Demorou um pouco para ele perceber que eu estava mesmo indo embora, se levantar e vir atrás de mim, gesticulando feito um louco.

— O que aconteceu agora? — perguntou ele, logo atrás de mim.

Baixei a cabeça, sem saber o que responder. Parecia imaturo brigar com ele por um agradecimento que não fora aceito, mas minhas outras opções eram muito piores. Ele era a fim de Brenda. *Brenda*. Eu não faria isso com ela e, além disso, também não ia pagar o *mico* de falar para ele que estava com ciúmes e de ouvi-lo dizer que, na verdade, devíamos ser só amigos. Eu tinha avaliado minhas alternativas e todas davam péssimos filmes adolescentes. Ignorei e continuei andando, torcendo para que em algum momento ele desistisse de falar comigo.

Mas esse momento não chegou. Ele ainda estava falando atrás de mim quando chegamos à escada que levava de volta às áreas internas do resort, mas eu continuava bastante focada em fingir que não estava ouvindo. Era tão mais fácil quando eu achava que o detestava... Quando eu achava que minha vontade de arrumar aquele cabelo dele era motivada apenas por uma mania de organização e não por efetivamente querer saber se os fios eram tão macios quanto pareciam. Quando seus olhos inflamados pela discussão me davam raiva e não vontade de sorrir. Quando seu sorriso meio de lado me fazia querer chamá-lo de debochado em vez de me dar vontade de beijá-lo. Parecia que tudo isso tinha sido há milênios, mas na verdade tinha sido *ontem*. Um dia conturbado, de fato.

Cheguei ao último degrau das escadas e parei, virando na direção dele para pedir desculpas. E dizer que, de coração, eu estava muito feliz por ele ter aparecido na noite em que Vivi e eu ficamos bêbadas. Ter o braço dele em volta da minha cintura me impedindo de cair na água havia sido a melhor coisa daquele dia. Na hora eu não tinha sido capaz de entender, mas agora eu era. Foi a mesma sensação que me tomou quando ele havia dito que tinha ido me procurar porque ficara preocupado. Uma sensação de paz. A paz que eu vivia procurando e não achava. Era engraçado que eu a tivesse encontrado, mas não pudesse tê-la. Vai ver eu estava condenada a uma vida de conflito mesmo. Nem consegui abrir a boca para falar nada porque ele começou a falar antes, depois de algum tempo em silêncio.

— Já saquei que você prefere passar o dia enchendo a cara ou *se divertindo* com aquele seu professor do que jogando vôlei com a gente! — gritou ele, abrindo os braços com raiva. — Não precisa ser mal-educada!

As palavras me acertaram com mais força do que eu imaginava. Nicolas desviou de mim e começou a andar na frente, subindo o último degrau e seguindo pelo resort. Quando eu me virei para tentar segui-lo, com lágrimas nos olhos, perdi o equilíbrio. Meu corpo balançou enquanto eu agitava os braços no ar, em uma desesperada tentativa de retomar o controle. Se eu caísse para trás, sairia rolando escada abaixo. Uma escada alta, de pedra, cheia de desníveis, repleta de musgo e areia levada por todos os hóspedes que passavam por ali dia após dia... Tudo aquilo pioraria ainda mais minha queda (oi, filme de terror adolescente ruim). Minha outra opção era projetar meu corpo e cair de lado, no canteiro de plantas que margeava as escadas (oi, humilhação de comédia romântica com coadjuvante sem graça). O que era projetar o corpo para o lado para uma garota que no dia anterior tinha quase se jogado de uma sacada? Se eu era tão mosca-morta quanto achavam que eu era, como acabava sempre no meio de cenas de filme de ação?

Pulei, dando um berro. As plantas me receberam com mais hostilidade do que eu gostaria, espetando minhas costas. Meu corpo levantou terra e minhas pernas ficaram penduradas para fora da jardineira, fazendo meus chinelos caírem. Minha bolsa voou pelos ares, mas caiu intacta alguns degraus abaixo. Meu chapéu ficou preso entre as folhas. Eu me mexi, tentando sair lá de dentro. Presa feito uma idiota, soltei um suspiro resignado. Meus olhos voltaram a ficar nublados pelas lágrimas, mas vi a silhueta de Nicolas quando ele se meteu na minha frente e estendeu a mão.

Não estiquei a minha de volta. Balancei para a frente e para trás, tentando dar impulso e sair por conta própria. Tudo que eu consegui fazer foi afundar mais ainda meu bumbum na terra. Que maravilha! Até quando minha vida ia ser aquela dádiva divina? Minha vontade era de pegar o primeiro avião de volta para casa. Ou, melhor, um avião para o Taiti. Lá também tinha praia. Se bem que eu não sabia se era *longe o bastante*.

— Anda, Ísis — insistiu Nicolas, aproximando-se para segurar meus pulsos. — Deixa eu te ajudar!

Ele me ajudou a sair da jardineira e consegui tocar o chão, um pouco instável. Suas mãos continuaram no meu pulso por alguns segundos além do necessário, e o contato queimava. Meu estômago revirou com nossa proximidade, mas Nicolas desviou de mim e pegou meus chinelos, meu chapéu e minha bolsa. Jogou os chinelos na minha frente, pendurou a bolsa no ombro e ficou segurando o chapéu.

— Você está bem? — perguntou ele, enquanto eu enfiava meu pé no calçado.

Assenti, sem conseguir dizer nada. Queria sumir. Queria que ele sumisse. Queria que o mundo parasse, mesmo que só por alguns minutos. Eu estava magoada, triste e com raiva pelo que ele dissera. Estiquei meus braços para puxar a minha bolsa de seu ombro. Nicolas me encarou enquanto eu deslizava a alça pelo braço dele. Levantei o rosto, tentando reunir o pouco de dignidade que ainda me restava.

— Para sua informação, quem está sendo mal-educado é você — falei, sentindo meus lábios estremecerem. Eu não ia chorar. Não na frente dele. — Meu dia ontem foi uma *droga* e eu não preciso ficar ouvindo desaforo!

Dei as costas e subi o último degrau da maldita escada.

— Espera! — disse Nicolas atrás de mim, segurando meu pulso.

Olhei por cima do ombro, transtornada. Se ele não me deixasse ir, eu começaria a chorar. E se eu começasse a chorar, não sabia quando ia conseguir parar. Engoli em seco, sabendo que provavelmente ele brigaria comigo por eu não ter agradecido por ele ter me ajudado. De novo.

— Obrigada pela ajuda — falei, baixando os olhos.

— Não, não é isso — respondeu ele, esticando meu braço e virando-o na minha direção. — Você está toda vermelha!

— Já disse que deve ser o sol — funguei, tentando puxar meu braço da mão dele.

— Não, Ísis! — exclamou ele, soando desesperado.

Só percebi que meu chapéu ainda estava em sua mão quando ele a moveu para cima, exasperado. Nicolas me virou de lado, se debruçando para olhar melhor.

— Suas costas também estão todas vermelhas e com pontinhos!

Droga! Dei um pulo me afastando dele e virando meu braço para observar. Droga, droga, droga! Era uma reação alérgica. Aquela maldita planta devia ter algo que irritava minha pele, por ser atópica. De repente rolar na escada não parecia mais uma ideia tão ruim assim. Uma perna quebrada não era nada perto de uma glote fechada me impedindo de respirar.

Eu precisava ir para a enfermaria. E do meu kit de remédios. Todos os meus antialérgicos de emergência estavam lá. Olhei para Nicolas, provavelmente parecendo horrorizada. Ele também não estava com uma expressão das mais descontraídas, mas se aproximou e segurou minha mão.

— O que a gente faz? — perguntou, desviando os olhos para minha pele. — Desculpe, Ísis, eu...

— Eu preciso ir para a enfermaria — informei, com pressa. — Por favor, não sei onde é.

— Eu sei — respondeu, me puxando. — Eu te levo.

19

Nicolas teve que ser intérprete e traduzir todas as perguntas da médica responsável pelo pronto-socorro, assim como minhas respostas. Ela perguntava em espanhol, ele traduzia a pergunta para mim e traduzia minha resposta para ela. Ela queria saber o que, como, quando, onde... E eu tentei explicar tudo o mais rápido possível, pois estava com medo de a alergia se alastrar mais. Se aquela situação não fosse controlada logo, eram grandes as chances de a alergia evoluir e fazer com que a minha garganta inchasse.

Não sei se a médica de fato perguntou tudo o que precisava ou se meu olhar de pânico acelerou o processo. Sei que logo depois da conversa sobre minha situação, ela começou a tagarelar e deu a volta na enfermaria para pegar uma seringa. Dei um berro e me escondi atrás de Nicolas. Ele soltou uma gargalhada, parecendo se divertir com minha falta de maturidade diante de agulhas. Minhas costas ardiam, doíam e coçavam, em intensidades praticamente idênticas, mas meu pânico não me permitia nem chegar perto da seringa.

O tratamento com injeções era um procedimento comum quando a crise alérgica era grave, já que o remédio fazia efeito mais rápido quando era aplicado diretamente na veia. Eu tentei explicar isso para Nicolas, dizendo que não estava à beira da morte para aceitar um tratamento de choque. Como aquela médica não me conhecia e nem sabia sobre minha condição de atópica, era provável que ela achasse que eu estava mesmo à beira da morte. Uma reação como a que eu estava tendo seria muito grave se fosse na pele de uma pessoa normal. Porém, na minha, as reações pequenas se tornam grandes. E as grandes, monstruosas. Na verdade, eu já tinha tido crises piores que foram contornadas com meus antialérgicos. Pedi para ele avisar à médica que eu poderia ser tratada de forma tradicional.

É claro que, devido ao meu desespero com a agulha e pelo medo da situação demorar tanto a ser resolvida a ponto de a injeção ser inevitável, toda a racionalidade dos meus argumentos foi comprometida por gritos histéricos e, não nego nem confirmo, corridas em volta de Nicolas para fugir da seringa toda vez que a médica se movia de um lado para outro. Só consegui parar quando Nicolas me segurou pela cintura, fazendo-me girar na direção dele. Meus gritos congelaram na garganta com o toque dele, mas não tinha sido por causa da sensibilidade causada pela alergia.

— Ísis, calma — pediu ele, que também não parecia muito calmo. — O que você quer que eu diga para ela?

Eu olhei para a enfermeira por cima do ombro. Ela, percebendo a vergonha que eu estava passando, me mostrou que estava jogando a seringa não utilizada no lixo (com um olhar pouco agradável). Tive uma reação dessas e ela não tinha nem aplicado a injeção! Eu era uma vergonha mesmo. Foi só depois de a ameaça estar controlada que eu tive condições de tentar me explicar para Nicolas. Informei que eu tinha um kit de remédios de emergência na minha bolsa e que havia mais no quarto. Falei também que provavelmente precisaria que ela recomendasse alguma coisa para aplicar nas manchas, mas que já havia tido irritações na pele antes e que aquela não parecia tão ruim. Que preferia que aplicassem loção no meu corpo inteiro e me enrolassem em gaze, fazendo com que eu passasse o restante dos dias como uma múmia, do que tomar aquela injeção.

Nicolas riu da última parte, mas concordou em traduzir o restante. Virou-se na direção da médica para conversar em espanhol na maior desenvoltura. O idioma tinha seu charme quando saía da boca certa. Sentei na maca, respirando um pouco mais aliviada e tentando focar na conversa, mas sem entender uma palavra sequer. O que importava era que, no fim da conversa, quase que para acalmar meu coração, a mulher pegou minha bolsa e tentou entregá-la para mim.

— Deixa que eu pego — disse Nicolas, apanhando a bolsa da mão dela. — Não quero que você entre em contato com alguma substância da planta que tenha ficado na bolsa.

— Obrigada — respondi, indicando qual era a minha bolsinha de remédios.

Os dois despejaram o conteúdo dela em cima da mesa da médica. Eu apontei meu antialérgico para crises e um anti-inflamatório que meu médico tinha receitado para usar em qualquer emergência. Aquela parecia uma emergência à altura. A parte mais difícil de ser supersensível era que tudo se tornava motivo para preocupação. Se eu fosse uma pessoa normal, poderia tomar os remédios que a médica receitasse, mas, sendo como eu era, eles poderiam causar uma reação alérgica pior.

A médica pareceu estranhar as embalagens dos remédios. Todos estavam fora da caixa, então era difícil reconhecer apenas pelo nome impresso na embalagem. Eu não sabia se existiam remédios como aqueles na República Dominicana, e o medo de ela não aceitar meu tratamento e me fazer tomar uma injeção — que ainda poderia me fazer piorar! — começou a voltar.

— Calma. — Nicolas percebeu meu nervosismo. — Eu vou procurar na internet pelo nome e mostrar a substância para ela, que tal?

Assenti, aliviada. Usar remédios que eu já conhecia e que sabia que não me fariam mal era reconfortante. Eu já tinha tido reações alérgicas a alguns anti-inflamatórios antes, e não dava para correr o risco de piorar minha situação tendo outra alergia. Nicolas pesquisou pelos nomes dos remédios e mostrou as composições químicas para a médica. Ela reconheceu de imediato e permitiu que eu os tomasse.

— Tem água? — perguntei para ninguém em específico, olhando ao redor na sala.

A enfermeira tirou os compridos da embalagem e os estendeu para mim, parecendo ao mesmo tempo impaciente e entretida com meu mico. Antes que eu sequer tivesse localizado o bebedouro no cômodo, Nicolas já tinha ido até lá e voltado com um copo. Agradeci com um breve sorriso, tomando logo os remédios. Ele também sorriu um pouquinho, apesar de parecer preocupado. Naquele momento, seu sorriso serviu como um grande conforto.

A médica deu a volta e foi buscar algo em um armário. Nicolas e ela começaram a conversar em espanhol e só consegui captar algumas palavras: *reposo, pomada* e *siete días*. Nicolas baixou os olhos para o celular no meio da conversa e digitou algumas coisas. Fiquei me sentindo culpada. Provavelmente ele estava sendo requisitado pela família ou por Brenda, mas estava preso comigo. Quero dizer, ele meio que era culpado pela situação também, mas eu me senti mal. Por fim, ela estendeu uma bisnaga para ele, que pegou com um sorrisinho.

— *¡Mejoras para usted!* — Ela sorriu para mim também. — *Cuídate, chica.*

Ela saiu da enfermaria e voltou para a antessala, onde recebia os pacientes. Querendo saber o que ela falou, olhei na direção de Nicolas. Ele veio silenciosamente se sentar ao meu lado da maca. A frágil cama estremeceu, assim como meu estômago.

— Ela disse para você continuar com o tratamento do antialérgico por sete dias — comentou ele. — Você disse que trouxe mais, né? Porque na sua bolsinha só tem três.

— No meu quarto tem mais — reforcei.

— Ok. Ela também disse que você precisa passar essa pomada na área afetada pelos próximos sete dias ou até a irritação passar, o que vier antes — comentou ele, esticando a bisnaga na minha direção.

Peguei a pomada, reticente. A embalagem estava toda escrita em espanhol e a parte dos componentes tinha uma letrinha tão pequena que eu precisaria de um olho biônico se sequer cogitasse ler. Mesmo de perto, eu mal conseguia diferenciar onde começava uma palavra e onde terminava outra.

— Eu já pesquisei... — Ele deu um sorriso sem mostrar os dentes, indicando seu celular. — Ela tem o mesmo componente do remédio que você tomou, então deve estar tudo bem...

Eu desviei o olhar para o celular, sem conseguir enxergar direito. Minha visão ficou borrada pelas lágrimas novamente. Meu Deus, por que eu estava chorando? Dias difíceis. Era a única explicação possível. Não tinha *nada a ver* com uma possível emoção por alguém se preocupar comigo. Por *Nicolas* se preocupar comigo. Ainda por cima ele! Eu precisava silenciar aqueles sentimentos, não só porque aquilo nunca daria em nada, mas sobretudo porque eu provavelmente estava errada. Consegui ler a composição da pomada e fiquei tranquila, pois conhecia todos os elementos. Minha incapacidade para apontar países no mapa era compensada pelo fato de eu ser uma excelente farmacêutica.

Girei a tampinha da pomada, ansiosa para fazer minhas costas pararem de coçar e arder. Apertei o fundo para fazê-la sair e, em silêncio, passei um pouquinho na área irritada dos meus braços. Se eu não estivesse de biquíni na hora que caí na planta, com certeza a área afetada seria muito menor. Meus braços e minhas costas pareciam em carne viva. Eu sabia que Nicolas estava observando enquanto eu passava minha pomada, seminua naquela maca da enfermaria. Acho até que ele não parecia muito confortável. Se remexia tanto que achei que a maca tinha chances de ceder a qualquer momento. Mantive meu foco. Terminei os braços e levantei os olhos, arriscando olhar na direção dele.

— Eu passo nas suas costas — ofereceu ele, entendendo minha pausa de forma equivocada. Eu não queria que ele passasse nada nas minhas costas. — Você não vai conseguir alcançar.

Ele deu um pulinho da maca, se aproximando e diminuindo o já mínimo espaço que existia entre nós dois. Engoli em seco, sentindo que no final das contas talvez minha glote fosse mesmo fechar e não seria culpa da planta. É claro que eu não conseguiria alcançar minhas costas para passar a pomada e também é verdade que eu não tinha mais *ninguém* a quem pedir, mas isso não significava que eu queria que *ele* passasse. Tinha que ter outro jeito. Eu poderia passar em uma toalha e esfregar em mim. Talvez doesse, mas ainda achava mais viável.

Ignorando todo meu nervosismo, ele esticou o braço e pegou a pomada da minha mão. A bisnaga escorregou pelos meus dedos, enquanto eu fechava os olhos, derrotada. Senti o toque suave de seus dedos nos meus. Minha pele estava muito sensível, mesmo nas partes que não foram castigadas pela urticária. Se eu não tinha como fugir daquela situação, só queria que ela acabasse de uma vez por todas. Virei de costas para ele, sem acreditar que aquilo ia mesmo acontecer.

— Seu cabelo. — A voz de Nicolas soou atrás de mim.

Estiquei meu braço para tirá-lo do caminho mas parei, congelada, quando os dedos dele foram mais ágeis. Meu coração disparou quando senti os dedos dele passarem pelos meus cabelos, empurrando-os por cima dos meus ombros. Juntei minhas forças para mover meus braços e ajudar Nicolas a afastar meu cabelo.

— Faltou um pouquinho aqui...

Sua respiração fez cócegas no meu pescoço e me senti enjoada. Meu estômago piorou quando ele enfiou a mão pela lateral do meu cabelo, provavelmente para puxar a bendita mecha que faltava. Seus dedos deslizaram pela minha nuca, encostando suavemente na minha orelha e descendo com um sutil toque na minha bochecha. Tinha necessidade de ser tão carinhoso? Será que ele também era carinhoso assim com Brenda? Devia ser. E ela merecia. Merecia mais do que eu, com certeza. Eu me encolhi, sem forças para passar por aquilo.

— Te machuquei? — Ele desencostou os dedos na hora. — Está doendo?

— Não. Estou bem.

Como explicar que os machucados dentro de mim me preocupavam mais que os de fora?

Todos os sinais estavam ali e eu não conseguia ver. Não é como se eu nunca tivesse ficado a fim de alguém antes. Mas, de alguma forma, eu me sentia diferente. Eu não tinha me dado conta. Eu tinha me esforçado tanto para manter a porta da minha vida fechada para ele que, quando finalmente conseguiu entrar, ele tinha se mudado de mala e cuia. E eu, ficado exposta.

— Escuta, Ísis — disse Nicolas, provocando um arrepio nas minhas costas. — Sinto muito.

— Tudo bem — respondi, baixando os olhos.

Ele encostou os dedos emplastrados de pomada nas minhas costas, trazendo alívio para minhas feridas.

— Você não tinha como saber que eu ia cair em uma planta que ia me dar alergia — completei.

— Não. — Ele deu uma pequena risada, mas seu tom voltou a ficar sério na sequência. — Eu não devia ter falado com você daquela forma...

O desespero de correr o risco de ter minha garganta fechada por uma reação alérgica me fez deixar de lado a tristeza que as palavras dele tinham me causado. Por um tempo, pelo menos.

— É verdade, não devia mesmo — concordei, tentando me fortalecer.

Nicolas deslizou a mão pelas minhas costas. Minha pele ardia em todo ponto que ele tocava, mas eu preferia acreditar que era a reação da minha urticária à pomada. O problema era que meu estômago também reagia, e isso não tinha nada a ver com a alergia...

— Eu não sei o que aconteceu com você ontem, mas... — continuou ele, a mão passeando pelo meu ombro. Inclinei o pescoço para facilitar a tarefa dele. Nicolas deslizou a mão para o outro ombro e eu fiz o gesto oposto, afastando meus cabelos para dar espaço. — Se eu puder ajudar...

A frase ficou no ar e eu suspirei, desesperada para pedir ajuda, mas certa de que não tinha essa opção. Não de verdade. Só de pensar, eu queria chorar. Ele desencostou as mãos das minhas costas e não voltou a me tocar por alguns segundos. Me virei e olhei para ele, imaginando que tinha acabado.

— Obrigada — disse.

Nem eu mesma sabia se estava agradecendo por ele ter oferecido ajuda ou por ter me ajudado a passar pomada onde eu não alcançava. Talvez por ambos.

— Disponha — respondeu ele, se esticando para pegar lenços de papel na bancada que tinha ao lado da maca. Estendeu um para mim. — Como você está se sentindo?

As opções de resposta eram diversas: Enjoada. Desesperada. Traumatizada. Sem a menor noção do que fazer da vida. Em vez de falar qualquer uma dessas coisas, dei um sorriso frouxo.

— Com um pouco de sono — comentei, limpando o resquício da pomada de meus dedos. — Mas é normal, por causa do antialérgico.

— Você tem certeza de que tem os remédios para os sete dias, né? — falou Nicolas, me encarando com preocupação. — Além da pomada.

— É claro.

Porque era claro mesmo. Eu já havia tido essas crises diversas vezes, desde criança. Era um saco e eu nunca me acostumava, mas já sabia os procedimentos e quais remédios eu precisava usar. Joguei o lencinho nas minhas coxas, irritada com minha fragilidade.

— Ela disse que você tem que evitar o sol enquanto estiver com a pomada e ficar *bem longe* da água... — continuou explicando Nicolas, esticando-se para pegar o lenço sujo do meu colo.

— Ela quer que eu fique longe da água e do sol em pleno *Caribe?* — Suspirei, sem acreditar em como as coisas ainda podiam piorar.

Nicolas riu, pulando da maca.

— Como é que eu vou fazer isso? — perguntei.

— Ah, Ísis! Você já está aqui há mais de duas semanas, mas continua subestimando esse resort... — comentou ele de forma dramática. Jogou os papéis sujos no lixo e olhou para mim por cima do ombro.

Tentei não parecer surpresa por ele saber há quanto tempo eu estava hospedada. Dei um sorriso e usei a pequena escadinha de metal para descer da maca. Já no chão, virei de costas e guardei a pomada dentro da bolsa. Aproveitei para pegar meu chapéu, que Nicolas tinha botado lá dentro. Estava prestes a colocá-lo na cabeça quando lembrei que ele tinha caído na planta maldita. Eu não queria correr o risco de ficar com urticária no *couro cabeludo*, então o guardei de novo.

Continuava vestindo apenas meu biquíni, e estava fora de cogitação usar qualquer coisa que estivesse ali. Eu teria que lavar as roupas, o chapéu e talvez até a própria bolsa. O componente da planta podia ter se espalhado, e eu não queria correr esse risco. Quando virei novamente, Nicolas estava me encarando da porta da enfermaria, com um sorriso no rosto.

Eu estava colocando a alça no ombro quando ele atravessou a sala em um rompante, se adiantando para pegar a bolsa da maca antes de mim.

— Tira a mão! — disse ele, pendurando a bolsa no ombro. — Você não pode tocar nesse material contaminado.

Ele tentou permanecer sério enquanto falava, mas acabou dando mais uma risada. Isso sim era contagiante. O barulhinho que ele fazia, a forma como franzia o nariz e os olhos que se estreitavam. Dava vontade de rir também. Balancei a cabeça, afastando aqueles pensamentos para longe. Brenda. Ele gostava dela. Ela gostava dele também, com certeza. Era só uma questão de tempo. Se é que já não tinha acontecido e eu não estava sabendo de nada... Talvez eu preferisse continuar na ignorância. Pelo bem do meu estômago, que já estava todo revirado só de pensar na ideia.

— O que foi? — perguntei de novo, desviando dele e caminhando para a porta.

— É que você está bonitinha toda pintada! — Riu.

Congelei junto à porta e olhei para ele por cima do ombro. Nicolas estava andando na minha direção, cabisbaixo, sorridente e balançando a cabeça. O quê? Com certeza eu tinha ouvido errado. Ele devia ter dito outra coisa. Acompanhei sua caminhada com o olhar, confusa. Ele chegou ao batente da porta e se virou na minha direção.

— Por bonitinha você quer dizer ridícula? — perguntei, tentando soar irritada.

— Não, Ísis. — Ele riu outra vez, levantando a cabeça para me encarar. A franja tinha caído toda torta na testa dele e apertei minhas mãos para me impedir de ajeitá-la. — Quis dizer bonitinha mesmo.

Aquela porta era pequena demais para nós dois, então virei para a frente e voltei a andar, dando um aceno rápido para a médica, que estava jogando algo no celular. Pelo visto eu era a única pessoa que precisava de atendimento médico naquele resort. Eu tinha apenas levantado meu pé para dar um passo para fora da enfermaria quando Nicolas segurou meu braço.

— Nem pensar — disse ele, apontando para o céu. — Olha o sol!

— Como é que eu vou sair daqui, então? — perguntei, querendo me desvencilhar de seu toque.

— Ah, Ísis — respondeu Nicolas, no mesmo tom que tinha usado alguns minutos antes. — Você já convive comigo há duas semanas, mas continua *me* subestimando também...

Eu tinha, de fato, subestimado Nicolas. Ele tinha arrumado um guarda-chuva para me tirar de lá. Já que pelo jeito Vivi não era mais minha melhor amiga, esse guarda-chuva parecia ter assumido o posto. Nicolas o abria toda vez que queríamos ir de um canto para outro do resort, para que eu não ficasse exposta ao sol. Eu também tinha subestimado seus planos de ser meu guarda-costas pelos dias seguintes ao do nosso desentendimento. Ele não saiu do meu lado em quase nenhum momento. De manhã cedo já estava na minha porta e só ia embora quando já era muito tarde e não havia mais o risco de eu ficar exposta aos perigos dos raios solares.

— Nada disso — disse ele, no primeiro dia do tratamento, quando descemos juntos para o café da manhã e eu falei que ele não precisava me acompanhar daquela forma. — Não posso deixar minha dálmata desacompanhada.

— Eu não sou uma dálmata — respondi, dando com a sombrinha que estava aberta sobre nós dois na cabeça dele.

— Pode ir levantando isso aí — ralhou ele, esticando-se para arrumar o guarda-chuva no lugar.

Eu ria, mas na verdade me sentia muito mal. Não só porque eu ainda não conseguia lidar com tudo que eu sentia quando ele estava por perto, mas também porque o único motivo pelo qual ele passava tanto tempo comigo era a culpa que devia estar sentindo pelo que tinha acontecido. Independentemente de suas razões, ele estava sendo mais cuidadoso que *minha mãe*. Ela, inclusive, poderia aprender sobre como ser superprotetora com ele. Eu achava que isso era impossível, mas Nicolas não me deixava pegar sol *nem nas pernas*, que sequer estavam com reação alérgica.

— Nada disso — afirmou ele, no segundo dia do tratamento, quando já era mais tarde e estávamos assistindo ao vôlei. Tentei esticar as pernas para fora do guarda-sol que nos cobria, mas ele as empurrou de volta. — Sem sol significa *sem sol*.

Estávamos assistindo a Brenda, Fred e nossos outros colegas jogarem com algumas pessoas aleatórias. Como eu não podia pegar sol, não tinha como jogar. Tentei convencer Nicolas a jogar pelo menos uma partida, mas ele ficou debaixo do guarda-sol comigo o tempo todo, enquanto zoava e sugeria jogadas para os times. A culpa era uma presença constante, mas eu não sabia como fazer Nicolas ir embora.

— Encolhe essas pernas, Ísis — ralhou ele quando eu tentei esticar minhas pernas de novo.

— Mas na minha perna não tem nada! — Gesticulei, indicando a pele branca como sempre.

— Vou ter que te tirar daqui? — ameaçou. — Trate de recolher suas pernas, Galinha Pintadinha.

Empurrei Nicolas para fora do guarda-sol, quase fazendo-o comer areia. Galinha Pintadinha? Eu ia pintar a cara dele inteira com areia! Brenda riu da quadra com a cena e eu senti meu coração pesar. Será que eu não estava privando Brenda de passar tempo com ele? E quanto à família dele? O casamento?

Com certeza a irmã dele precisava de ajuda. Organizar um casamento era algo muito difícil, que dirá em outro país! Mas eu não sabia o que fazer. Eu tinha dito *diversas* vezes que não precisava de guarda-costas, mas ele tinha me ouvido em exatamente zero dessas vezes. Continuava seguindo a mesma rotina: me esperava na porta do meu quarto para irmos tomar café da manhã e só me deixava quando anoitecia e estávamos cansados demais para continuar lá fora.

Isso deu origem, inclusive, a um ritual que sempre acontecia à noite. Eu tentava juntar o que restara das minhas forças para questioná-lo sobre Brenda. Se eu conseguisse tirar aquilo do meu peito, seria um peso a menos. Se ele falasse que gostava dela, eu daria um jeito de fazê-lo desistir de me acompanhar nessa semana doente. Todo dia, eu ia fechando a porta lentamente, tentando me convencer de que aquilo precisava ser dito.

— Nicolas — chamava, com a porta entreaberta, quando reunia coragem suficiente.

Eu sempre desistia no segundo que ele sorria e se inclinava para saber o que eu tinha para dizer. Eu tinha medo de saber a resposta e, no fundo, nem sabia como formular a pergunta. Juan me assombrava tanto que eu escondia as lembranças daquele dia no fundo da minha memória, tentando soterrá-las sob o máximo de boas memórias que eu conseguisse criar. Mas não dava para esquecer que minha melhor amiga tinha acreditado quando ele falou que eu estava tentando separá-los, e até isso me deixava insegura de perguntar o que eu queria para Nicolas. Tinha medo de que ele interpretasse meu questionamento como uma tentativa de separá-lo de Brenda. E eu nunca faria isso. Eu não queria destruir esse casal, por mais que me doesse. Eu só não sabia como lidar com a situação. Um pouco de apoio também não cairia nada mal.

— Que foi, Ísis? — perguntava Nicolas, quando eu não dizia nada.

— Nada não — eu respondia, em pânico. — Obrigada pela companhia.

— Até amanhã — dizia ele, sorrindo.

— Até.

Eu fechava a porta, apavorada. Mas repetia a mesma cena na noite seguinte. Era muito difícil lidar com a possível situação dele com Brenda. Ainda mais quando estávamos todos juntos. Brenda e Fred nos acompanhavam em grande parte dos programas que fazíamos dentro do resort, sobretudo quando eram de noite. Nicolas e Brenda tinham tanta sintonia que eu me sentia derrotada. Eles gargalhavam das piadas nerd um do outro, duelavam de igual para igual nos videogames da sala de jogos e faziam com que Fred e eu trocássemos olhares alarmados. Pareciam viver em outro mundo.

— Vem, sardinha! — Nicolas acenou, no terceiro dia do tratamento, quando ganhou de Brenda em uma partida de totó. — Vou chutar sua bunda com um pé nas costas, não é assim que você fala?

Roletei a primeira bola direto no gol dele, de tanta raiva dos apelidos por conta das minhas pintinhas da alergia. A maior raiva, todavia, surgia quando eu ficava *feliz* por ele agir assim. Eu estava colocando a culpa dos sentimentos conflitantes na minha menstruação, que tinha resolvido aparecer à noite, logo depois que caí na planta. Não haveria semana melhor para ela descer já que eu não podia mesmo me molhar. Eu sabia que tudo que eu estava sentindo não tinha a menor relação com esse período do mês, mas um pouco de negação nunca fez mal a ninguém.

Passamos algumas noites naquela sala de jogos, mas, na sexta-feira, decidimos mudar. Foi a melhor noite: fomos todos para o caraoquê. Era o quarto dia de tratamento, e minhas costas já estavam muito melhores. Eu estava me sentindo particularmente animada. O caraoquê era supermoderno e usava um sistema on-line, onde a gente podia escolher qualquer música. Qualquer música mesmo! O que era muito bom, porque assim podíamos escolher até coisas em português.

Até Leonardo e Karine foram com a gente nesse dia. Eles foram os primeiros a cantar. Fizeram uma apresentação *hilária* de "Vai ter que rebolar", de Sandy & Junior. Antes de subirem ao palco, pediram para que eu filmasse.

— A gente quer mandar o vídeo para um casal de amigos nossos lá do acampamento — explicou Karine, dando uma risada.

— Eles viraram uma lenda por lá por causa da apresentação que fizeram dessa música — complementou Leonardo, antes de seguir a namorada para o palco.

— Filma direito, hein, jogo dos pontinhos! — Nicolas se inclinou na minha direção para zombar.

Só não dei com o celular na cara dele porque não era meu, mas não consegui impedir um sorriso de se instalar no meu rosto e um calorzinho de se espalhar pelo meu coração. Fomos obrigados a subir no palco logo na sequência. Brenda e Fred tinham nos inscrito como vingança pelo campeonato de gato e gata da camiseta molhada.

— Mas o que vocês escolheram pra gente cantar? — gritei, sendo empurrada por eles na direção do palco.

— Vocês vão ver! — Brenda riu.

Reconheci os acordes de "Evidências", de Chitãozinho & Xororó, no momento que começaram, mas Nicolas me encarou com os olhos esbugalhados. Comecei a cantar sozinha, torcendo para dar uma pane no sistema de som, o cabo desconectar, acabar a energia... Qualquer coisa que me impedisse de continuar cantando. Aquele era um clássico do caraoquê, e fiz o possível para não estragar demais a música. Nicolas só reconheceu qual música era na hora do refrão. Mas em compensação, quando lembrou, berrou o refrão inteiro e me fez cair na gargalhada. Foram os cinco minutos mais longos da minha vida e respirei aliviada quando descemos do palco, com palmas calorosas de nossos amigos — e só deles mesmo, já que a maior parte das pessoas que estava lá não falava português.

— Maravilhosos — disse Brenda, dando risada. — Filmei tudo.

— Vamos excluir esse vídeo, vamos? — Eu dei um sorriso, me esticando para tentar pegar o celular dela.

— Deixa, pintadinha! — Nicolas esticou a mão e bagunçou meu cabelo. — A gente cantou superbem.

— A gente cantou *supermal*. — Eu ri, dando de ombros.

— Tá bem, a gente cantou supermal — disse, sorrindo e dando de ombros —, mas pelo menos foi divertido.

Apesar do meu estômago constantemente revirado e da minha culpa recorrente, conviver com ele era incrivelmente fácil. Ele era expansivo, engraçado e falante. Muitas vezes compensava minha timidez, pois, ou me fazia dar uma gargalhada quando eu ficava triste, ou apenas preenchia o ambiente com sua voz quando eu não queria falar. Por exemplo, ele tagarelava sobre algum assunto toda vez que ia passar a pomada nas minhas costas, já que eu virava uma estátua quando ele se aproximava. Respirar já era uma tarefa muito difícil.

— Já quase não dá para ver nada, oncinha — disse Nicolas, dando um sorriso quando acabou de passar a pomada. — Acho que amanhã você já pode ter alta.

— Virou médico agora? — Revirei os olhos, dando um sorriso sem graça.

— Virei — respondeu dele, rindo. — Formado em seis temporadas de *Grey's Anatomy*. Eu cansei depois de um tempo, mas prestei muita atenção em tudo.

Sentei melhor na cadeira da mesinha em que estávamos. Era fim de tarde do quinto dia de tratamento e eu quase não sentia mais nada. Era bem provável que ele estivesse certo sobre a alta, mas minha vontade de implicar era incontrolável, especialmente quando ele usava esses apelidos ridículos.

— Você ainda está me subestimando, hein, Ísis. — Nicolas continuou rindo, jogando a pomada dentro da minha bolsa. — Não sei mais o que tenho que fazer para subir no seu conceito.

— Você pode pegar um *mojito* para mim ali no bar — sugeri, apontando um bar que não devia estar a mais de cinco metros. Ele me olhou feio. — Sem álcool, é claro.

— Folgada — reclamou ele. Mas foi.

Eu me arrependi do pedido em menos de trinta segundos. Isso porque avistei Juan caminhando despretensiosamente pela areia, perto do mar. Meu corpo foi tomado por uma onda de pânico e me encolhi na cadeira, querendo fundir nela ou ficar invisível. Trombar com Juan em uma situação em que eu estava vulnerável era um dos meus pesadelos recorrentes e agora estava acontecendo. Eu tinha cruzado com ele em outras situações desde o ocorrido, mas estava sempre acompanhada e fingia que não o via. Mas não deixava de reparar na maneira como ele me olhava, como se estivesse realmente corroído de ódio.

Apesar de todas as minhas tentativas de me esconder, ele me viu. Deu um sorriso malicioso e começou a vir na minha direção. Um arrepio percorreu meu corpo e comecei a me levantar, mas ele correu na minha direção e apoiou as mãos nos braços da minha cadeira, bloqueando minha saída. Encolhi as pernas, puxando-as para cima. As lembranças começaram a ressurgir do fundo da minha mente, onde eu vinha tentando soterrá-las.

— *¡Hola, hermosa!* — disse ele. — *¿Por fin sola?*

Fiz uma careta, querendo mesmo era cuspir naquela cara ensebada dele. Ele vinha espreitando e só se aproximou quando eu fiquei sozinha. Era um ridículo! Achava que eu não podia me defender? Eu tinha conseguido me livrar dele da outra vez. Sabia que conseguiria novamente.

— Sai, Juan! — vociferei, esticando as minhas pernas para tentar chutar seu tórax.

Ele largou um dos braços da cadeira e agarrou meu tornozelo. Sacudi, sentindo as lágrimas se formarem no canto do meu olho de novo. Que droga! A sensação da mão dele tocando meu corpo me dava vontade de vomitar.

— *Usted me debe un beso* — disse ele, deslizando a mão pela minha perna. Eu chutei de novo, mas ele não soltava. — *Y estoy seguro de que vas a querer más.*

— Me solta! — berrei, me agitando na cadeira.

A praia não estava cheia. As mesas e espreguiçadeiras daquele lado estavam vazias, já que o sol já tinha parado de bater naquela faixa de areia. Não dava para continuar nem mais um segundo daquela maneira, e o pânico para me livrar daquele terror não me deixava pensar direito. Meu plano atual era empurrar a cadeira para trás e capotar na areia. Provavelmente ele acabaria soltando minha perna com o susto, ou acabaria caindo junto. Me sujar toda de areia e estragar o trabalho impecável de Nicolas, que tinha passado a pomada em mim, eram problemas menores do que aquela mão passeando pela minha coxa. Peguei impulso, pronta para virar. Quem sabe depois também não dava tempo de virar minha mão na cara dele? Ou dar com a cadeira na cabeça dele? Opções que faziam meu coração ficar mais tranquilo.

— Ísis? — Ouvi a voz de Nicolas atrás de mim. — O que está acontecendo?

Juan não soltou minha perna, mas desceu a mão de volta para meu tornozelo. Nojento! Quer dizer que meu corpo só podia ser respeitado quando ele estivesse sob tutela de outro homem? Ele estreitou os olhos, olhando com raiva para Nicolas. Depois se virou de novo na minha direção, com uma expressão que me deu calafrios. Eu me agitei de novo, aterrorizada, humilhada e revoltada.

— Sai — ordenei, entre os dentes. — Agora!

— Eu ou ele? — perguntou Nicolas, aparecendo ao meu lado.

— Você tem *alguma dúvida?* — Eu o encarei, pedindo socorro com os olhos.

Ele apoiou as bebidas na mesa e se empoleirou atrás da minha cadeira, apoiando as mãos nos meus ombros de forma protetora. Eu me debati de novo, tentando fazer Juan soltar meu tornozelo de uma vez por todas. Seu toque era asqueroso e fazia com que eu me sentisse terrível. Exposta, vulnerável e inferior. Era como se sua presença trouxesse à tona as piores inseguranças que existiam dentro de mim.

— Mano, cai fora — pediu Nicolas, sem nem se dar ao trabalho de falar em espanhol. — Não ouviu que ela quer que você suma?

— *¿Quien es tú?* — Juan soltou minha perna para se aproximar de Nicolas, esticando a cabeça para encará-lo. O brasileiro era muito mais alto que ele. — *¿Novio?*

— Não preciso ser o namorado dela para te dizer que não aceitar o *não* de uma mulher é crime, babaca — disse Nicolas e olhei para cima, me sentindo muito grata. Sua expressão estava transfigurada de tanta raiva, mas sua voz permanecia firme e calma. — E também não preciso ser namorado dela para te chutar daqui. Vaza.

Juan foi embora xingando em espanhol, e Nicolas deu a volta na cadeira, se agachando meio sem jeito na minha frente. Sua presença era reconfortante. Seus olhos estavam inquietos enquanto ele examinava meu rosto e, antes de dizer qualquer coisa, ele segurou a minha mão.

— Você está bem? — perguntou, incerto.

— Estou — respondi, fazendo que sim com a cabeça e agarrando os dedos dele com força.

Só podia ser efeito do choque traumático, mas me estiquei na cadeira e lancei meus braços por cima dele, puxando-o para um abraço desajeitado. Nicolas riu, entrelaçando os braços na minha cintura. Sua risada fez cócegas no meu pescoço e me fez ter um choque de realidade: nunca estivemos tão perto antes. Nossas barrigas se tocavam, pele com pele. Minha cabeça encaixava na sua clavícula de uma forma que eu só podia definir como perfeita. A gratidão pela ajuda dele era grande, mas senti o corpo todo arrepiar, denunciando que era hora de eu me afastar.

— Eu... — disse, estabelecendo distância entre nós dois novamente. Tossi, sentando na cadeira de volta. Precisava falar alguma coisa. Qualquer coisa. Não queria que ele me achasse uma idiota. — Eu já tinha traçado uma rota de fuga que envolvia capotar a cadeira e me jogar na areia.

— Não tenho dúvidas de que você tinha! — Nicolas riu de novo, dando um passo para o lado para puxar outra cadeira. — Esse cara te perturba sempre?

Eu não respondi nada, apenas me inclinei e peguei nossas bebidas na mesa, subitamente desesperada para manter minha mão ocupada.

— Obrigada, Nicolas — falei, entregando o copo para ele.

Nicolas deu um gole na bebida dele, parecendo desconfiado. No entanto, não falou mais nada sobre o assunto. Pelo contrário, saiu comentando sobre outra coisa que eu, vergonhosamente, nem ouvi. Minha mente estava perdida em Vivi e no tipo de relacionamento doente que talvez ela tivesse com aquele homem terrível. Eu precisava agir logo. Agora eu tinha uma testemunha do comportamento deplorável de Juan comigo. Se eu conversasse com Nicolas, ele com certeza me ouviria. Ele acreditaria. Ele tinha visto. Ou, pelo menos, era essa a esperança que se instaurava no meu coração.

Vivi continuava me ignorando por completo. Normalmente já tinha saído do quarto quando eu acordava e já estava dormindo quando eu chegava.

Todos os nossos amigos me perguntavam dela e eu desconversava. Brenda já havia desistido. Sabia que tínhamos brigado outras vezes e feito as pazes. Devia estar achando que era mais um desses casos. O problema é que não era. Se ela não me ouvia e não queria me ver nem se eu estivesse pintada de ouro, eu precisava minar aquele relacionamento dela de outra maneira.

Naquele mesmo dia, algumas horas mais tarde, eu estava estirada em uma rede. Sozinha. Algum tempo antes, Nicolas finalmente saíra da minha cola para atender a um chamado urgente da família. Eu tinha avisado que ficaria em uma das redes e que ele poderia me procurar por lá, se quisesse me encontrar mais tarde. Fiquei me balançando um pouco na rede, aproveitando os momentos de paz, mas sem conseguir aproveitá-los por completo. Toda hora olhava para os lados, para saber se ainda tinha gente ao meu redor, que poderia me ajudar no caso de Juan aparecer de novo. Mesmo com toda tensão, era bom ter alguns instantes para mim mesma, mas eu não queria ouvir meus pensamentos por tempo demais.

Por isso, fiquei feliz quando Nicolas voltou. Talvez não só por isso.

— Oi — cumprimentou ele, se apoiando em um dos coqueiros que segurava minha rede. — Acabei de encontrar sua amiga.

— Brenda é sua amiga também — respondi, subindo um pouquinho na rede.

— Estou falando da Viviane — respondeu, balançando a rede na ponta onde estava, perto de meus pés.

— Ah.

— Está tudo bem entre vocês? — perguntou, franzindo a testa.

— Na verdade não, mas... — Encolhi os ombros, cruzando as pernas quase em uma posição de ioga. — Acho que não quero falar sobre isso.

Nicolas se desencostou da árvore e tomou distância. Antes que eu pudesse entender o que ele estava pretendendo, se lançou na rede. Eu dei uma gargalhada, observando-o debater-se pendurado metade para dentro, metade para fora. Demorou alguns segundos para que ele conseguisse se sentar direito e eu tive que dar uma ajuda, deslizando mais para perto.

É claro que aquela rede era pequena demais para nós dois. Qualquer coisa era pequena demais para nós dois — não só porque éramos de fato muito altos, mas porque tudo parecia diminuir de tamanho quando estávamos perto. O planeta estava ficando apertado demais com Nicolas existindo nele. Nossas pernas se tocavam, quase entrelaçadas. Nicolas esticou os braços e apoiou as mãos na nuca, parecendo bastante confortável em dividir aquela rede comigo. Minha presença claramente não o afetava como a dele me afetava. Era por causa de Brenda. Ele gostava de Brenda. Eu precisava ficar pensando nela constantemente para não me deixar levar pelas situações em que Nicolas e eu acabávamos metidos.

— Quer falar sobre o quê, então? — perguntou ele.

— Qual era sua emergência familiar? — Eu me inclinei para a frente, curiosa.

— Minha irmã perdeu a tiara que vai usar no dia do casamento — respondeu, dando de ombros. Abri a boca, horrorizada. — Já achamos, fica calma.

Dei uma risada, pensando no caos que deveria estar tudo sem ele para ajudar. A graça durou um segundo, pois lembrei que a família precisava dele. Nicolas com certeza preferia passar esse tempo todo com a Brenda. Eu era um fardo que ele achava que precisava carregar. Mas eu já estava ficando boa. Ele mesmo disse que em breve eu poderia ter alta. Então, ele também poderia ter alta de mim.

— Você quer ir? — perguntou, ajeitando-se na rede e se apoiando nos cotovelos para me encarar.

— Aonde? — indaguei, perdida.

Será que eu tinha voado tanto que não tinha ouvido qual era o assunto? Nicolas se inclinou mais um pouco para a frente, diminuindo o espaço entre nós. Seu rosto estava a menos de dez centímetros do meu e questionei minha capacidade de comunicação com ele tão perto. Tentei desviar o olhar. Focar no coqueiro atrás dele. Ou no céu estrelado. Quem sabe no mar. Quantos grãos de areia será que havia naquela praia?

— Ao casamento — respondeu ele, me fazendo encará-lo.

Não soube o que responder. Ele estava me convidando para o casamento da irmã dele? Será que ele tinha convidado Brenda e Fred? Era um convite por pena, agora que minha quarentena havia acabado? Ele ainda se sentia culpado a ponto de querer me compensar de alguma forma? Por que ele estava me convidando para o casamento da irmã dele?

— Meus pais disseram que eu poderia convidar quem eu quisesse — continuou ele, já que eu tinha sido incapaz de articular uma resposta com tantas perguntas surgindo na minha cabeça. — E eu gostaria que você fosse.

Ele franziu os lábios, aguardando que eu respondesse alguma coisa. Apesar do céu aberto acima de nós, eu estava me sentindo confinada. Mas de uma forma psicológica, exatamente entre os lábios de Nicolas e os olhos de Brenda. Era difícil não pensar em beijá-lo e mais difícil ainda não me odiar por isso.

— Ísis? — Nicolas esticou a mão para tocar meu ombro quando eu não respondi.

Eu olhei para ele, sentindo o toque me queimar de novo. Ele virou a mão para cima, estendendo-a em um convite, como sempre fazia.

— Você vai?

Eu suspirei, rendida. Estiquei a mão para segurar a dele.

— É claro, Nicolas — respondi. — Vou adorar. Obrigada.

Nossas mãos permaneceram unidas e nenhum de nós falou nada por *longos* minutos.

21

Nicolas estava certo. Fomos à enfermaria na manhã de domingo, apesar de eu ter relutado. Não tinha usado a pomada pelos sete dias recomendados pela médica, mas ela tinha dito que eu poderia parar antes se a área afetada apresentasse melhora. Minhas costas não estavam mais incomodando. Tudo bem que eu ainda estava tomando os comprimidos, mas parecia improvável que eu tivesse ficado curada em tão pouco tempo.

— *¡Chica!* — A médica me reconheceu, dando um sorriso. Ela era uma pessoa muito fofa quando não segurava agulhas. — *¿Estás mejor, sí?*

— *Sí* — respondeu Nicolas quando eu assenti levemente, um pouco tímida.

Como não conseguia ver minhas costas, era difícil ter certeza de que tudo tinha passado. Eu estava um pouco paranoica. E se tivesse desenvolvido outra doença estranha que não tinha incômodo aparente porque estava destruindo os meus nervos? Ok, isso parecia improvável, mas podia acontecer. Eu poderia estar morrendo lentamente sem saber. Ou, talvez, o mal-estar fosse só a culpa por estar privando Nicolas de aproveitar sua viagem. O tempo que passávamos juntos estava dando uma esperança descabida ao meu coração. A viagem ia chegando ao fim, o que me deixava ao mesmo tempo desesperada e serena. A separação doeria, mas seria melhor do que conviver com ele sem saber como lidar com meus sentimentos.

— *¿Está con dolor?* — perguntou a médica, me fazendo questionar se eu estava com cara de sofrimento por causa do meu monólogo interno ou pela doença destruidora de nervos.

— Não — respondi, arriscando dar um sorrisinho. — Estou bem.

Tirei a camisa para que Dolores (esse era o nome da médica. Já me sentia íntima dela. Afinal, quando uma pessoa vê você parecendo a versão humana de uma lichia, isso quebra certas barreiras) pudesse verificar a situação. Ela examinou minhas costas e meus braços e confirmou que tudo já tinha passado. Ou, pelo menos, foi isso que Nicolas traduziu para mim. Ele também traduziu a parte em que ela supostamente disse que eu estava liberada para pegar sol, mergulhar e fazer tudo que eu bem entendesse, desde que prometesse ficar bem longe de plantas suspeitas.

— Eu prometo — respondi, animada, pedindo que Nicolas traduzisse para mim.

Guardei minhas suspeitas de uma doença nova e misteriosa e silenciei a paranoia. Não queria voltar para aquela enfermaria.

— *¡Muchas gracias, Dolores!* — agradeceu Nicolas e me esforcei para repetir.

— *¡Cuídense!* — respondeu ela, sorrindo e voltando para seu joguinho no celular.

Acenamos e saímos da enfermaria. Pela primeira vez em quase uma semana senti os raios de sol tocando minha pele, me esquentando de fora para dentro. Dei uma risada e olhei para Nicolas, que também sorria. Seu sorriso, por outro lado, parecia me esquentar de dentro para fora, fazendo minhas bochechas queimarem (se isso continuasse, a chance de combustão interna era alta). Ele se daria muito bem no Rio, se resolvesse ir para lá em algum momento da vida. Eu ousaria dizer que era a cidade perfeita para ele. Todas as suas melhores características físicas eram ressaltadas pelo brilho dos raios e era impossível não ficar impressionada. Deslumbrada, eu diria. Ou encantada. Ou fascinada. Ou irremediavelmente apaixonada. Não sei, era só um palpite mesmo.

Dei uma última olhada na direção dele, fazendo uma careta tristonha. A quarentena tinha acabado e junto dela a obrigação que ele achava que tinha de me acompanhar para cima e para baixo. Meu coração pesou no peito, mas eu precisava me acostumar. Tinham sido dias incríveis (mágicos, aterrorizantes e com muitos outros sentimentos contraditórios), mas fundamentados em motivos irreais. Ele precisava voltar para a família, para Brenda e para suas atividades favoritas.

Não é como se eu também não tivesse muita coisa para fazer. Minha viagem mágica havia se tornado uma novela mexicana: tinha o vilão instrutor de zumba, o conflito com a melhor amiga que estava iludida e o triângulo amoroso involuntário (em que eu era a coadjuvante — também iludida!). Eu precisava arrumar um jeito de conseguir voltar a encarar Brenda. A lista de pendências era complexa e ninguém parecia muito interessado em mim ou em me ajudar a resolvê-la. Nem mesmo minha melhor amiga parecia interessada na minha saúde, no meu paradeiro ou em minhas opiniões. Especialmente se elas fossem sobre Juan...

— E então? — Nicolas interrompeu meus pensamentos, surgindo no meu campo de visão. — O que nós vamos fazer?

Eu dei um passo para trás e esbarrei na parede externa da enfermaria. Nicolas deve ter achado minha reação engraçada, pois esboçou um sorrisinho torto. Mas, ao mesmo tempo, se esticou para segurar meu pulso, como se estivesse com medo que eu tropeçasse e acabasse caindo de novo. A questão é que eu não tinha tropeçado, só tinha me assustado com a pergunta dele. O que *nós* vamos fazer? Seu primeiro ato como um garoto livre das obrigações de cuidar de uma paciente alérgica era... Querer passar mais tempo com a paciente alérgica?

— Você está bem? — perguntou ele, deslizando a mão do meu pulso para minha mão.

Meu corpo inteiro queimou como se eu estivesse tendo outra reação alérgica. Toda situação só demorou um segundo, mas foi o suficiente para que meus pensamentos se atropelassem em minha mente. Do que ele estava falando? Por que estava segurando minha mão daquela forma? Ele não deveria estar feliz por tudo isso ter acabado? Puxei minha mão da dele e desencostei da parede, tentando clarear meus pensamentos.

— Aham, estou bem — respondi, ainda que não fosse exatamente verdade. — Mas o que *nós* vamos fazer?

— Eu perguntei primeiro — falou ele, sem perceber minha confusão. — E você tem prioridade na hora de escolher, já que estava doente — disse ele, ajeitando a franja. Eu dei outro passo para trás, precisando novamente do apoio da parede. — Topo o que você quiser.

Estreitei os olhos por conta do sol, incapaz de formular uma resposta. Mal conseguia encará-lo, tamanha tensão. Minha cabeça me fornecia uma lista de atividades que eu gostaria que fizéssemos juntos, alucinada com a promessa de que ele toparia tudo que eu quisesse. Mas, no fundo, eu sabia que nada naquela situação estava certo. Meu estômago parecia estar sambando dentro de mim. Nicolas arqueou uma sobrancelha e se inclinou na minha direção, aguardando uma resposta.

— Ísis? — chamou ele, apoiando a mão na parede ao meu lado. — Tem certeza de que está tudo bem?

— Tenho — comecei a dizer, me sentindo pressionada. — Não sei o que podemos fazer. — Desviei o olhar, não conseguia encarar Nicolas tão de perto. Seu corpo estava inclinado sobre mim, a mão dele apoiada na parede. Nenhuma parte de nós se tocava, mas eu sentia meu corpo inteiro em chamas. — Não tenho nenhum plano em especial...

— Nenhum? — perguntou Nicolas, tão próximo que me deixou sem ar. Não tive coragem de levantar os olhos para encará-lo. Precisava manter o mínimo de capacidade de raciocínio. — Vou ter que arrumar outro apelido para você, agora que não está mais toda pintada.

Dei uma risada, olhando-o de esguelha. Era esse tipo de coisa que me desarmava e quebrava minhas barreiras. Ele também riu, colocando o braço por cima do meu ombro. Ele me deu um puxãozinho e nos afastamos da parede. Começamos a andar sem rumo, enquanto ele começava a enumerar várias sugestões de novos apelidos para mim (todos péssimos). Tentei manter o máximo de sanidade possível com todo aquele contato, mas talvez acabasse precisando de atendimento médico outra vez se ele se aproximasse só um pouquinho mais. Fomos parar na praia, sentados em uma espreguiçadeira, um de frente para o outro, e ainda discutindo aquele tópico.

— Se você arrumar um apelido para mim, vou ser forçada a arrumar um para você — falei, me encostando no apoio da espreguiçadeira, que estava levantado ao máximo. — Um tão ruim quanto o que você arrumar para mim...

— Você já arrumou um apelido para mim — respondeu ele, sentado com as pernas cruzadas na frente do corpo. — Nico, lembra?

— Não conta — respondi, na defensiva. — Criei por acidente.

— Brenda vive usando. — Ele deu de ombros.

Baixei os olhos. É claro que ela fazia isso direto, já que os dois eram tão próximos. Mas ela precisava usar logo o que *eu* tinha inventado? Não dava para inventar outro? Fiquei me sentindo extremamente possessiva por causa de um apelido que eu nem tinha recordação concreta de ter criado. Um apelido que em geral eu fingia que nunca tinha existido. O problema maior era o ciúme que eu sentia de um garoto que, com certeza, estava com a cabeça em outra. Sendo esta *outra* minha irmã de consideração, no caso.

— Sisi, que tal? — disse Nicolas, estalando o dedo no ar e apontando na minha direção. — É Ísis de trás para a frente.

— Aí eu seria a deusa do ódio ou a tia de uma criança que não sabe falar meu nome? — tentei brincar, ainda chateada comigo mesma.

Nicolas deu uma gargalhada e eu sorri, satisfeita por ter sido capaz de fazer uma piada nerd ou quase isso... Eu não era tão inteligente quanto Brenda, mas aprendia rápido. Talvez se ele tivesse um pouco de paciência, nós... Não. Nada disso.

— Para ser deusa do ódio eu teria que te chamar de Sekhmet, que é a deusa da vingança — ponderou ele, ainda dando risada. — Mas do jeito que você é, está mesmo mais para Seth, que é o deus do caos...

— Como é que você sabe isso tudo? — questionei, ainda chocada com a capacidade dele de reter conhecimento.

— Eu só gosto de mitologia. — Deu de ombros, fazendo pouco caso. — Gosto de estudar o mundo, na verdade.

Fiquei pensando em como seria se estudássemos juntos. A imagem de Nicolas sentado em minha sala de aula me deu vontade de sorrir. Será que ele era do tipo que sentava na frente ou no fundão? E no intervalo, será que ia jogar bola ou preferia ficar conversando? Respostas que eu nunca teria. Era bom que ele não estudasse comigo, afinal de contas. Eu seria incapaz de prestar atenção em qualquer aula se ele estivesse a poucas carteiras de distância o tempo todo. Eu mal conseguia me concentrar no que ele estava falando, de tão distraída que ficava só de observá-lo.

Nicolas inclinou a cabeça, como se estivesse esperando uma resposta. O cabelo um pouco comprido demais caiu para o lado e ele deu um sorriso que me fez pensar que eu deveria estar parecendo uma idiota. A imagem dele sentado em uma sala de aula se desfez com um *puf* e deu lugar à de Nicolas rodopiando com Brenda. Pisquei, me inclinando para a frente.

— Desculpa, você falou alguma coisa? — perguntei, querendo afastar aqueles pensamentos.

— Perguntei o que você gosta de estudar. — Ele também se inclinou, apoiando as mãos nos joelhos dobrados.

Nada?

— Ahn... — Tentei ganhar tempo para pensar em alguma coisa. — Números, eu acho?

— Números? — Ele levantou as sobrancelhas, parecendo surpreso. — Taí um assunto sobre o qual não entendo nada.

Eu me encostei na espreguiçadeira, realmente chocada. Era como colocar mais uma peça no quebra-cabeça, como se conseguisse vê-lo com mais exatidão. Existia algo que Nicolas não entendia? E esse algo era logo o que eu entendia *mais*? Tudo na matemática tinha tanta lógica que me parecia improvável que alguém tão inteligente não fosse capaz de percebê-la.

— Você sabe o que quer fazer na faculdade? — perguntou ele, arrumando a mecha de cabelo rebelde.

— Não sei — respondi, sentindo o peso das palavras da minha mãe toda vez que conversamos sobre vestibular. *Eu devia ser mais como a Brenda.* — Na verdade, não faço ideia.

— É normal não saber... — respondeu Nicolas, parecendo desencanado. — Precisei pesquisar muito e pedir várias opiniões para acabar decidindo fazer relações internacionais. E mesmo assim tenho medo de me arrepender, mas é a melhor opção para mim atualmente.

Houve uma feira de carreiras no colégio e eu tinha assistido a várias palestras, na ânsia de achar algo que eu pudesse gostar de estudar. Acabei assistindo também a de relações internacionais, e, apesar de eu não ter o perfil para essa carreira, era bastante óbvio que ele tinha. Uma pessoa que gostava de estudar sobre o mundo talvez fosse alguém com enorme potencial para gerar algum impacto positivo nele. Nicolas continuou falando, empolgado com a perspectiva de passar quatro anos estudando sobre política internacional, economia e direitos humanos. Em outros tempos eu teria ficado entediada, mas ele estava tão animado que acabei me empolgando com ele.

— Adoro estudar países. Deve ser uma compulsão — confessou, dando uma risada e se aproximando um pouco na espreguiçadeira.

— Como assim?

— Não sei, mas eu preciso estar sempre pesquisando alguma coisa. Não consigo ficar parado... — Encolheu os ombros, parecendo envergonhado. — Por exemplo, quando minha irmã decidiu casar aqui, eu procurei cada detalhe sobre a República Dominicana. Enchi o saco da minha família com fatos sobre os quais *ninguém* estava interessado em saber, mas eu queria contar mesmo assim.

Dei uma risada, imaginando todo mundo tapando as orelhas na mesa do jantar e dizendo "Ah, não, Nicolas, República Dominicana de novo? Por que não decidiram casar no cartório da esquina para poupar a gente desse sofrimento?". Era engraçado, mas dava um pouco de pena. Às vezes acontecia a mesma coisa na minha casa. Quero dizer, não exatamente a *mesma* coisa, mas parecido. Eu chegava empolgada para contar algum acontecimento do meu dia e meus pais não se importavam muito ou não davam a menor atenção. Por sorte, sempre tive Brenda e Vivi para compartilhar minhas histórias. Não era sempre que Vivi tinha paciência, mas Brenda ouvia cada detalhe. E depois tagarelava em resposta...

Pensando bem, Brenda sempre esteve ao meu lado, mesmo quando eu entrava na pilha de Vivi e nós a tratávamos como a caçulinha chata. Aquela confusão de sentimentos que vivia dentro de mim nos últimos tempos se dava justamente por achar que, em alguma medida, eu estava traindo minha outra melhor amiga. Alguém que sempre me deu tanto afeto sem pedir nada em troca. Só *cogitar* querer ficar com alguém de quem ela poderia gostar já era desolador. Porém, lá estava Nicolas. Sorria para mim sem ter a menor ideia do turbilhão que aquele sorriso causava.

— Mas o que tem de interessante para saber sobre a República Dominicana? — perguntei. — Além do fato de ser o paraíso?

— Então, a questão é que não é... — Os olhos dele brilharam e ele se aproximou um pouco mais, animado. — Sabia que na outra metade da ilha fica o Haiti? Quando a gente vê toda essa beleza, nem imagina as dificuldades que o povo passa e...

Ele começou a falar e acompanhei cada palavra, interessada de verdade. Nunca pensei que alguém que não conseguia nem se orientar em um simples mapa de shopping fosse achar legal conversar sobre a origem de um país e as desigualdades enfrentadas pelos moradores daquele paraíso no Caribe. Foi como fazer uma viagem pela realidade, tendo Nicolas como guia. Ainda estávamos falando sobre esse assunto quando resolvemos almoçar. Caminhamos por uma das ruas internas do resort, que passava ao lado de umas camas de dossel iguais às que Cecília adora, mas na beira da piscina em que Vivi tinha pulado. Isso parecia ter acontecido *eras* atrás. Eu estava falando sobre como era surreal que logo do outro lado da fronteira tivesse um dos países com maior dificuldade financeira do mundo e que estivéssemos todos curtindo a praia sem ter a menor noção disso.

— Aquela não é a tia da Brenda? — interrompeu Nicolas, apontando na direção da piscina. — Cecília, né?

Olhei e não tive dúvidas: era mesmo ela, carregando dois copos de bebida e andado calmamente de volta para uma das camas de dossel. Esticou as mãos por entre as cortinas e as bebidas sumiram, com ela desaparecendo logo em seguida. A curiosidade tilintou dentro de mim. Quem será que estava com ela lá dentro?

— É ela, sim — respondi, pegando a mão de Nicolas. — Vamos lá dar oi.

— Será que é uma boa ideia, Ísis? — Nicolas me puxou para trás e eu olhei, sem entender. — Não vamos incomodar?

— Que nada! — Acenei com a outra mão que não estava puxando a dele, desmerecendo o comentário. — A gente só vai lá, conta da minha alta e vai embora comer.

— Tá bem, então — concordou ele, lançando um olhar receoso na direção da cama de Cecília.

Chegamos lá rapidamente. As cortinas estavam fechadas e dava para ver pouca coisa lá de dentro pelas frestas. As duas pessoas que estavam lá dentro conversavam em tom baixo. Querendo deixar Nicolas confortável e ser o menos invasiva possível, dei uma tossida, ainda do lado de fora.

— Oi? — chamei. — Cecília?

A conversa parou na hora. Houve uma movimentação lá dentro e a cabeça de Cecília apareceu entre as cortinas alguns segundos depois. Ela fechou as frestas, tampando com todo afinco o que havia lá dentro e deixando só seu lindo rostinho do lado de fora.

— Ísis! — quase gritou ela. — Oi!

— Oi... — falei, meio assustada. — Tá tudo bem?

— Tá, tá tudo bem, do que você tá falando? — Riu nervosamente. — Oi, amigo da Ísis.

— Nicolas — corrigi, enquanto ele acenava.

Parecia querer estar em qualquer lugar menos ali.

Ninguém falou nada por alguns segundos e fiz uma careta, muito confusa. Senhor, será que eu estava fadada a só conviver com gente maluca? Logo agora que achava que o mundo estava voltando à sua programação normal, Cecília havia começado a agir de forma estranha?

— Na verdade — comecei a dizer, querendo contar sobre a cura da minha alergia —, a gente te viu e resolveu passar só para dizer que...

Houve outra movimentação dentro da tenda, o que fez as cortinas sacudirem e Cecília esbugalhar os olhos, parecendo apavorada. Sua expressão só piorou quando, do outro lado da cortina, outra cabeça apareceu. Era uma mulher loira, de olhos azuis quase translúcidos e um largo sorriso.

— *Hi!* — cumprimentou ela, passando a cabeça pela fresta e depois escancarando a cortina, jogando-a para cima de Cecília. — *I'm Cherlyn.*

— *Hi-i* — respondi, confusa.

— A Cherlyn é minha... — começou a dizer Cecília, empurrando a cortina para o meio e deixando um aglomerado de tecido entre as duas. — Amiga.

— Ah — comentei, piscando devagar. O que exatamente estava acontecendo ali? — É um prazer — falei, dando um sorriso para a amiga dela e me dando conta de que ela não entendia português. — *Nice to meet you.*

Cecília se virou na direção da amiga, esticando a cabeça por cima da cortina amontoada. Explicou, em inglês, que eu era Ísis, a amiga das sobrinhas dela, e que Nicolas era meu amigo.

— Ísis! — A moça sorriu. Covinhas surgiram em suas bochechas quando ela fez isso, deixando-a digna de uma capa de revista de moda. Ela olhou na direção de Cecília, esticando a mão na direção dela. — *The name of the Egyptian goddess of love.*

Dei um sorriso para Nicolas, pois Cherlyn também sabia que eu tinha o nome da deusa egípcia do amor. Ele deu um breve sorriso de volta. Estava paralisado no lugar em que eu o tinha deixado e parecia incapaz de interagir. O que era surpreendente, visto que definitivamente ele era o expansivo entre nós dois. Cecília ignorou a mão estendida da amiga e fixou os olhos em mim, ainda com uma expressão aterrorizada. Franzi a testa, muito confusa.

— O que você veio contar, afinal? — perguntou ela.

— Ganhei alta da médica — falei, me virando para que ela pudesse olhar minhas costas. — Já fiquei boa da alergia.

— Graças a Deus! — Levantou as mãos para o céu. — Eu não falei nada para sua mãe quando ela perguntou se você estava bem...

— Obrigada — respondi, piscando. — Agora estou nova em folha.

— *What are you talking about?* — Cherlyn fez um bico, porque não estava entendendo a conversa. — *I want to learn Portuguese...*

Cecília explicou que há alguns dias eu tinha me desequilibrado na escada, caído em cima de uma planta e desenvolvido uma reação alérgica que me fez ficar longe de água e sol por um curto período. Cherlyn fez uma expressão de pena, mas sorriu quando Ceci disse que agora eu estava curada.

— *And what are you going to do now?* — perguntou ela. Queria saber o que eu faria agora que estava boa. — *It has to be something amazing to celebrate!*

Nicolas olhou na minha direção, dando um sorrisinho. Cherlyn havia dito que precisava ser algo *incrível* para comemorar que eu estava boa e, pelo olhar de Nicolas, ele concordava. Cecília respondeu por mim, dizendo para a moça que eu ainda não sabia, mas que precisava ir embora. Também me lançou um olhar medonho que me fez sorrir falsamente e concordar com a cabeça.

— *They should go parasailing!* — disse Cherlyn, batendo as mãos na frente do corpo como se estivesse muito animada com a perspectiva. Olhou para Cecília, buscando apoio. — *Shouldn't they, love?*

Estreitei os olhos, olhando de uma para outra e sentindo minha cabeça processar os fatos. Cherlyn tinha acabado de chamar Ceci de *amor*? Talvez fosse só um termo carinhoso do país dela, mas pela forma como as bochechas de Cecília ruborizaram cogitei que *talvez não*.

— Na verdade, fazer *parasailing* é uma ótima ideia — afirmou Nicolas finalmente, esticando a mão para pegar a minha. — Vamos, Ísis, precisamos marcar um horário...

— O quê? — perguntei, confusa e sem me mover.

— Explico depois! — Cecília baixou a cabeça, sem me encarar.

— *Thanks* — disse Nicolas para Cherlyn, me puxando pela mão novamente. — *It was very nice to meet you!*

— *You too!* — respondeu a moça, quando já estávamos andando para longe. — *I hope to see you again soon!*

Já estávamos de volta na rua interna do resort quando Nicolas soltou minha mão e olhou para mim, com as bochechas vermelhas. Coloquei a mão na cintura, crente de que aquele rubor significava que ele estava irritado comigo, sabe lá Deus por quê.

— O que foi que acabou de acontecer? — perguntei, olhando de Nicolas para os dosséis, confusa.

— Acho que a gente não devia ter ido lá — respondeu ele, franzindo os lábios. — Cecília não parecia muito confortável.

— Né? Não parecia mesmo — concordei. — Mas por quê?

— Isso pode ser difícil para algumas pessoas.

— Isso o quê? — perguntei, mas no fundo suspeitando de que eu sabia a resposta.

— Gostar de pessoas do mesmo gênero — respondeu ele, como se fosse óbvio.

Parei, com a boca entreaberta, olhando na direção dele como se ele tivesse falado algo completamente desconexo. É o quê? Aquilo não fazia o menor sentido. Cecília trocava de namorado como quem troca de sapato. Ela era a rainha dos aplicativos de relacionamentos! Colecionava histórias de homens apaixonados que caíam aos seus pés. Eu nunca a tinha visto com uma mulher. A remota possibilidade de ela gostar de mulheres, ou de gostar de mulheres *também*, nunca nem sequer tinha passado pela minha cabeça.

— Mas Cecília não gosta de mulheres — respondi, dando uma risada. Parecia absurdo supor uma coisa dessa. — Para você ter uma ideia, ela nunca poderia participar de *De férias com o ex* porque demorariam meses para selecionar um ex dela!

— Bem... — ponderou Nicolas. — Talvez ela goste de homens *e* mulheres...

Parecia que minha cabeça ia explodir. Cecília sempre tinha sido minha referência quando eu tinha alguma dúvida sobre como lidar com os homens ou quando eu pensava em como seria a forma ideal de chamar atenção de algum garoto. Ela era uma enciclopédia sobre o assunto, de verdade. Como é que do nada agora ela também gostava de garotas? Não fazia sentido... Será que era isso mesmo?

— Enfim, vamos? — perguntou Nicolas, me fazendo olhar para ele.

— Vamos aonde? — retruquei, tentando colocar meus pensamentos em ordem.

— Marcar o horário no *parasailing* — disse ele, indicando a praia com um sorriso.

— Ah, tá, vamos — respondi, assentindo. — Mas eu nem sei o que é *parasailing*...

Nicolas abriu um sorriso largo e franziu os olhos, me encarando com uma expressão sapeca.

— Pelo jeito eu não vou gostar de *parasailing*...

— Ah, você vai adorar... — rebateu ele, batendo o ombro no meu.

Sobre *parasailing*: se tinha uma coisa que eu *não ia* era *adorar*. Comecei a tremer no momento em que chegamos à praia e Nicolas apontou, como quem não quer nada, para dois pequenos pontinhos voadores no meio do céu. Como ele pôde achar que eu ia *adorar* aquilo?

— Aquilo que é *parasailing* — explicou ele, enquanto eu sentia meus joelhos fraquejarem. Tive que me apoiar nele, tamanho pânico. — Você fica com o paraquedas aberto, mas preso à lancha, flutuando no céu. Na verdade, o paraquedas se chama *parasailing*... Por isso o nome.

Nicolas começou a rir quando eu me agarrei ao braço dele. Eu estava apavorada. Não iria naquilo *nem obrigada*. As pessoas que voavam naquele momento estavam presas à lancha por um fio que parecia muito frágil. A lancha as puxava e o vento batendo contra o *parasailing* fazia com que ele permanecesse aberto, fazendo-as planar. Eu ficava horrorizada só de pensar naquilo. E se o fio arrebentasse? Eu sairia voando para longe! E se parasse de ventar? Eu ia despencar na água, em alto-mar!

— Vamos? — perguntou Nicolas, indicando a casinha onde se agendavam os esportes radicais e passeios do resort.

Eu balancei a cabeça de um lado para outro, engolindo em seco. As chances de eu ir naquele negócio eram as mesmas de eu finalmente ter coragem de confrontar Nicolas sobre Brenda. Ou seja: nenhuma.

— Vai ser superlegal, Ísis! — Ele se virou na minha direção, mas minhas mãos ainda estavam agarradas em seu braço. — É superseguro...

Olhei de novo para o fio que prendia as pessoas à lancha, balançando a cabeça em descrença. Era tão *fino*! Como podia ser superseguro?

— Dá para voar em dupla. Eu vou de mãos dadas com você — sugeriu ele, dando um sorriso. — Se você quiser.

Assenti. É claro que eu queria que ele me desse a mão, que ideia! Precisaria de todo apoio do mundo. Depois fiz que não com a cabeça. É claro que eu não queria ir naquele bagulho maluco, que ideia! Não havia nada que ele pudesse falar, nada que ele pudesse fazer, que mudasse minha opinião sobre me aventurar naquela loucura.

— Dizem que dá a maior sensação de paz — argumentou Nicolas, estendendo a mão aberta na minha direção.

Não havia nada que ele pudesse falar, nada que ele pudesse fazer, que mudasse minha opinião sobre me aventurar naquela loucura — exceto *aquilo*. Fiz uma careta e soltei uma das mãos do seu braço para aceitar a mão estendida. Que droga de garoto! Pelo jeito sabia todas as minhas fraquezas. A promessa de paz era algo que eu não teria como rejeitar. Também não teria como rejeitar sua mão estendida na minha direção.

Eu ainda estava tremendo quando Nicolas começou a conversar com o moço atrás do balcão. Eu estava mesmo fazendo aquilo? Estava mesmo me inscrevendo em um voo de para-sei-lá-o-quê? Comecei a ficar um pouco mais tranquila porque a conversa entre Nicolas e o cara não parecia estar indo muito bem. O responsável balançava a cabeça, em negação.

— Ele está dizendo que a gente precisa de autorização, por sermos menores de idade — explicou Nicolas, e levantei as mãos para o céu, feliz pela graça alcançada.

Porém, o alívio durou pouco. Nicolas convenceu o cara a procurar no sistema do hotel a autorização que eles tinham visto na primeira vez que fomos à festa. Nas festas seguintes, eles só procuravam nosso nome no sistema e nos deixavam entrar. O cara atrás do balcão ainda estava desconfiado, então Nicolas continuou falando. Eu não conseguia entender a discussão direito, mas entendi que o cara tinha informado que precisaria ligar para alguém.

— Ele vai ligar para Cecília e para meus pais — explicou Nicolas, mesmo que eu tenha ficado sem forças para perguntar. — Eles são os nossos responsáveis cadastrados no sistema.

Nicolas teve que traduzir o que o cara estava perguntando para Ceci e para seus pais, mas no final das contas — para meu total desespero — todos falaram *sí* e autorizaram nosso voo. O atendente digitou alguma coisa no sistema e nos encarou, sorridente.

— *Tenemos un horario libre ahora* — informou o homem, pausadamente. — *¿Te gustaría ir?*

— *¡Sí!* — respondeu Nicolas. — Sim, né?

Não respondi nada, ainda apavorada com a situação em que estava me metendo. De alguma forma consegui fazer sim com a cabeça, focada na promessa de paz. Tudo aconteceu muito rápido. Meu medo não foi suficiente para me impedir de entrar na lancha que eles indicaram. Nicolas me ajudou a fechar o colete salva-vidas, de tanto que minhas mãos tremiam. Ele também colocou o dele e sorriu, traduzindo para mim todas as recomendações do instrutor.

Não dava para acreditar. Eu realmente estava fazendo aquilo? Minhas pernas estavam molengas, meu coração disparado e minha boca seca. Tentei prestar atenção nas explicações dele, mas era difícil me concentrar quando ele dizia que íamos *levantar voo*.

Um dos responsáveis que estava conosco na lancha se aproximou, esticando-se para prender uma espécie de cinto em cada um de nós. Ele era trançado de tal maneira que formava um assento, e me senti num daqueles andadores de criança. O material era muito parecido com os de cintos de segurança dos carros, o que fez com que eu me sentisse um pouquinho mais segura — mas não muito. Eles usaram outro cinto para me prender no Nicolas, deixando um espaço de mais ou menos meio metro entre nós dois.

— Agora a gente senta aqui. — Nicolas indicou um local vazio da lancha, que dava para o fundo dela, sem grades nem proteção. — Ele falou para ficarmos com as pernas esticadas, para facilitar na hora de levantar voo.

Toda vez que ele falava *levantar voo* eu entrava em pânico.

— Nicolas — choraminguei, andando atrás dele. — Eu não quero mais fazer isso.

— Não? — perguntou ele, soando preocupado. Nós nos sentamos no local indicado. — A gente ainda pode desistir.

A água respingava nas minhas costas, saltando do mar atrás de nós. O responsável pela aventura prendeu nossos coletes com mosquetões e nos amarrou no barco, com um fio comprido. De perto, ele não parecia tão fino. Eu o observei pegar os *parasailings* e sabia que na próxima etapa eu já sairia voando.

— Ísis? — chamou Nicolas quando o moço deu a volta, pronto para prender o *parasailing* nele. — Você tem que falar agora se quiser desistir.

Eu ouvi o clique do mosquetão prendendo o *parasailing* nas costas dele e fechei os olhos, ouvindo o mesmo barulho nas minhas. Ai, meu Deus, não tinha mais volta. Eu não queria ir, mas ao mesmo tempo queria muito experimentar essa sensação de paz. Mas como é que eu ia ter paz se tudo que sentia no momento era pânico?

— Ísis — chamou Nicolas de novo, estendendo sua mão na minha direção. Agarrei-a com força. O vento começou a bater contra nós, inflando nossos *parasailings*. — Estou aqui, tá bem?

A lancha começou a andar mais rápido e o vento veio com força contra nós, enchendo nossos *parasailings* de ar e começando a nos puxar para fora do barco, rumo ao céu. Eu dei um gritinho quando comecei a flutuar, balançando as pernas no ar. Nicolas apertou minha mão, soltando um grito de alegria. A lancha foi se distanciando enquanto voávamos atrás dela e eu fechei os olhos, apavorada.

— Abre os olhos, Ísis. — A voz de Nicolas chegou aos meus ouvidos e ele deslizou o dedão pelo topo da minha mão. — Respira fundo e abre.

Fiz o que ele pediu. Enchi meu pulmão de ar, tentando me acalmar. Eu estava mesmo voando. O fio não tinha rompido, meu *parasailing* não tinha furado... Abri os olhos e me vi acima de tudo. O mar lá embaixo se movia suavemente, o céu azul nos envolvia como se fôssemos seus convidados de honra e o frio na minha barriga foi sendo substituído por uma imensa vontade de rir.

Foi incrível.

— Você está bem? — disse Nicolas, me fazendo olhar para ele. Maravilhoso. Ele era maravilhoso.

— Sim — respondi. Era verdade, para minha surpresa. Eu estava bem. Eu estava ótima. — Olha essa paz, Nicolas.

Lá em cima, não existia mais ninguém. Não havia vestibular, nem minha mãe, nem minhas alergias... Não tinha Vivi brigada comigo, nem Juan se aproveitando de mim. Não tinha Brenda, para que eu ficasse com ciúmes. Lá em cima, éramos só Nicolas e eu.

— Obrigada — falei, abrindo um sorriso gigantesco.

— Quer dizer que tudo que eu precisava fazer para uma demonstração de gratidão verdadeira era te fazer voar. — Nicolas riu, deslizando o dedão pela minha mão. — Moleza!

Gargalhei, esticando meu braço para fora, apertando a mão dele com minha outra mão. Tinha que ser ele ali comigo. Não queria compartilhar aquele momento com mais ninguém.

22

O problema de quando a gente voa muito alto é que a queda, normalmente, é muito grande. E eu não estava falando do *parasailing*, visto que uma queda daquela altura significaria morte mesmo. Nesse aspecto, correu tudo em paz, voltamos para a lancha inteiros e em êxtase. A queda se referia ao fato de eu ter compartilhado um momento único com um garoto que *nunca* poderia ter algo comigo, por mais que eu quisesse.

O domingo tinha se encerrado com mais uma festa, onde a lembrança de que ele e Brenda seriam um casal voltou com força e a culpa me deixou desolada. A interação dos dois parecia tão perfeita que me lembrava sempre de que eu e ele não tínhamos nada em comum. A tristeza de ver Vivi correndo atrás de Juan também contribuiu para o sentimento de derrota que tinha tomado meu coração. Eu já devia ter feito algo sobre o assunto, e minha incerteza sobre qual seria a melhor forma de agir me fazia sentir como se tivesse ganhado o prêmio de pior melhor amiga do mundo. O fato de Cecília mal ter trocado três palavras comigo depois do nosso encontro na piscina só piorava minha sensação de solidão.

A cereja do bolo, todavia, era que já estávamos na última semana da viagem. Segunda-feira chegou e me dei conta de que em menos de uma semana já estaria pegando o avião de volta para o Brasil. Sentiria falta da República Dominicana, é claro. Mas o maior problema era o que meu coração apertado indicava: eu sentiria falta do Nicolas.

Isso não fazia o menor sentido, porque não éramos um *casal*. Eu precisava dar um jeito de lidar com a existência dele, pelo menos por mais uma semana. Será que quando voltássemos para o Brasil ele e Brenda continuariam juntos, se esse fosse mesmo o caso? Exausta diante desse pensamento, tive que me forçar a levantar da cama e ir tomar o café da manhã.

Enchi minha xícara de café, ainda pensando na furada em que eu tinha me metido. Eu não podia gostar dele. Quero dizer, era impossível. Mesmo que não existisse Brenda, havia o fato de que nem sequer morávamos no mesmo estado. É claro que eu não gostava dele. Era impossível passar a gostar de alguém em apenas três semanas. Eu gostava da companhia dele, só isso. Éramos amigos improváveis, especialmente com um início conturbado como o nosso, mas éramos amigos. Continuaríamos assim. Conversaríamos pela internet. Um marcaria o outro em posts de memes bobos ou em reportagens sobre o Haiti. Tudo ficaria bem.

Virei na direção das mesas, procurando por alguém conhecido. Não achei nenhuma das meninas, mas vi Nicolas sentado sozinho, de costas para o bufê e olhando pelas janelas. A coisa mais segura que eu podia fazer era fingir que não o tinha visto e sentar em outra mesa. Mas eu estava em um processo de convencimento de que tudo ficaria bem e que eu saberia lidar com o fato de sermos só amigos. Com certeza meu sentimento era algo passageiro. Daqui a pouco eu já estaria encantada por outro garoto. Então, caminhei na direção dele certa de que seria capaz de lidar com a situação como a pessoa madura que estava tentando ser.

— Oi — falei, quando cheguei perto dele. — Esse lugar está ocupado?

— Não. — Ele sorriu, levantando a cabeça para me olhar. — Acho que ele estava esperando por você.

Apoiei minha xícara na mesa e sentei do outro lado. Era uma mesa só para dois e pensamentos estranhos começaram a me ocorrer. Como seria um encontro com Nicolas? Será que ele era do tipo que chamava para encontros adultos em restaurantes? Parecia ser. Ou será que ele preferia ir ao cinema? Difícil saber. A única coisa que dava para ter certeza era que, na atual conjuntura, eu aceitaria qualquer programa com ele. Inclusive voar de *parasailing*...

A maturidade para lidar com a situação? É. Eu não estava tendo.

— Dá pra acreditar? — disse ele, passando manteiga em uma fatia de torrada.

— Em quê? — falei, tomando um gole de café.

A cafeína tinha que me ajudar a refrear aqueles pensamentos. Ficaria maluca se precisasse conviver com eles o dia inteiro, que dirá a semana toda.

— Que em uma semana vamos embora — respondeu Nicolas. — Minha irmã casa nesse final de semana!

— Você também vai embora na segunda? — questionei, pousando a xícara de volta na mesa.

— Vou, tenho que sair daqui umas dez horas — disse ele, dando uma mordida na ponta da torrada.

— Uma escolha meio ruim para o dia seguinte a uma festa de casamento, né? — Eu ri, cruzando as mãos sobre a mesa.

— Pois é. E pior que nosso trajeto é todo picotado. Meus pais compraram uma passagem em promoção que vai daqui para o Rio, fazendo escala no Panamá. Eles falaram que estava muito barato, algo assim — explicou ele dando um gole no próprio café. — Depois compraram uma passagem separada do Rio para São Paulo, porque saía mais barato do que comprar uma direto daqui para São Paulo.

Fiquei em silêncio. Era isso. Íamos embora. Por que aquilo me deixava tão triste? Sabendo que não podia permanecer em silêncio, imersa em meu sofrimento, resolvi falar alguma coisa.

— Nossa, que rolê… — comentei, me compadecendo. Meu voo faria uma escala em Miami e eu também precisava sair cedo na segunda, mas a volta dele parecia muito pior que a minha.

— Que paulista você, falando rolê. — O menino riu.

— É a convivência com você.

— Sou gaúcho — corrigiu ele.

— É a convivência com você, tchê? — Arrisquei, dando um sorriso.

Rimos juntos, mas caímos no silêncio de novo. Desesperada por desfazer aquela tensão, resolvi tentar um novo assunto.

— Mas e sua irmã, como está? Nervosa?

— Muito! — respondeu ele, levando a torrada à boca para tirar mais um pedaço. — Prometi que ia ajudá-la hoje.

Tomei mais um gole do café, sem saber se aquilo era uma forma sutil de me dizer que ele não ia passar o dia comigo. Desde a minha alta, sabia que em algum momento íamos ter que desgrudar, mas isso ainda não havia acontecido. Talvez fosse este o momento. Mesmo assim, eu não estava preparada.

— Pensei que era uma boa oportunidade de te apresentar para a minha família — comentou ele, limpando o canto da boca com o guardanapo. — Já que você vai ao casamento dela comigo.

Por sorte eu não estava bebendo nada na hora, ou teria engasgado. Escondi minha careta de surpresa atrás da xícara apoiada na minha boca. Ele queria me levar para ajudar com os preparativos do casamento da irmã dele? E me apresentar para a família? E que história era aquela de ir ao casamento com ele? Achei que todos íamos juntos. Na verdade, achava que ele fosse com Brenda e tinha me convidado por pena!

— Você se importa? — perguntou ele, dando um sorriso incerto. — A gente nem precisa ficar muito por lá, só precisa ajudar um pouco — se apressou em dizer. — Depois podemos ir jogar vôlei com Brenda e Fred, ou o que você quiser...

— É claro que não me importo! — respondi, querendo tranquilizá-lo. Estava confusa, mas não me importava de ajudar a família dele com os preparativos.

Nicolas sorriu, me fazendo sorrir também. Era esquisito como, entre todos que eu conhecia naquele resort, fosse logo ele a pessoa com quem eu mais me sentia confortável. Confortável a ponto de achar que estava tudo bem ajudá-lo no seu evento de família. Era difícil explicar, mas especialmente depois do *parasailing* eu sentia que estava conectada a ele. Tínhamos compartilhado o momento mais apavorante e mais maravilhoso da minha vida. Isso tinha que significar alguma coisa. No meu coração significava. No dele talvez não.

E esse sentimento me dava um pouco mais de coragem de pedir ajuda para tentar resolver a situação com Viviane. Talvez Nicolas tivesse uma ideia sobre o que eu poderia fazer. Uma ideia que não envolvesse trancar Vivi no quarto pelo resto da viagem, que era meu melhor plano no momento. Era melhor demorar para fazer alguma coisa do que simplesmente não fazer nada. Ou não era?

Por cima do ombro de Nicolas, vi Cecília entrando. Meu suspiro fez com que ele olhasse para trás em busca do motivo. Nós dois observamos enquanto ela andava na direção do bufê e enchia seu prato com diversos *donuts*. Eu também precisava conversar com ela sobre Vivi, mas estava nervosa depois do nosso último encontro.

— Você já conversou com Cecília? — perguntou Nicolas, voltando a olhar na minha direção. — Sobre aquele dia?

— Não — respondi, encolhendo os ombros. — Ela não me falou nada a respeito e toda vez que nos encontramos foi *esquisito*.

— Dê um tempo para ela — palpitou ele, colocando o prato vazio de lado. — Ela também deve estar bem confusa.

— Essa situação é toda muito estranha! — acrescentei, porque também estava bem confusa sobre esse assunto. E eu nem era a pessoa envolvida na situação.

— O amor é estranho, Ísis. — Nicolas riu, dando de ombros. —Mas é incrível também.

Aquilo ficou na minha cabeça enquanto terminávamos nosso café, falando sobre amenidades. Continuou na minha cabeça enquanto caminhávamos juntos na direção de onde a família dele estava reunida para cuidar dos preparativos. Era estranho mesmo, né? Eu acho. E incrível também, com certeza. Em silêncio, subimos o elevador de um dos blocos e meu estômago deu aquela característica revirada de quando eu me via sozinha com Nicolas. Seguimos na direção do quarto da irmã dele, onde, segundo ele, era o "quartel-general" do casamento.

— Mas é um casamento ou uma guerra? — perguntei, confusa, quando ele bateu na porta.

— Todo casamento dos sonhos é feito com precisão militar, segundo a minha irmã — respondeu, dando uma risada.

Uma mulher loira de cabelos lisos abriu a porta, com uma expressão ansiosa.

— Graças a Deus que você chegou, nós temos uma emergência! — disse, puxando Nicolas para dentro do quarto.

— Angélica, essa é a Ísis, a menina de quem eu falei. — Ele apontou na minha direção, esticando a mão para me puxar para dentro do quarto também.

O quê? Ele falou de mim? O que ele falou de mim?

— Linda, irmão, agora me ajuda — retrucou Angélica, sem nem olhar direito para mim. — Onde foi que a gente colocou a caixinha das alianças?

Nicolas suspirou, revirando os olhos. Lançando um olhar de desculpas, foi em busca do objeto perdido. A irmã dele voltou a correr de um lado para outro do quarto bagunçado. Eu ouvi uma movimentação atrás de mim, me virei e vi uma mulher mais velha entrando no cômodo, já falando:

— Angel, eu não falei para você avisar seu pai que... — Ela se calou quando me viu parada no meio do quarto, olhando com um sorrisinho para mim. — Ah, oi!

— Essa é a Ísis, mãe! — gritou Nicolas do outro lado do quarto, abaixado e olhando embaixo da cama.

— Ah, querida, prazer em conhecê-la! Você que voou de *parasailing* com Nicolas, não foi? — perguntou ela, fechando a porta e se apressando para me dar um beijo na bochecha. Lembrando que eles moravam em São Paulo, não fiz menção de dar o segundo. — Como foi? Foi legal? — Ela não me deu tempo para responder e continuou falando. — Desculpa pela bagunça, está tudo completamente fora de controle por aqui.

— Imagina — respondi, tentando ser simpática. — Se eu puder ajudar...

— Ih, acho que você vai se arrepender de ter oferecido. — Nicolas riu, levantando-se do chão sem achar caixinha alguma.

Não me arrependi, mas passei mais de uma hora ajudando a família de Nicolas a colocar o mínimo de ordem naquele quarto. Carreguei malas, dobrei roupas e até mesmo achei a caixinha das alianças, que estava dentro do frigobar. Esse era o nível de caos da situação. O pai de Nicolas e outros membros da família estavam no coreto onde seria realizado o casamento, tirando medidas para saber exatamente onde colocar cada item da decoração. Esta, por sua vez, estava guardada em um armário oferecido pelo resort para todos que fechavam o pacote de casamento. O trabalho foi pesado, mas nós conseguimos organizar tudo. A mãe de Nicolas fez Angélica *prometer* que não ia mais entrar em pânico e destruir tudo.

— Obrigada, Ísis — disse a noiva, com os olhos cheios d'água. — Nunca teríamos achado a caixinha das alianças se não fosse você! — Ela me puxou para um abraço destrambelhado e me encolhi, envergonhada. — Como é que você teve a ideia de procurar no frigobar?

— Meu pai vive guardando o controle da televisão na geladeira sem querer. Ele é muito distraído.

— Sério, não consigo nem expressar minha gratidão — disse ela, finalmente me liberando. — Eu te convidaria para o casamento, mas acho que meu irmão já convidou, né?

— Já — respondi, sentindo minhas bochechas ruborizarem. — Mas obrigada.

Dava para sentir o olhar de Nicolas queimando na minha nuca e eu não tive coragem de encará-lo. Eu me concentrei no chão, arrastando minha havaiana de um lado para outro com um sorrisinho sem graça.

— Nicolas! — chamou a mãe dele. — Sua última missão é levar esse saco aqui para o seu pai!

Criei coragem para olhar na direção dos dois, que estavam próximos da cama. Nicolas pegou o saco, segurando sem a menor dificuldade. O saco era gigantesco e parecia pesado.

— Ficou faltando descer com essas flores artificiais para o armário — explicou ela. — Fala para ele que são crisântemos.

— Ouviu, Ísis? — perguntou Nicolas, andando na minha direção com o saco na mão. — Porque eu vou esquecer o nome da planta com certeza.

— Você não esquece meu nome! — disse a mãe dele, me deixando confusa.

— Margarida é o único nome de flor que eu conheço! — Nicolas riu.

— Margarida é o nome da mamãe — explicou Angélica. Ela deu um pescotapa em Nicolas, quando ele passou na frente dela. — Mas você é um folgado, hein? A obrigação de lembrar o nome das flores é sua, não da sua namorada!

Esperei Nicolas corrigi-la, mas isso não aconteceu. Ele simplesmente ficou parado na frente da porta, olhando para mim com um sorriso travesso. Eu me estiquei e abri a porta do quarto, para que ele pudesse passar com o saco.

— Obrigada pelo convite — falei, querendo mudar de assunto logo. — Foi um prazer conhecer vocês. De verdade.

— Nós que agradecemos, querida. E o prazer foi nosso. — A mãe dele fez um aceno. — Desculpa essa confusão... — Ela parou na porta, enquanto nos dirigíamos para o elevador. — Depois você vai lá em casa e a gente faz um jantar ótimo para você, para compensar.

Concordei com a cabeça e sorri, sem querer dizer que aquilo nunca ia acontecer. Primeiro porque nem sequer morava no mesmo estado deles, e segundo porque eu não era a namorada de Nicolas. O que eu ia fazer na casa dele? A cena toda parecia bizarra. Eu almoçando com eles? Quais eram as chances, sério? O elevador chegou, abri a porta, Nicolas entrou e acenei para a mãe dele uma última vez, antes de entrar também.

Descemos os dois andares em completo silêncio. Foi só quando o elevador chegou ao térreo e deu um sutil solavanco que Nicolas olhou para mim, com outro sorrisinho. Pela primeira vez desde que eu me lembrava, ele parecia um pouco *tímido*.

— Desculpa por elas. Elas têm a tendência de exagerar tudo — disse ele, enquanto eu me esticava para abrir a porta do elevador.

Balancei a cabeça, passando atrás dele pelo elevador. O quê? Do que ele estava falando? Exagerar o quê? Sem conseguir formular nada para dizer ou perguntar, o segui na direção do tal depósito. Quando chegamos lá, reconheci alguns dos homens da passeata dos vasos. A porta do depósito estava aberta e eles transitavam por lá, carregando fitas métricas e pranchetas com anotações. Nicolas jogou o saco no chão e olhou na direção de um deles.

— Oi, tio — disse ele, fazendo o senhor encará-lo. — Cadê meu pai?

— Fabiano tá lá no coreto — indicou. — O que é isso aí que você trouxe?

— São plantas... artificiais... — Nicolas começou a dizer e fez uma careta, olhando para mim.

— São crisântemos — respondi, segurando uma risada.

— Olha só! — O tio dele me fitou, com expressão de surpresa. — Que bela flor apareceu nesse jardim!

Dei de ombros, envergonhada de novo.

— Essa é a Ísis. — Nicolas veio em meu socorro, provavelmente ao perceber que meu rosto já estava em brasas. — Foi minha mãe que mandou eu trazer as flores, então vou lá falar com meu pai só para avisá-lo.

— Beleza, queridão! — O tio bateu nas costas dele com um pouquinho de força. — A gente se vê, Ísis.

Enquanto caminhava ao seu lado, não pude deixar de reparar que ele não tinha me apresentado com a explicação adicional. "Essa é a Isis, minha amiga", por exemplo. Tinha sido um simples "Essa é a Isis", e o tio dele havia se dado por satisfeito. Será que ele já tinha falado de mim para ele também?

— Pai! — chamou Nicolas.

Um homem que estava em cima do coreto olhou para baixo, dando um sorriso. O lugar era lindo, então fiquei um tempo só observando ao redor. A vista do coreto dava para o mar, mas em volta dele tinha um grande espaço de granito, perfeito para receber um monte de cadeiras e fazer uma pista de dança. Eu conseguia imaginar tudo aquilo decorado, com flores e cadeiras para os convidados. Daria fotos incríveis e um visual maravilhoso para aquele momento único em que você promete amar a outra pessoa eternamente.

— Oi, Nicolas! — O homem se debruçou na bancada do coreto. Ele também era um dos que estava carregando vasos há alguns dias. Tinha barba grisalha e um olhar simpático. — Oi... *Amiga* do Nicolas?

— Ísis — corrigiu Nicolas, olhando de soslaio.

— Ah, sim — comentou o pai dele, me deixando sem saber se ele também já tinha ouvido sobre mim antes. — E aí, tudo bem?

— É só para avisar que a mamãe mandou um saco de crisântemos artificiais... — Nicolas sorriu. Ele olhou na minha direção, arregalando os olhos em uma expressão de dúvida. Assenti, confirmando que ele tinha acertado o nome da flor. — Deixei com tio Rogério no depósito...

— Sua mãe vai me enlouquecer com esse casamento. — O homem passou a mão no rosto, exausto. — Não cabe nem mais um fio de cabelo naquele armário, onde é que eu vou enfiar um saco de flores falsas?

— Você quer que eu leve de volta para o quarto? — ponderou Nicolas, tentando ajudar o pai.

— Aí ela me mata! — O pai dele riu. — Vou dar meu jeito. Obrigado, filho.

— Precisa de mais alguma coisa? — perguntou Nicolas.

— Não, vão se divertir! — respondeu o pai. — Ouvi os alto-falantes anunciando que está tendo uma festa legal na piscina central. A maior de todas, sabe?

— Ah, é? — questionou Nicolas.

— Pelo menos foi isso que meu espanhol me permitiu entender. — O pai deu de ombros. — De repente vocês vão lá dar uma olhada.

Nós trocamos um rápido olhar. Por mim tudo bem, poderíamos ir conferir. Se fosse um novo concurso constrangedor, poderíamos inscrever Brenda e Fred outra vez. Nos despedimos do pai de Nicolas e andamos na direção da piscina, compartilhando nossos palpites sobre o que poderia estar acontecendo. Devia ser uma aula de hidroginástica. Nicolas chutou que era um campeonato de briga de galo.

Nenhum de nós acertou. Quando chegamos à piscina onde a festa acontecia, a música latina berrava nos alto-falantes, um monte de gente corria para mergulhar e se aglomerava em volta das bordas e a piscina estava cheia de espuma, com bolinhas de sabão voando para todo lado.

Era uma daquelas festas de *banho de espuma*.

A confusão estava generalizada e Nicolas e eu paramos a alguns metros da piscina, um pouco apreensivos. Bem, pelo menos *eu* estava apreensiva. A espuma era tanta que se espalhava pelas bordas e impedia que víssemos direito as pessoas lá dentro. Tinha um animador gritando algumas coisas em espanhol, mas ele mal era ouvido com a música ensurdecedora. Olhei na direção de Nicolas, mas ele estava observando algo do outro lado, por cima do meu ombro, com um sorriso. Virei de costas.

Dei de cara com Fred e Brenda se aproximando, quase correndo. É claro que ele estava sorrindo para ela. Encarei o chão tentando me acalmar e não demonstrar que tinha ficado abalada. Se eles gostavam um do outro, não havia nada que eu pudesse fazer além de apoiar o casal. Brenda era como uma irmã, e Nicolas tinha se tornado um grande amigo.

— Vocês estão aí! — exclamou Brenda, quase escorregando na pedra e parando um pouco longe de nós. — Mandei mensagem para vocês. Pro celular dos dois.

Olhei para ela, tentando não me ater ao fato de que ela tinha o telefone do Nicolas. Óbvio, Ísis, deixa de ser idiota. Dei um sorriso amarelo, sem saber o que dizer.

— Acho que esqueci meu celular no quarto da minha irmã — comentou Nicolas, apalpando os bolsos da bermuda e olhando na minha direção.

— Deixei o meu no quarto — respondi, só para complementar.

— Não importa — interrompeu Brenda. — A gente só mandou mensagem para chamar vocês para essa festa. Não é *muuuuuuuito* maneira?

Olhei a festa da espuma novamente, dando mais um sorriso amarelo. Parecia um pouco assustador não conseguir ver o que tinha na água. E se aquele sabão todo entrasse no meu olho? E se eu me perdesse deles e acabasse dando de cara com Juan? As pessoas mergulhavam uma após a outra, inclusive segurando copos de bebida. Parecia a cena de abertura de um filme de terror antes de surgir um tubarão na piscina ou antes de a água dar lugar ao sangue.

— Parece legal — palpitou Nicolas.

— É — concordei, para não parecer a desanimada do grupo.

— Vamos, então? — perguntou Fred.

— Acho que não vai dar, eu tô com a minha bolsa e... — tentei começar a justificar.

— A gente colocou as nossas coisas naquela espreguiçadeira ali — apontou Fred, me deixando sem escolha.

Nicolas e eu caminhamos até a tal espreguiçadeira. Deixei minha bolsa com nossas roupas dobradas, ficando apenas com a roupa de banho. Eu já tinha ficado de biquíni na frente de Nicolas um milhão de vezes, mas, naquela vez em especial, fiquei constrangida. Talvez tenha sido porque estava muito mais ciente do meu corpo exposto e das minhas expectativas e também porque o observei tirando a camisa. Era difícil não querer olhar. Disfarcei virando para outro lado, a fim de evitar que ele visse minhas bochechas coradas. De todo modo, eu sempre poderia colocar a culpa no sol.

— Anda logooooooooo! — gritou Brenda, animada para cair na piscina de espuma.

Ou animada para cair na piscina de espuma *com Nicolas?*

Andamos rápido na direção deles. Brenda e Fred se jogaram na água quando ainda estávamos a uns cinco passos de distância. Dei uma olhada geral na piscina lotada de novo, reconsiderando a ideia de pular nela. Nessa olhada, vi alguém conhecido: Juan. Congelei. Todos os meus medos pareciam bastante factíveis, no final das contas. Nicolas parou alguns passos à frente, olhando para mim. Ignorei, focada no que acontecia. Juan estava conversando com uma menina loira, que sorria para ele, jogando os cabelos. Os dois estavam na beira da piscina, a poucos metros de mim. A mão de Juan deslizou pelas costas da garota e ela pareceu estar se divertindo e incentivando-o a segui-la, dando um sorriso provocador e se afastando para que ele a alcançasse. Ela entrou na água, chamando o professor com o dedo indicador antes de desaparecer na espuma.

No exato segundo que ela sumiu, Vivi apareceu no meu campo de visão. Ela não me viu, mas viu Juan. Ele, ainda hipnotizado pela loira, entrou na água atrás dela. Minha amiga, sem ter a menor noção do que estava acontecendo, correu até a piscina para ir atrás dele. Droga! Que *timing* terrível! Desesperada com a perspectiva de tudo dar ainda mais errado, corri atrás dela.

— Ísis? — chamou Nicolas, confuso, atrás de mim. — O que você tá fazendo?

Não tinha como explicar sem correr o risco de perder Vivi de vista. Eu precisava achá-la antes que seu coração se partisse em pequenos pedacinhos novamente. Eu tinha sido uma péssima amiga até agora, sem conseguir resolver a situação. O universo parecia disposto a solucionar aquilo para mim, mas eu podia ao menos tentar ajudar. Ou, no mínimo, estar por perto para abraçá-la quando tudo virasse espuma.

Pulei na água, encarando a cortina de sabão e as bolinhas que subiam quando a espuma se movimentava. Eu queria que ela desistisse do Juan, mas não queria que ele a deixasse triste. Não queria que minha amiga associasse essa viagem a memórias ruins. Vivi tinha episódios de tristeza preocupantes toda vez que se decepcionava com um garoto, e eu tinha certeza de que ver Juan com a loira a deixaria não com raiva, mas sim desolada. Se eu pudesse escolher, optaria por Vivi se sentir apenas indiferente àquele cafajeste, mas se fosse para escolher entre tristeza e raiva, queria minha amiga furiosa. Era mais fácil superar a raiva.

Eu não tinha um plano para pôr em prática para fazê-la acreditar que chorar por um traste daquele não adiantava nada. Meu dia não estava se desenrolando do jeito que eu queria, mas eu precisava impedir Juan de estragar a última semana de Vivi no Caribe. Para isso, eu precisava *achá-la*. Coisa que parecia impossível.

A cortina de espuma era mais densa do que eu pensava. Parecia que eles tinham jogado umas dez caixas inteiras de sabão em pó naquele lugar! Tinha espuma saindo por todo lado, e eu tinha que andar com as mãos na frente do corpo, tentando abrir caminho por entre a espuma. Muitas vezes acabava esbarrando em alguém que também não conseguia enxergar nada. Também esbarrava em alguns casais que estavam tão entretidos com a atividade de beijar no meio da espuma que nem percebiam meu esbarrão. Todas as vezes meu coração parava no peito, achando que podia ser um casal conhecido. Vivi e Juan? Nicolas e Brenda? Juan e uma boia de flamingo? Mas nunca era.

Perambulei naquela espuma por tempo suficiente para ter certeza de que eu não acharia Vivi. A sensação foi que a piscina tinha triplicado de tamanho e que eu nunca mais acharia a borda para sair dela. Todo mundo parecia igual no meio daquela confusão. Todos perfis de relance, que eu mal conseguia enxergar no meio da espuma. Pelo menos ela não estava entrando no meu olho, como eu temia. Era até divertido observar as bolinhas de sabão se formarem, voarem e estourarem.

O que não era divertido era estar lá sozinha. Seria bom curtir a festa em paz, mas me parecia impossível. Já que minha missão de evitar o coração partido de Vivi tinha falhado e eu havia me perdido de Brenda, Fred e Nicolas, comecei a tentar voltar para a borda. Era difícil saber *exatamente* como chegar até ela, já que tudo parecia apenas uma grande espuma gigantesca. Tentei ir para um lado, mas não consegui passar por um grupo de pessoas que estavam paradas no que vou supor que era o meio da piscina. Tentei ir para o outro, mas o caminho não tinha fim. Parecia o Cassino Lótus, no livro do Percy Jackson. Tudo passava rápido e lento ao mesmo tempo, e as margens mudavam de lugar, eu tinha certeza. Era como se a piscina não quisesse que as pessoas saíssem de lá. Virei para um terceiro lado (ou o que eu achava que era o terceiro lado), completamente perdida. Será que um dia eu conseguiria dali? Parecia que o resort inteiro estava naquela festa.

— Ísis! — chamou uma voz ao longe no meio de toda aquela confusão.

Parei de andar e comecei a rodar na água tentando descobrir de onde tinha vindo a voz. Eu parecia a Dory depois de um lapso de memória. Todos os caminhos pareciam iguais, com todos os outros peixes do oceano. Será que eu tinha ouvido mesmo direito? Poderia ser alguém falando com outra pessoa, que tivesse um nome parecido com Ísis. Ou alguma palavra que rimasse com meu nome... Não que eu conseguisse pensar em alguma.

— Ísis! — repetiu a voz e girei na direção correta, certa de que era mesmo meu nome e mais certa ainda de que quem estava me chamando era Nicolas.

Sua silhueta apareceu entre a cortina de espuma e dei um passo para a frente, esticando o braço para tentar tirar a espuma do caminho. Bolinhas de sabão voaram pelo ar, antes de estourarem bem acima de nós, no céu azulado. Nicolas apareceu sem espuma a alguns metros de distância e eu me impulsionei dentro d'água para alcançá-lo mais rápido. No caminho, uma pessoa desorientada pela espuma acabou esbarrando em mim, me dando um impulso maior do que eu calculei.

Acabei sendo deslocada na água de forma desajeitada e caindo em cima de Nicolas, espirrando água, espuma e bolinhas de sabão para todo lado. Apoiei minhas mãos nos ombros dele, buscando sustentação. Nicolas segurou minha cintura, me ajudando a retomar o equilíbrio e apoiar a pontinha dos pés no chão da piscina. Meu estômago revirou quando nossas barrigas se colaram dentro d'água e levantei os olhos, querendo agradecê-lo.

A voz não saiu. O equilíbrio físico tinha sido recuperado, mas o psicológico, não. O cabelo de Nicolas estava molhado, a mecha rebelde jogada para trás. As bolinhas de sabão refletiam os raios de sol e explodiam, deixando Nicolas envolto por uma aura. Sua expressão estava serena, mas seus olhos o traíam. Estavam inquietos enquanto observavam os meus e, por apenas um milésimo de segundo, desviavam para meus lábios.

Enrosquei minha mão no seu cabelo, sem conseguir me conter. Seus fios molhados se envolveram nos meus dedos e inclinei a cabeça um pouco para a frente, nossas testas quase se tocando. A vontade de beijá-lo era destrutiva, e eu não conseguia contê-la. Eu jamais agiria assim normalmente. Culpe a festa, a música ou a espuma nos envolvendo. Eu culpava os olhos dele, que me davam sinais de que estavam fascinados pelos meus lábios toda vez que deslizavam até eles, traindo Nicolas.

Dentro de mim, soavam alguns sinais de perigo. Todos eles eram abafados pelo som do meu coração, que me incentivava a continuar. Dei um sorriso breve quando os olhos dele desviaram para a minha boca de novo e Nicolas me puxou pela cintura mais para perto, unindo o resto de nossos corpos e encostando também nossas pernas embaixo d'água. Fiquei sem fôlego. A expressão dele perdeu todo o ar de serenidade e, como eu não aguentava nem mais um segundo daquilo, me estiquei para beijá-lo.

Encontrei seus lábios no meio do caminho, o que me deu a certeza de que nós tínhamos nos inclinado ao mesmo tempo. Nossos rostos molhados se tocaram e meu corpo inteiro amoleceu no momento em que nossas bocas se encostaram. Aquilo era incrível.

Agarrei-me com mais força ao seu pescoço, roçando os dedos nos seus cabelos e buscando sustentação. Eu já tinha sido beijada uma quantidade bem razoável de vezes — independentemente do que Vivi dissera —, mas nunca tinha sido daquele jeito. Eu não queria parar. Nunca. Quando suas mãos tocaram a minha cintura não foi invasivo, mas delicioso. Quando desci as mãos pelas suas costas, não queria afastá-lo, mas queria *mais*. Perdi a noção do tempo, do espaço e de tudo que existia além de nós. Envoltos pela cortina de espuma e por todas as bolinhas, parecia que estávamos flutuando no céu.

Porém, o universo fez questão de me trazer para a terra. Alguém esbarrou em nós, me lembrando de onde eu estava, do que estava acontecendo e com *quem* estava acontecendo. Afastei-me de Nicolas, nervosa. O que eu estava fazendo? Como eu podia ser tão insensível e cruel com o sentimento de mais uma amiga?

Nicolas ficou me encarando, confuso. Seus lábios entreabertos quase me fizeram perder a cabeça de novo. Respirei fundo, jogando a cabeça para trás. Droga. Que droga, Ísis! Olhei para Nicolas de novo, sem acreditar que aquilo tinha acontecido. As bolinhas de sabão estouraram em volta dele, enquanto ele continuava me olhando atônito. E se ele nunca mais quiser olhar na minha cara? Mas parecia tão interessado...

A cortina de espuma que nos separava da pessoa que esbarrara em nós terminou de se desfazer quando a mesma passou por ela. Fred deu de cara com aquela cena — que provavelmente seria cômica, se não fosse trágica —, mas, se reparou em algo estranho, não disse nada.

— Ah, aí estão vocês! — exclamou ele, sem perceber o clima estranho que se instaurara entre nós dois. — Procuramos vocês por toda parte.

Eu sabia que o plural só podia significar que ele estava com Brenda. Fred pulou em cima de Nicolas, afundando a cabeça dele em um caldo e aproveitei a confusão para mergulhar e sumir de vista, antes que Brenda aparecesse. O pânico e a quantidade de pessoas no caminho dificultavam minha movimentação. Eu tinha perdido completamente o juízo, mas consegui achar o caminho para fora da piscina. Corri na direção da espreguiçadeira, peguei minhas coisas e continuei a correr sem rumo. Para que lado será que era a fronteira com o Haiti?

24

Cheguei à conclusão de que só havia um lugar onde eu estaria segura de interferências externas: meu próprio quarto. A única pessoa que podia entrar nele sem minha autorização era Vivi, que não estava falando comigo. Sem falar que ela ainda devia estar enfiada na piscina, correndo atrás daquele traste dançarino de zumba. Como é que o dia tinha dado *tão errado?*

Entrei no banho, ainda pingando por causa da piscina e com um pouco de espuma, que se soltava do meu corpo e flutuava pelo banheiro. Tentei pensar em outra coisa, algo que não envolvesse Nicolas ou o que acontecera na piscina. *Droga.* Tinha dado tudo errado. Eu não só tinha perdido Vivi como também tinha traído a confiança de Brenda, beijando o garoto de quem ela estava a fim.

Eu era uma péssima pessoa. Nem merecia a amizade dela. Não merecia a amizade de nenhuma delas, na verdade. Não fui capaz de controlar minha vontade de beijar o único menino que eu não podia naquela maldita ilha. Por que eu não podia ter beijado o Fred? Ele era legal, bonito, simpático... Tinha que ser o Nicolas? Minhas escolhas eram uma sucessão de péssimas tomadas de decisão e insensibilidade. Além disso, eu também era incapaz de apoiar minha melhor amiga e mostrar que o crush dela era muito pior do que qualquer um de seus casos anteriores.

Saí do banho, ainda tentando me forçar a pensar em outra coisa. Liguei a televisão em algum programa local bem alto, pedi uma imensidão de comida no serviço de quarto e até tentei dormir. Vivi não deu sinal de vida durante todo esse tempo. O que era uma droga porque, apesar de não falar comigo, ela ainda era a minha melhor amiga. E eu precisava desesperadamente dela.

Fiquei me revirando na cama, horas depois de já ter voltado para o quarto. O que eu ia fazer da minha vida? Suspirei, resignada. A quem eu estava tentando enganar? Envolta em um torpor de espuma, corpos molhados e bolinhas de sabão estourando em volta de nós, eu fui minha maior inimiga.

Mas será que eu estava imaginando coisas ou ele tinha realmente me beijado de volta? Gemi de angústia, me revirando mais uma vez na cama. A sensação das mãos dele na minha cintura, dos nossos corpos unidos e do beijo perturbavam o pouco juízo que me restava. Se eu colocasse a culpa no ambiente barulhento e confuso, talvez Brenda entendesse e me perdoasse. Naquele mundo paralelo, feito de bolinhas de sabão e espuma, beijá-lo parecia ser a decisão mais acertada.

Claro que, nesse mundo feito de decepção e insegurança, aquela decisão tinha sido *terrível*. E já que eu não podia largar tudo para trás e correr para o Haiti nem abandonar todo mundo aqui e voltar sozinha para o Brasil, a melhor decisão que eu poderia tomar era *não colocar nem o nariz para fora do quarto*.

Eu estava acordada e assistindo a um programa de dança quando Vivi chegou, de cara amarrada. Eu me ajeitei na cama para conseguir encará-la, crente de que a cara ruim tinha algo a ver comigo. Havia uma lista de motivos pelos quais ela podia estar chateada comigo, mas eu quis tentar conversar mesmo assim.

— Tá tudo bem? — arrisquei perguntar, já temendo sua resposta.

Da última vez que eu a tinha visto, ela estava se enfiando naquele mundo irreal de bolinhas de sabão e seguindo Juan. Minha experiência tanto com o mundo de bolinhas quanto com o dito-cujo não eram das melhores. Quero dizer, a lembrança do beijo era *maravilhosa*, mas a culpa que eu carregava por ele, não. O que Juan tinha feito agora? Será que ela tinha visto ele com outra menina? Será que agora acreditaria em tudo que eu vinha tentando contar?

Vivi levantou os olhos para me encarar. Seu olhar gelado e sua expressão fechada eram de partir o coração. E olha que o meu já estava bastante debilitado. Eu preferia que ela continuasse me ignorando e fingindo que eu não estava no quarto do que vê-la dessa forma.

— Você já teve a sensação de que tudo na sua vida está dando errado? — perguntou Vivi, se apoiando na coluna que ficava ao lado da banheira.

Os olhos dela estavam cheios d'água, e sua expressão, que antes era de raiva, agora era de mágoa. Eu me levantei da cama, pronta para oferecer um abraço. Já estava dois passos mais perto quando me dei conta de que, provavelmente, ela não queria meu abraço. Era eu que queria o dela.

— Já — respondi, reticente. Queria andar na linha para aproveitar aquele mínimo de abertura que ela tinha me dado. — Quer conversar?

Vivi pareceu ponderar, parada no mesmo lugar. Seu cabelo molhado escorria junto ao corpo, encharcando o chão da área da banheira. Aguardei, ansiosa para ouvir um sim. Ela piscou devagar, livrando seus olhos das lágrimas. Quando tornou a me encarar, sua expressão já tinha voltado a ser resoluta e não tinha mais os traços da fragilidade de segundos antes. Ela se desencostou da coluna e deu um sorriso falso.

— Não — respondeu, virando-se de costas.

Tentei segui-la, mas ela passou pela porta que dava para o nosso chuveiro e a fechou. A fechadura virou num *clique* e eu apoiei minha mão na porta, muito triste com tudo aquilo. A sensação é que sempre tinha algo entre nós duas, ainda que não fosse algo necessariamente físico. Eu estava morrendo de saudades da minha melhor amiga e de preocupação também. Precisava dela comigo e queria estar presente para o que ela precisasse. Mas havia aquela porta e todos aqueles sentimentos entre nós duas.

— Vivi — chamei, dando uma batida de leve na porta.

Em resposta, ela abriu a água do chuveiro. Pelo jeito, não queria falar mais nada. Eu continuei parada na porta, sentindo meus olhos se encherem de lágrimas. Será que um dia tudo voltaria a ser como antes? E se Vivi nunca acreditasse em mim ou nunca me perdoasse pela minha omissão? Encostei na porta, ouvindo apenas a água cair lá dentro.

— Sinto sua falta — falei, ainda que ela não fosse ouvir. — Me desculpa.

Voltei para minha cama e esperei ela sair do banho, na expectativa de a água corrente ter refrescado seus pensamentos e tê-la feito mudar de ideia. Porém, quando saiu, Vivi foi direto colocar fones no ouvido, antes mesmo que eu pudesse tentar retomar a conversa. Fiquei olhando, querendo certificá-la de que eu estava disponível para conversar, se ela quisesse. Vivi nem me notou. Virou-se para o lado, jogou a coberta no rosto e não demorou muito para começar a roncar. Se era verdade ou mentira, não dava para saber. Estiquei a mão, querendo cutucá-la. Como só nós duas estávamos naquele quarto e já era noite, talvez eu conseguisse fazê-la me ouvir. Quem sabe se eu me colocasse entre ela e a porta, deixando-a sem escapatória?

Minha mão foi baixando à medida que fui me lembrando de nossa última discussão. Sua expressão enfurecida, a falta de confiança na minha palavra e a dor que foi passar por aquilo. Conversar não adiantava. Eu precisava *mostrar* a furada na qual ela estava se metendo. Vai saber em que pé estava o rolo dela com Juan...

Desesperada com essa perspectiva, bufei e apaguei a luz do quarto. Virei de lado, tentando fechar os olhos. Meu corpo não estava cansado, mas minha mente, sim. Se existia algo como cansaço emocional, eu estava sofrendo disso. Tentei dormir. Meus sonhos tinham potencial para serem melhores que a realidade. Quem sabe eu não sonhava com meu mundo de bolinhas de sabão?

Não só não sonhei como também mal consegui dormir, atormentada por meus pensamentos e minhas lembranças. No dia seguinte, acordei já desesperada por uma gigantesca xícara de café. Apesar de estar apavorada com a perspectiva de esbarrar em Nicolas no caminho ou no restaurante, eu não teria condições de começar aquele dia sem cafeína. E eu tinha decidido que aquele seria o dia em que eu tomaria coragem para *fazer alguma coisa*. Não dava para continuar daquele jeito.

Reforçando minha resolução de que eu precisava agir, Vivi continuava dormindo enroladinha na cama dela quando acordei. Aquilo era uma clara mudança de hábitos. Olhei o relógio do celular, desconfiada. A aula de zumba começaria em menos de dez minutos e Vivi estava enrolada na cama? O despertador dela podia ter dado problema, mas era muito improvável. Me aproximei da cama dela, antes de me arrumar para sair. Será que ela queria que eu a acordasse? Seus olhos estavam inchados e ela fungava um pouquinho enquanto respirava. Eu contive a vontade de me sentar ao seu lado e acordá-la para perguntar o que tinha acontecido. Arrumei sua coberta no lugar e tirei uma mecha de seu cabelo do rosto, pensando que precisava *mesmo* fazer algo.

Com aquela preocupação em mente, parti em busca do meu café. Que ele servisse como meu elixir da coragem e me ajudasse a tomar boas decisões naquele dia. Afinal, eu não sabia resolver a situação de Vivi e Juan sozinha e tinha beijado a única pessoa que poderia me ajudar. Eu poderia ser coroada rainha das péssimas decisões.

Tomei meu café sozinha. Brenda, Nicolas e Fred não estavam no restaurante e Cecília até estava, só que conversando e sorrindo para sua companheira de cama de dossel. Eu não queria atrapalhar. De novo. Ela ainda não tinha me chamado para conversar sobre o que estava acontecendo ali e resolvi seguir o conselho de Nicolas e dar um tempo para ela. O problema era que eu precisava de ajuda e, invariavelmente, acabaria tendo que pedir conselhos para Cecília. No final das contas, ela era responsável por nós naquela viagem.

Levantei três vezes com a intenção de sair do restaurante e ir para a rede de vôlei, mas desisti em todas elas, dando a volta e indo buscar docinhos no balcão. Só na quarta vez consegui realmente sair, respirando fundo e reunindo coragem.

Tive que me forçar a caminhar na direção da rede, sentindo meu estômago se revirar a cada passo. Parei um pouco antes da área onde rolava a aula de zumba, nervosa demais para continuar. A rede estava sendo usada e, mesmo de longe, eu consegui reconhecer Fred e Brenda, mas havia mais gente jogando com os dois. Quando avistei Nicolas, que também participava do jogo, fiquei petrificada.

Ai, meu Deus, o que eu ia fazer? Agir naturalmente? Ignorar por completo o acontecimento do dia anterior? O pânico paralisante só passou quando a voz metálica de Juan ecoou pelos alto-falantes do resort.

— *¡Hermosa!*

Olhei na direção da aula, descrente. Ele estava mesmo me chamando no microfone que usava para animar a zumba? O maldito acenou, fazendo meu sangue ferver. Cara de pau! Era isso mesmo que ele estava fazendo. Achando que ia me deixar *constrangida* a ponto de ir falar com ele. Todos os alunos olharam confusos na minha direção. Balancei a cabeça, contendo minha vontade de mostrar o dedo do meio em resposta e contraindo todo o meu rosto no processo. Minha vontade era de gritar uma dúzia de desaforos, mas aquela não pareceu ser a estratégia correta. Não que eu soubesse qual era.

Sem querer ficar mais tempo naquela situação, apressei o passo e voltei a andar na direção da rede de vôlei. Para piorar, eles tinham parado o jogo e estavam olhando na minha direção. De perto, eu conseguia ver que duas das pessoas que também jogavam eram Karine e Leonardo. As outras eu desconhecia. Que ótimo! Pagar mico na frente de estranhos parecia ser um novo hobby desde que a viagem começara.

Nicolas estava do lado da quadra mais próximo de mim, parado no meio dela e me fitando. Tentei não encará-lo, sentindo minhas bochechas corarem. Pela posição, ele parecia estar esperando uma jogada do time adversário. Todavia, seu tronco estava virado na minha direção, bem como seu rosto. Desviei os olhos, me sentindo enjoada. Meu estômago estava, como sempre, incomodado com o olhar dele.

Percebendo minha aproximação, Brenda — do outro lado do campo — cutucou Fred. O garoto, que estava pronto para sacar, mexeu a cabeça rapidinho e assentiu, rodando a bola no ar.

— Espera! — gritou Karine, perto de Nicolas. — Não estamos prontos!

Era muito tarde para impedir. Fred já tinha dado um saque potente, fazendo a bola vir com força para mais perto de onde eu estava. Karine berrou de novo, os outros jogadores do time tentaram correr para receber a bola, mas não teve jeito: o saque acertou em cheio a lateral do rosto de Nicolas, que ainda estava virado na minha direção. A bola caiu no chão e ele levou as mãos à bochecha, fazendo uma careta e soltando um palavrão.

Tudo ficou em silêncio por alguns segundos, até que Fred começou a gargalhar. Brenda também se divertiu com a cena e, em poucos segundos, todo mundo já estava rindo junto. Todo mundo menos Nicolas e eu, que continuamos em silêncio. Dei um passo para a frente, me sentindo mal pela situação.

— Tá tudo bem aí, Nicolas? — perguntou Fred, entre risadas.

— Parece que nunca viu a Ísis antes... — completou Brenda, também rindo.

Sem entender nada do que estava acontecendo, dei mais um passo indo até Nicolas, corroída de culpa. Ele virou de costas e foi na direção do bar mais próximo, ainda com a mão na bochecha. Parei de andar, com vontade de me deitar na areia e me enterrar igual a um tatuí. Tudo estava muito estranho. Eles estavam zoando a gente? Eu não conseguia entender...

Fred e Brenda ainda estavam rindo do outro lado do campo e o jogo tinha parado de novo, já que Nicolas havia se ausentado. Os outros jogadores saíram de campo, reclamando em línguas que não reconheci. O dia mal tinha começado e já mostrara a que veio: para me destruir. Karine e Leonardo se aproximaram e me virei para eles, constrangida.

— Tá tudo bem? — questionou Leonardo.

— O que aconteceu lá atrás? — perguntou Karine, parecendo preocupada.

— *Ah* — foi tudo que consegui responder.

Queria dizer que não era *nada*, mas o problema foi que minha voz não saiu. Tentei de novo, mas no lugar da minha voz saiu um soluço amargurado. Quando Karine passou o braço por cima dos meus ombros, desabei e comecei a chorar. Estava exausta de guardar aquilo comigo e muito desesperada por ajuda. O mínimo de atenção que eles tinham me dado foi suficiente para me fazer começar a contar tudo sobre Juan, de forma muito atropelada. Talvez não muito coerente. Especialmente porque as palavras saíam entrecortadas por meus soluços descontrolados.

— Odeio aquele cara — falei, apontando para o maldito e fungando. Me sentia sem forças. Era difícil continuar. — Ele me fez brigar com a minha melhor amiga e tentou me agarrar à força. *Duas vezes.*

— Como foi isso? — perguntou Karine, fazendo carinho nas minhas costas. Emudeci, sem coragem. — Tá tudo bem, Ísis. Pode falar...

Então eu falei. Novamente, atropelei as histórias que queria contar. Fiz um resumo dos acontecimentos desde o primeiro dia, juntando forças para falar sobre a briga com Vivi e sobre o dia em que eu quase tive que me jogar de uma sacada para não ser agarrada por Juan. A narrativa me fez reviver o medo que senti no dia. Compartilhei todo o pânico. Toda a tentativa de soterrar aquilo no canto mais escondido do meu coração. Toda a culpa. O quanto eu ainda me sentia suja. O quanto eu queria conversar com Vivi, mas não conseguia. Só reparei que Fred e Brenda também estavam ouvindo quando minha amiga apareceu no meu campo de visão, ainda anuviado pelas lágrimas, afastando Karine para o lado e nos separando.

— Vivi e eu brigamos feio, porque ela não acreditou em mim — falei com a voz embargada, lembrando do dia da briga. — Falamos um monte de coisas horríveis uma para a outra e, no final, ela preferiu ficar do lado dele.

— Isso é muuuuuuuuuuuito absurdo! — Brenda praticamente gritou, parada na minha frente.

— Ísis — disse Fred, em tom desolado. — Por que você não contou nada para a gente?

Dei de ombros, sem saber como justificar minhas ações. Eu não sabia explicar nem para mim. Vivi tinha falado um monte de coisas horríveis, mas algumas delas só eram tão horríveis assim porque eram verdade. Minha insegurança às vezes parecia tomar conta da minha vida e das minhas decisões. Talvez minha incapacidade de exteriorizar o acontecido tivesse a ver com a minha sensação de estar sempre incomodando. Também podia ter a ver com minhas constantes dúvidas sobre eu ter entendido tudo errado. Ou com meu medo de magoar ainda mais Vivi, que achava que eu estava inventando histórias. Eu me cobrava por não ter sido capaz de afastar minha melhor amiga de Juan. Em alguns dias estaríamos indo embora e, por bem ou por mal, aquela história acabaria. Mas como tentar consertar tudo quando eu estava tão destruída?

As lágrimas voltaram a descer pelo meu rosto e as sequei com as costas das mãos. Quando minha visão clareou, enxerguei Nicolas. Ele estava parado um pouco atrás dos meus amigos, que me cercavam. Segurava um saco com gelo no rosto, onde a bola o tinha acertado.

Nicolas cruzou o espaço entre nós dois em segundos. Jogou o saco de gelo na mão de Fred, que teve um pouco de dificuldade para pegá-lo, mas conseguiu no último instante. Eu me encolhi quando Nicolas se aproximou, esticando a mão gelada para tocar meu rosto.

— O que aconteceu? — perguntou, encaixando sua mão na minha bochecha. — Você está chorando?

Fiz que não com a cabeça, sentindo sua mão deslizar pelo meu rosto. Não sabia por que eu tinha mentido, quando era muito claro que eu estava me debulhando em lágrimas na frente de todo mundo. O toque gentil dele me deu vontade de chorar mais ainda. Desviei os olhos dele para Brenda, que continuava parada lá com cara de espanto.

— O que aconteceu? — repetiu Nicolas, mas eu não conseguia falar nada.

Karine, percebendo meu completo torpor, se aproximou novamente, segurando minha mão. Acho que foi uma tentativa de me dar força. Olhei para ela, ainda com a mão de Nicolas emoldurando minha bochecha, me sentindo grata pela tentativa. Talvez meu olhar desesperado tenha feito ela se dar conta de que eu continuaria muda e incapaz de contar tudo de novo, então ela começou a falar:

— Juan, o instrutor de zumba, agarrou Ísis à força — resumiu a garota, fazendo Nicolas desviar os olhos de mim e olhar para ela. — Viviane e Ísis brigaram porque a Viviane não consegue acreditar que ele possa fazer algo ruim e acha que a errada é a Ísis.

Nicolas voltou a olhar para mim, com uma expressão de surpresa. Olhei de volta, ainda mais sofrida. Ele era o único que tinha testemunhado esse comportamento de Juan, naquele dia na praia. Eu precisava que ele se lembrasse. Percebi suas feições se transformarem. A testa franzida tomando o lugar dos olhos esbugalhados e os lábios apertados substituindo os entreabertos.

— Quando? — perguntou ele. — Aquele dia na praia não tinha sido a primeira vez?

— Não — juntei todo o resquício de minhas forças para responder.

— É a cara da Vivi fazer isso! — berrou Brenda, jogando as mãos para o céu. — Não acredito que ela pôde fazer isso com você!

— A culpa não é dela — tentei defender, falando tão baixo que nem sei se dava para me ouvir. — Abordei o assunto de forma errada.

— A culpa não é sua, Ísis — disse Karine, dando um apertinho na minha mão. — Você é a vítima aqui, não se esqueça.

— Você quase teve que se jogar de uma *sacada*, pelo amor de Deus! — comentou Brenda. — Como é que você pode ser culpada de alguma coisa?

Nicolas deu um passo para trás, soltando meu rosto. Minha pele se arrepiou, sentindo a ausência de seu toque. O vestígio do gelado desapareceu, dando lugar a uma vermelhidão que denunciava meu desconforto com ser o centro das atenções daquela forma. Especialmente das atenções dele. Ao mesmo tempo, a pressão que sentia no peito começou a diminuir. E as pessoas estavam acreditando em mim! Ninguém duvidou. Nenhum deles.

— A gente precisa fazer alguma coisa! — urgiu Brenda.

— A gente precisa ajudar a Vivi — foi tudo que eu consegui dizer.

— Também precisamos ajudar você, Ísis — disse Fred.

— Precisamos mesmo — concordou Leonardo, balançando a cabeça. — Karine e eu já passamos por uma situação dessa...

Olhei para Karine, sem entender. Ela me encarou de volta, lacrimejando. Era um olhar de compreensão de quem já tinha passado pela mesma dor. Minhas lágrimas voltaram a acumular no cantinho dos olhos, enquanto compartilhávamos aquele momento de pleno entendimento.

— Foi no acampamento que Leonardo e eu adoramos — disse Karine, sem soltar minha mão. — Um dos monitores também tentou me agarrar à força. — Baixou os olhos, como se a lembrança fosse sofrida demais para ela. — Ele chegou até a dopar uma das garotas que estava participando como musicista...

— Juan precisa aprender que as ações dele têm consequência — comentou Leonardo, esticando-se para segurar a mão livre de Karine.

— Obrigada por contar sua história — murmurei para Karine.

— O que aconteceu não é culpa sua, só do Juan — garantiu Karine, e todos os outros concordaram. — Demorei um pouco para entender isso quando aconteceu comigo.

Assenti, porque entendia como ela tinha se sentido. Apesar de não desejar para ninguém o que passei, era muito bom poder contar com alguém que entendia exatamente pelo que eu havia passado.

— Você já falou com tia Ceci? — perguntou Brenda, conturbada. Fiz que não com a cabeça. — Precisamos falar com ela.

Todos eles começaram a falar ao mesmo tempo, discutindo planos para desmascarar Juan. Eu nem conseguia acreditar que aquilo estava acontecendo. Eu tinha realmente conseguido pedir ajuda? Todos tinham resolvido ajudar? Coloquei a mão no peito, sentindo toda gratidão do mundo me invadir. Levantei a cabeça, querendo participar da conversa, mas sem ter forças. Dei de cara com Nicolas, que estava mudo. Ele continuava no mesmo lugar, me encarando e parecendo abatido. Eu lhe ofereci um sorriso constrangido.

Ele deu a volta por fora da rodinha formada por Fred, Brenda, Karine e Leonardo e parou quando chegou do meu lado. Esticou a mão aberta na minha direção, num gesto que era tão típico dele... Estiquei a mão de volta para segurar a dele, aproveitando uma realidade paralela em que estava tudo bem fazer isso.

— Sinto muito, Ísis — disse ele, apertando minha mão com carinho.

Não consegui responder nada. Com toda mobilização que via acontecendo em volta de mim, eu tinha certeza de que conseguiríamos fazer alguma coisa contra Juan. Talvez até mesmo conseguisse salvar minha amizade com Viviane. E mesmo que todo o resto se ajeitasse, como eu torcia para que acontecesse, restava uma grande dúvida: como é que eu ia resolver as bolinhas de sabão que pareciam explodir em meu estômago toda vez que estávamos juntos?

25

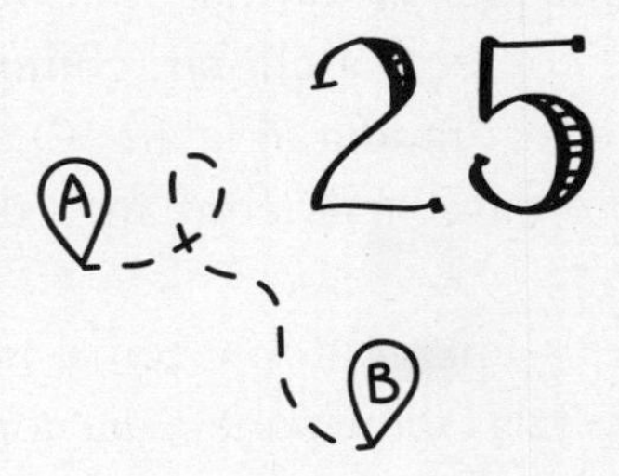

Brenda me convenceu de que eu precisava falar com Cecília. É bem verdade que, na situação em que eu estava, eu teria dito sim para *qualquer coisa* que ela me pedisse. Toda vez que ela se aproximava de mim meu coração já disparava e eu ficava desesperada com a perspectiva de ela ter descoberto tudo. Eu queria aproveitar o momento de desabafos para perguntar se havia algo entre ela e Nicolas, mas o pânico me inundava. Se tivesse mesmo alguma coisa entre eles, todo meu medo era justificado e eu tinha grandes riscos de perder não só uma amiga, mas duas. E se ela não tivesse nada com ele, mas quisesse ter? Minha cabeça traçava tantas possibilidades desastrosas que eu preferia continuar na ignorância.

Por isso, apesar de não querer falar com Cecília, fui procurá-la depois do almoço. Como supunha, foi fácil encontrá-la no seu esconderijo de sempre. Dessa vez, ela estava sozinha. De pernas cruzadas em cima da cama de dossel, esticou-se para abrir a cortina e me deixar entrar no seu recanto quando ouviu meu chamado do lado de fora. Subi na cama, parando na frente dela e observando-a fechar o livro de ioga em inglês que andava lendo.

— Cherlyn me emprestou — explicou ela, percebendo meu olhar curioso.

— Ah, sim — falei, dando um sorrisinho. — E cadê ela?

— Foi no quarto — respondeu Cecília, desviando os olhos de mim. — A gente quer dar uma volta na praia, mas ela tem a pele sensível tipo a sua e resolveu pegar o chapéu...

— Sei bem como é — comentei, tentando soar simpática.

Um silêncio ligeiramente incômodo surgiu entre nós e fiz uma careta, tentando pensar em qual era a melhor forma de introduzir o assunto. Nada poderia ser pior do que começar a chorar, como acontecera mais cedo. Eu já estava mais forte e segura, era só falar... O fato de todo mundo ter acreditado em mim me dava mais confiança de compartilhar a história.

— Aconteceu alguma coisa? — perguntou Cecília, percebendo minha insegurança. — Olha, se é para falar sobre aquele dia com a Cherlyn...

— Não! — Eu me adiantei, sem querer pressioná-la. — Na verdade não é, mas se você quiser falar a respeito, também podemos...

— É só que... — Cecília voltou a me olhar. Os olhos castanhos piscando e a expressão perdida. — Ainda está tudo muito confuso para mim.

Toquei em sua mão, querendo mostrar meu apoio. Não fazia ideia das coisas pelas quais ela estava passando, mas sabia como era ruim viver refém de uma cabeça bagunçada. Dei um sorriso que eu queria que fosse interpretado como encorajador. Cecília sorriu de volta, mas sem muito entusiasmo, parecia não estar bem.

— Não entendi direito o que aconteceu, Ísis. Comecei a falar com a Cherlyn porque ela também estava no aplicativo procurando alguém interessante com quem sair — explicou Cecília, sorrindo um pouco mais. — Passamos tardes e tardes rindo dos nossos candidatos e escolhendo alguns candidatos de zoeira, uma no celular da outra.

Eu me inclinei, interessada no resto da história. Não fazia ideia do que esperar, mas tentei ao máximo me manter aberta para ouvir. Sua expressão amargurada me fazia crer que ela estava guardando para si tantos sentimentos quanto eu.

— Eu sabia que ela gostava de mulheres também — continuou Cecília, em tom de confissão. — Afinal, o aplicativo dela era aberto para ambos os sexos.

Sua expressão murchou. Ela baixou os olhos, franziu a testa e contraiu os lábios, como se estivesse com dificuldade para articular as palavras. Juntei minhas mãos, aguardando seu momento com paciência. O que quer que estivesse acontecendo, eu precisava apoiá-la. Dava vontade de sorrir com seu relato, apesar da situação esquisita. Ela claramente estava tímida, mas, toda vez que falava da moça, seus olhinhos brilhavam.

— É claro que a achei superdivertida, uma ótima companhia — continuou dizendo, cutucando o cantinho do dedão. — E sei que ela é linda, mas...

— Mas? — incentivei, franzindo a testa.

— Eu nunca tinha pensado em beijar uma mulher antes — disse Cecília, de uma vez só, em uma única tomada de ar. — Só que chegou um momento em que essa era a única coisa em que eu pensava quando Cherlyn estava por perto. Eu não sabia o que *fazer*. Achei que eu estava ficando maluca. Quero dizer, era muito estranho!

Eu me lembrei das palavras de Nicolas: *o amor é estranho, Ísis, mas é incrível também.* Dei um sorriso, sentindo o coração encher de simpatia por aquele novo casal. Cecília estava claramente nervosa, confusa e perdida. Eu não fazia a menor ideia de como poderia ajudar, mas eu tentaria como pudesse.

— Mas fez todo sentido do mundo quando a gente se beijou, entende? — contou Cecília, olhando para mim com uma expressão de dor. Seu rosto se suavizou quando ela viu meu sorriso. — Você não está achando estranho?

— Naquele dia, achei um pouco — confessei, sem parar de sorrir. — Mas era só porque não tinha entendido. Aliás, acho que nem você tinha entendido...

— Acho que eu ainda não entendi direito, na verdade... — Cecília deu de ombros, soltando uma risada meio amargurada, mas também meio divertida. — Mas é que estava tudo engasgado e senti que precisava falar sobre isso...

— Fico feliz que tenha colocado para fora — assenti, querendo incentivá-la. — No que puder ajudar, eu...

— Não sei se eu deveria estar falando isso para *você*, mas não é como se eu tivesse muita opção... — Ela olhou para mim de novo, parecendo desolada. — Tenho medo de como as meninas vão reagir, de como meus pais vão reagir. Na verdade, não sei nem se tem algo para reagir!

Foi a primeira vez que eu vi Cecília com medo. Medo de todos os sentimentos que ela estava tendo, da reação de quem ela amava e de ser rejeitada por um mundo que acha certo julgá-la por quem ela ama.

— Cecília, elas vão entender — falei, balançando a cabeça. — O mais importante é que você está feliz. Você está feliz, não está?

— Nunca estive tão feliz na minha vida — respondeu, dando um sorriso tão grande que minha única alternativa foi abraçá-la.

Ela riu, me abraçando de volta. Seus ombros relaxaram e ela suspirou, aliviada.

— Cansei dessa cena de novela das nove! Essa viagem era para ser alto astral e alegre! Você veio aqui falar de outra coisa — disse, afastando-se de mim. — No que a grande sábia Cecília, aquela que tem todas as respostas, menos para a própria vida, pode ajudar?

Dei um sorriso sem graça. Não queria transformar aquele clima ótimo em um clima péssimo com minha história, mas não tinha opção.

— Olha, antes de tudo quero pedir desculpas por não ter contado antes — falei, sem saber como começar. — Mas eu não sabia o que fazer.

Cecília me encarou com apreensão e comecei a contar. O fato de já ter falado tudo aquilo não fez ser mais fácil, mas me deixou mais confiante. Cherlyn chegou bem no meio dessa conversa, acenando com entusiasmo quando me viu. No segundo seguinte já estava olhando alarmada para Cecília, porque ela tinha começado a berrar.

— Mas a gente tem que ligar pros seus pais! — exclamou Ceci, pulando para fora da cama.

— Não! Por favor… — implorei, agarrando seu braço.

Não podia imaginar uma ideia *pior* do que ligar para a minha mãe. "Oi, mãe, sabia que eu sofri assédio?" Só o pensamento já me fazia surtar. O que ela poderia fazer de tão longe além de dizer que Cecília deveria ter cuidado melhor de mim e que eu deveria ter me comportado direito? Eu não queria ouvir aquilo.

— Então vamos na administração *agora*! — berrou mais uma vez Cecília, agitando-se para se soltar de mim e fazendo Cherlyn encolher os ombros, assustada.

— Cecília, nem *Vivi* acreditou em mim — falei, pulando para fora da cama também. — O que faz você pensar que a *administração* vai acreditar?

— O barraco que vou fazer lá! — vociferou, voltando a olhar na minha direção. — Ai, meu Deus, é tudo culpa minha!

— Nada é culpa sua — disse, esticando a mão para tocar o ombro dela. Virei na direção de Cherlyn para tentar tranquilizá-la. — *I'm sorry about that.*

— *That's ok, dear!* — respondeu a moça. — *Is everything ok?*

— É claro que é! — reclamou Cecília, impedindo que eu respondesse a Cherlyn que estava tudo bem. — Se eu não tivesse ficado tão… — Olhou na direção de Cherlyn muito rapidamente. — *Distraída*, poderia ter cuidado de vocês mais de perto.

— Você não poderia ficar ao meu lado 24 horas, eu já sou bem grandinha, né? — Revirei os olhos, dando um tapinha nas costas dela em uma fraca tentativa de consolo. — A culpa não é sua, nem minha e nem mesmo de Vivi.

Cecília levantou a cabeça lentamente, com os olhos satisfeitos brilhando na minha direção. Cherlyn deu um sorriso, percebendo que o clima tinha dado uma melhorada. Os olhos da tia das minhas amigas se estreitaram, cheios de raiva.

— Sabe de quem é a culpa? — perguntei, colocando a mão na cintura.

— Desse maldito, filho da...

— Isso mesmo — interrompi, antes que ela enveredasse por um caminho sem fim de xingamentos. — Do Juan.

As duas foram para a praia comigo, onde o resto dos meus amigos estava reunido. Contei para a americana o que tinha acontecido, já que Cecília ainda estava ocupada xingando e descrevendo, de maneiras muito gráficas, como ia matar o professor de zumba. Cherlyn ficou completamente horrorizada com o acontecido e me reconfortou. O apoio que eu vinha recebendo das pessoas era inacreditável, muito além do que minha insegurança me permitia acreditar.

Passamos a tarde juntos, conversando sobre possibilidades de ação e tentando entender o que deveríamos fazer. Ver que todos estavam muito confusos com qual seria a melhor escolha validava as dúvidas que eu tivera nas últimas semanas. O problema não era só meu, pelo jeito. Entender o acontecimento e traçar uma solução era algo bastante complexo. Lá pelas tantas nos demos conta de que precisávamos reunir algumas informações adicionais, para nossa denúncia ficar mais consistente e consolidar nossos planos de vingança. Ou será que devo dizer os planos de vingança de *Cecília*? Essa era a parte favorita dela. As meninas foram procurar novos depoimentos, Fred cooptou Nicolas para ajudá-lo a pesquisar sobre leis locais e tratados internacionais sobre proteção da mulher e Cherlyn fez o possível para me fazer companhia durante a tarde e acalmar Cecília, que continuava soltando os cachorros.

Horas mais tarde, continuávamos reunidos, mas já tínhamos um plano mais ou menos delineado. Estávamos todos comendo pizza em um dos restaurantes do resort, comemorando o sucesso futuro. Minha sensação era de que tudo tinha acontecido há eras, tamanho peso que eu tinha liberado dos meus ombros. A noite estava fresca e linda. Estávamos sentados na sacada do restaurante, com vista para o mar. A turma de sempre estava lá, Brenda, Fred, Nicolas, Leonardo e Karine, mas Cecília e Cherlyn também estavam com a gente. Cecília já não estava mais tão desesperada, agora que nosso plano já estava minimamente decidido, e dividia uma pizza marguerita com Cherlyn, que não entendia nada das nossas conversas, mas sorria o tempo todo. Ninguém questionou nada quando Cecília apareceu com uma amiga, mas Nicolas tinha me lançado um olhar cúmplice. Eu retribuí, tentando dizer com o olhar que explicaria depois.

— Não dá para acreditar que isso está acontecendo e a administração do resort não tem a menor ideia, sabe? — disse Brenda, incrédula. — Talvez eles saibam e não estejam fazendo nada.

— Talvez eles tenham recebido denúncias, mas sem provas? — ponderou Karine. — A gente sabe como esse tipo de relato acaba sendo facilmente silenciado.

— Ah, mas a gente tem provas — retrucou Brenda. — Muitas, inclusive.

Brenda tinha feito algumas pesquisas durante a tarde. Ela foi perguntando para algumas meninas nas piscinas se elas conheciam o professor de zumba e o que achavam dele. Quando elas respondiam que conheciam, as respostas sobre o que achavam variavam entre duas: as que achavam que ele era maravilhoso, mas reclamavam que ele não dava muita bola para elas, e as que tinham completo pavor daquele ser humano e evitavam a todo custo encontrá-lo.

— Isso! Está tudo se encaminhando! — disse Karine, batendo a haste do garfo na mesa, com uma expressão ponderativa. — Amanhã eu, Cecília e Cherlyn vamos recolher mais depoimentos pelo resort...

— Mas como é que vocês vão convencer as meninas a falar? — perguntei, cortando um pedaço da minha fatia de pizza. — Talvez elas não fiquem confortáveis...

— Não importa! — apressou-se em responder Cecília, me deixando confusa. — Mesmo que mais ninguém fale e que só você esteja disposta a fazer a denúncia na administração, nós vamos em frente mesmo assim. E vai dar certo.

— E se ninguém acreditar? — Senti meus olhos se encherem de lágrimas.

— Ah, vão acreditar, sim — garantiu Cecília, em seu tom adulta-madura-porém-pronta-para-dar-uma-cadeirada-na-cara-de-alguém.

— Tenho certeza de que vamos convencer algumas das meninas com quem elas conversaram na piscina hoje a irem também — comentou Karine, numa tentativa de me deixar mais calma. — E com certeza ainda não falamos com *várias* outras meninas que passaram pelo mesmo.

— E se alguma delas falar com o Juan? — perguntei, nervosa. — E ele descobrir?

— Não estou nem aí — comentou Brenda, irritada. — Que falem para ele!

— Não tem problema, não tem como ele saber que é você que está por trás disso — afirmou Leonardo. — Mas, por via das dúvidas, é bom você não ficar sozinha amanhã.

— Isso! Assim você se sente mais segura e o Juan não tenta fazer nada — explicou Karine, concordando com o namorado.

— Eu vou com Brenda em busca de novos depoimentos — comentou Fred. — Por motivos de segurança.

Estava muito nervosa. E se Juan descobrisse sobre o nosso plano e tentasse se vingar fazendo algo com Vivi? Eu não queria que ela fosse abusada por aquele verme. Até onde eu sabia, ela estava no primeiro grupo das mulheres da piscina: aquelas que achavam Juan maravilhoso, mas que não recebiam muita atenção dele. E era por isso que ela sempre ficava tão triste. Naquele momento, eu só queria agradecer ao universo por ter permitido que minha amiga estivesse no primeiro grupo. Porém, eu tinha grandes suspeitas de que Juan era incapaz de ouvir um *não* sem querer transformá-lo à força em um *sim*. E os "sim" que ele ouvia voluntariamente? Não o interessavam. Comecei a pensar que minha teoria estava errada quando Vivi e Juan entraram no restaurante, como se soubessem que eu estava pensando neles. Vi minha amiga primeiro, sorridente e com um lindo vestido esvoaçante. Ela olhou para trás e eu vi Juan, terminando de subir as escadas atrás dela. Ele estava com uma camisa social e empurrava Vivi pela cintura, guiando-a pelo restaurante.

— *Shhhhhhhh* — disse Brenda, apontando para os dois com a cabeça. — Temos companhia.

Tivemos que mudar de assunto quando os dois se sentaram em uma mesa próxima. Fiquei feliz, na verdade, porque assim podíamos monitorá-los.

Juan falava, agitando as mãos exaustivamente, e Vivi encarava, dando sorrisos esporádicos, mas lançando olhares na direção da nossa mesa. Meus amigos continuaram conversando sobre outros assuntos, dando gargalhadas escandalosas e chamando ainda mais a atenção da minha melhor amiga. Eu olhava para ela, de coração partido. Como é que eu ia aguentar até o *final do dia seguinte* para acabar com aquilo?

Eu precisava ser forte. Parte do plano dependia de mim. Precisava convencer Juan a sair para jantar comigo. Ele mal olhava na minha direção desde que eu o havia ignorado na praia e nem sequer tinha me visto quando entrou no restaurante com Vivi. Existia uma grande chance de ele rejeitar meu convite. Precisaria engolir todo o meu orgulho para conseguir sorrir, passar o dedo pelo cabelo e ser persuasiva o bastante para conseguir mudar essa situação. Ao mesmo tempo, se minha teoria sobre o caráter dele estivesse certa, eu precisava me mostrar desinteressada a ponto de ele não me considerar uma conquista "fácil". Larguei a pizza no prato e baixei as mãos, sem conseguir comer.

Uma mão cobriu as minhas, por debaixo da mesa. Olhei para o lado e vi Nicolas me dando um sorriso discreto. Seu rosto estava um pouco inchado onde a bola havia batido, mas não estava roxo. Se ele continuasse colocando gelo, talvez ficasse completamente bom até o casamento de sua irmã depois de amanhã.

— Vai ficar tudo bem, Ísis — falou, esfregando o dedão no dorso da minha mão de novo. — Você vai ver.

— Eu sei — respondi, sorrindo de volta. — Obrigada.

Ele não soltou minha mão, nem desviou o olhar. Meu estômago revirou e suspirei baixinho, me sentindo perdida. Desde a piscina, sentia como se um elo nos unisse. Uma força invisível nos puxando e atraindo. Como se o universo estivesse dando um recado: por onde forem, vocês vão se encontrar. Mas não era amor, claramente era cilada.

Virei o rosto, me concentrando na mesa. Estávamos em um restaurante, *em público* e com Brenda bem ali, do outro lado. Olhei para a menina e vi que ela estava nos observando, sorrindo de uma forma que me deixou nervosa. Soltei a mão de Nicolas na hora, apavorada. Eu precisava impor limites. Talvez não a ele, que provavelmente só estava preocupado com meu bem-estar, mas *a mim*. Sua presença me deixava confusa e sem senso crítico, e eu não queria magoar Brenda ainda mais. Quando ela descobrisse sobre o beijo… A possibilidade me deixava agitada. Era melhor que eu confessasse de uma vez. Se ela descobrisse de outra forma, seria pior.

— Vou buscar refil — disse Nicolas, aproveitando para se levantar agora que eu o tinha soltado. — Você quer alguma coisa, Ísis?

— Na verdade, quero — respondi, entregando o copo vazio para ele. — Obrigada.

— Ei, você só vai perguntar para ela? — perguntou Fred, balançando o copo vazio na frente do rosto e dando uma risada. — Eu aceito um refil também, viu?

— Só vou perguntar para ela mesmo. — Nicolas riu, se afastando da mesa com nossos copos na mão.

Senti os olhares de todos em mim e corei, querendo me esconder embaixo da mesa. Por que só ia perguntar para mim? O que estava acontecendo? Meu estômago se revirava enquanto eu me encolhia, ansiosa. Eu sentia o olhar clínico de Brenda atravessar a mesa toda e parar no meu rosto, ainda que ele estivesse abaixado. Era isso. Ela sabia. Era tarde demais.

— Ísis — chamou ela, inclinando-se sobre a mesa. — Vamos ao banheiro?

— Não estou com vontade de ir ao banheiro… — respondi, levantando os olhos devagar.

— Eu vou com você — ofereceu Karine, já empurrando sua cadeira para trás.

— Não! — respondeu Brenda, esticando a mão na direção da outra garota e fazendo-a parar no meio do movimento. — Ísis, por favor, vamos ao banheiro?

Sentindo que eu não tinha opção além de acompanhá-la até o banheiro, me levantei e a segui, apavorada. Ela com certeza tinha sacado que eu estava desesperadamente interessada em Nicolas. É claro que eu não conseguia disfarçar! Devia estar escrito na minha testa. Ai, meu Deus, será que todo mundo sabia? Será que *ele* sabia? Vivi nos encarou quando passamos por ela, mas nem consegui me preocupar. Meu estômago revirou ainda mais quando passamos pelo bar e vi Nicolas debruçado no balcão, enchendo nossos copos. Ele acenou, mas meu pânico me impediu de retribuir. Eu estava ferrada. Só podia torcer para que Brenda me perdoasse quando tudo viesse à tona.

Brenda entrou no banheiro em silêncio e eu a segui, sentindo minhas pernas um pouco instáveis. O que eu ia fazer? Como ia me defender? Ia pedir desculpas, com certeza. Ia falar a verdade. Que ela era uma garota incrível e merecia alguém incrível, como ele. Que ele e eu, juntos, éramos algo que nem existia. Que fantasiei tudo na minha cabeça. Até que a porta se fechou atrás de nós e Brenda virou-se para mim, colocando as mãos na cintura.

— Tá legal. O que aconteceu na festa da espuma? — perguntou ela, franzindo a testa.

Apoiei minha mão na pia, sem estar preparada para aquela abordagem tão direta. Ela tinha que começar logo por aquela pergunta? Eu abri a boca para tentar começar a responder, mas não sabia o que falar. Tentei dar um sorriso, mas acabei fazendo uma careta de puro desespero. Brenda arqueou uma sobrancelha, esperando uma resposta.

— Eu me perdi — respondi.

Não era mentira. Eu queria começar por aquela afirmação, antes de me aprofundar em uma justificativa para o beijo. Existia alguma justificativa? Porque eu estava começando a achar que não.

— Não, Ísis. — Ela revirou os olhos, batendo o pé no chão. — O que aconteceu entre você e o *Nicolas?*

— Entre mim e… — comecei, sem conseguir nem pronunciar o nome dele. Droga!

— Você achou que ninguém ia sacar que tinha rolado *alguma coisa?* — indagou ela, soando sem paciência. — Vocês começaram a se comportar da forma *mais estranha do mundo*… — Gesticulou, esticando o braço na minha direção. — Você *sumiu* e ele levou uma bolada *na cara*. Ele não perde uma bola!

— Desculpa, Brenda — disse, tentando dar um passo à frente, mas sem conseguir desgrudar os pés do chão.

Meus olhos estavam ardendo, cansados de tanto chorar. Tinha sido um dia exaustivo por conta de todas as revelações sobre Juan, mas eu preferia passar de novo pelos rios de lágrimas de mais cedo do que ter que contar para Brenda que eu tinha feito aquilo com ela. Eu gostava tanto dela! Não suportaria seu desprezo…

— Você não tem que pedir desculpas para mim, acho que tem que pedir para ele. — Brenda abriu os braços, me deixando muito confusa. — Afinal, ele não para de falar de você…

Coloquei a mão que estava livre na barriga, sentindo-a pesada. Por que Nicolas não parava de falar de mim para a menina de quem ele gostava? Reuni minhas forças para dar um passo à frente de verdade, querendo pedir desculpas de joelhos.

— Não estou entendendo por que vocês dois não estão *juntos* — disse Brenda, fazendo com que me desequilibrasse no ladrilho e tivesse que me apoiar na pia de novo.

— O quê? — perguntei, me inclinando na direção dela.

— Juntos, Ísis — repetiu Brenda, balançando a cabeça como se não estivesse me entendendo. — É óbvio que ele gosta de você e você, ou gosta dele, ou está desenvolvendo alguma fobia social...

A voz dela ecoou no banheiro vazio e fiz um gesto com a cabeça, sem entender nada. Será que a bebida que o restaurante tinha fornecido estava batizada? Porque claramente eu estava tendo alucinações...

— Espera — falei, ajeitando a postura e levantando a mão na direção dela. — Você não está chateada?

— Chateada? — Brenda abriu os braços outra vez, como se estivesse mesmo questionando minha sanidade. — Do que você está falando?

— Achei que você gostasse dele... — confessei, chocada. — Achei que vocês eram um casal, na verdade.

— O quê? — Ela inclinou a cabeça, dando uma risada. — É claro que não!

— Mas vocês ficam ótimos juntos — tentei me justificar. — São cheios de referências e falam sobre assuntos que ninguém mais entende...

— Ísis, não viaja! — Ela levantou a mão na minha direção, me mandando parar. — Nós somos só amigos, e eu gosto de *outra pessoa*...

— Outra pessoa? — repeti, piscando alardeada.

— E, diferente de você, eu não perco tempo e *estou* com essa pessoa... — Ela voltou a colocar as mãos na cintura. — Ou você acha que foi a única que se deu bem na festa da espuma?

Fiquei de queixo caído, enquanto assimilava o que estava acontecendo. Brenda não gostava de Nicolas. Eles não eram um casal. Brenda, na verdade, gostava de outra pessoa. Não só gostando de maneira platônica e unilateral, mas já estava *ficando* com essa pessoa. Tinha acontecido na festa da piscina! Mas quem... E foi aí que entendi.

— Fred? — perguntei, sem acreditar na minha burrice.

— É claro! Ele é *muuuuuuuuuuuuito* maravilhoso — respondeu, dando um sorriso esfuziante. — E depois que ficamos juntos ele me disse que estava a fim de mim desde o primeiro dia! Que tinha pedido ajuda do *Nicolas* para ficar comigo, dá para acreditar?

A pior parte é que dava, sim. As pecinhas foram todas se encaixando na minha cabeça quando ela terminou de falar. Brenda e Fred viviam sumindo e reaparecendo juntos, como se tudo fosse uma grande coincidência — porém, talvez fosse premeditado. Ainda que os dois não tivessem tanto assunto em comum, como eu achava que era o caso entre ela e Nicolas, viviam tirando sarro um da cara do outro e se divertindo juntos. A lembrança dos dois se atracando pelos celulares depois do concurso de gato e gata da camiseta molhada me fez dar uma risada nervosa. Como é que eu não tinha me dado conta? Tão focada em acreditar nas minhas próprias paranoias, falhei em perceber o que sempre esteve bem na minha cara.

— Mas você acha que ele gosta de mim? — perguntei, sem acreditar.

— Nicolas? Você tá zoando? — Brenda riu e, me vendo mover a cabeça em negativa, continuou: — É claro que ele gosta.

Olhei para o espelho e vi que meu rosto estava vermelho de nervoso. Abri a água para tentar diminuir o tom róseo. Aquela conversa tinha tomado um rumo bastante diferente do que eu imaginava. Brenda passou por mim e seguiu para a porta. Antes de abri-la, olhou na minha direção.

— O que foi que aconteceu na festa, afinal? — perguntou ela, com a mão na maçaneta.

— Ele me beijou — contei, puxando papel para secar meu rosto. — Quer dizer, eu o beijei. — Joguei o papel fora. — Quero dizer, não sei, mas nos beijamos.

— E você está esperando o quê, exatamente, para beijá-lo de novo? — perguntou Brenda, abrindo a porta e voltando para o restaurante.

Eu a segui, tremendo um pouco. Passei por Juan e Vivi sem sequer me lembrar de que eles estavam ali. Meus olhos estavam focados em Nicolas, que já estava de volta à mesa, dando gargalhada de alguma coisa que tinha sido dita. Brenda se sentou no seu lugar quando chegamos e fiquei de pé, do lado oposto ao dele.

— Trouxe sua bebida — falou ele, apontando e dando um sorriso torto.

— Nicolas — falei baixinho. Pigarreei, antes de continuar. — Posso falar com você um segundo?

Ele franziu a testa, parecendo confuso. Permaneci de pé atrás da cadeira de Fred, agarrando a madeira com força. A mesa inteira olhou de mim para ele, parecendo aguardar alguma movimentação.

— A sós… — acrescentei, tentando ser mais convincente.

— É claro — respondeu ele, levantando-se de pronto.

Nossos colegas fizeram um coro de *ihhhhhhhhhh* enquanto Nicolas dava a volta pela mesa e vinha até o meu lado. Todos eles, menos Leonardo, que disse:

— Mas e o que estávamos discutindo aqui sobre o plano?

— Se liga, amor — Karine deu uma cotovelada nele —, a gente fala disso *depois*.

Pela primeira vez na história daquele resort, estendi a mão aberta na direção de Nicolas. Ele deu uma risada nervosa, que saiu mais pelo nariz do que pela boca, e segurou minha mão de volta, enquanto eu o puxava até a praia.

26

Minha mão estava suando quando chegamos à areia. Soltei a mão dele, sentindo o estômago tomado por bolinhas de sabão que estouravam sem a menor cerimônia. Mesmo sem estarmos de mãos dadas, Nicolas continuou andando atrás de mim e só parou quando também parei, vislumbrando o mar. O céu já estava tão escuro que era difícil saber exatamente onde ele terminava e onde o mar começava. Tudo ali parecia uma pintura. Se eu tivesse alguma habilidade artística, eternizaria aquele momento: o fundo escuro e o garoto parado ao meu lado, com os cabelos balançando ao vento e o olhar inquisitivo. Eu precisava dizer alguma coisa, mas, por alguns segundos, me permiti olhá-lo de um jeito que ainda não tinha me permitido. Eu eternizaria ele ali, nas minhas memórias. Um fragmento de momento perfeito com a pessoa perfeita.

Todos os discursos que eu tinha feito na minha cabeça sobre o beijo começavam com *desculpa*. Mas, depois daquela conversa com Brenda, eu não queria pedir desculpas. Só queria incluir na conversa uma justificativa para beijá-lo de novo.

Mas e se eu tivesse entendido tudo errado e Brenda também? Tudo bem, *ela* não gostava dele. Isso não queria dizer que *ele* gostava de mim. As inseguranças continuavam me torturando. Ele podia muito bem gostar dela…

— Esse lugar parece uma pintura, não é? — perguntei, só para preencher o silêncio.

— Parece mesmo — respondeu ele, olhando na minha direção. — Mas você me chamou aqui para refletirmos sobre a beleza do Caribe?

Olhei na direção dele, tentando criar coragem para falar o que eu queria. Nicolas continuou me encarando, inclinando a cabeça na minha direção com uma expressão curiosa.

— Na verdade, não — respondi, quase em um murmúrio. — É só que eu...

Ele arqueou as sobrancelhas, comicamente inclinando ainda mais o rosto, ficando ainda mais perto e aproximando a orelha, me dando a certeza de que eu estava falando baixo demais. Tentei projetar minha voz.

— Eu só queria dizer que... — Tentei de novo, mas não consegui.

Nicolas deu um sorriso, com os olhos brincalhões. Pelo jeito estava achando graça da minha incapacidade de me comunicar. A noite estava quente, mas meu corpo estava *queimando* de vergonha. Minhas bochechas não me deixavam negar. Agradeci a escuridão que nos cercava e deixava isso menos óbvio. O vento agitava meus cabelos, e levantei a mão para ajeitá-los de volta.

— É que tá tudo tão confuso — falei, sem coragem para encará-lo.

— A gente vai resolver isso. — A voz dele chegou aos meus ouvidos, mas permaneci olhando para a areia. — Amanhã de noite já vai estar tudo resolvido.

— Não estou falando do Juan — retruquei, dando de ombros com um sorriso amargurado. — Quero dizer, ele é um problema à parte...

— Do que você está falando, então? — perguntou ele, parecendo dar um passo à frente. Não que eu tivesse coragem de olhar. Porque não tinha.

— De tudo — respondi, dando um suspiro. — Eu só estou meio cansada. Da Vivi, que não acredita em mim...

— Ela vai entender tudo amanhã. — Ele tentou me consolar.

— Dos meus pais — continuei, ignorando por completo seu comentário —, que agem como se eu não fosse boa o suficiente e é como se estivessem aguardando um milagre: eu me transformar na filha dos sonhos deles...

— Ísis — chamou Nicolas, provavelmente sentindo pena.

Dei uma risada amargurada, sem acreditar que estava mesmo desabafando com ele. Eu não sabia muito bem o que queria daquela conversa, mas esse rumo era inesperado até para mim. Se até meus pais prefeririam uma filha como a Brenda, como Nicolas poderia gostar de *mim*?

— Estou cansada de invejar a Brenda — falei, sentindo a dor da minha comparação. — Ela é tão gentil e acolhedora comigo, e tudo que penso é que ela parece saber muito mais da vida do que eu.

— É claro que não. — A voz de Nicolas ressoou na noite silenciosa, mas continuei sem dar atenção. Tinha aberto uma porta que nem sabia que existia e as frustrações não paravam de sair.

— Estou cansada de me sentir frágil o tempo todo — continuei, levando minha mão ao rosto. — Não aguento mais me sentir inadequada.

— Ísis — chamou Nicolas de novo.

Vi sua mão estendida aparecer na minha frente, mas não estendi a minha de volta. Queria terminar de falar sem tocá-lo. Se eu já tinha deixado todos os sentimentos com relação a Vivi e Juan explodirem, agora eu faria o possível para tentar esclarecer o que eu sentia por ele. Era uma descoberta até para mim. Eu não sabia como ele ia reagir, mas era um risco que eu tinha que correr. Esperava que, pelo menos, qualquer que fosse o resultado, ele continuasse ao meu lado na empreitada que eu tinha para enfrentar no dia seguinte. Eu precisaria daquela mão estendida.

— Mas, sabe, não sou perfeita. Eu me esforcei muito para ser perfeita enquanto guardava um monte de sentimentos e os soterrava dentro de mim — disse, engolindo minha vontade de chorar. Meus olhos começaram a arder de novo e pisquei, tentando me manter calma. — Pena que tudo explodiu bem nessas férias que eram para ser de paz.

— Ísis — chamou Nicolas mais uma vez, e eu finalmente levantei o rosto.

— Meus únicos momentos de paz foram com você — confessei. Nicolas abriu um sorriso, deixando-me ainda mais constrangida. — Só que eu achava que você estava com a Brenda.

Ele balançou a cabeça surpreso, esticando o corpo para trás. Sua expressão era de confusão e ele fez uma careta, abrindo os braços como se não estivesse entendendo nada. Senti meu coração disparar, ciente de que aquele era o momento da verdade. Para o bem ou para o mal, eu entenderia o que ele sentia por mim.

— Com a Brenda? — perguntou, franzindo a testa.

— É... Quero dizer, ela é incrível, inteligente, bem melhor que eu e... — falei, chutando a areia. Meu coração doía só de me ouvir dizer tudo aquilo. — E vocês conversam sobre assuntos que eu nem sequer consigo participar. É claro que seriam um casal perfeito e eu ficava me sentindo uma intrusa.

— Ísis — interveio Nicolas, levantando a mão devagar para sinalizar que queria que eu parasse de falar. — Mas e a festa da espuma?

— Eu não devia ter te beijado, mas é que não consegui resistir. Foi meio que um crime de oportunidade — disse, me sentindo terrível. É claro que agora ele me achava uma péssima pessoa, por ter beijado o cara em quem eu achava que minha amiga estava interessada.

— *Me beijado?* — perguntou Nicolas, parecendo alarmado. — Ísis, *eu* que te beijei.

Abri a boca para retrucar, mas fiquei paralisada com essa resposta. Senti algo em mim se soltando, e uma leveza que eu não sentia há muito tempo tomou conta. A dúvida que me corroía sobre quem tinha tomado a iniciativa havia sido resolvida. Não importava quem tinha sido. Aquele beijo tinha sido desejado por nós dois.

A mecha rebelde do cabelo de Nicolas balançava na frente de seu rosto e dei um passo, me esticando para ajeitá-la. Em silêncio, Nicolas acompanhou meu movimento com olhos atentos e surpresos. Minha mão escorregou pelo seu cabelo, indo parar na nuca dele. Seus fios enrolaram nos meus dedos e dei um triste sorriso, lembrando de como foi senti-los daquela forma pela primeira vez, logo na festa da espuma.

Nossos olhares se encontraram e eu soltei o ar, apreensiva. Meu estômago se rebelava contra mim e minha mente me enchia de lembranças do dia anterior. Dei mais um passo para a frente, engolindo em seco.

— Como você pode ter alguma dúvida sobre o que eu sentia? — perguntou Nicolas, tocando meu rosto. — Sobre como eu *me sinto*. Como é que você não vê que eu só tenho olhos para você?

— Imagina que tem um monte de espuma e bolinhas de sabão explodindo aqui em volta da gente — pedi, com o coração disparado.

Nicolas franziu a testa e dei mais um passo para a frente, quase colando nossos rostos. Meus dedos se entrelaçaram ainda mais em seu cabelo, puxando-o bem de leve na minha direção. Eu estava tremendo. Apoiei minha outra mão em seu ombro, esticando minha cabeça para alcançar seus lábios. Ele baixou os olhos, fitando minha boca entreaberta. Nossas testas se tocaram e sussurrei, tomando coragem para cruzar os centímetros que faltavam entre nós:

— Imagina, tá?

— Tá — respondeu, a voz também sussurrada.

Quando nossos lábios se juntaram, a sensação foi a mesma do dia anterior. Ele gostava de mim! Não tinha sido um erro! Brenda estava certa! As mãos dele rapidamente me puxaram pela cintura, aproximando ao máximo nossos corpos e me impedindo de pensar.

Arrebatada, me deixei levar. Uma de minhas mãos se afundou nos seus cabelos e a outra agarrou o colarinho da camisa, porque a sensação era que toda aquela proximidade ainda não era o bastante. As mãos de Nicolas se posicionaram em minha cintura e eu não consegui conter meu sorriso, ainda sem acreditar. Era o melhor beijo do mundo, a melhor sensação do mundo, o melhor cara do mundo! Meu mundo de bolinhas de sabão era o mundo real e eu não conseguia acreditar.

— Do que você está rindo? — perguntou Nicolas, se afastando um pouco e rindo também.

— Você gosta de mim! — respondi, feito uma idiota. — De mim.

— É, Ísis — confirmou Nicolas, dando uma risada. — Eu gosto de você.

— Foi minha deusa do amor interior — falei, tentando fazer piada. — Eu também gosto de você.

— A maior vitória da deusa da vitória que inspirou meu nome, com certeza. — Ele sorriu antes de me beijar de novo.

Ouvimos palmas a distância e olhamos para cima, confusos. Demos de cara com todos os nossos amigos — inclusive Cecília e Cherlyn — batendo palmas e assobiando. Até a cabecinha de Vivi apareceu na confusão, mas logo sumiu. Eu me encolhi no abraço de Nicolas, escondendo minha cabeça no seu pescoço. Ele riu e eu sorri, envergonhada, mas muito feliz.

27

Quando o despertador tocou na manhã seguinte, fui tomada por uma sensação estranha. Ao mesmo tempo que me sentia eufórica, também estava apavorada. A euforia era pelos acontecimentos do dia anterior, com Nicolas. E o pavor era porque aquele era o dia em que íamos desmascarar Juan. O pensamento me fez virar na cama e observar Vivi, que continuava dormindo. Só me restava torcer para que tudo no nosso plano desse certo e para que, no final do dia, Vivi ficasse bem: tanto em relação à nossa amizade quanto ao coração dela.

Sentei na cama, me preparando para encarar o que vinha pela frente. Já estava exausta e o dia nem tinha começado. Vivi se revirou na cama, sem acordar. Se eu pudesse colocá-la em um potinho e protegê-la de tudo de ruim no mundo (ou, pelo menos, em Punta Cana), eu colocaria. Apesar de toda felicidade que Nicolas me trazia, meu coração não parecia conseguir curtir tudo como devia, não sem minha melhor amiga ao meu lado.

Levantei e fui me arrumar para a batalha. É claro que eu não suportava Juan, mas também estava fazendo tudo aquilo por Vivi. Talvez, quando soubesse de tudo, ela achasse que eu tinha agido mal. Mas queria a oportunidade de voltar a estar ao seu lado, como sempre fiz, e compartilhar com ela nossos últimos momentos no Caribe. Só queria que ela soubesse o quanto ela é especial.

— Queria que você pudesse se ver como eu te vejo — sussurrei ao pé de sua cama, sabendo que ela não estava acordada. — Queria que você se enxergasse como a garota dedicada, linda e generosa que é. Mas vou estar ao seu lado para te ajudar a ver tudo isso.

Como esperado, Vivi não esboçou nenhuma reação. Uma pena. Quando eu consigo escolher as palavras certas para dizer quanto a amo, ela não está ouvindo. Terminei de arrumar minha mochila, com o coração pesado. Devia ter escrito um bilhete. Meus momentos de inspiração eram raros. Vivi estava certa em diversos pontos abordados em nossa briga colossal. Expor meus sentimentos me deixava desconfortável, mas talvez seja exatamente essa honestidade em relação aos meus sentimentos o que falte para minha tão sonhada paz.

Segui pelos corredores do resort até o restaurante, com meu celular apitando loucamente por causa das mensagens de meus amigos. Todos perguntavam onde eu estava, pois precisávamos colocar o plano em ação. Quando cheguei ao restaurante, encontrei todo mundo sentado numa mesa comprida. Nicolas se levantou quando me viu, me dando um beijo rápido e indo buscar café para mim. Brenda me empurrou para sentar na cadeira dele, posicionada no meio da mesa. O restante das pessoas olhava com curiosidade para papéis desenhados e rabiscados na mesa.

— Pois bem, esse é o plano — disse Brenda, apontando para esses papéis.

— O plano são desenhos feitos por crianças de seis anos? — perguntei, sem conseguir evitar a piadinha.

— Olha só, isso é *muuuuuuuuuuuuuuito* injusto. Eu me esforcei para fazer esse esquema. — Brenda colocou a mão na cintura. — Se Viviane estivesse do lado certo nessa missão, ela poderia ter sido a responsável pelos desenhos.

Dei uma risada, pegando um dos papéis para observar de perto. Viviane era uma exímia desenhista, apesar de ela não acreditar nisso. Ela tinha aprendido a desenhar quando ficou viciada em um *anime*. Brenda ficou superorgulhosa da irmã (tanto por ela começar a gostar de *animes* quanto pelo talento no desenho), mas Viviane disse que nos assassinaria com requintes de crueldade se contássemos para alguém sobre seu amor por *Sword Art Online*.

Os desenhos de Brenda eram bem mais feios que os de Vivi, mas estavam um pouco melhores que de uma criança. Seus bonequinhos não eram de palitinho, mas também não eram muito mais elaborados. No topo do papel que eu peguei para examinar se lia: *Operação Baila, Juanito! – Fase um.*

— Eu tomei a liberdade de dividir a missão em quatro fases. — Brenda levantou da cadeira e se inclinou na mesa como se fosse uma daquelas mentes criminosas do cinema apresentando o passo a passo do roubo. Brenda deixaria o Professor, de *La casa de papel*, no chinelo. — Essa, Ísis, é a primeira delas.

A folha ficou virada para mim, com todos lendo em volta e Brenda apontando o passo a passo de maneira certeira mesmo de cabeça para baixo. Pelo que eu consegui acompanhar da entusiasmada apresentação, na primeira fase Brenda sairia para recolher depoimentos e mulheres dispostas a fazer denúncias na administração. Cecília e Cherlyn tinham a mesma tarefa, pois a americana poderia ajudar na comunicação. As três estavam desenhadas em um cantinho do papel, segurando o que pareciam ser celulares e papéis. Embaixo do desenho tinha o nome das três e a seguinte legenda: "recolher depoimentos".

— Essa aqui, Ísis, é você — disse Brenda, apontando com força para um outro cantinho do papel. — E esse aqui é Juan.

Eu abaixei a cabeça para enxergar a imagem. A bonequinha que me representava estava com o braço apoiado no ombro do bonequinho que representava Juan, e sorria abertamente. Meu estômago revirou. Eu já sabia que grande parte do plano dependia do que estava representado naquele desenho: eu precisava convencer Juan a jantar comigo naquela noite e fingir que estava muito feliz com isso.

— Eu até acho seus desenhos bonitos, Brenda, mas você errou na proporção. — A voz de Nicolas chamou minha atenção e eu me virei na direção dele, estendendo minhas mãos para a xícara que ele trazia. — Juan está muito mais alto do que realmente é.

Eu dei uma risada, com a xícara na boca. Por sorte ainda não tinha dado um gole, ou acabaria engasgando. Brenda balançou a mão, como se não tivesse ligado para o comentário de Nicolas, e continuou a explicação. Os desenhos continuavam apresentando a função de cada um de nós naquela primeira fase da missão. Eu bebi meu café, achando um pouco de graça, mas, ao mesmo tempo, apavorada.

Leonardo estava encarregado de vigiar Juan, enquanto Karine ficaria incumbida de fazer o mesmo com Vivi. Fred era o acompanhante de Brenda, mas também estava fazendo algumas pesquisas sobre tratados internacionais de direitos da mulher que poderiam embasar nossa denúncia. E Nicolas era o responsável por me acompanhar durante o dia, para ter certeza de que eu estaria segura. E para me impedir de surtar completamente, o que era muito possível.

— E o resto das fases? — perguntei, quando Brenda terminou de explicar tudo que tinha naquele primeiro papel.

— Eu explico depois, porque agora não dá tempo — respondeu ela, olhando o relógio do Mickey que usava. — Você precisa ir para interceptar o Juan antes da aula de zumba.

— Você está pronta, Ísis? — perguntou Cecília, resoluta. Se tinha alguém ali com vingança nos olhos, esse alguém era ela.

Assenti, ainda que não tivesse certeza de que estava mesmo pronta.

— Vai dar tudo certo! — Brenda me deu um abraço. — Nos mantenha informados.

Nicolas tinha criado um grupo de conversa no celular para falarmos sobre a operação. Ele era quem tinha batizado a nossa missão de *Operação Baila, Juanito!*, pois foi esse o nome que deu para o nosso grupo. Lá compartilharíamos informações sobre o andamento das fases e sobre as tarefas que estivéssemos realizando.

Comecei a sair do restaurante, tentando manter a calma. Nicolas veio atrás de mim, mantendo distância. Ele precisava estar por perto nessa primeira fase da missão, mas não perto demais. Não podíamos correr o risco de Juan vê-lo e desconfiar de algo. Eu estava prestes a sair da área do restaurante e começar a me dirigir para a área da praia, quando Nicolas agarrou meu braço.

— Ei! — reclamei, dando uma risada. — O que você pensa que está fazendo?

Sem responder nada, ele me puxou para trás de uma pilastra. Eu encostei nela e ele envolveu meu corpo com os braços, me dando um daqueles sorrisos capazes de encher meu estômago de bolinhas. O sol da manhã iluminava seus olhos, que eram da mesma cor de seus cabelos (eu estava cada vez mais certa disso). O vento fraco balançava-os suavemente, assim como também assoprava os meus cabelos. Nicolas arrumou atrás da minha orelha uma das mechas que caíam no meu rosto.

— Olá — disse ele.

— Olá — respondi, me esticando para beijá-lo.

A operação quase foi comprometida naquele segundo. No meio de tanta confusão e apreensão, fugir para meu mundo de fantasia – que era real!

— parecia ser a alternativa perfeita. Poderíamos ter, de fato, colocado tudo a perder e perdido o *timing* se um grupo de mulheres não tivesse passado perto da nossa pilastra conversando alto em inglês sobre como precisavam se apressar para a aula de zumba.

Nicolas se afastou, sorrindo novamente. Ciente de que eu precisava retomar o plano e, literalmente, correr na direção de Juan, entreguei minha mochila para ele. Arranquei a saída de praia que vestia e enfiei dentro dela. Fazia parte do plano que eu estivesse só de biquíni quando encontrasse Juan. Nicolas me encarou em silêncio, enquanto eu fechava o zíper da mochila, que ele segurava.

— Que foi? — perguntei.

— Estou me esforçando bastante para não estragar o plano — respondeu ele, focado em meu rosto —, mas só queria frisar que está *difícil*.

Sorri, querendo beijá-lo de novo. Uma vez mais e até o fim dos tempos. Porém, continuamos firmes no plano. Caminhamos na direção da praia, mantendo certa distância. Ele ia tentando me acalmar pelo caminho, mas eu continuava tremendo. Sabia que ele estaria por perto, se as coisas dessem errado. Também confiava na minha habilidade de fuga. Mesmo assim, a perspectiva de ter que conversar com Juan e, possivelmente, deixá-lo me tocar era capaz de me fazer tremer sem parar. Olhei para Nicolas uma última vez antes de andar na direção da aula de zumba e me sentar em um banco bem na frente do local. Ele se deitou em uma das redes de onde era possível assistir à aula, se enrolando o suficiente para ficar só com os olhinhos de fora.

Ainda faltavam uns dez minutos para a aula começar, mas Juan já estava por lá arrumando os aparelhos. Ele já tinha colocado o microfone e, quando se virou e me viu, berrou um *hermosa* surpreso. Não seria tão difícil quanto eu imaginava, pelo visto. Ele tirou o microfone e largou todos os ajustes, desviou das alunas que queriam falar com ele e veio direto até mim. Tenho certeza de que sua boa vontade tinha a ver com o fato de eu estar só de biquíni e encarando-o com um sorriso aberto. As alunas reclamaram quando ele deu as costas e começou a andar na minha direção. Levantei, ao vê-lo se aproximar, fazendo muito esforço para continuar sorridente.

— *¡Hermosa!* — gritou ele novamente, esticando aquelas mãos nojentas na minha direção.

Quando tocaram minha cintura, me segurei para não dar um tapa na cara dele e estragar todo o plano. Sorri ainda mais, mexi no cabelo e olhei de soslaio para a rede em que Nicolas estava escondido. O simples fato de eu saber que ele estava ali me deixava um pouco mais confiante.

— Oi, Juan. Senti sua falta — respondi, tentando manter a voz doce e suave.

— *Yo también* — comentou ele, pontuando cada palavra com um toque na minha cintura. — *Pero todavía quiero un beso*...

Sem entender direito o que ele tinha dito, fora a parte do beijo, eu sorri de novo, enrolando meu cabelo com o dedo. Pelo jeito o plano estava funcionando, mas eu não conseguiria manter a farsa por muito tempo. Toda vez que ele me tocava, meus músculos se contraíam, e isso significava que em algum momento eu teria uma distensão ou o músculo da minha mão ia contrair na direção da cara dele.

— Vou te dar um beijo — falei, esticando minha mão para tocar seu ombro, tentando mostrar que estava mesmo disposta a beijá-lo.

Fiz bico, levantando um ombro de forma sexy. Pelo menos eu esperava que fosse sexy. Era difícil focar nisso quando eu tinha que me preocupar em entender o que ele estava falando e responder. O segredo: usar palavras fáceis e falar bem devagar.

— Mas antes você tem que me levar para jantar — comentei.

— *¡Por supuesto que sí!* — respondeu ele de imediato, se inclinando na minha direção. — *Hoy*.

Hoy. *Hoy* era hoje! Dei um passo para trás, tentando evitar que ele chegasse *perto demais*. Pelo que eu já tinha entendido da lógica dele, dar muito mole significava que ele *perderia o interesse* e eu precisava mantê-lo interessado o suficiente para ir naquele jantar comigo.

— Hoje, então, sem falta — falei, lentamente, para que ele entendesse.

— *¿Por qué cambiaste de idea?* — questionou ele, tirando a mão da minha cintura para tocar meu rosto.

Meu escasso conhecimento de espanhol adquirido em um mês naquele resort e na época que Viviane me fez maratonar *Rebelde* me levava a crer que ele tinha me perguntado por que eu havia mudado de ideia. Aquela era uma pergunta *péssima*. Uma pergunta que podia significar que ele estava desconfiando de alguma coisa. Toquei de leve o rosto dele e depois segurei em sua mão. Se eu já tinha feito algo mais difícil do que aquilo, não conseguia me lembrar. A situação exigia um autocontrole que eu não sabia que tinha. Já era para eu ter dado na cara dele. Ou começado a chorar. Ou os dois.

— Minha viagem está acabando — respondi, lambendo os lábios. Me sentia nojenta e ridícula, mas me forçava a continuar. Era o único jeito. — E queria me divertir com você um pouco.

— *Pero usted besó a otro muchacho ayer.* — Juan fez uma careta.

Com a mão que não segurava a minha, ele tocou em meu pescoço, descendo pelo meu colo e acariciando meu braço. Contive o vômito.

Respirei fundo, me esforçando para não me encolher. Qualquer suspeita faria o plano ir por água abaixo, ainda mais considerando que ele já estava perguntando por que eu tinha beijado outro cara no dia anterior. Puxei pela minha memória, mas não me lembrei de vê-lo na sacada, quando todos os meus amigos batiam palmas... se bem que Vivi estava lá...

Certa de que só podia ter sido ela, procurei minha amiga entre as alunas de zumba, que esperavam ansiosas pelo professor. Não consegui vê-la em lugar algum. Deixei a preocupação de lado só um pouco, porque precisava terminar aquela conversa. De preferência logo, porque eu não sabia quanto tempo mais eu seria capaz de aguentar.

— Quem te falou isso? — sussurrei, esticando minha mão para tocar seu pescoço.

— *Vivi* — respondeu Juan corroborando minhas suspeitas e apoiando o rosto na minha mão. Tive que conter mais uma onda de ânsia enquanto fingia estar adorando tocá-lo.

Eu me estiquei um pouquinho para chegar mais perto do ouvido dele. Só alguns centímetros, na verdade, já que ele era só um pouco mais alto que eu — a lembrança de Nicolas zombando disso nos desenhos me deu uma sensação reconfortante. Ele virou a cabeça na minha direção, roçando seu lábio na minha bochecha. Engoli minha vontade de berrar.

— Quem é Vivi mesmo? — sussurrei, roçando meus lábios no ouvido dele.

Acho que foi essa frase que me fez ganhar o jogo. Juan riu, esticando a cabeça para tentar me beijar. Dei um passo para trás, balançando a cabeça devagar com um sorriso que era para ser sensual. Alguém mais atento talvez conseguisse ver o mais completo pânico escondido. Balancei o dedo na frente do corpo, piscando devagar.

— Hoje — falei, dando um passo para trás quando ele deu um para a frente. — Sete horas! — Dei mais um passo para trás, mas ele permaneceu parado, descendo os olhos pelo meu corpo como se eu fosse um pedaço de carne. — No La Ostra.

— *Ansioso* — respondeu ele e me virei para ir embora dali.

Dei alguns passos e olhei para trás, antes de tomar a direção da rede onde Nicolas estava escondido. Tudo que consegui controlar durante a conversa borbulhava dentro de mim ameaçando sair. O nojo de precisar ter passado por aquilo para dar prosseguimento ao plano revirava meu estômago de uma forma muito diferente da maneira como ele reagia quando eu estava perto de Nicolas.

Quando cheguei mais perto da rede, Nicolas se levantou, segurando minha mochila. Não me estiquei para pegá-la. Meu sangue fervia de raiva de Juan, mas meus olhos se encheram d'água. Minhas mãos tremiam. Eu queria muito abraçá-lo, mas não sabia se Juan estava olhando. Então passei direto por Nicolas e segui em direção ao mar. Ele provavelmente entendeu meu motivo, pois demorou um pouco para me seguir. Já estava na beira da água, sentindo as ondas baterem nos meus pés, quando ele chegou.

— Consegui. Tá marcado — contei, com a voz embargada.

— Ísis — chamou Nicolas, botando a mochila nas costas. — Pronto, acabou.

Eu me agarrei ao pescoço dele, chorando em seu ombro. Estar perto de Juan trazia à tona todo o pânico do dia da piscina e da praia. Eu tinha suprimido tudo aquilo só para conseguir cumprir minha parte da missão. O nojo se misturava com o medo. Só de pensar no que poderia ter acontecido naqueles dias se eu não tivesse pensado rápido com o meu chapéu ou se Nicolas não tivesse chegado bem na hora…

— A gente não precisa seguir com isso — falou ele, se soltando do nosso abraço e esticando a mão para secar minhas lágrimas. — Podemos pensar em outra maneira.

— Não — respondi, certa de que não tinha outro jeito. Vivi tinha que presenciar tudo com os próprios olhos para acreditar. — Precisamos, sim. Eu sou capaz de fazer isso.

Nicolas sorriu, me puxando para perto novamente. As mãos dele enlaçaram a minha cintura e eu me encolhi, grata. O toque dele era capaz de apagar o pânico de ter as mãos de Juan em mim. Encaixei meu rosto no seu pescoço, sentindo meu coração se acalmar gradativamente. Eu seguiria com aquele plano não porque aquela era a única maneira de fazer Vivi acreditar em mim, mas por todas as meninas que foram aterrorizadas ou se sentiram invadidas por Juan.

Em seus romances malsucedidos do passado, Brenda e eu tentamos dizer para Vivi que os garotos em questão não fariam bem a ela. Vivi sempre foi muito extrovertida e sorridente, mas também era ingênua e uma romântica incorrigível. Esse assunto sempre dava em briga, desde que os garotos começaram a parecer interessantes. Só que o problema com Juan era muito mais grave que um coração partido, e pensar sobre aquilo me deixava desesperada.

— Você é muito forte, Ísis — disse Nicolas, acariciando meu cabelo.

Levantei a cabeça, encarando-o com surpresa.

— Forte? — questionei, pois me sentia fraca. Insegura. Vulnerável. Forte seria um dos últimos adjetivos que eu usaria para me definir. Eu não era boa o bastante nem para minha mãe, e olha que ela tinha o dever moral de me achar ótima.

— Sim, forte. Olha o que você acabou de fazer — respondeu Nicolas, abaixando a cabeça para olhar nos meus olhos.

Pisquei, ainda sem saber o que pensar.

— Deu a volta nesse idiota, sozinha. Conseguiu ficar cara a cara com ele e enganá-lo, mesmo depois de tudo que aconteceu — explicou ele, dando um sorriso torto e segurando minhas mãos. — Se isso não é ser forte, o que é?

Sorri, agradecida por estar ouvindo aquilo. Se tivessem me dito um dia antes que eu seria capaz de fazer uma coisa daquelas eu não teria acreditado. A primeira etapa da fase um da operação estava concluída com sucesso. Nicolas pegou o celular para avisar ao grupo sobre o andamento das coisas e dar uma ideia de onde Juan estava para facilitar o trabalho de Leonardo e Karine. Eles responderam que ainda não tinham visto Vivi, que era a outra parte da missão deles. Cecília e Brenda estavam mandando várias mensagens de áudio. Fiquei focada em ouvir tudo. Eram depoimentos de mulheres que declaravam também ter sofrido nas mãos de Juan. Olhei para Nicolas, sem acreditar no que eu estava ouvindo.

O último áudio enviado era uma mensagem de voz de Cecília dizendo que tinha conseguido convencer várias mulheres a denunciá-lo com a gente. Ela estava marcando um encontro às três horas, na frente da sala da administração. A parte que eu mais queria saber como seria, no entanto, era o desfecho.

— E, gente, todas elas querem participar da fase quatro. — Cecília riu no áudio que ouvimos. — Estou muito ansiosa. Adorei essa missão de anjo vingador.

Aparentemente a fase quatro era a favorita dela. Eu ainda nem sabia qual era a fase dois, que dirá a fase quatro. Eu precisava encontrar Brenda para que ela me contasse tudo. Eu só desejava que tudo corresse bem até o final.

— Você sabe como vai ser a fase quatro? — perguntei para Nicolas, apreensiva.

Ele deu um sorrisinho jocoso, como se a fase quatro também fosse a sua favorita.

— O que foi? — questionei de novo, porque ele era cheio de sorrisinhos.

— Tenho fotos dos esquemas de Brenda no celular — respondeu ele, me puxando pela mão. — Você só vai entrar em ação novamente hoje à noite, então vamos nos esconder em um local seguro até lá.

— E aí você me conta o que vai acontecer na fase quatro? — perguntei, andando ao seu lado. — E para onde nós vamos?

— Planejei algumas coisas para gente fazer hoje enquanto esperamos — disse ele.

Sorri. É claro que ele tinha planejado.

Eu e Nicolas nos sentamos em uma mesa de carteado vazia na sala de jogos e ele abriu as fotos dos desenhos de Brenda em seu celular. Os desenhos ficavam ainda piores na telinha, mas consegui entender razoavelmente bem tudo que representavam. A ansiedade me deixava com dificuldade de respirar, mas Nicolas segurava minha mão e me tranquilizava, enquanto continuava explicando tudo. Precisávamos estar às três horas na frente da administração do hotel para iniciar a segunda fase, com o restante do grupo e com as mulheres que Brenda, Cecília e Cherlyn conseguissem reunir para prestarem queixa. Até lá, tínhamos horas preciosas pela frente.

Quando Nicolas dissera que havia planejado algumas coisas para fazermos juntos, fiquei com medo de ele inventar alguma loucura tipo *parasailing* (ainda que tenha sido uma loucura ótima). Todavia, como nós não podíamos ficar muito expostos, sob pena de sermos vistos por Juan ou alguma fã dele, todas as atividades na lista que ele fez no celular (sério, ele tinha uma lista) seriam realizadas em algum lugar fechado.

Lista de atividades para fazer Ísis esquecer da *Operação Baila, Juanito!*:

1) Salão de jogos para que eu ganhe dela no fliperama com uma mão nas costas;
2) Caraoquê para cantarmos juntos alguma música que fale sobre vingança ou que inclua alguém que tenha sido desmascarado;
3) Almoço no restaurante Le Faisan. Restaurante chique com reserva feita na semana passada;
4) Sessão de cinema com as crianças do resort. A programação na porta do cinema diz que o filme em exibição será *Valente*.

É claro que a lista me trouxe vários questionamentos, que fiz inclusive enquanto ganhava de Nicolas no fliperama com uma mão nas costas. Que música íamos cantar? (Ele era fã de Legião Urbana, mas eu queria cantar Charlie Brown Jr. No entanto, nenhum de nós conseguiu pensar em músicas com os temas sugeridos). Como assim ele tinha feito reserva no restaurante uma semana antes? (Na verdade, a irmã dele é que tinha feito a reserva para almoçar com o noivo, mas, no caos instaurado pela proximidade do casamento, não ia conseguir ir e perguntou se Nicolas não queria). Ele sabia que *Valente* era meu desenho favorito da Disney/Pixar? (Não sabia, mas gostou de saber. O dele é *Divertida Mente*).

A lista foi cumprida com sucesso e, conforme ele tinha desejado, eu mal lembrei da situação que se desenrolava. Só quando estávamos saindo do cinema improvisado do resort foi que vi Nicolas pegar o celular e abrir o nosso grupo.

— Esse nome é horrível, né? — comentei dando risada da *Operação Baila, Juanito!*.

— Falou a menina que me chamou de Nico! — Ele sorriu, balançando a cabeça.

— Eu estava bêbada, não conta! — retruquei, cruzando os braços. — E Nico é um apelido fofo…

— Fofa é você quando fica com raiva — disse Nicolas, cutucando meu nariz e me deixando com mais raiva ainda. — Eu devia ter te beijado no momento em que você disse para Brenda não falar com estranhos.

— Você estava muito ocupado me chamando de maluca — respondi, fazendo careta.

— Pois é, você vê… — comentou ele, me puxando em sua direção. — Tantas coisas melhores pra fazer…

Chegamos atrasados para a fase dois do plano de Brenda, também conhecida como "Reunião na frente da administração do resort". Eu estava tremendo feito vara verde, mas quando vi Brenda e Fred por lá me senti um pouco mais reconfortada. Algumas mulheres estavam perto deles. Todas pareciam um pouco constrangidas, mas conversavam entre si, tentando passar confiança umas para as outras.

— Obrigada por terem vindo — falei, ainda que não tivesse certeza de que elas me entendiam.

Brenda traduziu o que eu disse em espanhol e em inglês, sorrindo para elas e depois para mim. Eram cinco mulheres, de idades variadas. Uma delas parecia ser até mais nova que eu e estava acompanhada de uma mulher mais velha, com expressão desconfiada. Era terrível pensar que todas elas tinham uma história de horror com Juan. As garotas também sorriram para mim e senti muita vontade de abraçá-las. A mesma vontade que tive quando Karine compartilhou sua história. Alguns minutos depois, Cherlyn e Cecília também chegaram, acompanhadas de um grupo de sete mulheres. O grupo era tão variado quanto o de Brenda e Fred. Ao mesmo tempo que eu queria chorar de emoção por estar sendo apoiada por elas, queria chorar de tristeza por todo mundo ter passado por uma situação parecida com a minha.

Com todos presentes, já que Leonardo e Karine continuavam sendo babás de Juan e Vivi (que finalmente deu as caras e, segundo relatos, estava pegando sol na praia), nos reunimos para que Cecília passasse as informações. Brenda fez a tradução para o espanhol, Cherlyn orientou as falantes de inglês, mas Cecília explicava as questões em português. Nicolas segurou minha mão, me dando a força de que eu precisava para seguir em frente. Cecília apontou para Fred e informou que ele estava com os tratados internacionais sobre direito da mulher, dos quais a República Dominicana era signatária, impressos em uma pastinha. Também disse que todos os depoimentos em áudio que eles tinham conseguido estavam salvos em seu celular e prontos para serem passados para o computador da administração. Eram doze mulheres ali pessoalmente, mas os depoimentos que eles recolheram passavam de trinta. Nem todas tiveram coragem de fazer a denúncia ao vivo — o que eu compreendia perfeitamente. E estava muito grata por, pelo menos, elas terem aceitado gravar o áudio.

— Alguma dúvida? — perguntou Cecília, sendo traduzida na mesma hora.

Uma moça levantou a mão timidamente. Olhei para ela, sorrindo e a incentivando a falar. Todas olhamos para ela com essa expressão, na verdade. Aquelas doze desconhecidas estavam unidas por uma situação terrível, mas gratas por terem se encontrado no meio do caos.

— Só queria agradecer por vocês terem se mobilizado dessa forma — disse ela, em português mesmo. — Eu não sabia o que fazer, e agora estou ansiosa para o jantar.

Todas começamos a falar ao mesmo tempo quando Brenda traduziu para o espanhol e para o inglês o que a menina disse, e o que estava sendo dito era unânime em todas as línguas: nós também.

Depois de dar um beijo em Nicolas e reunir coragem, entrei na sala da administração acompanhada por Cecília e Brenda. Vendo que não caberíamos todos ali dentro, nosso objetivo era trazer o funcionário responsável para fora. A princípio, ele pareceu reticente. Conforme previsto caso eles não colaborassem, Cecília começou a fazer um escarcéu, sendo traduzida por Brenda, que parecia piorar o cenário quando falava em espanhol. Sentindo que não tinha muitas chances de escapar, o rapaz atrás do balcão chamou outra atendente e os dois saíram para nos ouvir. A visão de tantas mulheres de braços cruzados deve ter sido intimidante o bastante, porque passaram a ser imensamente solícitos quando começamos a contar nossa história. Quando acabamos, a funcionária do resort só conseguiu dizer:

— *¡Diós mio!*

Cecília, Brenda e Fred seguiram o outro funcionário de volta para dentro da sala da administração. Cecília passaria os áudios para ele, Fred explicaria sua pesquisa sobre os tratados e Brenda foi junto para ajudar na tradução. A outra funcionária continuou do lado de fora e parecia estar de fato horrorizada. Depois de olhar para cada uma de nós, desandou a falar. A menina que agradeceu por termos nos mobilizado daquela forma sabia falar espanhol e tentou traduzir, mas era óbvio que não estava tão familiarizada com o idioma quanto Brenda.

— Ela disse que vão analisar tudo ainda hoje e convocar uma sessão extraordinária com todos os funcionários — explicou. — E que eles já receberam denúncias do tipo, inclusive de funcionários, mas que nunca tiveram provas. — A mulher continuava falando enquanto a moça se esforçava para conseguir acompanhar. — Ela está pedindo desculpas em nome do resort e prometendo que vai cuidar disso pessoalmente.

Quando a mulher terminou, a menina que traduziu começou a falar espanhol. Eu entendi pouco, mas acho que ela disse que se *providências* não fossem tomadas até a manhã do dia seguinte, faríamos queixa na polícia. As garotas que falavam espanhol bateram palmas, apoiando a decisão.

Eu queria avisar a funcionária que até o final do dia teríamos ainda mais provas, mas eu não sabia falar. Antes que eu pudesse improvisar no portunhol, ela pediu desculpas mais uma vez e voltou para a sala da administração. De todo modo, não tinha problema. A prova adicional existiria de qualquer maneira. A fase três, também conhecida como "O Jantar", tinha três objetivos. Eles estavam bem separados e desenhados no esquema que Brenda tinha feito e que Nicolas me mostrara. O primeiro era me permitir gravar Juan falando todo tipo de atrocidade que ele gostava de falar para mim. O segundo era fazer Vivi ver toda a situação de camarote. E o último era fazer Juan se sentir bastante humilhado, com ajuda de todas aquelas mulheres maravilhosas — esse objetivo continuava na fase quatro.

O grupo inteiro estava reunido na frente da sala da administração. Nos entreolhávamos, sem muita certeza do que fazer. Os funcionários já tinham voltado para a sala com as provas que tínhamos reunido, e o pessoal que entrara nela já estava de volta com a gente. A segunda fase tinha ido muito bem, na minha opinião. A fase três se aproximava e voltei a ficar muito nervosa. O sucesso dessa fase dependia muito de mim e isso me deixou muito apreensiva. Eu não queria decepcionar quem já tinha me ajudado tanto. Brenda, Cecília e Cherlyn quebraram o silêncio para agradecer a todas que apareceram e para lembrá-las das fases que ainda estavam por vir.

— Só lembrando: estão todas convidadas para nos encontrar na frente do La Ostra às 19h15 — falou Cecília, sendo traduzida pelas meninas.

Quinze minutos de jantar com Juan soavam como uma tortura, mas eram necessários para que eu pudesse ter material suficiente e para que Vivi também o visse e ouvisse bastante. O grupo se dissipou com promessas de voltar a se reunir mais tarde. Ia dar tudo certo. Eu conseguiria manter a calma. Com certeza... Quero dizer, ao menos era isso que eu esperava.

28

RESPECT!
RESPECTO!
RESPEITO!

Minha capacidade de manter a (pouca) calma era inversamente proporcional à minha tremedeira (muita). Respirei fundo, tentando não entrar em pânico. Eu tinha chegado alguns minutos mais cedo e estava sentada, aguardando. A qualquer momento Juan chegaria para o nosso jantar e meu estômago se contorcia. Sentei à mesa, de frente para a porta, de modo que eu pudesse ficar de olho. Apoiei minha bolsa na mesa e coloquei meu celular para gravar.

Não conseguia esperar nem mais um segundo, tamanho nervosismo e tamanha ansiedade, só queria que ele chegasse e acabássemos logo com isso. Cecília tinha me emprestado um de seus vestidos. Era vermelho, justo e tinha um *generoso* decote. Parecia ser o tipo de vestido perfeito para atrair a atenção de Juan.

Brenda tinha convencido a irmã a ir jantar com ela e Ceci, com a justificativa de que precisava contar algo muito importante. Eu não sabia o que ela ia inventar para a irmã, mas estava olhando quando as três chegaram e se sentaram a uma mesa próxima. Cecília estava de costas para mim, mas Brenda e Vivi se sentaram do outro lado da mesa, viradas na minha direção. Baixei os olhos para o cardápio e fingi que não as tinha visto.

Passei os olhos pelo cardápio *repetidas* vezes, sem realmente ler absolutamente nada do que estava escrito. Eu estava muito nervosa mesmo. Se tudo desse errado, a culpa seria minha. Vivi estava logo ali e ela me veria *jantando* com o seu crush! Se eu não conseguisse provar na frente dela que ele era um completo babaca, talvez nem mesmo as provas entregues à administração fossem capazes de convencê-la. Desesperada pela perspectiva de falhar, só percebi que Juan tinha chegado quando ele parou do outro lado da mesa, bloqueando a luz e me impedindo de continuar a olhar o cardápio.

— *¡Hermosa!* — chamou ele, me fazendo encará-lo. Ainda tinha dúvidas de se ele sequer sabia meu nome. — *Estás linda.*

— *Gracias* — respondi, sorrindo de forma afetada.

Ele sentou na cadeira na minha frente e olhei de canto de olho para a mesa das meninas. Vivi tentava se levantar, mas a irmã dela a segurava pelo braço, fazendo-a se sentar de novo. Não as encarei, mas sabia que Vivi deveria estar querendo acabar comigo. Sorrindo, foquei em Juan, que estava, como previsto, olhando para meu decote.

Os olhos dele estavam tão vidrados que, sinceramente, eu achava que ele nem tinha reparado em Vivi quando entrou no restaurante. Minha produção fora muito bem-feita por Ceci, que prendeu meus cabelos em um penteado meio solto e caprichou na maquiagem, ainda mais do que Vivi tinha caprichado na primeira festa a que fomos ali. Eu, na verdade, gostava mais da maquiagem suave da festa, mas a versão carregada de Cecília parecia estar encantando Juan.

— *Usted es muy bonita siempre* — disse ele, subindo os olhos para meu rosto por um segundo. — *Pero hoy...*

Sorri, tentando permanecer calma. Pelo menos ele estava do outro lado da mesa, longe de mim. A intenção, contudo, era fazê-lo se aproximar. Antes disso eu precisava fazê-lo falar. O máximo que eu pudesse. Ele tinha que dizer coisas comprometedoras.

— Você está muito bonito também — respondi.

A verdade era que, até o momento que falei aquilo, eu não seria capaz de dizer sequer a cor da camisa que ele usava. Não me interessava. Não estava prestando atenção, nem queria ter qualquer tipo de lembrança daquele encontro. Só queria que aquilo acabasse quanto antes, com resultados positivos para a *Operação Baila, Juanito!*.

— *Siempre te quiero besar* — disse ele, com os olhos estreitos e lascivos. — *Pero hoy...*

— E aquele dia na sacada? — perguntei, dando um sorriso soturno. — Você queria me beijar?

— *Yo quería mucho* — respondeu ele, caindo no meu jogo. — *Pero usted es muy difícil...*

Encolhi os ombros, fingindo timidez. Na verdade, minha intenção era fazer algo que me distraísse da vontade de vomitar. Torcia para que tudo estivesse sendo gravado direito.

— Mas você não gosta de garotas difíceis? — perguntei, apoiando meu cotovelo na mesa. — Eu não queria que você enjoasse de mim...

— *Sí* — respondeu, baixando os olhos para meu decote de novo. — *Me gusta la seducción.*

Eu me inclinei ainda mais na direção dele, esticando o antebraço na mesa e me apoiando lentamente, diminuindo o espaço entre nós. Meu rosto parou a menos de dez centímetros do dele, mas, mesmo assim, os olhos de Juan demoraram uma eternidade para desviar do meu decote. Eu conseguia ouvir as reclamações de Vivi na mesa dela, mas não podia me desconcentrar. Eu sabia que ela conseguia ouvir nossa conversa, pelas coisas que falava.

— E hoje, Juan? — falei, umedecendo os lábios. — Será que vai ganhar um beijo?

— *Sí.* —Ele sorriu e aproximou o rosto ainda mais do meu. Engoli em seco, tentando sorrir. — *¿Me vas a besar?*

— Não sei — respondi, piscando devagar. — Será que vou?

— *Va, sí.* — Juan esticou os braços e agarrou meus pulsos na mesa, me fazendo soltar um suspiro de surpresa. — *Y me gustaría mucho más que un beso...*

— Muito mais? — questionei, me sentindo um pouco amedrontada por estar presa, mas certa de que conseguiria arrumar uma forma de me livrar dele, se tudo saísse do controle. — Será, Juan?

— *Sí* — respondeu, trincando os dentes. — *No me gusta escuchar no.*

— *Sí* — sussurrei. Ele se aproximou, tentando eliminar o espaço entre nossos lábios, mas eu me afastei, falando mais alto. Vivi precisava escutar a última parte. — Mas e a Vivi?

O sorriso dele se alargou. Pelo jeito, falar de Vivi era nossa nova piada interna e eu não estava achando a *menor graça*. Desviei os olhos só por um segundo e observei minha amiga se levantar da mesa, sem que Brenda ou Ceci a impedisse. Tudo certo no andamento do plano. Os olhos de Juan brilharam, marotos e alheios aos acontecimentos, quando ele respondeu *exatamente* o que eu queria:

—*Vivi... ¿Quién es Vivi?* — Ele riu outra vez. — *Vivi es una tonta, deslumbrada, muy fácil.*

Voltei a me encostar na cadeira, satisfeita. Juan soltou meus braços e me encarou, sem entender nada. Vivi tinha ficado paralisada no curto caminho entre a minha cadeira e a dela. O olhar feroz que antes se dirigia a mim agora tinha se transformado em um olhar ferido, que ela dirigia a Juan.

— Acho que ela discorda da sua avaliação. Não é, Vivi? — Apontei na direção da minha amiga, fazendo o professor girar o corpo e encará-la.

O restaurante inteiro pareceu silenciar por um segundo, embora isso não tenha acontecido. As mesas em volta de nós *claramente* estavam acompanhando os acontecimentos, mas o resto do restaurante funcionava como sempre. Vivi, transtornada, esticou a mão para a mesa onde estava anteriormente sentada e pegou a taça da tia.

— Ei! Meu champanhe! — reclamou Cecília quando teve a taça sequestrada.

No segundo seguinte, a bebida já estava espalhada na cara de Juan, que berrou e levou as mãos aos olhos.

— Ah, tudo bem — comentou Ceci, rindo. — Foi por uma boa causa.

Juan levantou da mesa, xingando em espanhol tão rápido que eu não consegui compreender. Ele olhou para Vivi com muita raiva e, temendo que ele fosse para cima dela, corri e me meti entre os dois. Cecília e Brenda se levantaram atrás de nós, focadas em seus celulares. Elas precisavam avisar que a fase quatro estava prestes a começar! Juan me encarou enfurecido e respondi com um sorriso vitorioso, que esperava transmitir todo o meu asco. Quando ele se virou para ir embora, segurei seu braço.

— Espera! — falei, mantendo o sorrisinho. — Você vai perder o show.

Não sei se ele entendeu, mas, de qualquer maneira, não demos tempo para ele pensar muito. Cecília e Brenda tinham articulado tudo com o pessoal que estava esperando do lado de fora do restaurante, e, naquele segundo, as mulheres vítimas de Juan estavam invadindo o lugar. Elas começaram a gritar todas juntas e atraíram a atenção para elas. Cada uma segurava um cartaz com alguma frase nociva ou ação invasiva que Juan tinha dito ou executado contra elas. Os cartazes estavam escritos em línguas diferentes. Alguns em inglês, outros em espanhol e ainda outros em português. Assim tínhamos certeza de que estávamos atingindo o maior público possível.

Alguns cartazes também tinham frases que pediam respeito às mulheres, com desenhos e símbolos que tentavam ilustrar as mensagens que queríamos passar. É claro que o fundamento de tudo era uma vingança contra Juan, mas o objetivo ia muito além. Eram gritos de mulheres exaustas de serem subjugadas, de serem encaradas como objetos e de engolirem os gritos em situações em que deveriam gritar. Senti meu peito ficar quente, ao ver a manifestação se aproximar. As circunstâncias que nos uniram e nos impulsionaram a organizar aquilo eram terríveis, mas o resultado era de emocionar qualquer um.

Quando viu as mulheres enfurecidas, Juan tentou sair correndo, mas elas barraram seu caminho, formando um semicírculo. Ele deu meia-volta e tentou sair pelo nosso lado, mas também não conseguiu. Algumas vieram para perto de onde eu, Cecília, Brenda e Vivi estávamos e, juntas, também impedimos a passagem. Ele ficou no meio da confusão, olhando de um lado para outro, como a barata tonta que era. Enquanto tudo isso acontecia, meus amigos, que ainda estavam do lado de fora do restaurante, prendiam outros cartazes com frases nojentas nas janelas (afinal, pelo que vimos e apuramos, não faltavam depoimentos de revirar o estômago), legíveis para qualquer um que passasse por ali.

Olhei para Vivi, com medo de como aquilo tudo a estaria afetando. Ela estava passando os olhos pelos cartazes estendidos nas mãos das moças e nos que estavam sendo pregados nas janelas. Sua expressão de completo horror me deixou em dúvida sobre o que estaria provocando aquela reação. Estiquei minha mão para segurar a dela, querendo fazer um teste e demonstrar que eu estava ali. Ela olhou na minha direção e encolheu os ombros, dando um sorriso fraco. Constrangimento era melhor que raiva, na minha opinião.

As meninas continuaram gritando e Juan permaneceu perdido enquanto o restante dos membros da operação foi entrando no restaurante. Pelo jeito eles tinham passado o dia bem ocupados enquanto eu estava vivendo no mundo da fantasia idealizado por Nicolas. Eu nem sabia como eles tinham arrumado tantos cartazes, para início de conversa. Quando entraram, se dividiram pelos corredores do restaurante. Leonardo e Karine se aproximaram, gritando junto às moças. Fred e Nicolas se desviaram para a área do bar e eu os perdi de vista. Sabia, pelos esquemas de Brenda, que ainda faltavam etapas para o final da última fase.

Eu me estiquei para procurar por Fred, entre todas as cabeças que tampavam um pouco minha visão. A playlist temática de Viviane começou a soar nas alturas pelos alto-falantes do restaurante, que antes estavam tocando uma música alegre, mas suave. Fred tinha plugado o celular no computador que controlava a música do restaurante e fez um joinha na nossa direção, confirmando que tinha dado tudo certo. As mulheres começaram a gritar ainda mais alto, rindo da cara de confusão do professor de zumba. Meu olhar e o dele se cruzaram, em um de seus rodopios sem rumo no meio da roda.

— *¡Baila, Juanito, baila!* — gritei, sorridente.

Tomado pela fúria, Juan tentou forçar passagem entre as mulheres, empurrando-as de todo jeito. Uma delas deu um empurrão que o fez perder o equilíbrio, voltando ao meio da roda.

— *¡Cobarde!* — xingou a garota, dando um passo para a frente para empurrá-lo novamente. — *Es un cobarde ridículo.*

Achei que Juan ia partir para cima dela e comecei a ficar preocupada, mas foi exatamente nessa hora que Nicolas surgiu, carregando uma bandeja cheia de copos com bebida. Leonardo correu para ajudá-lo a segurá-la, enquanto Nicolas pegou uma taça e jogou na cara do covarde fazendo com que ele ficasse um pouco desnorteado e parasse.

— Espero que você não esteja com pressa — disse Nicolas, sem modificar seu tom de voz. — Porque Fred está vindo aí com mais uma bandeja.

Leonardo foi distribuindo os copos entre as meninas da rodinha e elas também começaram a encharcar aquele que tinha sido fruto de tanto sofrimento. Fred reapareceu, oferecendo bebidas para quem tinha ficado sem e aproveitando para ele mesmo jogar uma. Um banho de bebidas era pouco para Juan, mas, mesmo assim, era suficiente para me fazer rir. O nojento tentou fugir entre as pessoas do círculo novamente, mas deu de cara com Fred bloqueando sua passagem.

Nicolas veio para meu lado, contornando a roda por fora. Ele estava segurando uma xícara de café, com um sorrisinho irônico. Eu sorri de volta, enlaçando o recipiente com as minhas mãos. O café, é claro, não estava quente. Jamais nos rebaixaríamos ao mesmo nível de Juan, causando algum dano físico a ele, mas foi poético. Fred tinha sido bem rígido na hora de decidirmos sobre a vingança, para ter certeza de que não estaríamos cometendo nenhum crime nem infringindo nenhuma lei. Tudo ia muito bem até que uma variável não analisada por Brenda surgiu.

— *¿Qué desorden es esa?* — Um grito metálico ressoou pelo restaurante.

Todos olhamos para a porta do restaurante, confusos. De lá, diversos funcionários uniformizados surgiam. O primeiro deles carregava um megafone e era vagamente familiar. Ele continuava falando com a voz metálica, mas eu não estava entendendo nada. Sabendo que nossa manifestação estava acabando e sem querer perder a chance de jogar café em Juan mais uma vez, dei um passo para o meio da roda e cutuquei o ombro dele, que também estava distraído com a situação. Seus olhos se estreitaram quando ele me viu e eu sorri, antes de jogar a bebida no rosto dele.

Parei de sorrir quando sua mão molhada agarrou meu braço. Tentei dar um passo para trás, mas ele me segurou com mais força, usando as duas mãos. Todas as garotas deram um passo para a frente ao mesmo tempo, se esticando para tentar me puxar. O aperto em meu braço ficou mais forte e eu me contorci, tentando me livrar. Por mais que eu tivesse força, ser tocada por ele me desestabilizava e me impedia de me defender melhor. Percebendo que a situação tinha piorado por terem se aproximado, as meninas se afastaram. Nicolas deu um passo à frente, mas Vivi o puxou de volta e foi até o centro da roda.

— Juan! — chamou ela, parada ao meu lado. — Solta a Ísis.

Minha amiga estava com lágrimas nos olhos. Eu me contorci de novo, retomando toda minha força alimentada pelo ódio que sentia pelo que ele tinha feito com ela. Juan não respondeu. Fez uma expressão de nojo e olhou para Vivi de cima a baixo, se achando superior. Minha amiga se esticou para segurar seu braço, ainda que ele não tivesse afrouxado nem um pouco o aperto no meu.

A equipe do resort que tinha invadido a manifestação estava na nossa roda. Olhavam de Juan para nós como se estivessem muito confusos, mas percebi que muitos estavam lendo o conteúdo dos cartazes. A essa altura do campeonato, alguém já tinha abaixado o som. Não tinha sido Fred, que continuava examinando a situação com a apreensão de quem estava pronto para dar um soco, se necessário, mas que preferiria evitar. Provavelmente o responsável por abaixar o som tenha sido alguém que ainda estava no restaurante, interessado na situação. Algumas pessoas até subiram nas cadeiras para ter uma visão melhor da cena.

— Por favor — pediu Vivi, em tom de suplício. — Solta ela.

— *La culpa es suya* — disse Juan, entre os dentes, ignorando o pedido de Viviane. — *Una rapidita. Tú eres ridícula, un nada.*

A vontade de trucidá-lo era devastadora. Maior do que a de sair correndo, e olha que aquele aperto estava doendo muito. Quem ele pensava que era para falar assim da minha melhor amiga? Senti uma fúria me tomando, mas não soube o que fazer. Juan me tocando trazia dolorosas lembranças, de todas as outras vezes que fez isso contra minha vontade, diminuindo minha capacidade de raciocínio.

— Ísis — chamou Nicolas, baixinho. — Deus não te deu pernas desse tamanho só para pular alto nos bloqueios.

A frase teria me feito rir em outras circunstâncias. O efeito dela naquele momento, todavia, foi bem diferente. Com todo o caos da situação e com o sofrimento de ser violentada mais uma vez, nem me dei conta de que meus braços estavam imobilizados, mas minhas pernas não. Juan voltou a falar alguma bosta incompreensível para Viviane e aproveitei que ele não estava olhando para dobrar os joelhos e acertá-lo. Minha intenção inicial era acertar suas partes íntimas, mas minha perna era grande demais e o ângulo do meu joelho fez com que ele atingisse sua barriga.

De todo modo, o resultado alcançado foi o mesmo. Juan me soltou no susto e se contorceu de dor, me dando espaço suficiente para sair do meio do círculo e correr para perto de meus amigos. Viviane continuou parada lá, observando seu antigo amor recuperar o fôlego e se recompor. Juan olhou para Vivi com uma raiva que eu nunca tinha visto e agarrou-a pelos braços, como estava fazendo comigo um pouco antes. Eu me estiquei para puxá-la, percebendo que Brenda e Cecília estavam tentando fazer o mesmo. Eu estava pronta para pular no cangote daquele desgraçado, se isso fosse necessário.

No entanto, antes que eu pudesse pensar na melhor forma de agir, um dos funcionários do hotel pulou no meio da confusão e deu um soco bem dado na cara de Juan, que acabou soltando minha amiga. Ele deu um passo para trás, trôpego, e Nicolas o segurou antes que ele caísse no chão. Eu consegui puxar Vivi do meio da roda, enquanto o rapaz que deu o soco tirava-o do aperto de Nicolas e o imobilizava com as mãos para trás. Era o mesmo rapaz que tinha entrado no restaurante com o megafone. Foi só naquele momento, vendo-o de perto, que me lembrei de onde o conhecia. Ele era o funcionário que havia pegado meu chapéu no dia da piscina e me salvado do pior! Ele também me viu. Nós trocamos um sorriso cúmplice, de quem sabia mais do que o resto das pessoas.

— ¡*Vamos!* — disse ele, puxando Juan na direção da porta. — *Tenemos mucho que resolver...*

— Espera! — gritou Viviane, se metendo na frente dos dois. — Só um minuto, por favor.

Olhei para ela, sentindo meu corpo inteiro gelar de pânico. Será que depois de tudo isso Vivi ainda tinha alguma dúvida do traste que era aquele ser humano? Será que ela ainda achava que eu estava querendo o mal dela? Nicolas esticou a mão para tocar a minha, me encarando com expressão de dó. Apertei sua mão como se ela fosse capaz de me dar força naquele momento, porque eu não conseguia acreditar no que estava acontecendo.

— Eu queria que você se visse como eu te vejo, Juan — disse ela, sem tirar os olhos dele. Inclinei a cabeça, um pouco confusa. Eu não tinha dito a mesma coisa para ela hoje de manhã, enquanto ela estava dormindo? — Como um nojento, ridículo e abusador que merece responder por todos os crimes que cometeu.

Juan ameaçou revidar, mas o rapaz o puxou novamente, começando a seguir para a porta. Vivi aproveitou que eles ainda não tinham dado mais que dois passos para pegar um copo cheio em uma das bandejas que os meninos trouxeram, em uma mesa próxima. Percebendo o que ia acontecer, o rapaz que estava imobilizando Juan deu um passo para trás, esticando o máximo possível os braços. Vivi se aproximou, ficando na ponta dos pés antes de deixar a bebida escorrer pelo rosto de Juan.

— Queria ter percebido tudo isso antes, mas pelo menos eu tenho a certeza de ter pessoas ao meu lado para me ajudar sempre que eu não conseguir enxergar — continuou ela, me confirmando que ela tinha me escutado naquela manhã. — Some daqui.

O rapaz que estava segurando Juan sorriu, assentindo com a cabeça. A comitiva dos funcionários saiu pela porta, do mesmo jeito tempestuoso que tinha entrado. As mulheres que estavam comigo nessa batalha começaram a bater palmas, comemorando o desfecho merecido daquele mau-caráter. Mais gente do restaurante, que acompanhara a novela até ali, começou a bater palmas. Eu soltei a mão de Nicolas e corri para abraçar Vivi, que me abraçou apertado de volta. Essa fase cinco da operação não estava prevista, mas eu fiquei muito feliz por ela ter acontecido.

29

Depois que narramos os acontecimentos com detalhes para os funcionários que ficaram e cedemos o áudio que eu tinha gravado no restaurante, eles foram embora. As garotas começaram a se despedir e tomar seus rumos também, mas antes de elas irem embora fiz questão de abraçar uma por uma. Muitas tinham participado da vingança, ainda que não tivessem feito a queixa, e eu estava grata mesmo assim.

A exaustão era real. Não conseguia acreditar que tudo aquilo tinha acontecido. Acho que todos se sentiam da mesma forma, pois não conseguíamos falar de outra coisa. Fred sugeriu que fôssemos jantar para tentar recuperar as energias e eu disse que aceitava comer em qualquer lugar que não fosse aquele restaurante. Vivi ficou ao meu lado o tempo todo, de braços entrelaçados, enquanto caminhávamos para outro lugar. Nicolas nos olhava a distância, me dando sorrisos esporádicos quando nossos olhares se cruzavam.

Antes de chegarmos ao local definido, Cecília apareceu ao nosso lado, de braços dados com Brenda. Eu sabia que tinha um sermão a caminho, mas tudo bem. Sentia que todas nós precisávamos dele.

— Bem — começou Ceci, colocando as mãos na cintura. — Acho que precisamos conversar. — Assentiu para si mesma, olhando uma por uma. — *Todas nós*.

Quando chegamos ao restaurante, ela nos fez sentar a uma mesa enquanto Fred, Cherlyn, Nicolas, Leonardo e Karine se sentaram em outra. Era melhor assim. Pelo menos Cecília tinha aprendido, depois daquele vexame que fez Vivi e eu passarmos na praia no dia seguinte ao da nossa bebedeira, que essas conversas são particulares. Mesmo assim, nossos amigos estavam sempre de olho na nossa mesa, como se estivessem com medo de Cecília surtar de novo. Quando ela entrelaçou os dedos em cima da mesa, nos encarando com seriedade, comecei a ficar com medo. Meu celular vibrou no colo, anunciando uma mensagem de Nicolas.

Ele mandou uma carinha sorridente antes de Cecília pigarrear, olhando na minha direção. Deixei o celular no colo. Ora essa, por que eu que tinha que começar? Se tivesse que escolher alguém, escolheria Vivi. Encarei minha amiga, emburrada do outro lado da mesa. Seus braços estavam cruzados e ela fazia bico, mas não parecia estar prestes a chorar. Ainda que estivesse tentando manter minha cara de indignada, internamente eu me sentia um pouco aliviada de ela não querer chorar. Isso partiria meu coração e não conseguiria deixar de abraçá-la.

— Você estava certa desde o início, Ísis — disse Vivi, para começar.

— Meu Deus, acho que temos um fato inédito! — exclamou Brenda com animação, apoiando as mãos na mesa. — Seu celular ainda tá gravando, Ísis?

Neguei, dando um sorriso constrangido. Vivi esticou a mão na minha direção, cruzando a diagonal da mesa. Eu retribuí o gesto, mesmo que estivesse cansada e muito magoada por ela não ter acreditado em mim antes.

— Ele nunca me deu atenção como dava para outras meninas — continuou Vivi, tamborilando os dedos na mesa. — E toda vez que eu perguntava, me dizia que a função dele exigia que fosse *simpático* com os hóspedes…

Cecília gesticulou, incentivando-a a continuar. Apertei sua mão, tentando dar força e engolindo meu sofrimento. Brenda apoiou o queixo na mão, parecendo muito interessada na conversa.

— Eu achava que não era boa o suficiente para ele, nova demais, imatura demais... — explicou ela, dando de ombros. Levantou os olhos na minha direção, brilhantes e tristonhos. — Quero dizer, eu via a forma como ele olhava para *você*...

— Para mim e para *todo mundo*! — retruquei, tentando aplacar a raiva que senti naquele momento, como se eu também fosse culpada.

Ceci tocou na minha mão, fazendo sinal para que me acalmasse. Respirei fundo e tentei ser paciente. Vivi também precisava de ajuda. Nós todas precisávamos, na verdade. Esse era o momento de tentar reconstruir tudo.

— Para todo mundo, não. — Vivi balançou a cabeça, ainda triste. — Não olhava para mim, por mais que eu tentasse chamar a atenção dele. Juan nunca parecia interessado de verdade. Por isso que eu estava tão chateada aquele dia, no quarto. Quando você perguntou se eu queria conversar. Eu queria tanto ter dito sim...

— Queria que você tivesse dito sim — comentei, com honestidade.

— A gente conversava, passava algum tempo junto e até saía para comer — contou Vivi, amargurada. — Mas ele só falava de outras pessoas, de outras meninas, e ignorava solenemente o claro interesse que eu tinha nele.

— Será que é porque ele é o maior babaca? — perguntou Brenda, fazendo uma careta.

— Agora entendi como funciona a cabeça dele — ponderou Vivi, ainda segurando minha mão. — Ele não via graça em mim porque eu estava disponível demais...

— O problema nunca foi você, meu bem — explicou Cecília. — Você não leu todos aqueles cartazes?

Então, ela começou a falar sobre os depoimentos que tinha recolhido durante o dia no resort. Brenda também contou alguns dos seus. Quando o garçom se aproximou, eu agitei a mão para dispensá-lo, implorando com os olhos para que ele voltasse mais tarde.

— Você precisa quebrar esse padrão, Vivi — disse Cecília, com uma voz entristecida.

— Você sempre age dessa forma — interveio Brenda, abrindo os braços. — Sempre se apaixona perdidamente por um completo idiota e ignora as pessoas no mundo que mais gostam de você…

Vivi baixou a cabeça e eu senti uma pontada no coração. Mais do que eu admitiria, claro, porque ainda estava muito magoada. Estava esperando um pedido de desculpas. E não ia aceitar um meia-boca, queria um de verdade. Queria um não por ter sido acusada injustamente, mas por ter ficado sem minha melhor amiga quando passei por um dos momentos de maior fragilidade da minha vida e, principalmente, por ter sido tirada da vida dela com tanta facilidade.

— Dessa vez chegou ao ponto de ser *perigoso* — disse Cecília. — Olha o que aconteceu com Ísis. Ela é sua melhor amiga.

— Só para você saber, dizer que estou certa não é um pedido de desculpas. O que você fez doeu — falei, levantando a cabeça. — Sofri muito quando precisei da minha melhor amiga e você virou as costas para mim.

Vivi levantou os olhos, marejados de lágrimas. Meu coração doeu de novo, mas eu me mantive firme. Soltei nossas mãos e cruzei os braços, tentando me proteger de como me entristecia vê-la chorando. Era horrível saber que eu estava causando ainda mais sofrimento para ela, mas aquele era um momento essencial para todos nós: se a gente não estancasse aquela ferida, ela ia sangrar para sempre.

— Eu não sabia como contar para alguém o que tinha acontecido nem como pedir ajuda — confessei, sentindo meus olhos arderem. — Fiquei com medo de você ter feito a cabeça de todo mundo dizendo que eu queria boicotar seu relacionamento.

A lembrança me deu muita vontade de chorar, mas eu não queria mais lidar com as coisas apenas chorando em silêncio. Queria me reconstruir. Conversar sobre o que estava sentindo tinha dado certo, e eu pretendia continuar fazendo isso. Vivi precisava saber quanto seus comportamentos me deixavam triste. E precisava saber de uma vez.

— Eu nunca quis boicotar relacionamento nenhum! — Abri os braços, cansada de sempre ter que me defender daquele tipo de acusação. — Mas você é minha melhor amiga, eu te amo e me preocupo…

— Você acha que a gente *gosta* de te ver quebrar a cara? — perguntou Brenda, do seu jeito direto. — A gente preferiria *muuuuuuuito* mais que você encontrasse uma pessoa legal e fosse feliz.

— Mas eu sou toda errada! — gritou Vivi, chamando atenção das pessoas que estavam nas mesas próximas. Uma lágrima despencou na mesa de madeira. — Não sou perfeita que nem vocês.

Brenda riu, jogando a cabeça para trás. Fiquei olhando, sem entender. Claramente eu não tinha nenhum gene dessa famigerada perfeição. Vivi olhou para a irmã, horrorizada com a gargalhada.

— Você pensa que é fácil ser sua irmã? — perguntou ela, fazendo careta. — Você é tão inteligente... provavelmente vai negociar a paz mundial no futuro.

A garota parou de rir. Olhou na direção da irmã, em choque. Depois seus olhos desviaram para mim e dei de ombros, assentindo. Era intimidante até ser amiga de Brenda, imagina ser irmã!

— Vocês estão me zoando? — perguntou ela, incrédula. Ainda olhando para a irmã, balançou a cabeça. — O que eu não daria para ser extrovertida e simpática como você, Vivi! É muito difícil viver à sua sombra. Ser sempre a sua "irmã tímida". "Nem parece irmã da Viviane" é uma das frases que eu mais ouço. E é sempre em tom negativo.

Engoli em seco, sem entender o rumo daquela conversa. Nunca pensei que Brenda pudesse se sentir dessa forma, nem mesmo Vivi. Talvez fosse por isso que as duas vivessem quebrando pau: porque se sentiam pressionadas pela imagem que criaram uma da outra.

— E você, Ísis — disse Vivi, virando o rosto na minha direção. — Todo mundo quer ser seu amigo, e me sinto competindo por sua atenção o tempo todo! Nem sei como você me atura, mas eu morro de medo de você se cansar e perceber que existem pessoas melhores que eu!

— Sem falar que é *impossível* não ficar intimidada diante da forma como você pula para cortar no vôlei. — Brenda piscou na minha direção, fazendo um gesto com a cabeça.

Olhei de uma para a outra, sem acreditar no que eu ouvia. Elas se sentiam intimidadas por mim? *Por mim?* Tive vontade de rir, um típico riso nervoso, pois eu não conseguia conceber que estava mesmo tendo aquela conversa.

— Estão vendo só? — falou Cecília, esticando as mãos na nossa direção. — Por que ninguém falou nada antes?

Nenhuma de nós respondeu, só demos de ombros e baixamos os olhos.

— Vou parecer aquelas tiazonas de novela adolescente, mas vocês são especiais de maneiras diferentes — disse Cecília, me fazendo levantar a cabeça para fitá-la. — Viver se comparando uma com a outra ou com qualquer outra pessoa no mundo não é justo com vocês, nem é um caminho que traz muita felicidade.

— Somos amigas — falou Brenda, levantando a cabeça também. — Quero dizer, espero que vocês me considerem uma amiga...

— É claro que consideramos, Brenda. — Vivi deu um sorrisinho fraco. — Desculpa se alguma vez te fiz achar algo diferente disso...

— Devíamos nos amar mais e nos apoiar mais — continuou a falar Brenda, dando de ombros.

— Estou completamente de acordo — interveio Cecília, dando um sorriso. — Acho que, inclusive, não há meta melhor.

A mesa caiu no mais profundo silêncio, enquanto olhávamos uma para a outra. A sensação era de que um peso colossal tinha saído das minhas costas e de que meu coração parecia muito mais leve. Devia ser isso que as pessoas daqueles programas e revistas de bem-estar queriam dizer quando falavam que o diálogo era a base de qualquer relação. Eu queria que essa conversa tivesse acontecido antes de tudo começar a dar errado, mas acho que ela só funcionou tanto porque já estávamos no meio de um momento conturbado.

— Vocês me desculpam? — perguntou Vivi, com os lábios tremendo.

— Claro, né, mana. — Brenda revirou os olhos.

Todas da mesa me olharam. Hesitei. Ainda estava muito triste com os acontecimentos recentes, mas será que isso era maior do que o tamanho do meu amor por Vivi?

— Desculpa — disse Vivi, olhando bem na minha direção. — Sei que peço desculpas o tempo inteiro, mas eu estou sinceramente arrependida de tudo... — Outra lágrima pingou na mesa. — Se eu pudesse evitar que você passasse pelo que passou, Ísis... Se eu pudesse voltar no tempo... Queria muito ter estado do seu lado.

Brenda olhou para mim, dando um sorriso encorajador. Suspirei, me sentindo em paz. Ainda doía, mas sentia que o arrependimento de Vivi era verdadeiro. Se meu coração fosse um parque de diversões, o brinquedo favorito de Vivi seria a montanha-russa, mas a verdade é que, no Parque Ísis, ela sempre teria entrada VIP.

— Eu te perdoo, Vivi — respondi, dando um sorrisinho.

— E pode contar que estaremos lá para puxar sua orelha se houver um próximo Juan... — ralhou Brenda, estreitando os olhos na direção da irmã.

— Não vai ter! — Vivi tratou de responder, dando um sorriso. — Prometo!

— Até parece que tenho outra opção além de te perdoar, né? — Brenda fez uma careta e deu um suspiro como se estivesse cansada. — Ia ficar um clima horrível lá em casa...

Vivi deu um tapa carinhoso na cabeça da irmã e eu sorri, baixando os olhos para o celular. Tinha uma mensagem nova de Nicolas, mas não consegui respondê-la. Brenda resolveu preencher o novo silêncio da mesa me colocando na berlinda.

— Vocês sabiam que a Ísis tá *namorando?* — contou ela, me fazendo encará-la com os olhos arregalados. — Com o *Nicolas?*

— Eu não estou *namorando.* — Estiquei a mão para dar um tapinha nela, mas não alcancei. — Mas *você tá*!

— Que história é essa? — Vivi olhou para a irmã, colocando a mão na cintura.

— Não faço ideia — disse Brenda, se apressando para se levantar da mesa e se afastando.

— Ah, não faz? — respondi, me levantando atrás dela. — Vou falar para o Fred que você não faz!

— Você tá namorando o Fred? — Cecília pareceu surpresa, levantando--se também.

— Mas ele não tá indo para a *faculdade?* — perguntou Vivi, apressando-se para se levantar também.

— Está, sim — respondi, andando para a outra mesa. — Ele é *três anos mais velho* que ela!

— Brenda! — chamou Vivi, parecendo horrorizada, mas dando uma risada.

— Ah, o que é que tem, gente? — A mais nova cruzou os braços, acelerando o passo para chegar logo à mesa dos nossos amigos. — Vocês sempre falaram que eu pareço mais velha, mesmo...

— Ei! — exclamou Cecília, fazendo todas nós olharmos na sua direção, parada no meio do corredor do restaurante. — Vocês sabiam que eu estou namorando uma mulher?

Brenda e Vivi começaram a rir. Emudeci, olhando para elas sem saber como reagir. Será que eu devia socorrer Cecília? Dizer alguma coisa? Falar que elas não deveriam estar rindo? Não esperava que Cecília fosse contar essa novidade *dessa maneira* e não sabia como ajudar. Pensando bem, nem sei se ela precisava de ajuda. Parecia serena enquanto falava.

— Não é uma piada — falou Ceci, dando de ombros.

— Não? — Vivi virou a cabeça para questionar.

— É a Cherlyn? — perguntou Brenda, esticando a cabeça para olhar para a tia também. — Porque se não for, deveria ser. Ela é ótima e dá para dizer que ela gosta de você só pela forma como ela te olha e... talvez ela seja areia demais para o seu caminhãozinho.

— Brenda! — repreendeu Vivi, sem entender nada.

— É a Cherlyn — confirmou Ceci.

Brenda comemorou e Vivi deu uma risada, parecendo surpresa. Talvez fosse impressão minha, mas Cecília também parecia mais leve. Ela nos abraçou e foi ao encontro da namorada, que estava sentada na mesa com nossos amigos, olhando para nós com curiosidade. Ela perguntou se estava tudo bem e Cecília respondeu que Cherlyn precisava aprender português, fazendo a americana rir. Nós nos sentamos à mesa e parei de prestar atenção na conversa delas quando me posicionei ao lado de Nicolas. Aquele dia já parecia ter tido umas sessenta e duas horas, com tantos acontecimentos. Naquele momento, todavia, fiquei feliz de ele ainda ter mais algumas. Queria passar o máximo de tempo possível com Nicolas, enquanto ainda podia.

Quando saímos do restaurante, meu corpo pesava, exausto de tanta confusão em tão pouco tempo. O vento fresco da noite caribenha me fez suspirar, fechando os olhos e sendo tomada por um estranho saudosismo. Só tínhamos mais um dia ali e seria justamente o dia do casamento da irmã de Nicolas. Eu o encarei enquanto descíamos as escadas. Ele interpretou meu olhar como um convite e passou o braço por cima do meu ombro, me puxando para perto.

— E aí? — disse Fred, esticando a mão para segurar a de Brenda. — O que vocês querem fazer agora?

— Um mergulho noturno na piscina? — brincou Vivi, dando uma risada.

— Uuuuh... voto em um mergulho noturno no mar! — disse Leonardo, por fora da piada.

Como ninguém se opôs, andamos na direção da praia, mas ainda estávamos discutindo sobre o que íamos fazer. Brenda e Fred disseram que estavam exaustos e que queriam apenas se jogar na areia ou na rede. Leonardo parecia realmente interessado na ideia de se jogar na água, deixando Karine preocupada. Vivi disse que ia se ocupar em catar galhos para fazer uma fogueira e, depois que Cecília traduziu, Cherlyn disse que *adoraria* ajudar, porque tinha sido escoteira na adolescência e sabia *tudo* sobre a melhor maneira de fazer fogueiras.

Nicolas parou um pouco antes da escada que dava para a praia, me fazendo parar também. Nossos amigos se dispersaram, descendo os degraus aos pulos e se espalhando pela areia. Os olhos dele pareciam chamuscar sob o brilho da lua e senti um friozinho na barriga. Ele se sentou na mureta que margeava a escada e a área da praia, me puxando para perto. Mesmo sentado, ele ainda ficava um pouquinho mais alto que eu. A mureta atrás dele tinha uma planta baixinha, mas logo ao seu lado havia uma jardineira com as plantas que tinham me dado alergia, ameaçadoras. Minhas pernas se enfiaram entre as dele e soltei suas mãos para enrolá-las no meu lugar favorito: sua nuca, misturando meus dedos ao seu cabelo.

— Por acaso você tem alguma intenção de me derrubar nessas plantas de novo? — perguntei, dando um sorriso.

— A única coisa que estou interessado em derrubar no momento é essa alça — respondeu ele, passando a mão pelo meu ombro, o dedo por debaixo do tecido.

Com toda aquela emoção, tinha me esquecido que ainda estava usando o vestido sedutor de Cecília. Dei um sorriso e um passo para trás, agitando o cabelo até a parte presa cair, deslizando pelos meus ombros. Nicolas esticou a mão novamente, me puxando para perto pelo pulso. Eu ri, me apoiando nele.

Seus dedos acariciaram a alça de novo e contraí o ombro, fazendo-a deslizar para baixo. Nicolas beijou meu ombro exposto e suspirei, virando a cabeça para unir nossos lábios de uma vez. Meus dedos se enroscaram no cabelo dele e fui tomada pela sensação de que jamais me cansaria daqueles beijos. Ele esticou as mãos e derrubou a outra alça.

— Você está muito mal-acostumado — falei, sem afastar muito minha cabeça. Seus olhos passaram pelo meu rosto, parando nos lábios sorridentes. — Já que me vê de biquíni o tempo todo.

— Ah, não, mas gostei desse vestido — disse ele, a centímetros dos meus lábios. Eu sorri. — Gostei muito.

E então Nicolas se esforçou em demonstrar como gostava do vestido e de mim.

30

Alguém bateu na porta do nosso quarto no dia seguinte, num horário que eu não sabia qual era, mas eu tinha *certeza absoluta* de que era cedo demais. Vivi se revirou na cama, reclamando. Continuei bem quietinha, enquanto as batidas aumentavam de intensidade e frequência. Minha amiga bufou, jogando as cobertas para longe e se arrastando na direção do barulho.

— Brenda, eu juro, se for você... — Ela foi ameaçando no trajeto.

— Não é a Brenda, não — respondeu Nicolas do outro lado da porta, e pulei da cama, pegando meu celular para olhar a hora.

Tinha uma chamada perdida dele. Eu havia combinado de encontrá-lo por voltas das oito para ajudar na preparação do casamento da irmã dele. Marcamos o encontro direto no coreto, já que assim ele poderia ir antes, se fosse necessário. Mas eram sete e meia da manhã e ele estava à minha porta. Meu alarme só tocaria às 7h45 e levei um baita susto quando Vivi simplesmente *abriu a porta*.

— Bom dia, Nicolas. A que devemos o prazer da sua presença tão cedo? — perguntou Vivi, com o cabelo todo bagunçado e com cara de poucos amigos.

— Oi — cumprimentou Nicolas, um pouco tímido.

Tentei me encolher na parede entre minha cama e a mesinha. Quem sabe eu não passava despercebida? De pijama estampado com xícaras de café! O cabelo todo bagunçado! Sem escovar os dentes nem nada!

— Desculpe a hora, mas é que... — justificou ele.

O quarto era muito amplo, e é claro que não consegui me esconder perto da parede, conforme esperado. Nicolas olhou por cima do ombro de Vivi, na minha direção, e acenou.

— Oi, Ísis — falou, dando um sorriso. — Sei que está cedo...

— Hum... Pelos olhares, não estou incluída nos planos. Bom, já que estou acordada, vou lá escovar meus dentes e descer para tomar café — afirmou Vivi antes de sair arrastando os pés rumo ao banheiro.

— Eu ia te encontrar lá no coreto daqui a pouco — falei, andando na direção da porta com meu lindo pijama furado na axila esquerda. Colei o braço no corpo para Nicolas não ver.

Vivi pigarreou, me lançando um olhar que dizia eu-sei-que-você-estava--dormindo-cinco-minutos-atrás, e se apoiou na pia do banheiro, jogando água no rosto. Invejei, pois queria estar fazendo o mesmo. Como não podia, evitei olhar na direção de Nicolas. Quero dizer, vai que ainda por cima eu estava com remela? Ou bafo! Ai, meu Deus, que droga.

— É que a Angélica perdeu um pé do sapato de noiva dela e ninguém consegue achar. — Nicolas fez uma careta, encolhendo os ombros. — Ela deu a ideia de eu vir pedir ajuda, já que da última vez foi você que achou as alianças...

— Já olharam na geladeira? — Ri, lembrando da última vez.

— Já, mas infelizmente não está lá. — Ele também riu. — Angélica está supernervosa, até porque pedi para ela adicionar um monte de gente na lista de convidados... — Nicolas olhou na direção da Vivi, que escovava os dentes. — Inclusive você, Vivi. Se puder ir, claro.

Minha amiga soltou a escova e balançou os braços em uma espécie de dancinha comemorativa. Cuspiu a pasta no segundo seguinte, esticando a mão para lavar o restante de espuma e secar o rosto.

— Se eu posso? É claro que posso! Minha agenda está liberadíssima — disse ela, animada. — Vou começar a procurar o vestido.

Olhei nosso quarto bagunçado e me dei conta de que no dia seguinte, naquela mesma hora, teríamos que estar com as malas prontas para o nosso voo que era no meio da tarde.

— Acho que você já pode aproveitar e ir arrumando as malas — comentei, sentindo meu coração pesar com a lembrança de que tudo ia acabar.

— Ai! Nem fala! Que preguiça! — exclamou Vivi, virando-se para encarar a bagunça.

Olhei para Nicolas, que continuava parado na porta do meu quarto. Voltaríamos para estados diferentes. Nenhum de nós tinha falado sobre o que seria da relação depois da viagem, focados em outras prioridades como, por exemplo, nos vingarmos de um professor de zumba. Ele me fitou e desviou o olhar para as malas abertas no chão.

— Você pode me dar só dez minutos? — perguntei, querendo interromper aquele desânimo. — Vou só trocar de roupa.

— É claro. — Ele assentiu, dando um passo para trás. — Ainda que eu ache que essa roupa está ótima.

Olhei para baixo e as xícaras de café estampadas no meu pijama me encararam de volta. Dei um sorriso tímido, mas acreditava que ele de fato tinha gostado da estampa. Nicolas também era um entusiasta de xícaras quentinhas da minha bebida favorita e, apesar do tom de piada, tenho certeza de que ele estava falando sério. O que não queria dizer que eu não podia zoar com a cara ele.

— Tudo bem se eu for com ela para o casamento? — perguntei, puxando o tecido para os lados.

— Acho ótimo. A Angel não vai se importar nem se você for de biquíni, desde que você ache o sapato dela.

— Isso é só porque você quer me ver de biquíni, Nicolas? — questionei, me esticando para fechar a porta.

— Sempre — respondeu ele com uma risada, apontando para o lado. — Te espero ali no hall do elevador.

Assenti, dando um sorriso e fechando a porta. Me virei na direção das malas, para revirá-las atrás de uma roupa, e reparei que Vivi tirava uma quantidade absurda de vestidos da dela, esticando-os na frente do corpo. Eu nem sabia que ela tinha levado tanto vestido assim. Todos lindíssimos e nem um pouco praianos. No que será que ela estava pensando quando fez essa mala? Na cerimônia do Oscar?

— Vocês dois estão bem, hein? — comentou ela em tom brincalhão, colocando um vestido azul em cima de mim. — Acho que esse vai ficar lindo em você.

— Verdade — respondi, incerta se estava concordando com a observação sobre Nicolas ou sobre o vestido.

— Já conversaram sobre o que vão fazer a partir de amanhã? — perguntou Vivi, parecendo igualmente concentrada nas tarefas de se atualizar sobre a minha vida amorosa e selecionar vestidos. Ela jogou o vestido azul em cima da minha cama e voltou a examinar a mala, procurando outros. — Você vai ter que pegar um salto emprestado com a Ceci.

— Ah, não — reclamei, pegando um short limpo e uma camisa com estampa de corações. — Será que preciso mesmo usar salto?

— É um casamento, Ísis — retrucou Vivi, resoluta. Ela puxou um vestido rosa-claro de dentro da mala. Posicionou-o na frente do corpo, analisando ao se olhar no espelho. — O que você acha?

— Achei lindo — opinei, separando o resto da minha roupa e indo para o banheiro. — Mas você fica bem com qualquer coisa, então realmente tanto faz.

— Falou a menina que ganhou permissão para usar uma calça de pijama estampada com xícaras de café no casamento da cunhada... — Ela deu uma risada, colocando o vestido rosa na cama dela.

— Ela não é minha cunhada — respondi, debruçando-me na pia para lavar o rosto e escovar os dentes.

— Ah, não? Então você precisa avisar isso para o Nicolas, porque ele pensa bem diferente — disse Vivi, fazendo uma expressão de espertinha.

— Vai cuidar das suas malas, vai! — Empurrei Vivi, querendo fazê-la mudar de assunto.

Ela riu e voltou para a arrumação.

Terminei de me arrumar em menos de dez minutos. Já estava pronta para sair e encontrar Nicolas quando resolvi voltar para pegar meu celular, que tinha ficado na mesa de cabeceira. Dei uma olhada nas notificações na tela. A ligação perdida de Nicolas era a primeira, mas tinha uma lista gigantesca de avisos. Fui limpando todos, mas meu dedo parou em cima de uma notificação de ligação perdida da minha mãe.

Franzi a testa, meio confusa. Quando é que ela tinha me ligado que eu não tinha visto? Vi que era da noite anterior, quando meu celular estava recebendo um monte de mensagens do grupo da *Operação Baila, Juanito!*. Resolvi ligar de volta, me sentindo um pouco mal por não ter atendido nem me preocupado em responder as mensagens dela, que eram várias.

— Fica de olho no celular pra gente se encontrar depois — falei para Vivi, apontando para o aparelho dela carregando. — Estou descendo!

— Boa sorte na busca pelo sapato da sua cunhada! — berrou Vivi quando eu já tinha aberto a porta.

O telefone começou a chamar enquanto eu olhava na direção do hall dos elevadores, desesperada com a ideia de que Nicolas pudesse ter ouvido Vivi. Ele não estava visível, então fechei a porta, murmurando que Angélica não era minha cunhada. Não era mesmo. Apesar do que Brenda dizia, Nicolas não era meu namorado e, apesar de eu acompanhá-lo no casamento da irmã dele, não parecia que caminhávamos rumo a isso. Um estado de distância parecia um baita obstáculo.

— Alô? — A voz de sono da minha mãe chamou minha atenção. Deviam ser umas sete horas no Brasil. Muito cedo, ainda mais considerando-se que era sábado.

— Oi, mãe — falei, parando na frente da minha porta.

— Aconteceu alguma coisa? — A voz da minha mãe fez um som agudo de desespero. — Ísis? Tá tudo bem?

— Tá — respondi. — Ontem não deu para atender sua ligação...

— Percebi — disse ela, resmungando. — O que aconteceu?

— É... — comecei, sentindo meu coração acelerar.

Como explicar para a minha mãe, por telefone, que ontem eu não pude atender pois estava no meio de uma operação para desmascarar o professor de zumba do hotel? Professor esse que tinha tentado me agarrar à força? Não só a mim, mas várias outras mulheres? Não consegui pensar em nenhuma forma melhor de abordar o assunto. Pelo menos agora tudo já tinha se resolvido. Por isso, me senti mais confortável de compartilhar com ela o acontecido.

— É que ontem a gente se reuniu para... — Eu realmente não sabia por onde começar. — Quero dizer, tinha o instrutor de zumba e...

— Ai, Ísis — reclamou minha mãe do outro lado da linha, soando cansada. — Não são nem sete horas da manhã aqui. Por que você não pode ser mais direta e sucinta, como Brenda?

Aquilo me enfureceu.

— Mãe — chamei, entre os dentes. — Diferente do que aconteceu com a *Brenda* nessas férias, um cara aqui no resort tentou me agarrar à força *mais de uma vez*!

Tentei não berrar, mas falhei.

Meus gritos chamaram a atenção de Nicolas, e ele surgiu no meu campo de visão. Sorriu e veio andando até mim. Eu queria desligar o telefone na velocidade da luz, antes que ele percorresse os poucos passos que ainda o separavam de mim. Meus olhos arderam e meu sangue ferveu. Não dava para continuar me segurando. Meu novo eu também precisava tentar resolver o problema com a minha mãe.

— Ísis! — exclamou minha mãe, parecendo horrorizada.

— Estou tentando te contar sobre como conseguimos reunir provas contra ele ontem, mas, como sempre, você só sabe me comparar e me diminuir — continuei. — Estou cansada! Não sou como a Brenda, nem como os filhos dos seus amigos, e, para ser sincera, se você não tem nada de bom para falar sobre mim, prefiro que não fale nada. Porque dói muito quando você faz isso, e eu fico achando que não tenho valor.

Nicolas parou a alguns passos de distância e estiquei a mão, pedindo para que ele esperasse. Ouvi a respiração pesada da minha mãe do outro lado da linha e fiquei na dúvida se ela estava com raiva ou chorando. Talvez os dois.

— Agora, se você acha que *tem* algo de bom para falar, podemos conversar amanhã — continuei, me sentindo triste.

Nicolas percebeu e esticou a mão aberta na minha direção, como sempre. Dei um sorriso desolado e peguei a mão dele com força.

— Agora eu preciso ir — afirmei.

— Ísis, espera... — pediu minha mãe do outro lado, nada convincente sobre querer que eu esperasse. — Vamos conversar agora...

— Amanhã. Até amanhã — respondi, sem querer esperar coisa nenhuma. — Estou bem, tenho pessoas aqui cuidando de mim. Manda um beijo pro papai.

Desliguei o celular e respirei fundo, soltando o ar lentamente. Senti que tinha conseguido fazer o mais difícil: introduzir a situação e dividir minha insatisfação. Talvez eu fosse recebida no Rio de Janeiro com uma discussão familiar, mas eu estava preparada para isso.

Depois de tudo que eu tinha passado naquela viagem, iria encarar sem medo. Eu tinha suportado circunstâncias pelas quais nunca imaginei passar e havia resolvido tudo. Perto disso, o que seria uma discussão com meus pais?

— Tá tudo bem? — perguntou Nicolas, me puxando para perto.

Assenti, colocando os braços em volta de seu pescoço. Estava tudo bem. Eu conseguiria lidar com um pé nas costas com o que quer que estivesse me esperando em casa. Ri com a lembrança de que tinha desafiado Nicolas com uma expressão similar, no início da viagem. Parecia que tudo tinha acontecido havia *meses*.

— Sabe do que a gente precisa? — perguntou ele, encostando a testa na minha.

— De um beijo? — indaguei, descendo os olhos para seus maravilhosos lábios.

— Também. — Ele riu, arrumando meu cabelo atrás da orelha. — Mas quis dizer de uma xícara de café, que nem aquelas do seu pijama.

— E o sapato da sua irmã? — perguntei, com os olhos brilhando diante da ideia de tomar uma xícara de café.

— Acho que Angélica pode esperar mais um pouco. — Nicolas sorriu outra vez. — Não é como se ela tivesse que se casar hoje, nem nada assim...

Dei uma risada, me esticando para beijá-lo.

O sapato de Angélica tinha ido parar dentro de um dos sacos com flores artificiais. Não fui eu quem encontrou, mas sim Rogério, um dos tios de Nicolas. O mesmo para o qual tínhamos entregado também um saco de flores, no dia da festa da espuma. Talvez fosse até o nosso saco, vai saber. Rogério estava tirando as flores de dentro do tal saco e entregando para que arrumássemos nos diversos vasos que foram espalhados pelo coreto e pela área onde os convidados ficariam sentados.

Meu grupo de amigos estava ajudando na arrumação, especialmente depois que Nicolas convidou todo mundo para o casamento. Fred foi receber mais um punhado de flores, mas o que Rogério tirou de dentro do saco foi um sapato branco um pouco coberto de folhas verdes artificiais.

— Nossa, nunca vi esse tipo de flor antes! — Ele riu, levantando o sapato e começando a limpá-lo. — Será que se eu enterrar no quintal lá de casa dá uma árvore de sapatos?

— Ah, graças a Deus! — Fabiano, pai de Nicolas, correu na direção do irmão para pegar o sapato. — Vou levar para a Angélica agora!

— Poxa... — Rogério deu um muxoxo quando o sapato foi arrancado de sua mão. — Tudo bem, nunca gostei tanto assim de branco...

— Planta um de outra cor, tio! — ralhou Nicolas do outro lado do coreto, afofando suas flores em um dos vasos. — Vermelho, de repente?

— Minha cor preferida, querido sobrinho — respondeu Rogério, entregando mais um punhado de flores para Fred.

Todos logo voltaram a seus afazeres. Ri das piadas de Rogério, mas depois do comentário de Nicolas fiquei pensando que talvez ele estivesse falando *sério*. Algum tempo mais tarde, quando nos encontramos na cozinha, puxei-o pelo braço, morrendo de curiosidade. Antes que eu pudesse articular a pergunta, Cecília entrou lá, carregando uma pilha de engradados de cerveja nos braços. Cherlyn estava bem atrás, com duas garrafas de vinho. É claro que os funcionários do hotel estavam trabalhando com a gente, mas Angélica queria ter certeza de que a cerimônia ia superar suas expectativas. Por isso, colocou toda a família para arrumar e supervisionar o que estava sendo feito.

— Onde eu coloco isso? — perguntou Cecília. — Tá pesado!

— Por que você pegou esse peso todo? — questionei, horrorizada. — Podia ter pedido ajuda para algum funcionário!

— Não brinco em serviço quando o assunto é cerveja — brincou ela.

Nicolas abriu o freezer e liberou espaço para ela enfiar os engradados lá dentro. Cherlyn riu da cara dela, deixando as garrafas de vinho na pia. Nicolas se abaixou no interior do freezer e puxou uma cerveja de outro engradado, que já estava lá dentro havia mais tempo. Esticou-a na direção de Ceci, com um sorriso cativante.

— Pagamento pelo seu empenho — disse ele.

— Ah, *muito obrigada* — respondeu Cecília, pegando a garrafa com uma felicidade que me fez dar uma gargalhada. — Que achado esse menino, hein, Ísis?

Senti minhas bochechas queimarem e olhei para o outro lado, sem saber o que Nicolas ia pensar daquela afirmação. Era um achado mesmo, mas que eu perderia em vinte e quatro horas. Cecília abriu a cerveja no braço, ignorando a ausência de um abridor de garrafa na cozinha. Nicolas se remexeu ao meu lado e olhei pelo canto de olho enquanto ele esticava a mão na direção do freezer.

— *Do you want one too?* — ofereceu ele a Cherlyn.

— *No, thank you!* — Cherlyn balançou a cabeça, puxando a cerveja da mão de Ceci quando ela estava prestes a dar um gole. — *I'm going to steal a sip from Ceci...*

— Eeeeei! — reclamou Cecília, mas riu do furto em potencial. Cherlyn deu um gole e devolveu a garrafa. Cecília lançou um sorriso para nós, antes de esticar a mão para a namorada. — Obrigada, Nicolas. Qualquer coisa estaremos lá fora carregando *mais coisas...*

As duas saíram rindo da cozinha e balancei a cabeça, achando graça. O que eu achava mais curioso naquela situação não era nem de longe o fato de Cecília estar com uma mulher, mas o fato de ela estar *namorando*. Ela dizia que jamais ia se comprometer com alguém na vida e que o bom mesmo era experimentar o máximo que pudesse. Pelo jeito eu não tinha sido a única a mudar algumas convicções...

— Você chegou a conversar com ela? — perguntou Nicolas, fechando a tampa do freezer. — Quero dizer, imagino que sim, mas como foi?

— Ah, foi surpreendente, mas ótimo — respondi, me apoiando na tampa fechada. — Ontem ela contou para Brenda e Vivi também.

— E como elas reagiram? — perguntou ele, virando-se na minha direção.

— Reagiram superbem. Brenda ficou *muuuuuuuuuuito* empolgada — brinquei, fazendo-o rir. — Acho que o mais difícil para Ceci vai ser a parte mais velha da família. A irmã dela, por exemplo. E a mãe... Não sei como elas reagirão...

— Minha avó fez um escândalo quando meu tio se assumiu — contou Nicolas, apoiando-se ao meu lado. Nossos braços se esbarraram e estiquei os dedos para tocar sua mão. — Meu tio Rogério, você sabe. — Ele olhou na minha direção e inclinei a cabeça, cogitando se podia ser o mesmo que tinha me deixado na dúvida. — O que está ajudando com as flores...

— *Ahh* — confirmei, fazendo a conexão. Que bom que ele tinha tocado no assunto! — Eu estava mesmo querendo te perguntar.

— Nossa, foi a maior confusão — continuou Nicolas, fazendo carinho no dorso da minha mão. — Se quando ele começou a trabalhar como designer de sapatos femininos meu avô já surtou, você pode imaginar o que aconteceu quando ele levou um namorado para a ceia de Natal.

— Que horror! — Tentei imaginar a cena e me senti mal.

— O primeiro ano foi muito difícil. — Nicolas franziu os lábios, pensativo. — Meu pai foi o mais receptivo da família e ajudou tio Rogério a passar pelas confusões... Pelos maus bocados, de verdade.

— Mas e agora? — perguntei, um pouco apreensiva.

— Hoje em dia minha avó já liga para parabenizá-lo quando vê alguma de suas criações em destaque em alguma revista — contou Nicolas em tom descontraído —, mas demorou um tempo para chegarmos a esse nível...

Era absurdo que alguém precisasse passar por situações terríveis simplesmente por amar alguém. Nicolas comentou que a homoafetividade ainda era tratada como crime em uma quantidade assustadora de países. E, apesar de não ser criminalizada no Brasil, era só assistir ao jornal um dia ou acessar as redes sociais para saber que os crimes de homofobia vinham sendo cada vez mais frequentes e que os discursos de ódio pareciam cada vez piores.

— Que droga de mundo — concluí, baixando os olhos.

— Às vezes é uma droga mesmo — concordou ele, desencostando do freezer. — Mas a gente pode tentar ajudar a deixá-lo um pouco melhor, né?

Assenti com a cabeça, de acordo. Não era nada mais do que nossa obrigação tentar melhorar como ser humano. Todo dia é um aprendizado novo, e seria bem melhor se os aprendizados às vezes não fossem tão doloridos. Mas será que se não fossem eles seriam tão eficazes?

— A gente precisa levar aqueles sacos ali lá para o coreto. — Nicolas apontou para dois sacos que estavam apoiados no canto da pequena cozinha. — São os enfeites das cadeiras dos convidados...

— Você está abusando de meus serviços! — Coloquei a mão na cintura, fazendo charme. — O que vou ganhar com isso?

Nicolas riu, me prensando contra o balcão. Sua mão passou pelos meus cabelos e as bolinhas de sabão explodiram mais uma vez na minha barriga.

Foi um ótimo pagamento.

31

Horas mais tarde Vivi, Brenda, Cecília e eu estávamos enfurnadas no mesmo quarto. Cecília tinha bobes no cabelo, Brenda passava rímel nos cílios e Vivi me ajudava com minha maquiagem. Nossa playlist temática de músicas latinas tocava ao fundo e falávamos uma por cima da outra, já saudosas da viagem que não tinha terminado ainda.

— Qual cor vocês acham que combina mais com o vestido? — perguntou Vivi, apontando para a paleta de sombras e para meu vestido azul.

— A prata — opinou Cecília.

— Ah, não — discordou Brenda, colocando a mão na cintura, a haste do rímel presa entre os dedos, apontando para cima. — Acho que a azul-escura.

— Pensei em misturar um pouquinho das duas. — Vivi deu um sorriso e misturou as cores no pincel.

— Isso! — concordou Brenda, voltando a se maquiar.

Nossas malas já estavam mais ou menos prontas. Vivi tinha começado a arrumá-las e só tinha ficado de fora aquilo que ainda íamos usar. Como uma *festa* nos separava daquele avião, ainda havia *bastante* coisa do lado de fora. A fim de evitar bagunça demais, resolvemos nos arrumar todas juntas. Para isso e para zoar uma com a cara da outra, é claro. Poucas coisas são mais divertidas do que se preparar para alguma festa junto às suas melhores amigas. E era isso que eu estava sentindo no momento. Estava muito grata por poder viver isso de novo.

— Ah! — Cecília estalou os dedos, como se tivesse se lembrando de uma fofoca. — Esqueci de contar o que Cherlyn me disse!

— Que ela já comprou a passagem para te visitar no Brasil? — perguntei, dando uma risada.

— Não se mexe, Ísis! — ralhou Vivi, molhando o dedão com cuspe. — Vou ter que te limpar com minha baba…

— Aaaah! — Dei um grito de brincadeira, me encolhendo e fugindo do dedo babado. Mas ele só passou no cantinho do meu olho.

— Já limpei, sua boba! — Vivi revirou os olhos. — O que você ia dizer, tia Ceci?

— Antes de me encontrar lá no coreto, ela deu uma passada na praia… Ela faz uma aula de alongamento bem cedo, sabe? Com a terceira idade… — continuou Cecília, se aproximando do espelho e tirando um dos bobes.

— Eu já fiz essa aula! — comentei. — Quer dizer, só fiz um dia…

— É? — Cecília riu, me encarando pelo espelho. — Pois é, ela faz todo dia.

Fiquei pensando se Cherlyn estava no dia que eu havia participado, mas não conseguia me lembrar. Tinha sido no dia que conheci Fred.

— Mas e aí? — perguntou Brenda, guardando o rímel e piscando.

— E aí que ela disse que agora a moça que dá aula de alongamento também dá a aula de zumba — contou Cecília, fazendo com que nós três virássemos na direção dela, muito interessadas. — O alongamento adiantou um pouquinho e a zumba atrasou um pouquinho, e ela sai de um direto para o outro.

— Sério? — reagiu Brenda, abrindo um sorriso entusiasmado. — Isso é *muuuuuuuuito* legal!

— Aí ela achou curioso e foi lá na administração. — Cecília puxou outro bobe, dando uma risada. — Vocês sabem como Cherlyn é…

— Na verdade, não muito — comentou Vivi, voltando a focar nas minhas pálpebras. — Mas, para ela ser sua namorada, temos uma ideia.

— Ela é ótima. Tão sorridente... — falei.

— E muito proativa — continuou Cecília. — Ela foi lá na administração e confirmou que Juan não faz mais parte do quadro de funcionários do resort.

— Graças a Deus! — Vivi fechou a paleta, esticando-se para pegar o rímel que Brenda tinha abandonado. — Eu nunca mais quero saber de homem nenhum na minha vida…

— Vivi! — ralhou Brenda, dando uma voltinha e se olhando no espelho. — Já conversamos sobre promessas que você não tem intenção de cumprir…

— Não, agora estou comprometida de verdade. — Ela terminou de passar o rímel nos meus olhos. — Pronto, Ísis. Acho que acabei.

Eu levantei, me sentindo instável nos saltos que Cecília tinha me emprestado. Apesar de esmagarem meus dedinhos, eles faziam toda diferença no visual. O vestido estava um pouco mais curto do que eu esperava, mas considerando que ele era um empréstimo de Vivi, o simples fato de ele não ser *revelador demais* já era uma grande vitória.

— A gente precisa ir — disse Brenda, mostrando o celular pra gente. — Já estamos em cima da hora.

— Ai, meu Deus! — gritou Cecília, puxando os bobes do cabelo de forma enlouquecida. — Peraí!

Nós rimos e corremos para ajudá-la. Em poucos segundos seus fios estavam livres, ainda mais cacheados e lindos. Peguei meu celular, Vivi apanhou um batom de emergência caso precisasse e Brenda apertou a fivela do sapato antes de sairmos quase correndo. Todas estavam lindas e Vivi não colocou lentes. Eu estava muito feliz por estarmos sendo as melhores versões de nós mesmas. Seguimos as orientações de Cecília para chegarmos mais rápido ao coreto.

Quando chegamos ao local da cerimônia, fiquei boquiaberta. Não parecia o mesmo lugar que eu tinha ajudado a arrumar, horas antes. O sol já estava baixo. Em breve, estaria se encaminhando para sumir por detrás do coreto, mergulhando no mar, que era uma calma faixa azul à distância. As cadeiras que todos ajudaram a armar estavam decoradas com os enfeites que eu e Nicolas buscamos na cozinha. As flores foram postas em vasos compridos, complementando toda a beleza do visual. Os convidados estavam chegando e as cadeiras foram sendo ocupadas com rapidez.

— Fred tá ali! — apontou Brenda uma fileira à frente, com lugares vagos ao lado.

Nós apertamos o passo e tomamos os lugares com rapidez. Brenda se sentou ao lado do rapaz e do outro lado dele estavam Leonardo e Karine. Os dois acenaram e sorriram quando nos viram e fiquei feliz de eles também estarem presentes. Vivi se sentou do lado da irmã e eu do seu lado. Cecília ficou na ponta da fileira e colocou sua bolsa entre nós duas, guardando lugar para Cherlyn, que ainda não tinha chegado.

Tentamos conversar um pouco, mas, por conta da longa fileira, era difícil que todo mundo conseguisse se ouvir. Karine e Cecília, sentadas em pontas opostas, precisavam da ajuda de um telefone sem fio para saber qual era o assunto. De todo modo, Fred e o casal ficaram sabendo da demissão de Juan e comemoraram com entusiasmo. Algum tempo depois, Cherlyn chegou. Deslumbrante e com um de seus sorrisos cativantes estampado no rosto, ela disse um *hiiiiiiii* tão longo quanto os *muuuuuuuuito* de Brenda e se sentou entre mim e Cecília.

Pouco tempo depois, a cerimônia começou e os familiares começaram a entrar. Todos levantamos, ansiosos. Nicolas sorriu para mim e ergueu a mão em um aceno muito discreto quando chegou ao coreto. Acenei de volta, sorridente. Ele estava tão bonito de terno! Senti meu estômago ser tomado por uma frente fria de tão nervosa que fiquei e meu coração acelerou. Será que essa sensação passaria um dia? Quando eu olhava para ele, era como se nunca tivéssemos saído da piscina. No dia seguinte, longe um do outro, será que isso passaria? Ou eu me sentiria assim pelo resto da vida, toda vez que me lembrasse dele?

Distraída, quase perdi a entrada da noiva. Vivi me cutucou e virei no último minuto para ver Angélica de braços dados com o pai cruzando o corredor que ajudamos a decorar. Ela estava muito bonita e todos tiravam fotos, até mesmo Brenda. Alguém fungou e vi Cherlyn se debulhando em lágrimas. Cecília revirou os olhos, me lançando um sorriso e esticando o braço para consolar a namorada. Apesar de ser o centro das atenções no momento, Angélica nem desviava o olhar. Eles estavam focados no rapaz que a esperava ao lado do juiz, com olhos marejados e um sorriso maravilhoso. Eu nem tinha percebido a entrada do noivo, perdida admirando Nicolas.

Dava para ver quanto eles se amavam só de observá-los, parados no centro do coreto de mãos dadas. O juiz do casamento devia ser, na verdade, só um cerimonialista convidado. Ele parecia ser da família e, graças a Deus, falava português. Eu nem era muito emotiva com casamentos, mas fiquei com vontade de chorar quando Angélica e o noivo disseram sim um para o outro. Devia ser coisa do Caribe. Aquele sol se pondo, a decoração e o mar azul combinavam tanto com as juras de amor eterno! Quero dizer, *só podia ser...*

— Pode beijar a noiva — anunciou o juiz, e a plateia inteira explodiu em palmas.

Olhei na direção de Nicolas e ele sorriu, me deixando envolta nas nossas bolinhas. Tenho certeza de que o Caribe tinha sua parcela de culpa, mas de repente não era culpa *só dele*...

Os funcionários do hotel começaram a recolher as cadeiras, abrindo uma enorme pista de dança no lugar onde todo mundo assistira à cerimônia. Enquanto isso, os convidados se encontravam em pequenos grupinhos, para conversas esporádicas e risadas. Já a família mais próxima dos noivos estava ocupada, tirando milhões de fotos com o fotógrafo contratado. Nicolas lançava olhares compridos na nossa direção, mas sorria para todos os cliques.

Depois que todas as cadeiras foram retiradas, o DJ contratado convidou os recém-casados para inaugurarem a pista de dança. Os dois desceram do coreto, de mãos dadas e trocando olhares apaixonados. Os familiares desceram logo atrás, se espalhando pela pista. Formamos um círculo em volta dos dois e antes mesmo de eles darem três passos de dança, Nicolas já estava do meu lado.

— Oi — disse, esticando seu braço para pegar minha mão.

— Oi — respondi, lhe oferecendo um sorriso.

Aos poucos, outros casais começaram a se formar, acompanhando a dança de abertura. Eu sequer conhecia a música, que parecia ser uma valsa. Porém, quando Nicolas inclinou a cabeça e perguntou se eu queria dançar, respondi que sim. Uma de minhas mãos repousou em seu ombro e a outra encontrou a dele na frente de nossos corpos.

— Acho importante lembrar que sou uma péssima dançarina — informei enquanto começávamos a deslizar pela pista.

— Na minha opinião, você é ótima — respondeu ele, com um sorriso.

Apoiei minha cabeça em seu ombro, sentindo que silenciava a tristeza de nos separarmos no dia seguinte. Brenda e Fred também dançavam ao nosso lado, um pouco destrambelhados, mas gargalhando. Cecília e

Cherlyn pareciam quase planar do outro lado, tamanha delicadeza. Dei uma risada quando vi Rogério, tio de Nicolas, chamar Vivi para dançar. Minha amiga deu um sorriso animado e estendeu a mão na direção dele, valsando logo em seguida.

— Eu queria ser capaz de parar o tempo — disse Nicolas quando a música acabou e nos afastamos.

— Eu também — respondi, sentindo o peso dos minutos se passando.

Como nenhum de nós podia parar o tempo, tratamos de aproveitá-lo. Depois dessa primeira dança, o DJ começou a tocar músicas animadas e de boate. Angélica tirou com desenvoltura uma parte do vestido, fazendo-o diminuir de tamanho e ficar na altura do joelho. Achei o máximo! Dançamos, comemos e quando ficamos cansados, sentamos. Vivi continuou dançando, mesmo quando estávamos sentadas e descansando os pés. Agitava as perninhas e os ombros. Faltavam mesmo só as maracas imaginárias do primeiro dia. Porém, acho que, depois de um mês aqui, ela tinha finalmente percebido que não havia maracas em Punta Cana.

— Acho que vou me matricular em uma aula de zumba no Brasil — comentou, se remexendo ao som de algum hit local.

— Acho ótimo, mas só depois que eu analisar o professor — ponderou Brenda.

— Já disse que não quero saber de homem nenhum! — Vivi revirou os olhos, dando um sorriso. — De verdade, gente.

Todo mundo deu uma risada descrente, porque aquela promessa já tinha sido feita uma infinidade de vezes e quebrada em todas elas. Acho que faria muito bem para ela passar um tempo sozinha, conhecendo melhor a si mesma. Quem sabe ela não se dava conta de algo que já sabia há muito tempo: Vivi não precisava de homem nenhum para se sentir completa.

— Você não quer tirar esse sapato? — perguntou Nicolas, interrompendo meus pensamentos.

Ter alguém para *completar a vida* não era a mesma coisa que precisar de alguém para ter uma *vida completa*. Alguém para completar a vida era alguém que se preocupava com seus dedinhos sendo esmagados. Alguém para ter uma vida completa era uma muleta que acabaria te deixando na mão. Nicolas deu uma risada quando fiz uma careta de afirmação, louca para arrancar do pé aquela tragédia.

— Mas eu não quero pagar mico — falei, constrangida. — Todo mundo ainda está de sapato...

— Todo mundo? — Nicolas riu, apontando na direção da irmã.

Angélica estava no meio da pista, dançando com o marido. Suas mãos estavam levantadas. Numa delas, uma taça. Na outra, seus sapatos. Gargalhei, me apressando para arrancar aquela desgraça fora. Se eu tinha o aval da noiva, não existia mais vergonha nenhuma. Só esperava que eles não fossem parar dentro de nenhum vaso de flores. Se eu perdesse os sapatos de Cecília, teria que pedir a ajuda de Cherlyn e torcer para ela acalmar a fúria da namorada na hora que eu fosse pedir perdão.

— Vamos dançaaaar — pediu Vivi, vindo até nós e agarrando meu braço. — Eu quero dançar com vocês!

— Vamos com você! — Karine puxou o braço do namorado para que ele também se levantasse.

— Oba! — Vivi voltou requebrando para a pista de dança.

— Vamos também? — perguntou Brenda para Fred, que a seguiu.

Apoiei os sapatos de Cecília no banco. Ela e Cherlyn estavam debruçadas no bar, rindo e tomando drinques que pareciam maravilhosos. Nicolas escorregou no banco, passando o braço pela minha cintura e me puxando até ele. Olhei para cima, imediatamente envolta nesse clima carinhoso, e torci para aquela festa não acabar.

Já era mais de meia-noite quando o DJ anunciou no alto-falante que Angélica ia jogar o buquê. Começara a etapa das atividades de fim de festa. Nicolas estava junto com o cunhado, preparando o boné que ele ia jogar para os homens da festa, valendo uma caixa de bebida cara. Afinal, não parecia muito prudente jogar garrafas, né?

Por sorte aquela área ficava bem distante dos prédios com os quartos, ou o barulho não deixaria ninguém dormir. As mulheres correram alucinadas para o meio do salão em que os noivos receberam os convidados, e Angélica subiu alguns degraus das escadas do coreto, agarrada ao ramalhete de flores.

— Você não vai? — perguntou Vivi, olhando para mim.

— Eu não — respondi. — Sou muito nova para casar, cruzes.

— Também não vou — falou, cruzando os braços. — Além de muito nova, não quero saber de homem nen...

Ela interrompeu sua fala para dar uma gargalhada, apontando para a confusão de mulheres. Franzi a testa, tentando entender do que ela estava rindo. A pista escura estava lotada de interessadas no buquê.

— Minha irmã tá ali! — Vivi apontou um canto em especial.

Brenda, mais baixa que a média das mulheres, se esticava para aumentar suas chances de pegar o buquê, enquanto Cherlyn empurrava Cecília na direção da confusão. Cecília tentou fugir, mas Cherlyn agarrou seu braço e as duas pararam bem no fundo. Eu e Vivi nos apoiamos uma na outra, com a barriga doendo de tanto rir.

— Lá vai! — gritou Angélica. — Um, dois, três...

O buquê voou e as cabeças o acompanharam lentamente. Os homens davam gargalhadas. Até mesmo Nicolas parou de mexer na caixa da bebida para acompanhar o trajeto daquele item tão almejado. Brenda ficou para trás e o buquê continuou voando, voando, voando...

Cecília esticou o braço e o pegou no ar, pouco antes de ele bater em seu rosto. Na verdade, *pegar* era um verbo muito forte. A sensação que a cena dava era de que ela tinha protegido o rosto de um projétil de pétalas. Eu e Vivi começamos a berrar, passando mal de tanto rir. Brenda também gargalhava. Nossa crise de riso só piorou quando ela, desesperada, jogou o buquê em cima da primeira pessoa que apareceu na sua frente: Cherlyn. A americana riu, levantando o ramalhete com uma mão e, com a outra, puxando Cecília para um beijo.

O marido de Angélica trocou de lugar com ela e todos os homens maiores de idade foram para o meio da pista. Leonardo se esticou tanto que acabou conseguindo pegar o boné que garantia a caixa. Alguns minutos mais tarde, quando todos já estávamos reunidos, ele tirou o boné da cabeça, sacudindo-o no ar.

— Não foi o buquê, mas vou casar com você de qualquer jeito — falou, enfiando o boné na cabeça de Karine. — Espero que não demore muito para esse dia chegar.

— Ah, que bonitinho... — Vivi se derreteu.

Aos poucos, as pessoas foram deixando a festa. O som das vozes diminuiu, assim como a intensidade das batidas da música. Os noivos foram embora e a família de Nicolas foi se despedindo, e também nossos amigos, exaustos depois de tanta dança. Vivi avisou que estava indo para o quarto, Leonardo e Karine se despediram e Fred e Brenda comentaram que iam dar uma última volta na praia.

Nicolas e eu sentamos nas escadas do coreto, observando o silêncio e a calmaria de fim de festa. A lua iluminava o ambiente mais do que as próprias luzes do hotel, dando um brilho especial aos olhos dele. Estiquei minha mão para arrumar sua mecha rebelde, tão habituada a fazer isso que nem parecia mais estranho. Era curioso como nossa dinâmica estava fazendo sentido na minha cabeça. Meu único arrependimento era por não ter entendido o que estava acontecendo entre nós *antes*. Foram dias de beijos perdidos, mas pelo menos ficamos juntos.

— O que vai acontecer amanhã, Ísis? — Nicolas interrompeu a calmaria.

— Você vai voltar para São Paulo — respondi, baixando a cabeça. — E eu para o Rio de Janeiro.

— E o que a gente vai fazer? — perguntou, virando o rosto na minha direção.

— Não sei — respondi, me virando para encará-lo.

— Será que se a gente não dormir o amanhã demora mais para chegar? — perguntou ele, dando uma risada sem muito humor.

— Não sei — sorri de volta, enrolando meus dedos na sua lapela mais uma vez —, mas a gente pode aproveitar as horas que faltam mesmo assim.

Nicolas sorriu, me deixando puxá-lo para mais um beijo. Eu não fazia ideia do que ia acontecer com a gente ou que surpresas o dia seguinte traria, mas, envolta naquele sentimento, tive a certeza de que — independente do que acontecesse — viver no meu mundo de bolinhas de sabão era algo que valia a pena. Mesmo que ele só fosse durar alguns dias.

Fui dormir depois das quatro da manhã, mas, mesmo assim, abri os olhos antes das sete e meia. Eu estava em negação de que precisava levantar e encarar a maratona de despedidas. Mas não tinha jeito. Eu me arrastei para fora da cama e me arrumei — um martírio. Eu, Vivi, Brenda e Cecília saímos para tomar café da manhã, mas meus bracinhos cruzados eram um bom indício de como estava meu humor. Eu só tinha acordado há vinte minutos e já estava odiando tudo.

Tudo começou a piorar quando encontramos Leonardo e Karine no café da manhã e demos início oficialmente à temporada de despedidas. Eles iam embora no primeiro voo do dia para o Rio de Janeiro, então já estavam de saída. Precisavam terminar de arrumar tudo, fazer *check out* do hotel e chegar ao aeroporto com a antecedência necessária para voos internacionais. Mesmo assim, pararam para conversar rapidamente com a gente. Eu achava incrível como existia uma quantidade *enorme* de voos para o Brasil, de tantas companhias diferentes. Talvez por isso nenhum de nós fosse voltar no mesmo. Para Brenda, era mais incrível ainda que todos estivéssemos indo embora praticamente no mesmo dia.

— Não tem nada de incrível nisso — disse Cecília, cortando um pedaço de seu *donut*. — Era o período promocional do pacote do resort.

— Isso é verdade — concordou Leonardo, parado ao lado de Karine.

— Bem, nós adoramos conhecer e jogar vôlei com vocês. Espero que possamos nos encontrar de novo em breve! — falou a namorada.

— Sim! — Assenti, desejando muito que todo mundo pudesse se reunir no Brasil. — Moramos no mesmo estado, precisamos marcar alguma coisa!

— Mas vamos marcar *de verdade* — comentou Leonardo, dando uma risada. — Porque o "vamos marcar" dos cariocas normalmente é uma forma educada de dizer "nunca".

— Não! — Vivi riu, balançando a cabeça. — Vamos marcar *de verdade*.

— Quero muito que conheçam nossos amigos do acampamento também! — Karine sorriu. — Eles são ótimos, né, amor?

Leonardo assentiu quando ela olhou para ele.

— E acho que a Cecília se daria superbem com o Igor....

— É? — perguntou Ceci, de boca cheia. Engoliu, antes de continuar. — O que dizer desse Igor que nem conheço mas já amo?

— Então vamos combinar *de verdade* — concluiu Karine, parecendo empolgada. — De repente no meu aniversário!

Todos concordamos e, por fim, nos despedimos. Bebi meu café, observando os dois cruzarem o restaurante e saírem pelas portas gigantescas. O café não estava sendo capaz nem de acalmar meu espírito naquele dia, muito menos de resolver a ardência nos olhos causada pelas poucas horas dormidas. O celular de Brenda vibrou na mesa e todas olhamos para ele. Ela esticou a mão com rapidez e destravou a tela com um sorriso.

— Fred? — perguntou Vivi, se apoiando na mesa e tentando espiar o celular da irmã.

— É — respondeu Brenda, escondendo a tela e digitando depressa.

É claro que era Fred. O rosto dela se iluminou e ela mergulhou no próprio mundo. Uma sensação que eu conhecia muito bem... Virei meu celular para cima rapidamente. Nenhuma mensagem nova.

— Ele só vai embora daqui a dois dias — explicou Brenda, ainda digitando. — Mas vai me ajudar a terminar de arrumar minhas coisas, para passarmos mais tempo juntos.

— E como está esse relacionamento aí? — perguntou Cecília, pousando o garfo com um *donut* espetado de volta no prato. — Devo me preocupar em ter que explicar para seus pais por que raios deixei você ficar com um garoto mais velho?

— Gente — Brenda colocou o celular de volta na mesa, com um pouco de raiva —, ele nem é tão mais velho assim, que saco!

Ela olhou na direção de Cecília, abrindo um sorrisinho.

— E não precisa se preocupar com meus pais, porque eu já contei para eles...

— Contou? — Vivi se assustou, esbugalhando os olhos.

— Contei, é claro — respondeu Brenda, como se fosse óbvio. — Eu quero *muuuuuuuuuuito* que Fred conheça os dois quando for morar no Rio. Então, quanto antes eles soubessem dele, melhor.

— Então vocês estão namorando de verdade? — questionou Cecília, dando risada. — Gente, achei que ia ser uma paixãozinha dessas de verão.

— Me respeita que já mudei até o status de relacionamento nas redes sociais — retrucou a mais nova, com um sorriso triunfante.

As outras duas zoaram Brenda com um *uuuuuuuh* e dei um sorriso, importunada pelos meus pensamentos. Ela disse que já tinha sido apresentada para os pais de Fred (o que parecia ser um *grande feito*, já que eu tinha ficado um mês naquele resort e não tinha visto nem sombra deles), que os dois tinham até marcado o lugar do primeiro encontro no Brasil (Forte de Copacabana, que era um dos lugares preferidos dela) e que estavam planejando como fariam para se encontrar quando ele estivesse ocupado com a faculdade.

Queria morar no mesmo estado de Nicolas. Não precisava ser nem na mesma cidade. A gente daria um jeito. Mas outro estado... Eu não tinha coragem de pedir aquilo. Mesmo que depois, por algum milagre, a gente fosse fazer faculdade em cidades próximas, seria um ano inteiro de relacionamento à distância. Além disso, não tínhamos nem falado de relacionamento. Isso era invenção da minha cabeça. Nicolas não tinha falado *nada* sobre isso. E não seria eu que falaria. Eu só pensava. Obsessivamente.

— E você, tia Ceci? — perguntou Vivi, piscando seus olhos sonhadores. — Como vai fazer com a Cherlyn?

— *Ah*... — disse Cecília, desviando o olhar. — Vamos dar um jeito.

Eu a encarei, sem acreditar. Ela estava realmente me dizendo que ia tentar manter um relacionamento com alguém que morava a uma distância *daquela*? Cherlyn era da Califórnia! As duas estavam separadas por países e mais países. A distância continental, todavia, não parecia assustar Cecília.

— Vocês vão namorar com essa distância toda entre vocês duas? — perguntou Brenda, parecendo chocada. — Não sei como é que vou fazer para aguentar nem *duas semanas* longe de Fred...

— Ah, me poupe — gesticulou Vivi, desmerecendo a reclamação da irmã. — Duas semanas passam *voando*.

Um mês inteiro tinha passado voando, apesar dos dias difíceis e que pareceram longos demais. Num piscar de olhos Brenda já estaria vendo Fred de novo. Eu nem sabia se reencontraria Nicolas. Dei um sorriso tristonho, baixando a cabeça. Estava tudo meio confuso, mas o fato de Cecília querer continuar com Cherlyn mesmo com toda aquela distância era algo que dividia meu coração entre dor e esperança.

— Mas ela já comprou a passagem para te visitar? — perguntou Brenda, dando um sorrisinho.

— Na verdade, eu que comprei a minha para ir até lá — disse Cecília, dando de ombros como se estivesse com um pouco de vergonha. — Olha que loucura!

— Nunca pensei que fosse te ver fazendo isso por alguém, tia — comentou Vivi, balançando a cabeça como se estivesse orgulhosa. — Você deve gostar mesmo dela…

— Gosto — Ceci se apressou a dizer, com os mesmos olhos brilhantes que víamos em Brenda quando o assunto era Fred. Depois começou a rir. — Que loucura!

O amor é estranho, Ísis, mas é incrível também.

Terminei minha xícara de café em silêncio, refletindo sobre a frase. O amor era estranho a ponto de transformar Cecília — a pessoa mais fria para relacionamentos que eu já tinha conhecido — em uma pessoa que comprava passagens parceladas em dez vezes no cartão para visitar a namorada. E era incrível a ponto de fazê-la sorrir e esperar ansiosa por um reencontro, mesmo que parecesse a maior loucura.

Virei o celular de novo e apertei o botão do meio. Nada. Exausta de esperar, puxei-o para o colo, destravei e abri o aplicativo de mensagens. Rascunhei mil vezes um início de mensagem para Nicolas, mas não consegui elaborar nada melhor do que um simples *oi*.

Nicolas
Oi

Nicolas
Desculpa, nem te mandei mensagem

Nicolas
Tô arrumando as malas

Ísis
Eu também preciso terminar de arrumar as minhas 🙁

Ísis
Tô tomando café da manhã com as meninas

Ísis
Que horas é seu voo?

Nicolas
Acho que 15h

Nicolas
A gente vai ter que sair daqui umas 11h30

Nicolas
Que horas é o seu?

Ísis
16h30

Nicolas
Vou pisar na sua terra antes de você, hahaha

Ísis
Que horas seu voo chega lá?

Nicolas
De manhã cedo, tipo 6h

Nicolas
Mas meu voo para SP é só 8h

Ísis
Eu chego no RJ umas 8h também

Ísis
Talvez a gente respire o mesmo ar no aeroporto

Ísis
Podemos falar depois, ou sei lá

Nicolas
Com certeza

Nicolas
Mas vamos nos falar aqui ainda. Né?

Nicolas
Passo no seu quarto antes de ir embora?

Ísis
Pode ser

Ísis
Te aviso quando já estiver lá

Nicolas
Tá o maior caos aqui porque a Angélica já foi pra Disney, mas deixou um monte de coisas dela pra trás e agora a gente tá tendo que procurar

Ísis
Não esquece de olhar na geladeira

Nicolas
Nunca 

Apertei o botão para travar a tela do celular, sentindo um peso no meu coração. Já eram quase nove! Eu só tinha umas duas horas com Nicolas, mas ainda tínhamos malas para arrumar e *check out* para fazer. O mundo real vinha em nossa direção como um trem desgovernado.

— Ísis? — chamou Vivi, esticando a mão para tocar a minha. — Tá tudo bem?

— Tá — respondi, voltando a prestar atenção nelas. — Vocês falaram alguma coisa? Desculpa por ter ficado meio aérea...

— Só perguntamos se a gente pode ir — disse Vivi. — Afinal, temos malas para arrumar.

— Ah, é — concordei, pegando meu celular e empurrando a cadeira, para levantar. — Podemos, sim.

Voltei para o quarto cabisbaixa. Tentei participar das conversas, mas a verdade é que minha cabeça e meu coração estavam em outro lugar. O arrependimento de ter perdido tanto tempo e a ansiedade por não saber o que aconteceria com nós dois me consumiam. Se é que existia *nós dois*. Meu coração me falava que sim, mas meu cérebro discordava.

Nos dividimos quando chegamos ao prédio. Cecília disse que ia passar no quarto de Cherlyn para se despedir, Brenda ia passar no de Fred para chamá-lo para ajudar com as malas e Vivi e eu subimos a caminho do nosso quarto.

— Dá para acreditar que já acabou? — Vivi girou nosso cartão entre os dedos. — Parece que chegamos ontem!

Assenti, sem querer pensar naquilo. Que bom que ainda tinha um monte de coisas para arrumar! Assim, minha cabeça ficaria ocupada em tentar encaixar todas as peças daquele verdadeiro Tetris e me pouparia de entrar num *looping* de tristeza e saudosismo, que era o que estava acontecendo naquele momento. Vivi abriu a porta e soltamos um suspiro. Eu estava com muita preguiça só de olhar o que ainda tinha para fazer. E olha que já tínhamos adiantado grande parte no dia anterior!

— Meu Deus, isso tudo nunca vai caber na minha mala. — Minha amiga deu uma risada nervosa, olhando a bagunça que restava do casamento.

— Vai caber, sim — falei, mandando uma mensagem para Nicolas e avisando que já estava no quarto. — A gente se ajuda!

Arrumar as malas para voltar é, com certeza, a pior parte de uma viagem. Fazer isso é sempre um saco, mas na ida pelo menos estamos empolgados com a viagem. Na volta, exaustos e entristecidos, organizar tudo aquilo parece ser o pior dos suplícios. Ainda mais quando você tem uma amigona como Vivi, que não tem a *menor noção* de como ajeitar as coisas e empilha tudo de qualquer maneira, ficando sem espaço. Precisei reorganizar a mala inteira dela, antes de finalmente conseguir arrumar a minha.

Apesar disso, em pouco menos de uma hora tudo estava devidamente organizado e eu fui tomar banho. Vinte minutos mais tarde, vestida, eu esperava Vivi sair do banho para guardarmos as últimas coisas e começarmos nosso procedimento de saída. Brenda já tinha mandado mensagem dizendo que também estava com tudo mais ou menos encaminhado e informando que ia começar a arrumar as coisas de Cecília, que ainda não tinha voltado. Nosso voo estava previsto para as 16h30, o que significava que a gente tinha que sair do hotel no máximo às 13h.

Sentei na cama, olhando de relance para o celular. A única mensagem nova era da minha mãe: uma imagem editada de um ursinho segurando uma placa em que estava escrito *boa viagem*, seguida pela mensagem "*Conversamos quando você chegar*". Bufei, me jogando no colchão. O que eu tinha feito de errado? Por que Nicolas não dava nenhum sinal de vida?

Se havia alguma dúvida de que talvez isso fosse passageiro, os minutos que se arrastaram sem receber notícias dele me deram certeza. Eu tinha até pensado em perguntar o que ele achava de um relacionamento à distância, depois de saber da coragem de Cecília, mas ia perdendo a coragem a cada novo minuto que se passava. Eu nem sequer sabia se ele teria interesse em continuar comigo, mesmo que morássemos perto. Vai ver que para ele eu era só uma paixão de verão. Precisava estar pronta para essa possibilidade.

Poxa, mas antes não parecia. Parecia muito que ele queria o mesmo que eu. Dei um sorriso amargurado, me lembrando do nosso voo de *parasailing*. Éramos só eu e ele no melhor momento da viagem inteira. Senti meu estômago reclamando por causa da lembrança, revirando-se. Eu me encolhi na cama, sentindo meus olhos arderem por conta do choro que eu tentava segurar. E, depois, na festa da espuma. As bolinhas de sabão estourando ao nosso redor, nos levando para meu mundo favorito, onde só nós dois existíamos.

Uma lágrima escorreu do meu rosto sem permissão e caiu no meu colchão no exato momento em que alguém bateu à porta. Pulei da cama, me apressando para secar o rosto. Vivi continuava no banho. Tentei não correr para atender a porta, mas tinha altas expectativas de ser Nicolas.

E era mesmo. A imagem dele parado ali fez meu estômago revirar de novo. A mecha rebelde estava caída na frente do rosto, ele vestia uma camisa polo escura e jeans. Seus olhos estudaram meu rosto por alguns segundos e seus lábios se esticaram nos cantinhos em um pequeno sorriso.

— Oi — falei, me apoiando no batente.

— Oi — respondeu, sem se mover.

Silêncio.

— Não sei muito bem o que fazer nesse momento — disse ele, olhando para os pés e voltando a olhar para mim.

Meu coração doeu, acelerando. A dor foi se espalhando pelo resto do meu corpo, fazendo minhas pernas formigarem e meus braços se arrepiarem. A letargia também não me deixava agir. Não era a mesma que tinha me deixado sem reação na piscina, nos braços dele. Mas outra, igualmente paralisante, que parecia estar interessada em me destruir de dentro para fora. Será que eu podia pular aquele momento? Será que era melhor cada um seguir para um lado e não ficarmos nos demorando nessa angústia?

— Não tenho muito tempo — avisou Nicolas, esticando a mão aberta para mim.

O simples gesto me fez sair da inércia e dar um passo para fora do quarto, fechando a porta. Abraçando minha angústia, toquei a mão dele, sentindo meus olhos arderem de novo. Era isso, um adeus. Não acredito que eu ia começar a chorar! Ai, que papelão, Ísis. Será que eu nunca ia parar de passar vergonha na frente dele? Que terrível! Não queria deixá-lo com pena de mim, nem se sentindo culpado. Mesmo que tivesse sido algo passageiro, eu queria que ele se lembrasse de mim com carinho, não com culpa.

— O que quer fazer? — perguntei, dando um passo para a frente.

— Na verdade, só ficar com você pelos minutos que me restam — respondeu ele, usando a mão para tocar minha nuca.

— Acho um bom plano — respondi, dando um sorriso fraco.

— Seria um plano melhor se não fosse por apenas alguns minutos — falou ele, encostando a testa na minha.

— A gente trabalha com o que tem — respondi, esticando minha mão livre para tocar seu colarinho. — Vai ter que ser suficiente.

Suficiente para que eu lembrasse para sempre.

Nicolas me beijou e fui invadida por uma mistura de sentimentos. Ao mesmo tempo que amava cada segundo, meu coração reclamava por saber que eram segundos escassos. Ele soltou minha mão para me puxar pela cintura e eu levei a minha até sua nuca, enroscando meus dedos nos seus cabelos, já morta de saudade. A sensação de ter que abrir mão de algo que me fazia tão feliz era dilacerante, e, mesmo com os olhos fechados, eu sentia as lágrimas se formando. Apertei mais meu corpo contra o dele, tentando dissipar qualquer tipo de sentimento que não fosse incrível. Ele se aproximou ainda mais e perdi o equilíbrio, batendo na parede do corredor. Nos separamos com o susto.

— Desculpe — disse ele, com os olhos agitados. Pisquei, querendo dissipar minhas lágrimas. — Te machuquei?

Dei uma risada. A resposta era sim, na verdade. Não pela parede, mas pelo coração partido e o estômago revirado. Me machucava o fato de ele ter que ir embora, mesmo sabendo que não era culpa dele. Uma sinuca de bico que eu não sabia resolver, até porque não sabia que solução eu queria.

Eu sabia que ele gostava de mim. Ele tinha *provado* que gostava, um monte de vezes — mesmo antes de dizer que gostava, naquele dia na praia. Mas não era justo com a gente. A complexidade desse tipo de comprometimento fazia com que ele só funcionasse se os dois lados estivessem muito de acordo. E será que era isso que eu queria? Eu queria *namorar* Nicolas à distância?

— Não — respondi, baixando os olhos. — Tá tudo bem.

— Ísis — chamou Nicolas, levantando meu rosto com a ponta dos dedos e me fazendo olhar para ele de novo.

Estiquei a mão para ajeitar aquela mecha dele e sorri, tão mergulhada no nosso mundo. Toda vez que a gente se prendia um no olhar do outro daquela maneira, parecia que nunca tínhamos saído daquela piscina.

— Escuta — recomeçou ele, com a voz falhada. Eu o assisti engolir lentamente. O pomo de adão subindo e descendo com o movimento. — A gente pode tentar se encontrar, né? No Brasil.

Fiz que sim. É provável que com tanta ênfase que ele deve ter pensado que eu estava desesperada. Bom, eu estava mesmo. Em vez de comentar algo sobre meu desespero, ele assentiu também, quase tão rápido quanto eu. Ele abaixou a cabeça, com um sorriso que também parecia meio triste, e me beijou de novo. Nossos beijos normalmente acabavam com alguém batendo na parede, mas aquele foi sutil. Seus lábios encostaram de leve nos meus e eu os abri, entorpecida pela sensação. Senti um arrepio percorrendo minha pele e suspirei junto à sua boca quando ele me imprensou devagar contra a parede. Parte por parte do meu corpo. Minhas pernas, a cintura, meu torso... Joguei a cabeça para trás, encostando o topo dela na parede também e descolando nossos lábios rapidamente. Nicolas seguiu meu pescoço exposto com uma linha de beijos, parando na alça da minha camiseta.

— Eu queria falar que... — disse ele de novo, e baixei a cabeça para olhá-lo, duvidando da minha capacidade de ouvir.

E um celular começou a tocar. Eu sabia que era o dele porque não reconheci o toque, mas senti a vibração entre nós dois. Ele xingou, dando um passo para trás. Esticou a mão para tirar o aparelho do bolso, me lançando um olhar de desculpas. Balancei a cabeça, querendo dizer que estava tudo bem. Na verdade, não estava *nada* bem.

— É a minha mãe — explicou ele, apertando para atender.

No mesmo momento em que ele disse *alô* a porta do meu quarto se abriu e Vivi enfiou a cabeça para fora, parecendo apreensiva.

— Ísis! — chamou ela e eu fui até a porta, nervosa. — Temos uma emergência: é a Cecília. Ela ainda não apareceu e daqui a pouco temos que sair.

— Que horas são? — perguntei, sem entender por que a pressa.

— Dez e meia — respondeu Vivi, confirmando no celular.

Olhei para Nicolas. Ele estava de costas, mas tinha acabado de desligar o celular e virava de volta, com rapidez. Acho que Vivi entendeu a situação porque murmurou um "vou deixar vocês a sós" e fechou a porta do quarto de novo. Nicolas guardou o celular no bolso e andou até mim, com o semblante fechado.

— Preciso ir — avisou, baixando os olhos.

— Eu sei — respondi, assentindo em silêncio.

— Meus pais já estão colocando as malas no táxi — explicou ele, esticando as mãos para pegar as minhas. — Preciso ir de verdade.

— Tudo bem... — Desviei o olhar, sem querer deixá-lo ver que meus olhos estavam cheios de lágrimas.

— Mas a gente vai se falar, né? — perguntou Nicolas, voltando a fazer carinho no dorso da minha mão com o dedão. — Se ver...

Senti minha voz embargar por causa das lágrimas que eu tentava conter. Tive medo de abrir a boca e começar a soluçar no ato. Por isso, comprimi os lábios e assenti, em completo silêncio. Nicolas se inclinou para me dar um último e rápido beijo. Minha visão estava mesmo muito turva pelas lágrimas, pois pensei ter visto que os olhos dele também estavam marejados.

— Tá difícil — disse ele, dando um passo para trás.

Meus braços continuaram estendidos por um momento, no lugar onde eu estava tocando seus ombros um segundo antes. Sua ausência me fez abaixá-los devagar, dolorida. Fiz que sim com a cabeça mais uma vez. Nicolas deu um sorriso triste, só com o cantinho da boca. Eu queria muito tomar uma iniciativa. Falar alguma coisa. Agir. O que dizer? Como pedir para ele não ir embora da minha vida?

Nicolas suspirou, virando de costas e tomando o caminho do elevador. Acompanhei o movimento com o olhar. Ele chamou o elevador e olhou na minha direção de novo. As bolinhas de sabão do meu mundo foram explodindo uma por uma, me mostrando que a realidade não era como eu idealizava. O elevador chegou, fazendo barulho.

— Você foi a melhor parte dessa viagem inteira — falou Nicolas, puxando a porta e parando-a com o pé. — E vou sentir saudades.

Ele entrou no elevador e corri atrás, o tênis pesado ecoando no assoalho. A porta pesada ia se fechando, mas consegui pará-la no último segundo. As portas internas voltaram a se abrir e Nicolas virou para me encarar, parecendo surpreso. Prendi a porta externa com meu pé, dando um passo na direção dele. Seus olhos estavam realmente brilhando, e uma lágrima minha escorreu pelo rosto e pingou no chão. Eu precisava falar. Que também ia sentir falta dele. Que *não queria* sentir falta dele. Que precisava que ele continuasse na minha vida, mesmo distante. Que podíamos dar um jeito. Que devíamos ficar juntos. Que, para o bem do meu estômago, devíamos namorar.

Inclinei meu rosto molhado e o beijei mais uma vez, sem conseguir falar nada disso. Dei um passo para trás e saí do elevador. Nicolas esticou a mão, mas a porta fechou e observei, em prantos, ele ir embora.

Quase perdemos o voo. Cecília tinha perdido a hora na sua despedida com Cherlyn e tivemos que correr feito quatro desesperadas para conseguirmos despachar as malas. Por sorte, Brenda já tinha feito nosso *check-in* on-line. Foi só terminarmos de entregar as malas que nosso voo começou a ser chamado nos alto-falantes, era a última chamada. Os funcionários da companhia área nos ajudaram a correr ainda mais para que conseguíssemos embarcar. Achei que não ia dar tempo quando chegamos à imigração e Cecília não se lembrava onde tinha guardado nossas permissões de viagem. Comecei a ficar em pânico, mas ela achou dentro da capinha plástica do passaporte e entramos no avião no último segundo.

— Pelo amor de Deus — disse Cecília para a aeromoça quando finalmente nos sentamos e o avião já estava prestes a decolar. — Me vê uma cerveja.

— Infelizmente só posso fornecer bebidas após a decolagem — respondeu a comissária com um sorriso falso, passando direto por nós para sentar em seu lugar para a decolagem.

Cecília não esperou a cerveja. Antes mesmo de levantarmos voo, já tinha tomado um remédio para dormir e ressonava tranquila, apoiada na janela. Invejei, certa de que não ia conseguir dormir direito, com a cabeça conturbada daquela forma depois de me despedir de Nicolas. Se é que aquela conversa estranha podia ser definida como *despedida*. Fiquei tentando me convencer de que não tinha outro jeito, mas a verdade é que eu sabia que devia ter falado com ele. A bola de neve dos arrependimentos só ia aumentando.

— Vou sentir saudades — disse Brenda, quando o avião finalmente ganhou altitude.

— Foi melhor do que ir pra Disney? — implicou Vivi.

— Foi *muuuuuuuuuuuuuito* melhor — respondeu a mais nova, com um sorriso.

Inclinei o rosto para desviar de Cecília e olhar pela janela. A ilha ia ficando para trás, cada vez menor e mais distante. Será que minhas lembranças também se comportariam da mesma maneira?

33

Quando o avião pousou no dia seguinte no Rio de Janeiro, dei graças a Deus. Tinha sido uma longa viagem e uma noite péssima. Foi horrível saber que todas as minhas amigas dormiam bem plenas enquanto eu mal tinha conseguido cochilar. Depois de umas quinze horas, entre voos e escalas, uma coisa era certa: eu estava muito arrependida.

Na verdade, eram duas certezas, a primeira era que eu estava arrependida *demais*, e a segunda é que eu devia ter falado para Nicolas que queria que continuássemos juntos, em um relacionamento — mesmo que fosse à distância. E era por isso que eu estava tão arrependida. Então, no final das contas, era só uma coisa mesmo. E isso estava causando um nó na minha garganta, eu ia chorar a qualquer momento.

Liguei o celular enquanto saíamos do avião, mas ainda não tinha nenhuma mensagem dele. Era só um pouco depois de oito da manhã e talvez ele ainda não tivesse pousado em São Paulo. Meu celular mostrava diversas mensagens dos meus pais, dizendo que já estavam na área de desembarque, esperando por mim. Eu queria vê-los, de verdade. Sentia saudades. Mas não queria ter que lidar com as discussões que viriam, não quando Nicolas ocupava tanto meus pensamentos. Se eu pudesse sair daquele avião direto para uma versão da semana passada que durasse para sempre, faria isso.

Como não podia, esperei minha mala tentando não ficar monitorando o celular de cinco em cinco minutos. Andei pelo *free shop* com Vivi tentando achar graça nas coisas. Ouvi Brenda falar sobre Fred e até deixei ela me mostrar as fotos cafonas que ele tinha mandado para ela, da primeira letra dos nomes deles unidas por um coração e escritas na areia da praia. Só me permiti fazer cara de triste quando fui ao banheiro. A ausência doía, mas eu ia me acostumar. Lavei o rosto, arrumei o cabelo e escovei os dentes. Não queria que minha mãe aproveitasse a deixa para criticar minha aparência também. Estava tentando ao máximo ser positiva e mais forte. Uma passagem para São Paulo não devia ser *tão cara* assim... Se eu economizasse no lanche da escola e comprasse menos coisas, podia tentar ver Nicolas e falar com ele ao vivo.

Vi meus pais no momento em que saímos pela portinha do desembarque. Eles estavam parados atrás das fitas que cercavam a área de saída e começaram a acenar quando nos viram. Acenei de volta, tentando parecer animada, mas falhando miseravelmente. Os pais de Brenda e Vivi estavam do lado deles, também entusiasmados. Baixei os olhos, empurrando minhas malas, e soltei uma risada amargurada. Nem percebi quando Vivi parou de andar na minha frente e acabei esbarrando as malas nela. Ela deu um salto para a frente e gritou, estupefata.

— Eita, Vivi! — falei, puxando a bagagem para trás. — Desculpa!

Vivi não respondeu nada, mas virou na minha direção. Os belos olhos do tamanho de uma bola de bilhar e um sorriso ainda maior estampado no rosto. Soltei as malas, com um pouco de medo. O que ela tinha visto? Com certeza era algo surreal para estar me encarando como o gato da Alice.

— O que aconteceu? — perguntei, tentando desviar dela para enxergar.

Vivi deu um passo para o lado e, assim como ela, congelei.

Meu corpo inteiro gelou. Nicolas estava parado no final do cercado que delimitava a área de desembarque. Ele estava apoiado em uma coluna, de braços cruzados e com o olhar perdido. Levei a mão à boca, sem acreditar no que estava vendo. Meus dedos começaram a tremer quando ele olhou para mim e, de imediato, deu um passo à frente.

— Ísis! — chamou Brenda, apontando na direção dele. — Você tá esperando o que pra ir lá?

— Vai, pelo amor de Deus! — Vivi pegou os puxadores das minhas malas.

— Anda! — concordou Cecília, me dando um empurrão.

Comecei a correr, sentindo as lágrimas escorrerem pelo rosto. Eu ria e chorava ao mesmo tempo, enquanto o espaço entre nós dois diminuía. O que ele estava fazendo ali? Meu Deus, era para ele estar em São Paulo! Será que tinha acontecido alguma coisa? O voo dele tinha sido cancelado?

Os pensamentos se confundiam na minha cabeça, mas, quando cheguei mais perto e ele estendeu os braços, eu me joguei. Suas mãos se fecharam na minha cintura, agarrei sua nuca e, tropeçando, fomos perdendo o equilíbrio até ele bater de novo na coluna em que estava apoiado.

— Oi... — ele começou a dizer, mas o impedi de continuar dando um beijo.

Nicolas riu, fazendo cócegas no meu rosto, e me beijou de volta, enchendo meu coração de uma alegria tão grande que parecia que todos os seus caquinhos estavam sendo colados de novo. Era o meu lugar preferido. Entre seus braços. Que maluquice! *O amor é estranho, Ísis, mas é incrível também.* Meu estômago se revirou e minhas lágrimas deram lugar a um sorriso. Aquilo estava mesmo acontecendo? Nicolas estava no aeroporto? As perguntas sem resposta me inquietaram de tal maneira que interrompi nosso beijo, olhando para ele com medo de que fosse apenas uma alucinação.

— O que você tá fazendo aqui? — perguntei, confusa e em choque.

Ele deu um sorrisinho e baixou os olhos. Meu coração se desesperava no peito, tão acelerado que quase me deixava sem ar. Nicolas fez uma careta sem graça. Foi a cena mais linda do mundo, eu queria tê-lo para sempre! Apertar seu rosto fofinho, arrumar sua mecha rebelde no lugar e beijar aqueles lábios diariamente. O universo precisava dar um jeito de fazer isso ser possível.

— Eu posso ou não ter perdido de propósito a conexão para São Paulo... — respondeu ele, levantando os olhos para me encarar, com uma cara de criança que tinha feito besteira.

— O quê? Por quê? — perguntei, dando uma risada.

Nicolas soltou minha cintura e segurou minhas mãos, me olhando como se estivesse reticente. Eu queria arrancar todos os motivos dele de uma vez, tamanha ansiedade. Não conseguia acreditar que ele estava ali. Como? Por quê? O que eu tinha que fazer para ele nunca mais precisar ir embora?

— É que eu não tive coragem de te perguntar uma coisa muito importante. Eu estava em negação ontem. Fiquei muito sem graça e confuso — disse ele, mordendo o lábio inferior, como se pensasse no que dizer em seguida. — Eu não quero ser egoísta e te arrastar para algo em que você não tem interesse, mas...

Meu coração disparou, enquanto eu esperava para confirmar se ele realmente ia falar o que eu achava que ele ia falar. Será que nós dois tínhamos ficado com medo de falar em namoro à distância? Era sobre isso que ele não tinha tido coragem de falar? Minha ansiedade atropelava meus pensamentos e me fazia querer gritar que *sim*, que eu queria namorar com ele, mesmo antes de ele perguntar o que quer que fosse.

— Mas, Ísis... — Nicolas riu, levantando os olhos para me encarar de novo. — É que eu estou mesmo apaixonado por você...

Soltei uma de suas mãos para secar meus olhos, que estavam transbordando de novo. Nicolas riu de novo, puxando minha mão molhada para perto dele. Era um daqueles momentos em que os olhos se encaram sem se importar com o mundo ao redor, como se só existissem nós dois. Como se estivéssemos naquela piscina de novo.

— Então, eu queria te pedir desculpas por não ter dito nada. E não quero te pressionar, você pode pensar com calma — continuou. — Ah! — exclamou, soltando minhas mãos. — Espera aí!

A tensão estava me matando. Ele foi procurar por algo na mochila que carregava nas costas, e, quando finalmente achou, não entendi nada. Foi só quando ele desatarraxou a tampa do potinho e revelou um cabinho com um círculo na ponta que eu reconheci o objeto: um tubo de bolinhas de sabão!

— Nicolas! — Eu ri, sem acreditar.

Ele riu também, mas juntou fôlego para soprar o círculo, fazendo bolinhas de sabão de verdade envolverem nós dois. Meu mundo de bolinhas de sabão não era só meu: era nosso. E tinha virado real. Estávamos mergulhados no meio dele.

— Finge que a gente ainda tá naquela piscina de espuma, tá bem? — pediu, me fazendo lembrar de quando quis beijá-lo na praia. Tampou e guardou o tubo no bolso.

— Eu sinto como se ainda estivesse — respondi, emocionada.

— É só que eu queria saber se...

A frase se arrastou no ar enquanto ele me encarava, apreensivo. Comecei a ficar inquieta, sentindo minhas mãos suarem e o ar me faltar. A palavra veio subindo pela minha garganta e, apesar de eu saber que ele não tinha perguntado nada, eu queria falar. Gritar. Extravasar o que havia dentro do meu peito.

— Sim — soltei, sem aguentar esperar mais um segundo.

— Mas nem terminei! — Nicolas sorriu, me puxando para perto. — Como é que você sabe o que vou perguntar?

— Bom, espero que seja se eu quero namorar com você. Se não for, acabamos de ficar em uma situação horrível e é melhor só confirmar que era essa a pergunta mesmo — respondi, um pouco alarmada com a possibilidade de *não ser*. — E, se for, *sim*.

— Mesmo que eu fale bolacha e você biscoito? — perguntou, tocando minha lombar para me trazer mais para perto ainda.

Era uma forma bem engraçada de perguntar: mesmo que eu more em São Paulo e você no Rio de Janeiro?

— Vou te converter para o biscoito — respondi, enlaçando seu pescoço.

— Ou eu vou te converter para a bolacha — retrucou ele, inclinando-se para me beijar.

— Você pode tentar — falei, dando uma risada.

Quando ele me beijou de novo, eu não conseguia acreditar. Queria gritar, dançar, pular e comemorar, tudo junto. Quando nos separamos, olhei para trás e vi todo mundo nos observando. Vivi estava chorando, Brenda parecia encantada e Cecília espiava na direção dos meus pais com uma carinha de culpada. Os dois pareciam curiosos, mas interessados. Os pais de Nicolas apareceram também, de mãos dadas, risonhos e com um carrinho cheio de malas.

— Nicolas não parou de falar de você o voo inteiro — contou a mãe, lançando um sorrisinho para o filho.

— A gente não aguentava mais! — comentou o pai, rindo.

— Muito obrigado por me fazerem passar vergonha! — reclamou Nicolas, puxando mechas do meu cabelo para se esconder atrás delas.

Eu ri, colocando a mão no rosto dele. Vergonha? Eu estava achando maravilhoso.

— Quando ele sugeriu remanejarmos a conexão, a gente não teve coragem de dizer não — explicou a mãe dele.

— Mas resolvemos ficar para fazer companhia — completou o pai, com uma expressão apreensiva. — E se você dissesse não para o pedido, né?

Balancei a cabeça de um lado para outro, querendo dizer que jamais.

— Espero que você vá lá em casa muito em breve, querida. — A mãe dele riu, se aproximando para me dar um abraço. — Acho que estamos te devendo um jantar.

Dei uma risada, abraçando-a de volta. Quando ela havia me convidado para jantar, dias antes, eu tinha achado muito estranho. Agora, fazia todo sentido. Fazia tanto que, como eles já tinham perdido o voo e só conseguiriam ser realocados à noite, saímos para almoçar juntos. Mas é claro, só depois de explicarmos a situação e apresentar todo mundo.

O sol do Rio de Janeiro brilhou na pele de Nicolas quando pisamos do lado de fora do aeroporto e o encarei, sem acreditar na minha sorte. Não parecia possível que o mundo tivesse girado daquela forma, me surpreendendo assim.

— O que foi? — perguntou Nicolas, percebendo que eu o fitava.

— Eu estava só pensando — falei, me encolhendo em seus braços enquanto entrávamos no estacionamento. — Onde é que você arrumou bolinha de sabão em um aeroporto?

Nicolas fez outra careta, parecendo achar graça da pergunta.

— Eu posso ou não ter pagado vinte reais para uma criancinha... — respondeu ele, me fazendo dar uma gargalhada. — Mas pelo menos fez você dizer sim, né?

Eu assenti, me esticando para lhe dar um beijo rápido.

Mal sabia ele que eu teria dito sim de qualquer maneira.

Epílogo

Um ano depois...

Olhei para aquele prédio enorme e perdi o fôlego. Mesmo que Fred já tivesse me explicado tudo sobre como funcionava a UERJ, eu ainda estava muito nervosa para o meu primeiro dia na faculdade. Depois de tanto esforço, de dias longos e complicados, pisar naquele lugar fazia tudo valer a pena. Vivi entrelaçou o braço no meu. Senti o nó no meu peito se afrouxar um pouco. Ela estava comigo e isso fazia tudo ser menos desesperador. A natureza se misturava com o concreto cinza, e eu estava muito ansiosa.

— Dá para acreditar? — disse Vivi, colocando a mão em cima da minha. — Que adultas nós estamos! Indo para a faculdade!

— Pois é! — concordei, puxando o celular do bolso. — Nem fala!

Fred tinha mandado uma mensagem no nosso grupo, perguntando onde estávamos. O grupo da *Operação Baila, Juanito!* ainda existia, mas com outro nome. Além disso, agora tínhamos um só com nós cinco. Fred já estava no segundo ano de direito e conhecia a UERJ como a palma da mão. Antes de as aulas começarem, faríamos um pequeno tour com o guia paulista mais carioca que conhecíamos. Apesar do sotaque carregado e de continuar dando só um beijo ao cumprimentar as pessoas, ele estava completamente adaptado à cidade. É claro que isso também tinha a ver com Brenda, com quem ele continuava namorando. Fred já tinha incorporado expressões cariocas, fazendo nossa mascote morrer de orgulho. Ela estava começando o terceiro ano do ensino médio e, apesar de ainda não saber muito bem o que queria estudar, continuava sabendo *onde* queria estudar: onde quer que estivéssemos.

Por conta do início de semestre, o hall, as rampas e os corredores estavam lotados de alunos. Olhei em volta, tentando adivinhar quais deles poderiam ser meus colegas de turma. Eu era a mais nova caloura de engenharia elétrica e isso parecia surpreendente até para mim. Com certeza era surpreendente para minha mãe, que vinha se esforçando muito para não me comparar com mais ninguém, mas enchia a boca para falar para todas as amigas na rua que tinha uma filha "que ia ser engenheira". Eu estava muito empolgada com minha carreira, mas também muito feliz porque já tinha me informado sobre o time de vôlei da engenharia.

Perdida nos meus pensamentos, acabei me esquecendo de responder a mensagem. Vivi, que também estava no grupo, respondeu antes de mim, fazendo meu celular vibrar de novo.

Vivi
A gente tá entrando no hall central

Fred
Beleza, estamos indo aí

Meu coração disparou com o plural, sem acreditar que aquilo estava realmente acontecendo. Se tivessem me dito anos antes que aquela seria minha situação, eu não teria acreditado. Só me sentia grata por tudo.

— Olha — falou Vivi, mexendo no celular. — Ceci mandou mensagem.

Tínhamos um grupo com Cecília e Brenda. Destravei o celular de novo, querendo ler. Aquele começou a ser o nosso principal canal de comunicação depois que Cecília se mudara para a Califórnia, mais ou menos seis meses depois do nosso retorno. Ela e Cherlyn moravam juntas e as duas tinham desinstalado o aplicativo de relacionamentos. Nós planejávamos visitá-las nas férias do ano que vem.

Ceci
Boa sorte no primeiro dia de aula!
Juízo e muito sucesso!

Vivi
Sempre, né, tia?

Brenda
Ano que vem sou eu!!

Vivi
Ai, que insuportável :P

Ísis
Estaremos te esperando, Brenda!
Obrigada, Ceci!

— Imagina fazer faculdade com a minha irmã? Deus me livre conviver com ela 24 horas por dia. — Vivi me fitou com os olhos esbugalhados. — Tomara que ela não faça jornalismo.

O último ano fora de muita reflexão e redescobrimento para Vivi. Era como se uma chave tivesse sido ligada e feito minha amiga brilhar ainda mais. O que poderia ser um ano de desafios e cobranças se tornou o ano da superação. Vivi se dedicou a se conhecer e a tirar o melhor de si. Passou a me dispensar para os programas porque queria aprender a gostar da própria companhia. Foi a exposições, palestras, filmes, shows, cursos de aperfeiçoamento de escrita... Passou a ler mais de um jornal diariamente. No processo de se encontrar, descobriu o que queria fazer da vida. O resultado estava ali: jornalismo. A família inteira ficou em choque quando foi aprovada de primeira em várias faculdades. Brenda ficou tão orgulhosa que fez até uma festa surpresa. Vivi escolheu a UERJ para ficar comigo. Eu também tinha sido aprovada em outra faculdade, mas o universo me levou para lá.

O universo, no caso, vinha andando na minha direção, ao lado de Fred. Não que ele fosse meu universo, mas ele era uma galáxia bem importante. Nicolas sorriu quando me viu, como se não me visse há décadas. Não fazia nem doze horas que eu tinha saído do apartamento que ele dividia com Fred e onde eu passava grande parte dos meus dias. Ainda que ele já tivesse se mudado há duas semanas, eu não conseguia acreditar. Ele estava ali.

Depois de um ano de sofrimento monitorando os preços das passagens de ônibus e de avião quase que diariamente, ele estava morando na *mesma cidade* que eu. Não precisamos mais nos falar apenas por uma telinha de celular, nem nos preocupar quando ficarmos sem internet. Só havia duas estações de metrô entre nós.

A cada nova vinda para o Rio de Janeiro durante nosso um ano de namoro à distância, Nicolas ficava mais apaixonado pela cidade. Suspeito que eu fui um fator determinante. Eu gostava de pensar que a cada nova vinda para o Rio de Janeiro ele ficava mais apaixonado por *mim* também. Porque a recíproca era completamente verdadeira.

Tudo que tínhamos vivido em Punta Cana já completara até aniversário de um ano. Angélica ia dar uma festa de um ano de casamento lá em São Paulo, à qual Nicolas e eu iríamos. A festa vai ser no Carnaval, então poderemos ajudar com os preparativos. O que é ótimo, porque a família dele contava comigo para achar *qualquer coisa* que Angélica perdesse. Eu estava ansiosa para ajudar, mas Nicolas não queria nem pensar sobre a festa que se aproximava, dizendo que ainda não tinha se recuperado do trauma que foi ajudar com o casamento.

— Estava com saudades — disse Nicolas, passando o braço por cima dos meus ombros para me puxar mais para perto.

— Eu também — respondi, me aconchegando nele.

— Meu Deus, que drama! Vocês se viram *ontem*. — Fred riu, revirando os olhos para Vivi.

Depois de um ano distantes, a sensação era de que eu ia ficar *sempre* com saudades, mesmo que nos separássemos apenas por alguns minutos. Eu nunca mais queria sair do lado dele. Claro que daqui a pouco nos separaríamos de novo, porque ele era calouro de relações internacionais. Mas tudo bem, porque só ficaríamos a alguns andares de distância.

— Deixa eles. — Vivi riu, ajeitando uma mecha de cabelo atrás da orelha. — Você e Brenda são muito piores, só para te informar…

— São mesmo — concordei, dando uma risada.

Fred deu de ombros, assumindo sua parcela de culpa. Ele e Brenda mal se desgrudavam e, se fossem fazer o mesmo curso, com certeza só se separariam cirurgicamente. Mas era inegável que era maravilhosa a maneira como os olhinhos dos dois brilhavam quando falavam um do outro.

— Vamos começar o tour? — perguntou Fred, animado.

Assentimos e começamos a caminhar atrás dele. Vivi estava deslumbrada, quase saltitando pela faculdade. O amor que eu sentia por aquelas pessoas não cabia em palavras. Fred começou a subir a rampa, falando sobre quais cursos ficavam em cada andar, mas Nicolas segurou minha mão, me puxando para trás. Ele se apoiou no corrimão, me puxando para perto dele. Dei um sorrisinho tímido, me aproximando o máximo que podia para liberar a passagem, caso alguém quisesse usar a rampa estreita. Aham, era *só* por isso que eu estava assim: para não incomodar as pessoas.

Nós dois ali, com meus braços em volta da nuca dele, me mostravam o quanto combinávamos. Um encaixe perfeito.

— O que foi? — perguntei, franzindo o nariz e ainda sorrindo.

— Nada de especial — respondeu Nicolas, analisando meu rosto. — Só estou feliz de estar aqui com você.

— Eu também — concordei, dando um beijo nele. — Muito.

— Vamos, vocês dois! — falou Fred, olhando do andar acima. — Não vai dar tempo de fazermos o tour desse jeito. As paradas do Expresso da Informação já foram definidas e nenhuma delas é para isso!

Eu ri, me afastando um pouco. Compartilhamos um sorriso cúmplice e viramos para subir o restante da primeira rampa. Fred e Vivi já estavam no meio da segunda rampa quando começamos a subi-la, de mãos dadas.

— Vocês não sentem que o mundo está cheio de possibilidades e que tudo pode mudar a qualquer momento? — perguntou Vivi, olhando para cima pelo vão entre as rampas. — Estamos na faculdade!

Sorri, assentindo. Era ótimo vê-la feliz. E ela estava certa. Todos os ventos de mudança, naquele momento, pareciam positivos. Afinal, eu estava mesmo na faculdade! E com aquelas pessoas que eu amava tanto! E tudo por causa daquela viagem... Foram as férias da minha vida, aquelas que mudaram tudo. Meu mundo pequenino estava se expandindo em galáxias e universos. E, junto daquelas pessoas, eu mal podia esperar por todas as novidades que essa expansão traria.

Com o polegar, Nicolas fez carinho na minha mão e eu olhei para ele, abrindo um sorriso. O que vinha pela frente era incerto e me deixava com frio na barriga, mas se tinha uma coisa que eu nunca queria que mudasse era a forma como eu me sentia quando nossos olhos se encontravam.

Agradecimentos ♡

Sempre quis ser escritora. Era minha resposta para "o que você quer ser quando crescer?" desde que eu me entendo por gente. Passei toda a minha vida carregando caderninhos, enfiada com a cara nos livros e sonhando acordada com mundos que só existiam na minha cabeça. Aí cresci e percebi que a vida adulta era muito diferente do que eu esperava quando criança e, em muitos momentos, achei que teria que desistir de sonhar. Parecia que o mundo queria me mostrar que contar minhas histórias nunca daria certo. Mas escrever faz parte da minha identidade e é impossível dessassociar esse ato da minha existência. Entre trancos e barrancos, continuei seguindo em frente. Por sorte, ou graças a Deus, sempre apareceram no meu caminho pessoas que compartilharam meus sonhos comigo e batalharam ao meu lado para que eu conseguisse realizá-los. Esses agradecimentos são para elas.

Para minha família, que vestiu a camisa comigo (muitas vezes literalmente). Para meu namorado, com quem escrevo minha vida. Para minhas amigas, que me ensinam todo dia sobre o significado de amizade. Para minhas primeiras leitoras do Orkut, que não me deixaram sozinha naquela comunidade criada em 2007 e que hoje são minhas grandes amigas. Para todos os meus professores, que contribuíram para o meu desenvolvimento pessoal e profissional, me fazendo acreditar que eu podia alcançar tudo que quisesse. Para todo mundo que me perguntou "e o livro?" quando me encontrou na rua e me fez pensar que tem mais gente do que eu imagino torcendo por mim.

Para os meus amigos autores, que sempre me apoiaram. Tenho certeza de que no futuro vamos compartilhar o topo da lista de mais vendidos. Para todo mundo que parou para me ouvir falar sobre meu livro em uma Bienal, me dando atenção em uma feira tão grande. Para todos os professores, blogueiros e organizadores de eventos, que abriram incríveis portas quando me chamaram para falar do meu trabalho. Para os blogueiros que foram meus parceiros nessa jornada, para todos os apoiadores das minhas campanhas de financiamento e para os meus padrinhos que me ajudam mensalmente a pagar os boletinhos, obrigada por todo o carinho, vocês são maravilhosos.

Para Wattpad, Sweek e Amazon, que me ofereceram possibilidades que não existiam desde que o Orkut deixou de existir e para meus leitores do Sweek e da Amazon, que me provaram que eu posso conseguir muito mais do que eu imagino. Para meus leitores do Wattpad, responsáveis por tanta coisa boa! Ouso dizer que este livro não existiria sem vocês que me apoiaram e acompanharam desde a primeira linha de *Acampamento* e continuam ao meu lado, mesmo quando eu atraso os capítulos dos livros atuais. Este livro tem o dedo de vocês e o meu coração. Espero que vocês gostem dele tanto quanto gostaram de todas as minhas obras por lá.

Para minhas agentes da Increasy, que acreditaram em mim quando eu mesma não acreditava mais e me ajudaram no pior dos tempos, mas também celebraram o melhor deles (até agora, porque ainda tem muita coisa boa vindo por aí, tenho certeza). Para minhas editoras e toda a equipe da Intrínseca, que me fizeram sentir em casa desde o primeiro "olá" e trataram minha história com tanto amor que nem todas as cestas de chocolate do mundo seriam capazes de retribuir.

Para você, leitor, que agora tem *As férias da minha vida* em mãos. Você é o responsável por eu acordar todo dia e pensar "que belo dia para escrever, não é mesmo?". Espero que minha história faça você ficar com o coração quentinho e cheio de esperança. E que esses agradecimentos te ajudem a renovar a fé em seus sonhos. Obrigada por existir.

1ª edição	JULHO DE 2019
reimpressão	DEZEMBRO DE 2022
impressão	LIS GRÁFICA
papel de miolo	PÓLEN NATURAL 70G/M²
papel de capa	CARTÃO SUPREMO ALTA ALVURA 250G/M²
tipografia	ELECTRA